드래곤 라자

2

이영도 판타지 장편소설

드래곤 라자

2

50명의 꼬마들과 대마법사 펠레일

황금가지

차 례

일러두기

드래곤 라자 신판에서는 구판에서 활용된 단어 중 일부 단어를 저작권 문제로 인하여 수정하게 되었습니다.

독자분들의 양해 부탁드립니다. 감사합니다.

제3부

50명의 꼬마들과 대마법사 펠레일

……우리는 죽은 이를 그리워하며 그의 죽음을 받아들이려 하지 않는다. 자상한 어머니의 죽음에 아들은 오열하며, 연인의 죽음에 처녀는 정신을 잃는다. 그러나 무릇 이 세상의 모든 공포들 중에서, 죽은 자신의 부모, 친지, 친구가 돌아오는 것보다 더 무서운 것이 없음은 어떻게 설명하랴? 그토록 깊은 애정, 우정, 사랑이 죽음이라는 장벽에 부딪혀서 얼마나 쉽게 부서지는가를 바라보면 놀라울 뿐이다. 이 글을 읽는 독자 제위께서도 오늘 자정, 죽은 자신의 아버지나 친구가 등 뒤에서 자신을 부른다면, 과연 기뻐하며 돌아볼 것인가? 바로 이것이 다른 어느 몬스터보다 언데드 몬스터가 무서운 까닭이다. 노련한 전사마저도 언데드 몬스터의 약한 힘보다는 그 죽음의 세계로부터 가져오는 초월적인 공포에 짓눌려 검을 뽑지 못한다.

「품위 있고 고상한 켄턴 시장 말레스 추발렉의

도움으로 출간된, 믿을 수 있는 바이서스의 시민으로서 겐턴 사집관으로 봉사한 현명한 돌로메네 압실링거가 바이서스의 국민들에게 고하는 신비롭고도 가치 있는 이야기」 돌로메네 지음, 770년. 제4권 126쪽.

1

난 주위를 둘러보면서 말했다.

"요즘 같은 날씨에 벌집 따기 좋은데."

왠지 좋은 벌집이 있을 것 같다. 넓은 황야는 봄여름 동안 꽤 흐드러지게 꽃이 피었을 것이다. 그리고 조금 크고 맑은 시냇물. 벌꿀도 당연히 물이 좋은 곳에서 좋다. 왜냐고? 꽃이 좋은 물을 빨아들여야 좋은 꿀을 만드니까. 약간 떨어져 있는 아카시아 숲도 꽤 마음에 든다. 요즘은 겨울철을 대비해서 최고로 꿀이 잘 저장되어 있을 텐데.

평소에 내가 벌집을 찾는다면 그것을 밀랍으로 초를 만들려는 것이다. 하지만 지금은 여행중에 약간의 별식 생각이 난 것이다. 꿀을 펜케이크에 뿌리면 우리 일행 모두 홀딱 반하겠지. 꿀과자를 만들어보면 어떨까?

"여보게, 네드발 군. 우린 목적은 뚜렷하고 시간은 적은 여행자라네. 한가한 방랑자가 아니야."

칼의 근엄한 목소리. 그건 그렇지. 우린 미친 척 달려가야 되는 사람들이지. 하지만 가을 벌판을 미친 척 달려간다는 것은 쉬운 일이 아니다. 주위의 풍경도 그렇거니와, 일단 좀 달리면 뼛속까지 춥다. 지속적으로 체온을 뺏기기 때문이다. 하늘은 먹구름이 가득 끼어 있었고, 재수 없으면 비를 맞을지도 모르겠다.

"다음 영지에서 큼직한 망토라도 하나씩 사야겠어."

샌슨의 말이었고 칼도 고개를 끄덕였다. 난 이루릴을 보았다. 이루릴은…… 별로 추운 기색이 없다. 아니, 아무렇지도 않다.

"그 가죽옷 춥지 않아요? 이루릴?"

"춥다? 아, 아뇨. 엘프는 모든 날씨와 조화를 이뤄요."

그렇겠지. 유피넬의 어린 자식이라던가? 폭설이 내리는 허허벌판에서도 이루릴은 까딱없을 모양이다. 그러니 사시사철 저렇게 멋진 가죽옷을 입고 다닐 수 있겠지.

"길 모양을 보아하니 영지나 마을이 나오겠는데?"

내 말에 샌슨이 고개를 끄덕였다.

"당연하지. 날 뭘로 보는 거야? 마을의 위치에 딱 맞춰 길을 정했다고."

"술 생각이 날 때쯤 마을이 나타나도록?"

"비슷해."

흠. 오후 늦은 시간이고, 샌슨의 말대로라면 반드시 영지가 나타나겠지. 그렇지 않아도 슬슬 밭이나 과수원이 나타나기 시작한다. 샌슨은 눈앞의 언덕을 가리켰다.

"저 언덕 뒤일 거야."

우리는 언덕으로 올라갔다. 눈앞에 영지의 모습이 보였다. 도시와 영지의 차이? 그거야 영주의 저택이 있느냐 없느냐로 따지면 되지. 마을 저쪽 끝에 근사한 저택이 있는 것으로 보아 이곳은 영지일 가능성이 높다. 저 저택은 분명 시장의 집이라기엔 너무 크니까. 거의 성에 가깝다.

우리는 잠시 언덕 위에서 아래의 영지를 바라보았다. 먹구름 아래에 영지는 대단히 낮고 차갑게 보인다. 이루릴이 말했다.

"저건 이상한 마을이군요."

그건 나도 느끼고 있었던 것이다. 사람의 모습이 하나도 보이지 않는다. 하지만 이렇게 날이 흐리다면 사람들은 바깥 출입을 삼갈 수도 있을 것 같은데. 샌슨은 이루릴에게 질문했다.

"무엇이 이상합니까, 이루릴?"

"그림자가 없군요."

"예?"

이상한 말을 하는군? 나는 다시 언덕 아래의 그 도시를 뚫어지게 바라보았다. 꽤 멀긴 했지만, 건물마다 그 옆쪽 건물에 드리우고 있어야 당연할 그림자가 보이지 않았다.

"하지만 지금은 해도 없잖아요?"

이루릴은 근심스러운 표정으로 고개를 가로저었다.

"하지만 빛은 있어요. 그렇다면 그림자도 있어야 되지요. 하다못해 건물 색깔의 짙고 엷음은 있어야 하죠. 하지만 저 도시의 건물 벽을 보세요. 정면의 벽이든 측면의 벽이든 모두 같은 색깔이에요. 모든 건물들이 다 어느 면에서든 비슷한 색깔을 내고 있어요."

그것을 확인하는 순간, 나는 걷잡을 수 없는 공포를 느꼈다.

그렇다, 저건 도저히 불가능하다! 아니, 어떻게 건물의 사면이 모두 같은 색깔을 낼 수 있는가? 같은 회색이라도 빛 때문에 정면은 푸르스름한 회색, 측면은 암회색, 뭐 이렇게 차이가 나야 한다. 하지만 저 건물들은 마치 명암에 대해 배우지 못한 어린애가 마구 그린 그림처럼 상하 전후 좌우의 색깔이 다 똑같다!

나는 부들부들 떨면서 급히 말을 세웠다. 다른 사람들도 말을 세우고는 서로 얼빠진 얼굴로 바라보았다. 우리는 다시 그 건물들을 바라보았다.

"새, 샌슨! 어떻게 된 거야?"

샌슨도 입술을 악물면서 대답했다.

"모르겠어. 이 도시는 분명 칼라일 영지일 텐데……. 내 지리서에는 이곳이 옥수수술로 유명한 곳이라고만 나와 있을 뿐 다른 말은 없었는데."

"하, 하지만 이건 사람의 도시 같은 느낌이 아니잖아?"

그때 칼이 무겁게 입을 열었다.

"아닐세. 네드발 군. 사람의 도시야."

칼이 가리킨 방향을 바라보자 처음으로 사람의 모습이 보였다. 그 사람은 대로 가운데 서서 마을 입구 바깥에 서 있는 우리를 바라보고 있었다.

검은 로브를 입었는데 그냥 펑퍼짐한 것이 무슨 자루 같은 옷이다. 그리고 허리는 무엇으로 묶어서 그 허리가 가는 것을 보고 간신히 여자라는 것을 알 수 있었다. 머리는 검은색. 붉은 기운이 많이 돌고 군데군데 붉게 변색된 머리카락이 섞여 있었다. 이루릴의 검은색 머리와는 전혀 달랐다. 그 머리는 지금 얼굴의 양쪽을 거의 점령하여 우리는 간신히 그 사람의 코와 입을 식별할 정도였다.

우리는 일단 그 여자 쪽으로 걸어가기 시작했다. 하지만 우리가 걸어가면서 점점 다가오는 주위의 건물들은 끔찍스러운 모습이었다. 모양이 이상한 것은 아니다. 지저분하다거나, 어디가 부서진 것도 아니다. 다만, 다만 사면의 색깔이 모두 같다! 법칙이 무너지는 마을이었다. 도대체 먹구름 아래에 어떤 빛의 장난이 이루어지면 저런 현상이 일어나는 것일까?

그때였다. 여자는 앙칼지게 말했다.

"돌아가! 돌아가!"

우리는 질겁했지만 그것보다는 우리의 말이 더 질겁했다. 말들은 마치 맹수의 울부짖음이라도 들은 것처럼 앞발을 치켜올리며 투레질을 했다.

"이히히힝! 푸르르, 힝힝힝힝힝!"

우리는 모두 낙마하지 않기 위해 허겁지겁 말에게 매달렸다. 그리고 여자의 고함소리에 놀란 것은 우리만이 아니었다.

"까아르르! 깍깍깍깍, 까아아아!"

하늘을 뒤덮는다는 느낌이 든다. 사방의 건물 지붕 너머로 까마귀들이 마구 날아올랐다. 까마귀들의 검은 깃털이 마치 낙엽처럼 떨어져 휘날렸다. 우리는 말의 비명소리와 까마귀의 울음소리, 그리고 시야를 다 가려버리는 깃털과 우리의 불안정한 자세 때문에 혼이 쏙 빠질 지경이었다.

또 다른 외침소리가 들려왔다.

"무엇을 위해 날아요?"

이루릴이었다. 놀랍게도 이루릴과 그녀가 타고 있는 래셔널 셀렉션은 꼼짝도 하지 않고 있었다. 이루릴은 하늘을 보며 외쳤다.

"먹이를 찾나요? 잠자리를 찾나요? 잃어버린 새끼를 찾나요? 돌아가요! 번쩍이는 물건에 매혹되는 순진한 성품의 날짐승들이여! 자신의 보금자리로, 그 번쩍이는 물건들의 창고로 돌아가요!"

까마귀들은 다시 내려왔다. 하지만 그놈들은 건물의 처마나 지붕의 끄트머리, 베란다의 끝에 앉아서 우리를 내려다보았다. 이루릴은 그 모습을 보며 눈살을 찌푸렸다. 다행히 우리 말들도 그제야 진정하기 시작했다. 칼은 흐트러진 머리를 쓸어올리며 당황한 눈으로 주위의 까마귀들을 둘러보다가 말했다.

"이상하군, 이런 소란이 있는데 아무도 나오지 않아."

그는 고개를 갸웃거리더니 앞쪽의 여자에게 말을 걸었다.

"보시오! 우린 여행자들이오. 그냥 여기서 하룻밤 유숙하고 싶을 따름이오. 그런데 무턱대고 돌아가라니, 그 이유를 말해 주겠소?"

그 여자는 머리카락을 뒤로 젖혔다. 그제야 얼굴이 잘 보였다. 남루한 옷차림에 걸맞게 얼굴에도 땟국물이 가득한 지저분한 모습이었다. 미치광이처럼 보인다.

그 여자는 이글거리는 눈으로 우리를 쳐다보았다. 아니, 우리가 아니라 이루릴을 쳐다보는 것이었다. 이루릴은 담담한 시선으로 여자의 눈을 마주보았다.

여자는 이루릴에게 말했다.

"유피넬의 어린 자식…… 숲의 종족. 한없이 고상하신 그분께 감히 까마귀들이 소란을 피웠군, 히히힛! 과연, 과연 엘프야. 미천한 인간과 동행해도 그 품격에 누가 되지 않을까?"

이루릴은 그 검은 눈을 깜빡이더니 고개를 돌렸다. 그녀는 그대로 자신의 말을 돌리더니 우리에게 말했다.

"물러나죠."

"예?"

"여기서 물러나죠. 이유는 천천히 설명할 테니……."

그녀는 더 이상 말하지 않겠다는 듯이 입을 다물었다. 우리는 영문도 모르고 몸을 돌렸다. 뒤쪽에서 노려보고 있는 그 여자와 까마귀들의 시선에 등이 따가웠다.

칼라일 영지 외곽의 넓은 밭을 도로 가로질러 나오며 이루릴은 한마디도 하지 않았다. 샌슨은 조바심을 내고 있었고 그것은 나도 마찬가지였다. 칼은 가끔 뒤를 돌아보다가 고개를 갸웃거렸다.

음침한 먹구름은 점점 짙어지고 있었다. 거의 밤이 아닌가 싶었고, '횃불이 필요할 지경인걸?' 하는 샌슨의 농담이 농담처럼 들리지 않을 정도였다. 밭을 지나 이 마을로 접어드는 고갯길이 있는 야산까지 돌아온 이루릴은 말에서 내렸다. 우리도 말에서 내려 그녀에게 다가갔다. 이루릴은 땅에 앉더니 두 손으로 얼굴을 가렸다. 잠시 그렇게 생각에 잠기던 이루릴은 고개를 들어 우리를 봤다.

"앉지 않으세요?"

"아, 예."

우린 머쓱해져서 각자 땅에 앉았다. 이루릴은 나직하게 말했다.

"그 여자, 사람이 아니더군요."

"예?"

"사람이 아니라고 해서 오크나 고블린처럼 완전히 다른 종족이라는 뜻은 아닙니다. 하지만 인간이라기엔 너무 이질적이더군요."

"무슨 말씀이지요?"

이루릴은 마을 방향을 바라보며 말했다.

"인간은 어디까지나 유피넬과 헬카네스 양자 모두를 따를 수 있는 종족입니다. 유피넬과 헬카네스가 둘 다 인간들에게 관심이 깊어 양자는 끝없이 인간에게 개입하려 하지요. 반면 저 같은 엘프는 그랑엘베르를 따르므로 헬카네스는 우리에게 개입하기 어려워요. 드워프라면 카리스 누멘을 따르므로 반대로 유피넬이 드워프에게 간섭하기 힘들죠."

나와 샌슨은 그저 멍청히 고개를 끄덕였고 칼은 잘 알았다는 듯이 고개를 끄덕였다. 같이 고개를 끄덕여도 이렇게까지 다르군. 이루릴은 마치 추운 것처럼 무릎을 모아 안았다. 응? 엘프가 춥다고? 그녀는 말했다.

"그런데 아까 그 여자, 오로지 헬카네스의 기운만을 가지고 있더군요."

"예?"

"그 여자뿐만이 아니에요. 그 영지의 건물들의 모든 벽면이 같은 색, 그건 조화가 무너지는 증거지요. 유피넬의 저울대가 무시되는 곳입니다. 이해할 수 없군요."

소름이 돋아오르지는 않았다. 샌슨이나 나나 둘 다 신학에 대해서는 별 관심이 없으니까. 난 칼 덕분에 머리에 쑤셔박은 지식은 있지만 지식은 그냥 지식일 뿐, 그것으로 감정까지 우러날 정도는 아니다.

내가 알기로 유피넬은 조화이며 헬카네스는 혼돈이다. 그것은 신이라기보다는 어떤 법칙, 경향성을 나타낸다. 하지만 보통은 하나의 인격신인 것처럼 이야기된다.

만물은 조화나 혼돈만으로는 이루어질 수 없다. 혼돈이 없으면 조화도 없고, 조화가 없으면 혼돈도 불가능하다. 그래서 양자는 공생을 위해 시간을 만들었다. 시간이 있음으로써 비로소 양자는 공존할 수 있었고 그래서 유피넬과 헬카네스는 모두 만족했다 한다. 만물이 유전(流轉)되기 시작한 것이다. 혼돈이 되었다가 조화를 이루기도 하고, 조화 속에서 다시 혼돈으로 치달을 수도 있게 되었다.

하지만 이게 보통 복잡한 것이 아니다.

인간을 보자. 인간은 유피넬과 헬카네스 양자 모두를 따를 수 있다. 유피넬만이 인간을 다스린다면 세상은 정말 따분할 것이다. 일례로, 행운이라 불리는 것은 대개 헬카네스의 선물이다. 만일 주사위를 여섯 번 던져 모두 6이 나온다면 엄청난 행운이라 하겠지만 그것은 확률 법칙의 혼돈, 즉 헬카네스의 은총이다. 헬카네스의 은총을 받았다면 도박사가 되는 것이 최고일 것이다. 하지만 같은 관점에서 헬카네스는 말도 안 되는 불운을 선물하기도 한다. 주사위를 여섯 번 던져 몽땅 1이 나온다면 그것도 헬카네스의 힘이다.

그리고 헬카네스는 전사들의 신이기도 하다. 조화는 반드시 둘 이상의 존재를 필요로 한다. 무엇과 무엇이 조화를 이루는 것이지 혼자서 조화를 이룬다는 것이 말이 되는가? 하지만 전사들의 행동 원칙은 적과 나, 둘 중 하나의 죽음이다. 그래서 헬카네스는 전사들을 비호한다.

그러나 전사들은 헬카네스를 원망할 수도 있을 것이다. 엄청난 연습과 노력을 했는데도 약한 적에게 말도 안 되게 쓰러져버린다면 그것은 헬카네스의 장난이다. 그래서 노력하는 전사들은 유피넬의 가호를 바란다. 하지만 그들은 유피넬의 뜻에 어긋나게 적을 도륙해 버린다. 노력하지 않는 전사라면? 당연히 헬카네스의 도움으로 행운으로 적을 이기길 바랄 것이다. 하지만 그들은 유피넬의 뜻에 따라 조화롭게 도륙당해 버릴 것이다. 그러나 유피넬은 사실 둘 중 하나도 죽기를 원하지는 않는다. 조화는 둘 이상의 존재를 필요로 하는 것이니까……. 이 정도면 꽤 복잡하지 않은가? 나는 이 정도의 이야기만 듣고 나서 신학에는 정나미가 떨어져버렸다.

어쨌든 이런 이야기는 프리스트에게 물어보면 아마 죽을 때까지라도 토론할 수 있는 주제가 되겠지만 나야 그런 데 관심 없으니 이 정도만 알면 만족이다. 어쨌든 헬카네스와 유피넬은 너무 고차원적인 신이며 사실 신이라 할 수도 없는 우주적인 법칙 같은 것이라 그들을 직접 신봉하는 종교는 없다. 하지만 모든 종교는 유피넬과 헬카네스를 인정하며 그 하위신들을 따른다.

나는 이런 지식을 머리로만 알고 있을 뿐 그것을 가슴으로 느끼지 못한다. 그래서 난 멍청한 얼굴로 이루릴의 얼굴을 보고 있는 반면, 칼은 몹시 근심스러운 표정을 짓는 차이가 발생하는 것일 게다. 칼은 정말 근심스런 표정으로 말했다.

"어떻게……, 어떻게 헬카네스만의 기운을 가진 인간이?"

"모르겠어요. 하지만 한 가지 가능성을 생각해 볼 수 있겠지요."

"가능성?"

"헬카네스의 하위신이라면 누가 있을까요? 그러니까, 그 역사함으로 헬카네스의 기운을 강하게 퍼뜨릴 수 있는 신이라면?"

칼은 눈을 끔뻑이더니 낮은 목소리로 말했다.

"세이크리드 랜드라고 생각하시오?"

"그럴 수 있어요."

"오, 맙소사!"

칼은 파랗게 질려버렸다. 나와 샌슨은 멀거니 서로를 마주보았다. 샌슨은 소리 없이 입모양만으로 말했다.

'그게 뭐야?'

'나도 몰라.'

칼은 한참 동안 전율 상태였다. 섣불리 질문도 못할 분위기였다. 그래서 우린 손가락을 꼼지락거렸다. 결국 내가 더 못 참고 뭐라고 말하려 했을 때, 칼은 마치 10년 만에 말하듯이 침중한 어투로 말했다.

"세이크리드 랜드라면……, 글쎄올시다. 헬카네스의 하위신일 테니, 하플링들과 갈림길의 테페리, 드워프와 불의 카리스 누멘, 오크와 복수의 화렌차, 검과 파괴의 레티, 까마귀와 질병의……."

느릿하게 말하던 칼의 눈이 번뜩였다. 이루릴은 고개를 끄덕였다.

"가장 커다란 까마귀, 역병의 제일 원인자, 무덤만 지키는 무덤지기."

"무슨 말이죠? 무덤만 지키다니."

내 질문에 이루릴은 대답했다.

"무덤만 지킬 뿐 시체는 지키지 않아요. 파먹거나, 또는 꺼내어 훼손한다거나……."

"우으윽. 그게 누구죠?"

"게덴."

칼의 대답이었다. 게덴, 게덴이라. 내가 모르는 것을 보아 유명한 신은 아닌가 보다. 하긴 질병의 신이라면 별로 유명할 수가 없겠다. 나는 샌슨을 바라보았지만 샌슨도 얼떨떨한 표정이었다. 그래서 칼에게 물어보았다.

"게덴이라, 질병의 신이라고요? 그걸 믿는 사람도 있어요?"

칼은 고개를 무겁게 끄덕였다.

"우리들이 사는 웨스트 그레이드 쪽에서는 별로 득세하지 못한

신이지만, 사우스 그레이드 쪽에서는 꽤 명성 있는 신이라네. 특히 사우스 그레이드의 이파실 시에는 게덴의 화신이라 불리는 두 머리 까마귀 체로이가 살고 있지. 그 시의 시민들은 체로이에게 직접 공물을 바치기도 한다더군."

"엣? 머리가 두 개?"

"그렇다네. 질병은 밤과 낮을 가리지 않고 찾아온다는 것을 상징한다던데. 머리 한쪽이 잠들어도 다른 머리는 깨어 있다더군."

샌슨과 나는 눈을 반짝거렸다. 정말 거기에 들러 한번 구경하고 싶은데. 하지만 사우스 그레이드라면 우리 여정에서는 벗어나므로 구경할 가능성은 없을 것 같군. 샌슨이 말했다.

"저, 그럼 저 도시에서 게덴이 뭔 일을 벌이고 있다는 말입니까?"

"그의 프리스트일 가능성이 높겠지. 아니면 그의 권능이 깃든 어떠한 물건이 잘못 저 마을에 전해졌을 가능성도 있고."

"그럼, 조사해 보죠?"

내 제안에 이루릴과 칼은 둘 다 한숨을 쉬었다. 뭐야? 난 머쓱해져서 머리를 긁었다.

"왜요, 내 제안이 부당해요?"

"부당한 게 아니라 당연하지. 우리야 같은 인간이고, 세레니얼 양께서도 유피넬의 법칙의 추종자이신만큼 저런 모습을 묵과할 순 없으시겠지요?"

이루릴은 고개를 끄덕였다.

"그렇습니다."

"그런데 위험하단 말이야. 신의 권능이 펼쳐지고 있는 땅에 우리가 들어가서 어떻게 무엇을 할지……."

나는 다시 머리를 긁적였다.

"어, 그거, 만일 그 게덴의 프리스트가 저기서 게덴의 율법을 실천하고 있는 거라면 그 작자를 두들겨 쫓아버리면 되는 것이고, 혹시 게덴의 물건이 있어서 영향력을 발휘하는 것이면 그 물건을 어디로 집어던져 버리거나 박살내 버리면 되는 것 아닌가요?"

칼은 미소를 지어보였다. 하지만 힘이 없었다.

"여보게, 네드발 군. 그 말은 맞네. 하지만 저 땅의 모든 것이 그 율법을 따르고 있어. 하다못해 저 땅 위에 있는 공기들마저도 게덴의 율법대로 움직일 것이야. 우리가 조용히 물러나는 데에는 별 위험이 없었지만, 만일 우리가 저 땅 안에서 게덴의 율법에 반대하는 힘을 행사하려 하면, 순식간에 공기가 없어지거나 우리 발밑의 땅이 없어져버리는 것도 생각해 볼 수 있네. 아니지. 저곳은 게덴의 세이크리드 랜드니까 우린 순식간에 수많은 질병에 걸려버릴 가능성이 가장 높겠군. 일사병과 동상에 동시에 걸리면 기분이 어떻겠나?"

"……농담이에요?"

"농담이 아니네. 원래 세이크리드 랜드라는 것이 그래요."

난 진저리를 치면서 물었다.

"세이크리드 랜드?"

"신림지(神臨地), 신이 임한 땅. 무서운 것이네."

세이크리드 랜드, 어감상 그것은 신성하고 거룩한 느낌이 든다. 하지만 칼의 설명에 의하면 그것은 지상에 펼쳐진 지옥이다. 최소한 지상에 사는 생물에게라면 지옥보다 더 무서운 장소다.

"세이크리드 랜드, 그곳에서는 하나의 신의 율법만이 지켜지지. 여보게, 네드발 군, 퍼시발 군. 우린 사실 수많은 신들의 율법 속에 살아가는 것일세. 하나의 신의 율법만이 지켜지는 장소에서는 오히려 살 수가 없어. 만약 드워프와 불의 카리스 누멘의 세이크리드 랜드라고 해보세. 그곳에서는 드워프도 못 살걸. 모든 것은 오로지 불일 테니까. 모든 것이 타버리기만 할 테니까. 엘프와 순결의 그랑엘베르라면……."

칼은 거기까지 말하다가 잠깐 말을 멈추었다. 하지만 이루릴은 별 표정 없이 칼의 말을 이었다.

"그곳은 숨막히는 순결만이 있겠지요. 모든 땅은 처녀지여야 하니 이용될 수 없고, 모든 숲은 미답지로 남아 있어야 하니 들어갈 수 없고, 모든 산은 처녀봉이어야 하니 올라갈 수 없고. 게다가 후손을 만들 수 없어요. 처녀는 애를 못 낳지요."

이루릴은 전혀 그럴 의도가 아니었겠지만 그 마지막 말의 뉘앙스는 웃겼고 그래서 샌슨과 나는 미소를 짓고 말았다. 이루릴은 우리가 웃자 어떻게 이런 무서운 말에 웃을 수 있느냐는 표정으로 우리를 의아하게 바라보았다. 샌슨은 헛기침을 하며 말했다.

"흠, 어흠. 그럼 저기 저 땅에는 질병만이 존재한다는 말입니까?"

"그럴 걸세. 아마도 저렇게 된 것이 오래지는 않았겠지. 그렇다면 벌써 소문이 파다할 테니까."

"반드시 손을 써야겠군요."

"그래, 이건 보통 심각한 일이 아니네. 하지만 이건 신의 역사함일세. 우리 같은 필부가 근접할 수가 없다네."

나는 답답한 마음에 질문했다.

"무슨 방법이 없어요?"

"모르겠네. 저런 현상 자체가 워낙 희귀한 것이라서. 어떤 신도 한 장소에서 자신의 권능 이외의 다른 권능을 모조리 배제시키려면 커다란 대가를 치러야 되지. 거의 불가능에 가까운 일일세."

"하지만 저기에 그런 땅이 있잖아요."

"아마 대단한 의식이 있었거나, 혹은 막강한 아티팩트가 있을 거야. 거의 전설적인 무엇이겠지. 그게 뭔지를 알면 어떤 방법이 있을지 모르겠네. 유피넬은 모든 것에 조화를 주기 위해 모든 것에 장점과 함께 약점을 주네. 반드시 어떤 막강한 힘에도 약점이 있겠지. 하지만 우리 중 신학에 밝은 이가……, 세레니얼 양?"

"저도 신학에는 어둡습니다."

"예……. 그러니 어쩌겠는가. 할 수 없지. 가장 가까운 신전을 찾아보세. 퍼시발 군?"

"예."

"신전에 조력을 구해야겠네. 주위 어디에 신전이 있는가?"

샌슨은 배낭에서 다시 지리서를 꺼내어들었다. 그는 칼라일 영지와 그 근처 페이지를 뒤적거리는 듯하더니 곰곰이 살펴보다가 이윽고 지리서에 코를 박고 살펴보았다.

"젠장, 너무 어두워서 잘 보이지도 않는데."

그러고 보니 먹구름 때문에 알 수 없었지만 날이 어두워져 있었나 보다. 이루릴은 하늘을 보며 말했다.

"먹구름이 짙어서 빛이 부족하군요. 그것……, 응?"

이루릴은 자리에서 벌떡 일어섰다. 그녀는 갑자기 두 팔을 들어 머리를 뒤로 쓸어넘기며 하늘을 바라보았다. 왜 저러지?

"왜 그러죠, 이루릴?"

"먹구름, 구름이라, 이상해요. 좀 이상하지 않아요?"

"구름이…… 이상하다고요?"

나와 샌슨도 일어나서 구름을 살펴보았다. 구름이 뭐가 이상하다는 거지? 흠, 비가 올 가능성이 높아 보이는군. 하지만 이루릴은 그런 뜻으로 말한 것이 아닌 모양이다.

"이곳이 게덴의 세이크리드 랜드라면 구름이 저렇게 낀다는 것은 이상해요. 전 신학에 대해서는 잘 모르지만 상식은 있어요. 병이라는 것은 보통 열이죠. 열이 나지 않는 병도 있긴 있지만 대개 병을 상징하는 것은 타는 듯한 고열이에요. 이곳이 게덴의 세이크리드 랜드라면 찌는 듯한, 아예 메말라버릴 듯한 공기가 있어야 해요."

"……그렇네요? 그럼?"

"저 구름은 누군가가 만들어 보내는 거예요! 가요!"

그녀는 날렵하게 몸을 날리더니 배낭을 집어듦과 동시에 래셔널 셀렉션 위로 뛰어올랐다. 어떻게 등자에 발을 얹지도, 안장을 잡지도 않고 저렇게 뛰어오르지? 난 갑옷이 없더라도 저렇게는 못하겠다. 아마 이루릴은 안장이 없어도 별 무리 없이 말을 탈 수 있지만 짐 때문에 안장이 필요한 모양이다. 우리가 꾸물거리며 각자의 말 위에 오르는 동안, 이루릴은 말 위에서 캐스트에 들어갔다.

"그 숨결에 생명을 담고 모든 것을 바라보며, 종속될 수 없는 운명을 가진 자여. 그대의 장난감을 요구하는 자에게로 날 안내해요."

실프를 불러낸 그녀는 잠시 집중하여 허공을 바라보았다. 그러더니 그녀는 우리에게 고개를 돌려 말했다.

"됐어요. 절 따라와요."

그리고 이루릴은 달려갔다. 트롯 정도의 속도라 따라가는 것은 간단했다. 우리는 한참을 이루릴의 뒤를 따라 종종걸음으로 달려갔다. 이루릴은 실프에게 집중하기 위해 빠르게 달리지 못하는 듯했다.

칼라일 영지의 외곽을 따라 한참 우회했다. 야산의 낮은 구릉을 따라 얼마쯤 달려갔을까, 갑자기 나무들이 없어지며 넓은 비탈이 나타났다. 그리고 저쪽으로는 분홍색 반점이 보였다. 이루릴은 고개를 끄덕였다.

"코스모스와 폭풍의 에델브로이인 것 같군요. 썩 어울리게도 저기 코스모스가 피어 있는 산비탈이군요."

이루릴의 시각은 엄청나다. 우리는 분홍색으로 보이는 산능선이 그제야 코스모스 언덕이라는 것을 깨달았다. 그 산비탈은 완만했지만 전망이 좋아 칼라일 영지를 내려다보기 좋은 장소였다. 그리고 조금 더 달려가자 비로소 우리 눈에도 코스모스 사이에 있는 어떤 형체가 보였다.

그 사람은 코스모스 속에 서 있었다. 그래서 상체 조금과 머리만이 간신히 보였다. 하지만 바람이 불 때마다 하늘거리는 코스모스 때문에 잘 보이지 않았고 그나마 로브를 뒤집어쓰고 있어서 얼굴은 보이지 않았다. 그러나 우리가 다가가는 말발굽 소리가 들리자 그는 천천히 고개를 돌렸다. 짙은 먹구름 때문에 빛이 부족해서 로브 아래의 얼굴은 아직껏 보이지 않았다.

바람이 불고, 코스모스는 분홍빛 파도로 하늘거렸다. 그는 몸을 일으켰다.

잠깐, 몸을 일으킨다고? 그럼, 지금까지 무릎을 꿇고…….

맙소사! 그자는 키가 5큐빗은 확실히 넘었고 거의 6큐빗이라 해도 과언이 아니었다. 저게 사람인가? 사람이 저렇게 키가 클 수가 있나? 그는 쇠테를 두른 묵직한 스태프를 들고 있었는데, 난 어디서 기둥을 뽑아온 줄 알았다. 그는 로브의 후드를 뒤로 넘겼다. 순간 나와 샌슨은 각자 검의 칼자루를 쥐며 이를 악물었다.

로브 아래 나타난 얼굴은 트롤이었다.

이루릴은 래서널 셀렉션에서 뛰어내렸다. 나는 소스라쳐서 말했다.

"이, 이루릴! 위험해요!"

그러나 이루릴은 내 말은 들은 척도 하지 않고 그 트롤에게 다가갔다. 트롤은 멀거니 자기 배에까지밖에 오지 않는 이루릴을 내려다보았다. 맙소사, 트롤이 한 번 후려치면 이루릴의 몸은 조각이 날 텐데. 이루릴이 입은 거라곤 하얀 블라우스에 가죽 재킷과 가죽 바지. 보기엔 좋지만 그건 갑옷이 아냐. 그러나 이루릴은 별 불안감 없이 말을 걸었다.

"저는 이루릴 세레니얼입니다. 코스모스와 폭풍의 프리스티스인가요?"

프리스티스? 그 트롤은 입을 열었다.

"그렇습니다. 에델린이라고 합니다."

이루릴은 우리 쪽을 쳐다보았다. 왜 자기 소개를 하지 않느냐는 표정이었지만, 이건, 좀, 그러니까, 에, 그렇지만! 우리는 멀거니 입을 벌린 채 바라보았다. 결국 이루릴은 포기하고 말했다.

"왼쪽부터 샌슨 퍼시발, 칼, 후치 네드발입니다. 제 동행입니다."

트롤은 고개를 숙이더니 제법 점잖게 인사했다.

"뵙게 되어 반갑습니다. 바람 속에 흩날리는 코스모스를."

"컥, 포, 폭풍을 잠재우는 꽃잎의 영광을, 에, 영광을. 그러니까……."

칼마저도 이러니 샌슨과 난 오죽했겠는가. 우리는 칼자루를 놓기는 했지만 아직도 어이가 없어서 경계하는 눈으로 그 에델린이라는 트롤 여자(?)를 바라보았다. 에델린은 미소(?)를 지었다. 송곳니가 멋있는걸?

"많이 놀라셨군요."

결국 칼은 쭈뼛거리며 말했다.

"다, 당신은 트롤 아닙니까?"

"보시다시피."

"저, 그, 그런데 어떻게 에델브로이의 프리스티스가 되었습니까?"

"신앙을 가졌으니까요."

결국 나는 못 참고 끼어들고 말았다.

"저, 당신 성격에 그게 맞는 일입니까? 그리고 에델브로이의 신전에서 아무런 말 없이 받아들였습니까?"

"제 성격에 맞는 것은 당연하고, 신전에서 받아들였으니 프리스티스가 된 것이죠. 당연하지 않아요?"

계속 당연하다는 투로 말하니 뭐라 할말이 없다. 하긴, 에델브로이에 대한 신앙을 가졌으니 그 교리를 따르고, 그 신전에서 받아들였으니 프리스티스가 되었겠고, 그 모든 과정은 저 에델린의 성격에 맞았으니 수행할 수 있었겠지. 하지만! 트롤이잖은가?

"저, 저, 당신들의 다른 동족들은, 에, 그러니까."

내가 정신을 못 차리고 우왕좌왕하자 에델린은 미소지었다.

"죄송해요. 제가 너무 무례하게 대꾸했지요. 예, 처음부터 무슨 질문인지 잘 알고 있었습니다. 트롤 프리스티스라니, 이상하다는 것이겠지요? 트롤이라면 사람 잡아먹는 몬스터인데 어울리지 않아서 이상하다는 질문이시겠지요? 그런 질문은 절 슬프게 하기 때문에 저도 모르게 무례하게 대꾸했습니다. 죄송합니다."

칼은 그제야 침착을 되찾고 대답했다.

"그렇지 않았다고는 하지 않겠소. 미안하오. 무슨 사연이라도?"

에델린은 대답하는 대신 다시 고개를 칼라일 영지 쪽으로 돌렸다. 그녀(일단은 이렇게 불러야겠다.)가 잠시 우리와 이야기를 나누는 새에, 칼라일 영지의 하늘 위의 구름이 엷어지며 햇살이 하나 둘씩 비춰들었다. 에델린은 근심스러운 표정으로 이빨을 드러내며 으르렁거렸다. ……트롤이니까.

"태양은 헬카네스의 힘. 햇빛이 닿지 않게 하려고 했는데, 쉽지 않군요. 지금 저 구름 위쪽으로는 엄청난 태양열이 쏟아져내리고 있어요."

이루릴은 고개를 끄덕였다.

"그러리라고 생각했어요. 아마 햇빛을 가리기 위해 누군가가 구름을 보내고 있으리라고 생각했지요."

에델린은 이루릴을 바라보며 고개를 갸우뚱했다. 하지만 왜 내겐 저 동작마저도 위험하게 보이는 것일까.

"저 영지에 대해 아십니까?"

"조금 전 거기 들어가려다가 다시 돌아나왔습니다. 아무래도 게덴의 세이크리드 랜드인 것 같은데요. 맞습니까?"

에델린은 미소를 지었다. 나는 에델린이 이루릴을 먹음직스럽게 바라보는 줄 알고 소스라칠 뻔했다.

"역시 유피넬의 어린 자식답군요. 예. 그렇습니다. 이젠……."

에델린은 멀리 하늘을 바라보았다. 해가 어느새 지고 있는지 구름을 가르며 내리쪼이는 빛은 붉은색 광선이었다. 회색의 도시에 붉은 광선들이 하나 둘 쏟아지는 것은 보기에 퍽 아름다웠다. 하지만 저곳은 세이크리드 랜드, 하나의 법칙만이 미쳐 날뛰는 곳이다. '모든 것은 병들지어다.'

"해가 지는군요. 오늘은 이만 해도 되겠습니다."

에델린은 고개를 끄덕이며 말하고는 우리에게 몸을 돌렸다. 젠장, 말에 타고 있는데 눈높이가 같으니 정말 무섭잖아. 에델린은 말했다.

"여러분들을 저녁 식사에 초대해도 될까요?"

소름이 돋았다.

2

흠, 에델린의 말은 우리를 잡아먹겠다는 뜻은 아니었다. 그건 진짜 저녁 초대였다. 그렇게 거창한 것은 아니고 결국 여행자끼리 야외에서 동석하게 되는 정도의 것이었지만. 에델린은 성심껏 가진 음식을 내놓았고 우리도 가지고 있는 음식을 내어놓아 저녁 자리는 푸짐했다. 에델린이 가진 음식이라고 이상할 것은 없었다. 아니, 몇 가지는 확실히 이상했다. 내 몸통만한 빵이라든지, 내 허벅지만한 소시지, 100파인트짜리 물통에 4파인트짜리 컵을 사용하는데다가 웬만한 쇼트 소드에 견줄 만한 나이프를 써서 먹으니 확실히 이상했다.

나는 에델린이 권한 소시지를 안아들고는 식욕이 싹 달아나는 것을 느꼈다. 아무리 맛있는 음식이라도 그 양이 너무 지나치면 입맛 떨어진단 말이야. 분명히 냄새도 좋았고 맛도 괜찮았다. 하지만 이건 너무 끔찍스럽게 크다고. 하지만 샌슨은 천국에 와 있는 것이 아니냐는 표정으로 그 소시지를 황홀하게 바라보았다. 어이구, 오거.

모닥불이 탁탁 소리를 내며 타올랐다.

우리가 있는 비탈에서는 아래의 평지에 있는 칼라일 영지가 잘 보였다. 달빛을 받아 괴괴한 은빛으로 반짝이는데, 이번에는 그 음영이 뚜렷해서 이상하게 보이지는 않았다. 한 가지, 불빛이 전혀 보이지 않는다는 점만 빼놓고. 이루릴은 수심 어린 표정으로 그것을 내려다보더니 말했다.

"계속 구름을 부르고 계셨나요?"

에델린은 지친 표정으로 사과 세 개를 한꺼번에 입 안에 집어 넣고 우물거리며 대답했다.

"사흘째입니다. 사흘 전 이곳을 지나다가 저 광경을 목격하게 되었지요. 아니, 눈으로 보기 전에 벌써 게덴의 기운을 느꼈습니다. 어떻게 손을 쓸 도리가 없어, 그 세력이 강해지지 않도록 매일 구름을 불러 햇빛이 비치지 못하도록 하는 정도만 하고 있었습니다."

이루릴은 한숨을 쉬더니 모닥불에 장작을 던져넣으며 말했다.

"실례가 되지 않는다면 당신의 이야기를 듣고 싶습니다."

"별로 대단한 이야기는 없습니다만……."

나는 샌슨의 우걱거리는 소리에 방해를 받아가며 에델린의 이야기를 들었다.

에델린은 원래 미드 그레이드의 갈색 산맥의 바위산 동굴 속에서 살고 있었다. 그녀의 가족(트롤에게는 특별히 부모라는 것이 없다는 것을 알게 되었다. 모두가 그저 가족이다.)들은 인근 마을을 노략질하거나 여행객을 습격하며 살고 있었지만 결국 국왕이 보낸 군대에 의해 멸망당했다.

당시 그녀는 작은 트롤이었으며 전혀 위험하지 않았다. 그녀를 붙잡은 병사들은 작은 트롤을 본 적이 거의 없었기 때문에 신기하게 생각하다가, 어쩌면 마법사가 사줄지도 모른다고 생각하고 지휘관 몰래 그녀를 잡아왔던 모양이다. 당시로선 그녀는 아직

고등한 지식 단계는 아니었고 모호한 의식 세계밖에 가지지 못해서 트롤과 병사도 구별하지 못했고 병사들에 의해 물통 속에 가둬졌을 때도 세계의 모습이 바뀌는 것으로 알았을 정도였다. '세상이 갑자기 좁아졌다…….' 는 느낌이었다며 에델린은 웃었다. 이런 이야기들은 그녀로선 당시에는 이해하지 못했던 것이며 수년이 더 흐른 다음에야 간신히 이해할 수 있었다.

마법사는 그녀를 사들였던 모양이다. 그가 정확하게 그녀를 어떤 목적에 사용했는지는 에델린으로서는 설명할 수 없다. 괴로운 기억은 없었던 것으로 보아 마법사는 그녀를 그렇게 나쁘게 대하진 않았던 모양이다. 그녀는 바닥에 앉아서는, 까마득히 키가 큰 노인이 중얼거리며 이것저것 만지작거리는 것을 보며, 주위에 흩어진 종이 조각을 씹거나 뼈다귀 등을 우물거리거나 뭘 집어던지거나 하며 놀았던 기억을 가지고 있다. 당시에 제일 무서운 것은 그녀가 다가가면 갑자기 키가 커지며 포효하는 괴물이었다. 훗날 생각해 보면 그것은 고양이였던 것 같다.

하지만 또 그녀의 세계가 바뀌어버렸다. 항상 어두우면서도 따스하고 아늑했던 마법사의 연구실이 어느 순간부터 하얗고 약간 싸늘하게 바뀌었다. 아마도 그 마법사가 그녀를 에델브로이의 신전에 넘겨버린 것 같다. 정확한 이야기는 그녀도 모르며, 신전에서도 이야기해 주지 않았다. 하지만 그녀는 그 마법사가 그녀에게 무슨 마법을 건 다음 신전에 넘겨주었을 것 같다고 추측한다. 왜냐하면 그때부터 갑자기 그녀는 인간의 말을 할 수 있게 되었기 때문이다.

"아마도 아버지(에델린은 마법사를 그렇게 불렀다. 그 말을 할 때의 에델린의 얼굴에는 짙은 애정이 담겨 있었다. 적어도 트롤의 표정으로는 최상급의 표정일 거라고 확신한다.)는 나에게 말을 배우도록 마법을 걸고는 내 정신 세계에 대해서는 신에게 맡긴다는 계획을 가지신 것 같았어요. 마법사 옆에 있어 봐야 원래의 포악한 성격이 드러나는 것을 앞당길 뿐이라고 생각하셨겠지요."

에델브로이의 신전 사람들은 처음에는 상당히 거리감을 두고 그녀를 대했던 것 같다. 하긴 나라도 무서워서 접근하지 못했겠는걸. 하지만 신전의 프리스트들은 자신을 잘 절제하며 차차 그녀에게 잘 대해 주었던 것 같다. 에델린이라는 이름도 그곳에서 얻었다. 그것은 에델브로이의 딸이라는 뜻이다.

말을 시작하면서부터 그녀는 에델브로이의 경전을 읽고 그 송가를 부르며 자라게 되었다. 어떻게 보면 그때까지도 그녀는 어린 아기였고, 말을 하며 정신 세계가 고등해졌을 때부터 주위의 사물을 정확히 인식하게 되었던 것 같다. 그리고 그때 처음 인식한 것이 바로 신전의 모습이었다. 그러니, 어떻게 보면 에델린은 모태 신앙인이라 해도 과언이 아닌 셈이다.

자라나면서 주위의 사람들과 다른 자신의 모습에 대해 신경을 쓰게 되었다. 하지만 에델브로이의 프리스트들은 그녀는 트롤이며 자신들은 인간이라는 차이점은 정확히 가르쳐 주었으나 그 때문에 그녀가 상처를 입지는 않도록 배려했다. 하이 프리스트는 분명한 어조로 물었다.

"넌 원래 사람을 잡아먹는 몬스터이다. 하지만 입맛은 바뀔 수 있는 것이지. 너 사람이 먹고 싶으냐?"

그녀는 빵과 우유가 더 마음에 들었다.

그녀는 자라나며 수련사가 되었다. 결국 그녀가 에델브로이의 프리스티스가 되려 한 것은 당연한 결과였다. 하이 프리스트는 며칠을 고민했다. 수련사에 대해선 하이 프리스트도 마음대로 할 수 있었지만 프리스티스로 인정하는 것은, 인간이 아닌 트롤을 에델브로이의 프리스티스로 받아들이는 것은 하이 프리스트마저도 함부로 결정할 수 없는 모양이었다. 그는 고민 끝에 결단을 내렸다.

그는 1세기 이상 없었던 프라임 미팅을 선포했다. 교단의 모든 장로와 원로들이 한곳에 모이는 것이다. 대륙 곳곳의 에델브로이의 신전 장로들이 초빙되었고 산 속에서 홀로 수행하는 원로들도 수십 년 만에 금기를 깨고 지상에 내려왔다. 몇몇 수련사들은 전설상의 인물인 줄 알았던 원로들이 실제로 살아서 신전 정문을 들어서는 것을 보며 기겁하기도 했다 한다.

어쨌든 그것은 교단 역사를 통틀어 100년에 한 번 일어날까 말까한 회동(會同)이라 며칠 동안 신전은 너무 바빴고, 에델린도 식사 수발을 한다든지 시중을 든다든지 하며 너무 바빠서 자신에 관련된 회의이면서도 거의 신경을 쓰지 못했다. 그래서 회의장에 불려갈 때는 창피스럽게도 음식 국물로 얼룩이 가득한 치마에 손에는 밀가루를 가득 묻힌 채 부들부들 떨면서 들어갔던 모양이다.

회의장 가득히 도열한 위대한 장로들과 원로들은 그 모습을 재미있게 보았다. 그들은 몇 가지를 질문했고 에델린은 거의 제정신이 아닌 상태에서 대답했다. 하지만 그 대답보다는 그 모습이 그들로 하여금 도저히 반대의 의사를 표시하지 못하게 만들었던 모양이다. 결국 그녀는 에델브로이의 프리스티스가 되었다.

국왕께서도 이 사건에 관심을 두었던 모양이다. 그제야 알게 되었지만, 그 신전이란 다름아닌 에델브로이의 총본산, 대폭풍의 신전 그랜드스톰이었다. 그랜드스톰은 수도 바이서스 임펠에 소재한 신전 중에서도 꽤 위세 높은 신전이었으며, 적절한 방법으로 왕의 버릇을 고쳐줄 수도 있는 몇 안 되는 신전 중 하나이다.

국왕께서 직접 내방하지는 않았지만 국왕께서는 '에델브로이의 대덕 고승들께서 내린 지혜로운 결정에 만족하겠다. 트롤 에델린이 원한다면 바이서스의 시민으로 받아들인다.'는 내용의 서한을 보냈으며, 공작과 몇몇 왕족은 직접 내방하여 에델린과 악수를 나누고(그들도 사실 꽤 떨렸으리라.) 갔다. 결국 그녀는 수도에서 아무런 문제 없이 포교 활동을 하거나 봉사 활동을 할 수 있게 되었다.

원칙상으로는.

원칙상으로는 그랬다. 하지만 수도 시민들은 그녀를 멀리했으며 그녀의 봉사를 되도록 거부하려 했다. 그때는 이미 상당히 지혜로워진 그녀는 그 이유를 알고 있었다. 그녀는 괴로워했고, 수없이 기도하며 또 기도했다. 결국 지혜로운 하이 프리스트는 그녀를 쫓아내었다.

"에델린, 인간을 보며 괴로워하지 말고, 세계를 보고 돌아오너라. 너 같은 미인을 홀로 세상에 보내려니 나도 썩 불안하다. 세상엔 미인이라면 프리스티스의 치맛자락이라도 들춰보고 싶어하는 못된 녀석들이 많거든? 하하하, 어쨌든 세계 전체에 봉사하도록. 세상엔 발에 걸리는 게 진리라 할 만큼 진리가 많이 있으니 돌아올 땐 그중에 하나 훔쳐오너라. 그게 안 된다면, 특산품 과자라도 몇 개 사오든가."

그래서 그녀는 순례자로서 세상에 나오게 되었다. 하이 프리스트의 처방은 적절했다. 수도의 시민들은 그래도 그녀에 대해 알고나 있었지만 세상의 다른 사람들은 대경실색했다. 영지나 마을 경비대에게 죽음을 당할 뻔한 적도 있었다. 그런 고초를 겪으며 그녀는 사람들에게 보다 친숙하게 다가가는, 그들을 이해시키는 방법들을 하나둘 터득할 수 있게 되었고, 사람들도 진심 어린 그녀의 행동에 오해를 풀었다. 하지만 목숨을 걸고 달아나야 했던 적도 많았다고 한다.

어쨌든 그녀는 근 2년 가까이 미드 그레이드를 떠돌다가, 이제 미드 그레이드를 떠나 웨스트 그레이드로 가볼까 생각했다고 한다. 웨스트 그레이드 쪽은 중부 대로의 슬픔 아무르타트 때문에 (이 대목에서 내 눈이 번쩍이는 것을 보고 에델린은 놀라는 모양이었다.) 포교 활동이 제대로 실시되지 않았기 때문에 그쪽에 목표를 두고 가고 있던 중이라고 한다. 그리고 한 가지 더 목적이 있다면, 그녀의 아버지를 찾아보는 것이다. 그녀에게 말을 가르치고 신전에 넣어준 마법사를. 하지만 신전측에서는 그 점에 대해서는 엄격했다. 그녀는 오로지 에델브로이의 딸일 뿐이라며 그 외의 과거는 철저히 감추었다. 그래서 그녀는 거의 단서를 가지지 못한 채 추적하는 셈이다.

탁탁 소리를 내는 모닥불 옆에서, 앉은 키가 거의 3큐빗은 되는 에델린의 모습이 불길에 아늑하게 보였다. 그녀의 번뜩이는 이빨도, 초록색으로 번뜩이는 피부도, 노란 눈동자도 나를 불안하게 만들지는 않았다. 마치 수줍은 듯이 두 무릎을 모아쥐고 어깨를 움츠리며 이야기하는 트롤. 무엇이 불안하겠는가?

"고초가 심하셨겠어요?"

"자신의 삶이 고통스럽지 않다고 생각하는 사람은 별로 없답니다."

"그런데, 궁금한 게 있어요. 키가 얼마나 되세요?"

"5.5큐빗이지요."

"역시, 그 정도 될 거라고 생각했어요. 헤에, 마을에 들를 땐 그것도 꽤 불편했겠네요. 문턱에 부딪히는 일이 많았겠어요?"

에델린은 미소를 지었다. 어느새 난 에델린에게 꽤 가까이 다가가 있었다. 가까이라고 해봐야 다른 사람 보기에 동석이라고 생각할 정도였지만, 처음에는 꽤 멀리 떨어져 있었으니까. 나는 이루릴에게 물어보았다.

"저, 그런데 이루릴은 어떻게 처음부터 아무런 불안 없이 접근할 수 있었죠?"

"불안? 아, 네. 누군가 신성 마법을 쓰고 있었고, 두 분밖에 없었으니, 당연히 이분은 프리스티스일 거라고 생각할 수밖에 없지요. 그리고 프리스티스라면, 그 신께 대적하지 않는 이상 두려워할 이유가 없지요."

나는 혀를 내둘렀다. 아무리 그래도 겉모습은 트롤이잖아. 이루릴은 그런 내 표정은 보지 않고 에델린에게 질문했다.

"에델린께서는 막강한 디바인 파워를 허락받으신 모양이군요. 트롤이면서도 그 정도의 디바인 파워를 획득했다는 것은 믿어지지 않는데요."

"에델브로이의 은총이겠지요. 어릴 때부터 그랜드스톰의 선학들께서 저를 지도해 주셨기 때문에 간신히 신의 지팡이 흉내를 낼 정도는 됩니다."

"아마도 에델린같이 특별한 존재를 그분의 지팡이로 쓰도록 결정하신 것은, 에델브로이께서 당신에게 많은 것을 바라시기 때문이 아닐까요. 그러니 그런 높은 수준의 디바인 파워도 부여하신 것이겠지요."

난 무슨 말인지 도통 모르겠지만 이루릴의 말은 칭찬이었나 보다. 에델린은 꽤 기쁜 표정을 지었기 때문이다. 칼은 에델린의 이야기를 들으며 내내 고개를 끄덕이더니 그제야 입을 열었다.

"그런데 저 영지에 대한 일은……."

"어떻게든 수단을 강구해 봐야겠지요. 저, 그래서 말인데……."

에델린은 몹시 불편하다는 듯이 말을 꺼냈다. 그녀는 한참 주저하더니 말했다.

"저, 괜찮으시다면 여러분, 저를 좀 도와주시지 않으시겠습니까?"

"어떤 도움이 필요하십니까?"

"저건 아마도 게덴의 프리스트의 짓이든지, 아니면 게덴의 힘을 간직한 아티팩트의 영향일 것입니다."

"저희들도 그렇게 추측했지요."

"예, 어느 경우이든 저 안에 들어가서 그 원인을 파괴해야 됩니다. 프리스트라면 그를 억압해야 될 것이고, 아티팩트라면 파괴해야겠지요. 전 저 안에 들어갈 수는 있습니다. 하지만 그 여자를 상대할 수는 없더군요. 첫날, 저 영지에 들어갔다가 그 여자에게 쫓겨 간신히 도망나왔습니다."

"그 여자? 아, 검은 옷의 여자 말씀입니까?"

"보셨습니까?"

"예. 우리보고 나가라고 그러던데요?"

"까마귀들과 늑대들을 부르는 여자. 아마도 뱀파이어가 아닐까 하는데요."

그 커다란 소시지를 다 먹고 물을 마시고 있던 샌슨이 마시던 물을 토했다.

"푸하! 배, 뱀파이어?"

"샌슨! 다 튀었잖아! 이런, 그런데 뱀파이어라고요? 무슨 뱀파이어가 낮에 나와요?"

에델린은 우울한 표정을 지으며 그 노란 눈동자를 껌뻑였다.

"저 때문이지요. 햇빛을 가려버렸으니 나올 수 있는 것입니다. 하지만 해를 가리지 않았다면 저 영지에 헬카네스의 기운이 더욱 집중될 것입니다. 게덴의 힘이 더더욱 강화되겠지요."

"뱀파이어라……, 으우웃! 그런데, 그것도 게덴 때문인가요?"

나는 진저리를 치며 물어보았다. 에델린은 고개를 끄덕였다.

"뱀파이어는 질병입니다. 그것은 전염병이라 할 수 있는 것이죠. 뱀파이어에게 물린 자는 뱀파이어가 되고……. 라이칸스롭과 더불어 질병 중의 질병이라 할 수 있는 것이죠."

음, 그런가. 하긴 전염병이나 다름없군. 그러나 나는 이해가 가지 않았다.

"그런데 어떻게 프리스티스가 뱀파이어를 무서워하죠? 그러니까 양쪽이 바뀐 것 아닌가요?"

에델린은 한숨을 쉬었다.

"저곳은 세이크리드 랜드입니다. 다른 신의 율법이 대단히 약화되는 장소이지요. 저 영지에 들어간 첫날, 그녀가 뱀파이어임을 짐작하고는 몇 번이나 터닝해 보았지만 모조리 실패했습니다. 한두 번 성공하긴 했지만 그녀를 몇 초 동안 주저하게 만드는 정도였습니다."

나와 샌슨은 그런가 하는 표정으로 고개를 끄덕였다. 하지만 칼은 어처구니가 없다는 표정이었다.

"아이고 맙소사……."

"저, 왜 그러시죠, 칼?"

칼은 고개를 절절 흔들면서 대꾸했다.

"뱀파이어가 프리스티스를 무서워하지 않는다니! 여보게, 퍼시발 군, 네드발 군. 에델린께서는 사흘 동안이나 계속 날씨를 바꿀 수 있을 정도의 강력한 디바인 파워를 지니신 프리스티스 아닌가. 그런데 그런 막강한 프리스티스를 두려워하지 않는다니!"

그런가? 샌슨과 나는 머리를 긁적이며 서로 마주본 다음 새삼 감탄스러운 표정으로 에델린을 바라보았고 에델린은 수줍다는 듯이 시선을 외면했다. 음, 수줍어하는 트롤이라. 보고 있기가 좀 그렇군.

이루릴이 자리에서 일어났다. 그녀는 말했다.

"정말 무서워하지 않는군요."

그녀는 엉덩이를 툭툭 털더니 곧 에스터크의 검집이 달린 벨트를 풀어버렸다. 뭐지? 우리는 놀란 눈으로 그녀를 바라보았고 그녀는 소드 벨트를 풀어 에스터크에 둘둘 말더니 그것을 배낭에 꽂아놓았다. 그러고는 왼쪽 허벅지에 묶어둔 망고슈를 꺼내들었다.

"여러분은 잘 보이지 않겠지요. 불 붙은 장작개비를 하나씩 주워드세요. 초음파 때문에 귀가 먹을 지경이군요."

"초음파?"

"박쥐입니다. 하지만 곤충을 잡아먹는 보통 박쥐는 아니군요."

모두 긴장하여 일어났다. 우리는 모닥불을 가운데 두고 불을 등진 채 섰다. 말들이 걱정되는데. 말들을 향해 고개를 돌리는 순간, 갑자기 앞이 캄캄해졌다.

"으아아!"

박쥐가 내 얼굴에 달라붙었다. 얼굴이 긁히는 느낌에 소름이 쫙 돋았다. 황급히 그것을 잡아당겼는데 힘이 너무 세었던지 '찌직!' 하는 소리를 내며 그대로 손 안에서 터져버렸다. 그리고 그것을 신호로 주위는 '찍, 찌직.' 하는 박쥐 울음소리로 가득찼다.

"우, 우아아!"

"찌이이익! 찍! 찍!"

박쥐가 눈보라처럼 휘날렸다. 마치 검은 종이 조각을 공중에 가득 던져둔 것 같았다. '찍! 찍!' 하는 소리에 귀가 먹을 것 같았다. 아니, 어떻게 이렇게 갑자기 나타났지? 나는 엉겁결에 바스타드를 뽑아 휘둘렀다. 하지만 바스타드로 날짐승을 잡는다는 것은 말도 안 된다는 사실을 깨달았을 뿐이다. 샌슨은 불 붙은 장작을 휘두르기 시작했다. 바스타드는 아무 소용이 없었지만 불 붙은 장작은 확실히 효과가 있었다. 불 붙은 박쥐들이 주위를 정신 사납게 날았다. 찍! 찌지직! 불똥이 날아다녀 온몸이 델 것 같다. 그리고 노출된 팔의 피부엔 박쥐들의 날개가 닿았다. 끔찍한 기분이었다.

"눈을 가려! 목을 가려!"

칼은 목이 터져라 고함을 지르며 장작을 휘둘렀다. 나도 재빨리 장작개비를 뽑아들었다. 한 손에 하나씩 들고 그대로 일자무식, 마치 깃발춤을 추듯이 온몸을 위아래 좌우로 뱅글뱅글 돌렸다.

"다 타버려!"

곧 머리에서 발끝까지 불 붙은 박쥐들이 부딪혀왔다. 통째로 구워지는 느낌이었다. 윽! 할퀴었어, 머리에 달라붙었어! 머리카락 아래의 피부를 긁어대는 박쥐의 발톱. 나는 미친 듯이 머리를 터느라 장작을 다 집어던지고 말았다. 그리고 장작을 놓치는 순간 박쥐들은 새카맣게 내 몸에 달라붙었다.

"이이아아아!"

나는 땅에 누워 굴렀다. 박쥐들이 터져나가는 느낌이 그대로 온몸에 전달되어 왔다. 팔에 화끈한 느낌이 들었다. 눈을 떠보니 난 내가 집어던진 장작 위를 구르고 있었다.

"앗, 뜨거!"

내 팔다리는 박쥐의 조각들과 그을음, 그리고 이끼들이 묻어 뭐라 할 수 없이 역겨운 모습이었다. 이루릴은 박쥐와 일행이 모두 섞여버리니 마법을 쓸 수 없다고 판단한 모양이다. 하긴 저렇게 날아다니니 가만히 서서 캐스트할 시간도 없다. 그녀는 손에 든 망고슈를 거꾸로 쥐고 온몸을 날리며 박쥐들을 쳐내렸다. 어둠 속에서 저렇게 정신없이 움직이는 박쥐들을 쳐내리는 것이다. 맙소사, 이루릴은 빗방울도 잡아내겠는걸?

에델린 역시 가만히 서서 캐스트할 방법이 없자 망토를 벗어들더니 그것을 휘둘렀다. 에델린의 거대한 몸에 어울리게 망토는 거의 천막 같은 크기였다. 박쥐들은 그물에 부딪히는 물고기들처럼 망토에 맞아 휘감겼다. 그때였다.

"그 여자!"

샌슨의 고함소리. 땅에서 뒹굴던 나는 화급히 눈을 떠 바라보았다. 그 여자가 있었다. 검은 옷을 입고 있는 지저분한 여자. 낮에 우리를 막아섰던 그 여자다. 그 여자는 우리에게서 약 40큐빗쯤 떨어져 박쥐와 춤추고 있는 우리를 감상하고 있었다. 이윽고 그 여자는 두 손을 앞으로 뻗어올렸다.

"캐스트한다!"

나는 목이 터져라 외치며 그리로 달려갔다. 박쥐가 후드득거리며 상체 전체에 부딪혀왔다. 눈을 가리고 뛰려니 도저히 뛸 수가 없었다. 나는 그만 앞으로 나뒹굴고 말았다. 돌, 돌이다. 나는 쓰러진 채 손에 잡히는 돌을 집어들어 무조건 집어던졌다.

정신없이 집어던진 것이라 돌멩이는 완전히 엉뚱한 방향으로 날아갔다. 하지만 나무에 맞아 굉장한 소리를 내며 나무가 부러졌다. 콰지직! 짜작! 그 소리에 놀란 그 여자는 나무를 바라보다가 그만 캐스트에 실패해 버린 듯했다. 그리고 그때 이루릴의 목소리가 들려왔다.

"매직 미사일!"

돌아보니 이루릴은 박쥐들이 잠깐 뜸해진 사이에 간신히 캐스트를 끝내는 모습이 보였다. 이윽고 그녀의 주위에는 새하얀 빛의 막대기가 다섯 개 떠올랐다. 그녀는 손을 앞으로 뻗어 검은 여자를 가리켰다. 그러자 빛의 막대기는 곧장 그 여자에게로 날아들었다.

그러나 박쥐들이 날아들며 검은 여자를 보호했다. 매직 미사일 하나에 서너 마리의 박쥐들이 달라붙어서 몸으로 막아내었고, 결국 모두 소멸시켜 버렸다. 그 사이에 뱀파이어는 여유 있게 캐스트를 시작했다. 이루릴은 어떻게 저지할 마법을 캐스트하려는 모습이었으나 박쥐들이 그녀를 가만히 두지 않았다. 이루릴은 사방에서 날아드는 박쥐를 모두 그 작은 망고슈 하나로 쳐내는 무서운 솜씨를 보이고 있었지만 그 때문에 도저히 캐스트할 상황이 아니었다.

"난 안 보이냐! 기름 젓기!"

나는 바스타드를 8자로 뱅뱅 돌리면서 앞으로 뛰었다. 박쥐들이 마구 맞아 터지면서 핏방울이 얼굴에 튀었다. 하지만 눈을 감으면 달릴 수 없잖아! 그 여자는 내가 그렇게 무식하게 달려가자 놀란 눈으로 날 바라보더니 나에게 손을 내밀었다. 그 손에는 유리 막대기가 들려 있었다.

"라이트닝 볼트!"

"으아아아!"

그 여자 앞에서 갑자기 번갯불이 튀겼다. 그리고 쫙 뻗어온 번개는 내가 마구 휘젓던 바스타드에 정확히 맞았고 나는 바스타드째 뒤로 밀렸다. 칼자루로부터 전해 오는 번개에 몸이 감전되었다. 눈앞이 하얗게 바뀌었고 온몸의 감각이 없어졌다. 밤하늘이 이렇게 하얗다니. 발뒤축이 통째로 뭉개지는 느낌이 들었다. 나는 그렇게 뒤로 밀려가다가 발에 힘을 주었다. 나야 이미 맞았지만, 뒤의 사람들이 맞게 할 수는 없다! 나는 제자리에 멈춰 선 채 앞으로 몸을 기울이며 그 번개를 다 맞았다. 내 몸을 밀어붙이는 번개는 마치 100년 동안 계속되는 것 같았다. 그리고 그 작렬하는 번갯불 속의 100년이 끝나는 순간이 다가왔다.

이건 무슨 마법이지? 갑자기 땅이 일어서더니 내 얼굴을 때리네?

"후치!"

샌슨의 고함소리인가?

"으어어어아! 우아, 후아, 흐카악!"

이런 대답을 해서 미안해. 나는 온몸을 경련시키느라 도대체 대답할 상황이 아니었다. 몸이 진정되지 않고 계속 마구 뒤틀려

떨렸으며 머릿속엔 계속 불꽃이 튄다. 사방이 하얗게 변했다가 시커멓게 바뀌기를 반복한다. 그리고 그런 불꽃 사이사이로 나에게 다가오는 검은 옷의 여자의 모습이 보인다. 그 여자는 내가 떨어뜨린 바스타드를 주워들었다. 그리고 그대로 위로 쓱 들어올려 내 가슴을 겨냥했다.

"꺄아아!"

갑자기 여자의 배에서 화살이 돋아났다. 아니, 화살이 날아가 박힌 것인가? 나는 침을 마구 튀기느라 제대로 볼 수가 없었다. 침을 흘리면서 머리를 계속 떠니 그럴 수밖에. 힐끗힐끗 보이는 모습으로는 아무래도 칼이 한 방 쏘아붙인 모양이다. 그리고 그때쯤 내 경련도 조금씩 진정되고 있었다. 그러나 경련이 진정되자 참을 수 없는 고통이 밀려왔다. 살이 다 익어버린 모양인데?

"으허, 헉! 하아악! 으악!"

도대체 어떤 방식으로도 누울 수가 없다. 땅에 닿는 부분이 너무 아팠다. 나는 덜덜 떨면서도 일어나 앉을 수밖에 없었다. 그래야 땅에 닿는 부분이 적어지니까. 일어나는 동안 땅을 짚은 손바닥이 그대로 찢어지는 느낌이 들었다. 간신히 앉고 나자 나는 두 손을 앞에 모아 덜덜 떨었다. 누가 날 보면 알코올 중독이라고 하겠군. 나는 턱을 덜덜 떨며 눈물을 흘리면서도 씨익 웃었다. 하지만 이가 부서져라 부딪혀서 웃는 것도 힘들었다.

나는 앉은 채로 앞에 있는 여자가 배에서 화살을 뽑아내려고 하는 모습을 감상했다. 우습지도 않군. 이런 상황에서 이런 자세로 구경이라. 으헉, 헉. 침은 계속 흘러내려 가슴이 차가웠다.

그 여자는 화살을 뽑아내어 땅에 집어던졌으나 그 사이에 옆구리에 다시 한 방 맞고 말았다. 여자는 화살을 땅에 집어던지는 자세에서 그대로 균형을 잃으며 앞으로 고꾸라지고 말았다. 나는 앉은 채 그 모습을 아주 잘 볼 수 있었다. 하지만 몸은 계속 떨리고 미칠 듯이 아파왔다. 여자는 땅에 쓰러진 채 땅을 박박 긁었다.

"됐다! 박쥐들이 물러간다!"

아, 아하, 저 여자가 쓰러지니까 박쥐들도? 발소리, 쾅쾅거리는 이 엄청난 발소리는 아마 에델린의 것이겠지. 에델린. 트롤 프리스티스면 어때요. 저 여자 명복이나 빌어줍시다. 그리고 내가 죽으면, 당신이 내 명복을 빌어줘도 화내지 않겠어. 아니지. 내가 어떻게 화낼까요. 당신은 신도 흡족해할 경건한 트롤. 난 신학에는 관심 없는 인간 개구쟁이. 이윽고 내 어깨에 닿는 손.

"괜찮아, 후……."

"크아아아아아!"

어깨가 찢어지는 느낌. 잡지 마! 제, 제기랄, 나, 날 죽일 셈이야? 명복 어쩌고 했지만, 그래도 이렇게 곧장 죽이냐? 나는 그대로 기절해 버렸다.

"엄마 찌찌."

"다 큰 녀석이 징그럽게."

나는 어머니에게 안겨 있었다. 분명 17세의 커다란 덩치 때문에 어머니에게 안길 수는 없었지만, 그래도 안겨 있었다. 나는 어머니의 유방을 만지작거리며 칭얼거렸다.

"난 죽을 뻔했어, 엄마. 벼락을 맞았다고."

"그러니? 그래도 친구와는 사이좋게 지내야지."

"싫어. 벼락하고는 같이 놀고 싶지 않아."

그러자 옆에서(?) 아버지가 말씀하셨다.

"나도 그렇게 좋은 신세는 아니다, 아들아."

돌아보니, 아니, 돌아보지는 않았다. 그냥 보였다. 어쨌든 아버지는 아무르타트의 앞발에 깔린 채 오른손으로 턱을 괴고 지루하다는 표정으로 말했다. 아무르타트는 우리 아버지를 밟은 채 크게 웃으며 외쳤다.

"크하하하! 10만 셀! 10만 셀을 줄 테니 이놈을 데려가라!"

그러자 아버지는 왼손으로 턱을 옮기며 말씀하셨다.

"뭐라고? 천만에. 내 주정뱅이 아들이 겨우 10만 셀에 날 되찾아 갈 것 같은가?"

물론 당연하다. 난 어머니에게 안겨 있다. 잠시 동안은 아버지를 아무르타트에게 맡겨둬도 무방하리라. 아무르타트는 더 크게 웃었다.

"우하하하! 그렇다면 100만 셀! 100만 셀이다!"

귀찮아 죽겠네. 아무르타트는 너무 시끄럽다. 그러고 보니 그 머리에는 제미니의 얼굴이 달려 있다. 흠, 시끄러운 계집애. 항상 날 괴롭히는군. 제미니는 엉덩이에 착 달라붙고 허벅지의 곡선이 그대로 드러나는 멋진 가죽 바지를 입고 있다. 이루릴인가? 난 이루릴에게 안겨 있다. 나는 이루릴의 유방을 만지고 있었다. 이루릴은 웃으며 룬어로 된 자장가를 불렀다.

"잘 자라, 잘 자라. 내 귀여운 아가. 처녀가 애를 낳을 때까지."

룬어를 알아듣는다는 것은 불가능하다. 나는 크게 하품을 하며 곯아떨어질 수밖에 없다. 하지만 엄마의 유방은 기분 좋게 내 볼을 누르고 있다. 마치 바위처럼 단단한 유방…….

"후치?"

"으아아아!"

트롤의 얼굴이 날 내려다보고 있었다. 나는 소스라치며 일어났다. 잠시 얼이 빠져서 주위를 둘러보았다.

아침이었다. 박명의 하늘에 검푸른 빛깔이 서서히 엷어지고 있었다. 높고 굵은 침엽수들의 검은 그림자 사이로 보이는 하늘의 조각들은 제각기 다른 색깔. 사그라들어가는 모닥불에서는 붉은 불똥만이 검은 잿더미 사이에서 반짝이고 있었다.

칼은 쓰러진 나무 그루터기에 앉아 무언가를 마시다가 날 쳐다보았고, 바로 옆에선 샌슨이 그 나무에 등을 기댄 채 롱소드를 닦던 손을 멈추며 나를 바라보고 있었다. 이루릴은 약간 떨어진 위치에서 바닥의 이끼들 사이에 있는 바위 위에 앉아 있는 실루엣으로 보였다. 아마 기주를 하는 듯했다. 아이고, 맙소사. 조금 전의 꿈이 떠올라 이루릴을 바라볼 수가 없다. 나는 고개를 돌려버렸다. 그러자 다시 트롤의 얼굴이 보였다. 에델린이었다. 에델린은 웃으며 날 바라보았다. 그리고 내가 누워 있었던 장소는 아무래도 에델린의 무릎 위……, 설마!

"기분이 괜찮아요?"

에델린의 질문은 내 귀에 들어오지 않았다. 설마, 설마 난 에델린의 유방을 만지작거리고 있었단 말인가? 나는 샌슨을 돌아보았고, 그 얼굴을 본 순간 나는 진실을 깨달을 수 있었다. 나를 외면하면서, 입가에 치미는 웃음을 참으려 애쓰는 저 얼굴. 유피넬에 맹세코! 난 이제 고향에 돌아가면 사회적으로 매장이다. 트롤에게 안겨 그 찌찌를 만지작거렸다니!

"어, 아, 예. 좋은 아침이죠?"

내 대답에 에델린은 멍한 표정을 지었다. 나는 고개를 휘휘 돌리며 어떻게든 말을 이으려 애썼다.

"어, 어떻게 된 거죠? 나 벼락을 맞았는데."

그러고 보니 온몸이 말짱하다. 나는 손바닥을 살펴보고 팔을 살펴보고 얼굴을 만져보았다. 아무렇지도 않았다. 칼이 대답해 주었다.

"에델린 양이 자넬 치료했네."

아, 그런가? 성직자의 신성 치료. 칼이 어제 그렇게 설명하고 감탄했지만, 난 솔직히 오늘 아침의 내 상태에 더 감탄했다. 에델린은 정말 엄청난 성직자인가 봐. 나는 감탄하는 표정으로 에델린을 바라보았다.

"아, 감사합니다. 에델린."

"천만에요. 후치가 벼락을 막아준 덕분에 우리 모두가 살았는데요. 정말 용감하시군요, 후치. 그 엄청난 벼락에 온몸이 밀리면서도 끝까지 쓰러지지 않았다니. 저기, 저 자취 보이세요?"

에델린이 가리킨 곳을 바라보니 쟁기로 갈아엎은 듯이 풀이 마구 헤쳐지고 땅이 파인 자국이 두 줄로 나 있었다. 그 폭은 대략 내 어깨 넓이 정도. 라이트닝 볼트에 밀리면서 내 발이 남긴 자국인가? 길이는 약 10큐빗. 세상에, 내가 저렇게 밀렸던가? 내가 돌았나 보다.

"어떻게 그런 용기를 낼 수 있었죠? 엄청난 고통이었을 텐데 끝까지 다 막아내다니, 정말 놀라워요."

"원래 번개하고 친하거든요."

내 대답에 에델린은 미소를 지었다. 자, 이제 무서운 확인의 순간이다. 나는 이를 악물고 질문했다.

"저, 에델린. 내가 정신을 잃은 사이에 뭔가 당신에게 실례를……."

에델린은 빙긋 웃었다. 삐죽삐죽한 이빨이 멋있군.

"제가 엄마 같았나 보죠?"

"푸헥헤헤헥헤헤!"

샌슨은 포복절도를 하기 시작했다. 머리를 절절 흔들면서 미친 듯이 웃는, 품위라고는 전혀 찾아볼 수 없는 웃음이다. 칼도 빙그레 웃으면서 고개를 돌려 외면했다. 나는 땅을 파고 싶었다. 더도 말고 내 몸 하나 완전히 들어갈 정도로만.

"실례……랄 건 없어요. 전 신의 지팡이고, 신께 순결을 맹세하지만, 저와 당신은 다른 종족이잖아요. 당신이 고양이를 쓰다듬는다고 고양이가 당신을 치한으로 몰지야 않겠죠. 게다가 당신은 꿈속이었고."

"죄, 죄송합니다!"

"아니, 말했잖아요. 아무렇지도 않아요."

에델린은 그야말로 푸짐한 미소를 지으며 너그러운 표정이었지만, 그래, 에델린은 아무렇지도 않은 모양이지만, 난 아니다. 부끄러워 죽겠다. 상대가 보통 사람이라도 부끄러워 미칠 일인데, 트롤인 데다가 프리스티스 아닌가? 트롤이라는 것은 결국 다른 종족이니까 괜찮다고 하겠지만(사실 그것도 별로 괜찮은 일이 아니다.), 내가 성직자의 유방을 만지작거렸다니!

"그거? 그건 예지몽도 아니고 신몽도 아니고, 한마디로 개꿈이구먼."

나는 일행과 꽤 멀리 떨어진 위치까지 칼을 끌고 가서 내 꿈에 대해 질문했다. 아무래도 아버지의 모습을 본 것이 마음에 걸렸다. 하지만 칼은 빙긋 웃으며 간단히 개꿈이라고 말했다. 내 얼굴을 살피던 칼은 좀더 설명해야 될 필요를 느낀 모양이다.

"흠, 그건 그저 자네의 무의식이 반영된 것일 뿐이네. 아무르타트에 깔린 아버지를 보면서 외면해 버리는 아들, 맞나? 그건 자네가 아버지에 대해 가지는 죄책감 때문에 그런 생각을 떠올리는 것이지. 자네 아버지는 아무르타트의 포로로 고생하고 계시니, 자넨 이 여행을 즐길 마음이 도저히 들 수 없을 거야. 하지만, 생전 처음 나온 여행이니 어찌 즐겁지 않을 수 있겠는가. 그러니 스스로가 싫어지는 것이고, 그러다보니 그런 영상을 그리는 것일밖에. 별것 아닐세. 자네가 순수해서 그런 것일세."

"그, 그럼 아버지에게는 아무 일도 없을 거라는 말이죠?"

"예끼! 그럼 자네가 샤먼이게?"

휴, 안심이군. 하긴 내가 무슨 재주로 미래를 예견하는 꿈을 꿀 것인가. 하지만 칼의 말은 끝나지 않았다.

"그리고, 자네가 세레니얼 양에게 안겼다는 말은, 음. 그건 자네가 아직 그 정도로 성숙미를 풍기는 여자를 보지 못했기 때문이라네. 대단히 인상적이었겠지."

"카아알……."

혹시 중요한 꿈인가 싶어 속속들이 말한 게 실수다. 칼은 유연하게 설명을 해나갔고 나는 다시 땅을 파고 싶어졌다.

"세레니얼 양의 매력이라는 것은 대단히 독특한 종류의 것이지. 인간에게선 찾아보기 힘든 종류야. 사실 인간 여자에게서 그런 매력이 나온다면 그 여자는 보통 드세다느니 하는 말을 듣게 되겠지. 세레니얼 양은 당당하고, 침착하고, 몸매는 마치 잘 짜인 조각 같지. 자네 취향엔 맞지 않을 거야. 보통 우리는 여성을 고양이에게 비유하지 말에게는 비유하지 않네. 말은 우아하고, 날렵하고, 어쨌든 상당히 아름답지만 너무 탄탄하고 당당해. 세레니얼 양이 그러하지. 마치 우리가 흔히 생각하는 고대인의 모습이지. 그래서 자넨 무의식중에 그런 위압적인 매력을, 안겨서 가슴을 만지는 영상, 즉 친숙하고 다정한 느낌으로 바꿔보려 했던 것일 게고. 역시 별것 아닐세. 자네가 워낙 저런 형태의 매력에 익숙지 않아서 그럴 뿐이네."

"카아알……, 제발……. 이루릴은 귀가 밝다고요."

칼과 내가 멀리 떨어져서 이야기를 나누고 있긴 하지만, 난 이루릴의 무서운 청각을 잘 알고 있다. 레너스 시의 감옥에서 이루릴은 그렇게 멀리 떨어진 우리가 속삭이는 말도 들었고 어젯밤에는 박쥐들이 내는 초음파도 들었다.

나는 이루릴 쪽을 훔쳐보았다. 이루릴은 에델린과 뭔가 이야기를 나누고 있을 뿐 별로 이상한 느낌은 없었다. 칼도 내 눈길을 보더니 싱긋 웃고는 입을 다물었다. 나는 다른 것을 물어보았다.

"그런데 그 뱀파이어는?"

"시체가 발견되지 않은 것으로 보아 도망친 것 같아."

"흐음……."

3

"가요!"

"……그렇지 않아도 가려고 했다. 그런데 자넨 너무 흥분하는 것 같은데?"

"갚아줄 게 있으니까! 그 뱀파이어, 내게 번개를 날렸어. 갚아 주겠어요!"

샌슨은 나에게 슬며시 다가와 귓속말을 했다.

"하지만 그 덕택에 아름다우신 프리스티스의 무릎에서 잠들 수 있지 않았냐? 그리고 거기에 덧붙여, 세상에, 프리스티스의 그 걸……."

"죽일 거야!"

우리는 아침 식사를 마친 다음 칼라일 영지로 들어가기로 했다.

에델린은 우리의 말에 대단히 고마워했지만, 이건 당연한 일이다. 칼에 의하면 저런 현상, 하나의 신이 가진 힘만이 지배하는 땅이 지상에 나타나는 것은 절대로 안 되는 일이라고 한다. 게다가 그것이 질병의 신 게덴이라면 대륙 전체로 전염병이 퍼져나갈 수도 있다고 한다. 그리고 나 개인으로서도 갚아줄 일이 있지. 그 벼락은 제법 뜨거웠어. 그리고 덕택에 난 사회적으로 매장당할 스캔들을 일으켰다고.

에델린은 오늘 구름을 부르지 않았다. 뱀파이어가 나돌아다니지 못하게 하기 위해서다. 하지만 그 때문에 작열하는 태양빛이 그대로 내리쬐었다. 가을볕에 살갗 타는 줄 모른다는 이야기가 있긴 하지만, 맙소사, 이건 숫제 쏟아지는 폭포처럼 만물을 녹일 듯이 퍼붓는 햇빛이다.

"저거 아지랑이 같은데?"

"아지랑이 맞아."

"……."

이 가을 들판에 아지랑이라. 머리가 이상해지는 느낌이다. 샌슨과 나는 갑옷 안에 받쳐 입던 두꺼운 셔츠도 벗어버리고 얇은 속옷 위에 가죽 갑옷을 입었다. 이루릴도 재킷을 벗어두고 블라우스 소매를 걷어올렸다. 새하얀 팔이 내 눈을 붙잡으며 다시 오늘 새벽의 꿈이 떠올랐다. 잊자! 빨리 잊어야 해! 하지만 나는 어느새 멍한 얼굴로 블라우스의 단추를 세 개나 풀어버리는 이루릴을 바라보고 있었다. 그 뽀얀 앙가슴이 내 시선을 붙잡아매었다. 이런, 내가 샌슨을 닮아가나? 이루릴은 단추를 풀다가 나를 보고는 고개를 갸웃했다. 나는 황급히 말했다.

"더, 덥지요? 이루릴?"

"그렇군요."

나와 샌슨이 정면에 섰다. 말들을 천천히 걷게 하며 밭을 가로질러 칼라일 영지의 입구 쪽으로 다가갔다. 샌슨은 말없이 밭에 피어 있는 작물을 가리켰다. 말라 비틀어지고 썩어가는 작물들. 가을 들판의 풍요로움이란 찾아볼 수가 없다. 그리고 그 위로 폭포수처럼 쏟아지는 햇살. 무엇보다 끔찍스러운 것은, 그림자가 전혀 없다는 것이다. 난 그림자가 없는 얼굴을 보는 것이 이렇게 이상한 줄 몰랐다. 샌슨이 마치 샌슨이 아닌 것처럼 보이잖아.

납작하고, 한결같은 색깔이다. 난 다른 사람들의 얼굴을 보고 있기가 괴로워 앞만 바라보았다.

영지 입구 양쪽에 가로수가 나타나다가 그 뒤로 차츰 마을의 건물들이 하나씩 나타났다. 먼지가 지독하게 피어올랐고 이마를 타고 흐르는 땀에 그대로 먼지가 달라붙었다.

"끔찍하게 덥군."

목을 타고 흐르는 땀을 닦으며 샌슨이 투덜거렸다. 우리는 마을 안으로 들어섰다. 일행의 맨 뒤에서 걸어오던 에델린이 천천히 기도에 들어갔다.

"프로텍션 프롬 디바인 파워."

에델린이 기도를 끝내자 곧 우리 주위의 어떤 막 같은 것이 생겼다. 그것은 직경 약 20큐빗의 반구형 막으로, 비누 거품처럼 어떻게 보면 아무것도 안 보였다가 어떻게 보면 그 표면을 흐르는 빛이 보였다.

에델린은 두 손을 다시 내리며 말했다.

"이제 다른 신의 힘은 이 안으로 들어오지 못합니다."

당장 살았다는 느낌이 들었다. 그 방어막이 무슨 효과가 있는지는 모르겠지만 일단 더위가 상당히 가셨기 때문이다. 게다가 음영이 전혀 없어 목과 얼굴 색깔이 똑같아서 괴이하게 보이던 샌슨의 얼굴이 이제야 제대로 보이는 것이다. 하지만 칼은 침착하게 질문했다.

"그럼, 이 막을 벗어나면 우리는 위험해지는 것이군요?"

"그렇습니다. 하지만 그래서는 행동에 장애가 심할 테니 안 되겠지요. 이건 다른 기도를 위한 준비입니다."

에델린은 다시 기도에 들어갔다. 그녀의 거대한 손이 빛으로 물들더니 그녀는 우리 각자의 머리에 손을 얹었다. 흠, 땅에 선 채로 간단히 말 위에 있는 내 머리에 손을 얹는군.

“에델브로이의 이름으로 그대를 축복합니다.”

흠, 뭐가 달라졌지? 별다른 느낌은 없었다. 샌슨은 어깨를 조금 움츠리며 축복을 받았고 칼은 경건하게 두 손을 가슴에 모으고 고개를 숙인 채 에델린의 축복을 받았다. 에델린은 이루릴을 잠깐 바라보았을 뿐 이루릴은 축복하지 않았다. 왜 그러지? 에델린은 말했다.

“유피넬의 어린 자식이며 그랑엘베르의 총애를 받으시는 엘프께는 에델브로이의 축복이 필요없으시겠지요. 어쨌든 여러분은 이제 대략 세 시간 가량은 게덴의 마수를 벗어날 수 있습니다. 한마디로 병에 걸리지는 않을 겁니다.”

“아, 네.”

“그럼, 수색을 시작해 보도록 하지요.”

다시 말을 몰아가기 시작했다. 말이 걸을 때마다 풀썩거리며 먼지가 피어올랐다. 건물 색의 부조화는 보는 사람을 미치게 만들 지경이다. 어디를 보아도 똑같은 색깔. 게다가 오늘은 건물 벽이 마치 백열하여 불타오르는 듯했다. 주위의 모든 것이 그저 하얀색으로만 보였다. 우선 우리는 고함을 지르며 돌아다녔다.

“이봐요! 누구 없어요!”

“여기 멋진 총각이 둘이나 있으니 고개를 내밀어……, 그런 표정 짓지 말아요, 칼! 할 수 없군. 여기 멋진 총각이 셋이나 있으니 고개를 내밀어 봐요!”

“네드발 군……, 그만둬 주게.”

하지만 아무도 대답하지 않았다. 그래서 건물마다 들어가 보았지만 아무도 보이지 않았다. 시민들이 다 어디로 간 것일까? 우리 예상에 의하면 이곳엔 질병이 판치고 있을 것이다. 아픈 사람들이 집을 떠날 수가 있을까? 칼은 잠시 고민하다가 주위를 둘러보았다.

"병, 질병이라. 가능성이 높은 장소는 신전이나 성, 공회당 같은 건물이겠지. 그런 곳에서 병자들을 수용했을 거야."

우리는 마을 중앙의 좀 커 보이는 건물들이 모인 곳으로 향하기 시작했다.

까아옥! 까르르, 깍!

까마귀 하나가 우리 머리 위를 가로질렀다. 나는 흠칫해서 그 까마귀를 보았으나 한 마리뿐이었다. 그놈은 건물 처마 위에 앉더니, 작열하는 태양빛 속에서도 별로 영향을 받지 않는 것처럼 당당한 자세로 우리를 내려다보고 있었다.

"훠이! 꺼져!"

고함을 질러도 물러나지 않았다. 그래서 우리는 기분 나쁜 시선을 한 번씩 보낸 다음 까마귀를 무시하며 걸어갔다. 건물들 중앙으로 공터가 보였고 거기에는 작은 가건물과 함께 우물이 있었다.

"음?"

샌슨이 뭔가를 발견했다.

"우물 뒤에, 꼬마인가?"

나도 그때 우물 뒤에서 머리를 빠끔 내밀었다가 후다닥 사라지는 모습을 보았다. 왜 저러지? 나와 샌슨은 서로 마주보았다. 나는 앞을 향해 말했다.

"이봐, 거기 누구니? 우린 널 해치지 않아."

잠시 후, 다시 머리가 천천히 올라왔다. 원래는 금발이었을 듯한 머리가 퇴색한 채로 마구 흐트러져 흐르고 있는 계집아이였다. 나이는 대여섯 살이나 되었을까. 원래 귀여웠을 얼굴이지만, 음영이 하나도 없는 그 얼굴은 하얀 가면 같았다. 소녀는 쭈뼛거리며 우물 옆으로 돌아나왔지만 우리 쪽으로 걸어온 것은 아니다. 그 소녀는 여차하면 옆의 골목으로 뛰어들 듯한 모습이었다. 그때 칼이 앞으로 나서며 말했다.

"얘야, 안심하렴. 이 마을에 병이 돌고 있지? 우리는 그것을 고치러 온 사람이야."

그 말을 듣자 골목길과의 거리를 재던 소녀는 황급히 고개를 돌렸다. 칼은 말에서 내리더니 천천히 그 소녀에게 걸어가려고 했으나 칼이 다가가자 소녀는 물러났다.

그때 나는 우물 옆에 놓인 두레박을 보았다. 두레박에는 물이 반도 안 되게 담겨 있었고, 그 옆에는 역시 물이 반도 안 되게 담긴 물통이 보였다. 아마 저 소녀의 힘으로는 이 정도밖에 끌어올리지 못했겠지. 나는 미소를 지으며 두레박 쪽으로 천천히 걸어갔다. 소녀는 마치 나와 검투 시합이라도 벌이듯이 내 움직임에 따라 둥글게 움직였다. 나는 느린 동작으로 잘 보라는 듯이 두레박을 들어올려 우물 속에 넣었다. 그러고는 우물물을 길어 물통에 쏟아 보여주었다.

소녀의 얼굴에 불안이 조금 가시는 것처럼 보였다. 나는 다시 우물물을 길어올려 유쾌하게 물을 쏟았다. 물통은 단번에 찼다.

"내가 들어다줄게. 어디로 가면 되지?"

"신전."

"알았어. 난 후치야. 넌?"

"슈."

"슈? 좋은 이름이야. 예쁘구나. 예절도 밝고. 저기 잘 되지도 않는 미소를 짓느라 애쓰는 아저씨는 칼이야. 그리고 저기 먹성 좋게 생긴 입을 가진 아저씨는 샌슨이야."

칼과 샌슨은 허허 웃어버렸고 슈도 덩달아 간신히 미소 비슷한 것을 떠올렸다. 그 애의 눈이 칼과 샌슨을 따라 움직이다가 이윽고 이루릴에게 머물렀다. 슈의 눈이 커졌다.

이루릴은 미소를 지으며 자기 가슴을 가리키며 말했다.

"이루릴."

슈의 얼굴이 대단히 환해졌다. 이루릴은 거침없는 동작으로 다가왔지만 칼의 경우와는 다르게 슈는 물러나지 않았다. 오히려 앞으로 한두 발자국 걸어갔다. 이루릴은 허리를 굽혀 슈의 눈과 눈높이를 맞추더니 미소를 지으며 말했다.

"슈? 내가 안아줄까?"

슈는 고개를 끄덕였다. 그러자 이루릴은 슈를 안아올렸다. 허, 아무리 낯을 가리지 않는 아이라도 조금 경계할 법한데. 슈는 전혀 불안감 없이 이루릴의 목을 감았다.

그때 나는 갑자기 고민에 빠졌다. 일행의 맨 뒤, 앞으로 나서지 않고 후드를 푹 눌러쓰고 있는 에델린의 모습이 보였던 것이다. 이 아이, 트롤의 모습을 보면 너무 놀라지 않을까? 아마 에델린도 그 때문에 앞에 나서지 않는 모양이다. 그러나 이루릴은 슈를 안은 채 그대로 에델린에게 걸어갔다. 아이고, 그건 안 돼!

"슈? 여기는 에델린."

슈는 에델린의 엄청난 덩치를 보고 놀란 모양이다. 슈는 엄지손가락을 빨며 에델린을 바라보았다. 에델린은 후드를 그대로 눌

러쓴 채 말했다.

"안녕, 슈. 반갑구나."

슈는 그 목소리에 더 놀라는 표정이었다. 입을 갑자기 벌리느라 기다란 침이 입술과 엄지손가락을 이었다. 갑자기 슈는 고개를 돌리더니 후드 아래의 얼굴을 보았다. 하긴 이루릴에게 안겼어도 여전히 에델린보다는 한참 아래니까 간단히 그 얼굴을 볼 수 있었다.

"트롤?"

슈의 얼굴이 허옇게 바뀌며 당장 비명을 지를 듯이 입을 벌렸다. 그러나 그때 에델린이 천천히 후드를 뒤로 당겼다. 슈는 겁에 질린 얼굴로 에델린과 마주보고 있었고 에델린은 무표정하게 슈를 마주보았다.

차츰, 슈의 얼굴이 평온해졌다. 이윽고 미소마저 떠올랐다. 그때 에델린이 팔을 앞으로 내밀었다. 이루릴은 에델린에게 슈를 내밀었고, 슈는 에델린에게 안기자 아래를 보더니 황당한 눈이 되었다. 너무 높으니까. 슈는 에델린의 목을 꼭 껴안더니 그 가슴에 머리를 묻었다. 에델린이 입모양만으로 이루릴에게 물었다.

'왜 그런 거죠?'

이루릴은 의아한 표정이 되었다. 그녀는 말소리를 직접 내어 말했다.

"뭐가요?"

"이 아이, 절 보면 겁먹었을 거예요. 간신히 감화력을 사용해서 친숙해지긴 했지만, 왜 그러신 거죠?"

이루릴은 의아한 표정이 되었다.

"당신이 우리의 동료라는 것은 저 아이도 보면 알 수 있을 텐데요?"

에델린은 한숨을 쉬었다. 나도 한숨을 쉬었다. 이루릴은 자신이 침착하고 이성적이기 때문에 다른 사람도 모두 이성적인 줄 아는군. 하긴, 어제 이루릴은 처음 보자마자 에델린에게 아무런 불안도 없이 다가갔지. 상대가 프리스티스이니 뭐가 겁나랴 하는 태도지만, 인간이라면 그렇게 아무 불안 없이 행동할 수 있을까? 불안이라는 것은 결국 경계, 자기 보존 감각 중 하나이다. 엘프는 자기 보존의 감각이 없는 걸까? 엘프는 필요하다면 아무 불안도 없이 자살할까?

나는 골치아픈 생각을 관두고는 물통을 들어올리며 말했다.

"슈? 안내해야지. 어디로 가지?"

슈는 손가락을 들어 가리켰다.

"저기."

주위의 건물보다 조금 떨어진 위치에 있는 언덕 위로 조금 큰 건물이 보였다. 누구의 신전일까? 에델린은 신전의 벽에 붙은 문양을 살피더니 말했다.

"그랑엘베르의 신전이군요."

우리는 신전 쪽으로 걸어가며 슈에게 이곳 사정을 묻기로 했다. 주로 에델린이 가슴에 안긴 슈에게 질문했고 우리는 모두 말에서 내린 채 말을 끌고 가며 옆에서 들었다.

"슈? 어른들이 저기 있니?"

"응. 어른들 모두 아파. 슈가 물을 가져다 머리를 닦아줘도 계속 열이 나."

"슈가 계속 여기서 물을 날랐니?"

"응. 나 빵도 나르고 물도 날라."

눈물이 흐를 것 같군. 이 조그만 아이가 병자들의 간호사라고? 저 조그만 손으로 어떻게 병자들의 음식을 날랐단 말인가?

"어제 신전의 음식이 다 떨어졌어. 그래서 나 물만 나르다가 오늘 아침에 빵도 날라. 나 빵을 들고 달려가다가 넘어졌어. 무릎이 아파도 슈는 참았어. 어른들이 너무 많아. 나 손가락 세 번이나 날랐어."

손가락 세 번? 아, 열 번씩 세 번이란 말이군. 이 아이가 저 신전에서 마을까지 서른 번이나 왔다갔다 했단 말이지? 에델린도 목이 메인 목소리로 말했다.

"착하구나, 어딜 다쳤니?"

슈는 치마를 걷어올려 다친 무릎을 보여주었다. 에델린은 조용히 그 커다란 손으로 상처를 쓰다듬었고, 그러자 상처는 곧 없어졌다. 슈는 환한 표정이 되었다.

"아프지 않은 어른은 없니?"

"검은 언니는 아프지 않아. 오늘은 안 보여."

검은 언니? 혹시 그 뱀파이어인가? 에델린은 눈을 찌푸리며 말했다.

"검은 언니는 누구지?"

"몰라. 검은 언니야. 매일 까마귀랑 놀아. 슈를 도와주지도 않아."

"그리고 다른 사람은 없어?"

"아이들이 다 없어졌어."

"응?"

"아이들은 모두 없어졌어. 그리고 어른들은 모두 아파. 아이들이 없어져서 그런가 봐."

멋진 삼단 논법이긴 한데. 에델린은 심각한 표정을 지었다. 그리고 다른 사람들도 모두 불안한 표정이 되었다. 아이들이 없어지다니. 왜 없어졌다는 말인가? 에델린은 말했다.

"신전에 가서 어른들에게 물어보죠."

그러자 칼이 말했다.

"에델린 양은 좀 뒤에 오시지요. 다른 사람들이……."

"알겠어요."

"네드발 군, 퍼시발 군. 먼저 말을 타고 달려가서 살펴보도록."

나와 샌슨은 말에 오른 다음 신전 쪽으로 달려갔다. 신전은 불타오르는 백색이었다. 번쩍거려서 금도금을 한 것처럼 보이는데. 하지만 그것은 저 요괴스러운 햇빛의 장난이다.

신전을 두른 낮은 담에 도착했다. 신전 뒤쪽은 그대로 산으로 이어져 있었다. 신전의 정문은 간단한 나무문이었는데, 우리는 거기서 눈길을 끄는 것을 발견했다. 낮은 담장 주위로 얕은 구덩이가 빙 둘러 파여져 있고 거기엔 액체가 고여 있었다. 그리고 군데군데 둥둥 떠다니는 쥐의 시체도 보였다. 말에서 내려 바라보니 그 액체는 기름이었다. 기름 표면에는 뽀얗게 먼지가 쌓여 있었다.

"샌슨. 이건?"

"격리시킨 것 같은데. 방역 조치야. 잠깐, 그럼 우리도 들어가면 안 되는 것 아닐까?"

"흠. 우린 상관없을 거야. 아까 에델린이 우릴 축복했잖아. 그리고 사실 여기는 신의 장난이 펼쳐져서 이렇게 된 것이잖아. 이런 방역이 통할 만한 곳이 아니지. 어차피 슈도 계속 들락거렸을 거야."

"흠, 알겠어. 그러니까 저렇게 해봤다가, 소용이 없어서 기름을 그대로 방치해 버린 것이군."

결정을 내린 우리는 정문으로 들어갔다. 안에는 넓은 뜰이 펼쳐져 있었고 그 안쪽으로 몇 개의 건물이 보였다. 말에서 내린 우리는 제일 큰 건물 쪽으로 다가갔다. 그때였다.

"정지……. 물러가라! 쿨럭, 쿨럭쿨럭!"

고함소리. 피를 토하는 듯한 쿨럭거림이 이어졌다. 햇빛이 너무 강렬해서 손바닥을 눈썹에 붙이고서야 앞의 정문 기둥에 기대 앉은 사나이가 보였다. 끔찍한데. 건물 안쪽과 바깥이 똑같은 색깔이었으며, 그래서 기둥에 기대어 앉은 그 사나이의 모습도 전혀 그늘이 없이 뚜렷하게 보였다. 그 사나이는 가죽 갑옷을 입고 있었는데 지독하게 상해 있었다. 곳곳에 칼자국과 찢어진 자국이 보였다. 땅에 늘어뜨린 손에는 핼버드가 들려 있었지만, 그 사나이에게 핼버드를 들어올릴 힘은 도저히 없어 보였다.

샌슨은 되도록 정중하게 말했다.

"칼라일의 경비병이십니까?"

"쿨럭, 쿨럭쿨럭, 다, 당신? 당신, 사람인가?"

"여행자입니다. 도시의 모습이 하도 이상해서……."

"그, 그럼 당신도 조만간 쓰러질 거야. 쿨럭, 멍청하긴. 이, 이상하면 그대로 달아났어야지, 쿨럭, 멍청하게 왜 들어와? 허, 세상에는 바보가 너무 마, 많아."

"예?"

"보라구, 나, 나도 모험가요. 이곳이 어떤 땅인지 아시……

쿨럭! 카악!"

남자는 갑자기 앞으로 허리를 숙이더니 땅에 얼굴을 박고 미친 듯이 기침을 토했다. 핏덩이가 그대로 튀어나와 남자 앞의 땅을 붉게 물들였다. 우리는 달려가서 그 남자를 부축했다. 그 남자를 다시 기둥에 기대게 하자 그 남자는 졸도할 것 같은 표정으로 우릴 바라보았다.

"다, 당신들, 곧 내 꼴이 돼. 허, 허허, 아마 꿈도 못 꿀걸. 여, 여기는……."

"세이크리드 랜드죠."

남자의 눈에 경악이 떠올랐다. 남자는 갑자기 샌슨의 팔을 꽉 움켜쥐었다.

"다, 당신 그걸 알고 들어왔나? 그럼 바, 방법이 있단 말이지?"

머리 회전이 빠른 사내인걸. 샌슨은 웃으며 대꾸했다.

"저희 동료들 중 에델브로이의 프리스티스가 계십니다. 그분이 저희를 축복해서 여기 들어올 수 있었죠."

"프, 프리스티스? 아하! 성직자! 그, 그거 다행이시군, 크하!"

남자는 비웃는 태도였다. 그는 딸꾹질까지 해가며 웃었다. 그는 갑자기 몸에서 힘을 쭉 빼더니 이젠 좀 침착하게 말했다.

"나, 모험가라고 하지 않았소. 내 동료 중엔 성직자, 마법사도 있소. 우리, 나흘 전에 이곳에 왔소. 우리 마법사는 이곳이 세이크리드 랜드라고 말해 주었고 뭔지도 설명해 주었소. 크험, 쿨럭! 아마 당신네 성직자도 그랬겠지? 하, 우리도 방어막을 친 다음 들어왔소. 제기랄. 그냥 떠났어야 했는데, 뭐 얻어먹을 게 있다고. 결국 우리, 병에 걸려버렸어. 우리 동료들도 다 쓰러져버렸어. 저 안에 있는 이 빌어먹을 영지의 시민들과 함께."

"시민들도 여기에 있습니까?"

"그렇소. 최소한 살아 있는 사람은. 우리들은 집집마다 돌아다니며 시체는 모두 치워버리고 산 사람은 여기로 옮겼소. 쿨럭, 아마도 그 와중에 우리들도 병에 걸린 모양이야."

그래서 집들이 모두 비어 있었구나. 샌슨은 감탄한 어조로 칭찬했다.

"훌륭하십니다."

"훌륭할 것 없소. 어쨌든 웬일인지 그 다음날부터 계속해서 구름이 꼈어. 우리 마법사가 말하길 구름이 끼는 동안은 질병이 더 확산되지 않을 거라더군. 헬카네스의 기운이 어쩌니 하면서 말이오. 하지만 그것도 글러버렸어. 오늘 드디어 그 고맙던 구름도 사라졌소. 사람들은 급속도로 악화되었지. 제기랄, 오늘 해 뜨고 반나절 만에 열네 명이 죽었단 말이오! 쿨럭! 나도 어제까진 어느 정도 돌아다닐 기운이 있었지만 오늘은 이런 꼴이오. 제기랄, 난 폐병이야. 어처구니가 없어서. 비참하게도 꼬마에게 부탁해 물을 길어오게 했소."

"슈 말씀이군요."

내 말에 그 모험자는 고개를 들어올렸다.

"그 애를 만났어? 이상한 일이지. 쿨럭, 애들은 질병에 걸리지 않아. 하지만 그 애 이외에 다른 애들은 모두 사라지고 그 애만 남았어. 이 안에 있는 90여 명의 사람들을 그 애가 먹여살리게 됐어. 어쩌면 90명의 장례식의 상주 노릇을 하게 될지도 모르지."

"애들이 사라졌다고요?"

"그래. 이상해. 언제 어느새 사라지는 것인지도 모르게 사라져. 잠시 눈에 안 들어온다 싶다가, 찾아보면 없는 거야. 쿨럭, 우리는 환자를 옮기느라 너무 바빠서 병에 걸리지 않은 아이들은 별로 신경쓰지 못했어. 그러고는 뭔가 이상하다 싶어서 아이들을 주의해 보게 되었을 때는 이미 저 슈라는 아이 하나밖에 남지 않았어. 그래서 우린 그때부터 슈에게서 눈을 떼지 않았지. 슈는 사라지지 않더군. 하지만, 우리 마법사가 말하길, 하아, 하아, 이 모든 것이 연관되어 있다면, 질병의 힘이 약해지는 흐린 날씨에는 아이들도 사라지지 않을 거라고 말하더군. 하지만 이제 날이 맑아졌으니……."

샌슨은 안심시키려는 듯 미소를 지으며 말했다.

"저희들이 말씀드린 프리스티스가 바로 그 구름을 불러들인 분입니다. 대단한 권능을 지니신 분입니다."

모험자의 얼굴에 놀라는 빛이 떠올랐다.

"뭐, 뭐요? 사실이오?"

"그렇습니다."

"아니, 그럼 왜 이제껏 구름만 불러들인 거요! 왜, 왜 들어오지 않고?"

"그분과는 어제 저녁에 만났습니다. 그분은 혼자라서 들어오지 못하셨던 것입니다. 그리고 우리와 만나서 오늘 들어오시게 된 것이죠."

그 남자는 다시 희망을 되찾았다. 그는 밝은 표정으로 말했다.

"그, 그분은?"

"슈를 데리고 곧 도착하실 겁니다. 잠시 후면……."

그때 남자의 얼굴이 우리 뒤를 보고 있다는 것을 깨달았다. 고개를 돌려보니 이루릴과 칼, 그리고 그 뒤로 슈를 안아든 키 큰 에델린의 모습이 보였다. 남자의 얼굴이 급변했다. 이런, 미리 트롤이라고 설명해 주었어야 했는데. 남자는 고함질렀다.

"트, 트롤? 그럼 미드 그레이드의 '치료하는 손' 에델린이오? 오! 감사합니다! 테페리여, 감사합니다!"

샌슨과 나는 또 멍청하게 서로를 마주보았다.

에델린은 미드 그레이드에서 상상 외로 유명했던 모양이다. 하긴 트롤 프리스티스라니, 도저히 소문이 나지 않을래야 않을 수 없겠지. 하지만 알고 보니 에델린은 그 특이한 개성뿐만 아니라 놀라운 편력을 통해서도 명성이 높았던 모양이다.

"살았어! 우린 살았어! 에델린, 에델브로이의 따님이!"

터커 올햄이라는 이름의 그 남자는 오두방정을 떨고 있었다. 에델린이 그를 치료했던 것이다. 그 남자는 펄펄 날아다닐 정도로 기운을 되찾았다. 터커의 안내로 우린 신전 안으로 들어갔다.

안으로 들어서는 순간, 숨막히는 느낌이 들었다.

"으음……."

무거운 공기. 뜨겁고, 묵직하다. 마치 갑자기 목욕물 속에 들어온 듯한 답답함과 뜨거움이 신전 안의 공기에서 느껴졌다. 무엇보다도 바깥과 똑같은 밝기 때문에 천장이 없나 살펴보게 되었다. 하지만 천장은 분명히 있었다. 그런데 바깥과 밝기가 똑같다.

넓은 공간은 아무래도 원래 예배당이었던 모양이다. 원래 열을 지어 놓여 있었을 긴 의자는 모두 벽으로 치워져 있었다. 의자를 다 치우고 병자들을 눕힌 것은 터커와 그 동료들이었던 모양이다.

그렇게 넓은 공간에 지금 병자들이 가득 누워 신음하고 있는 것이다. 각양각색의 병자들. 빼빼 마른 사람은 아마 영양 실조나 그 비슷한 무엇. 그 옆의 팅팅 부어버린 사람은 콩팥이나 간이 안 좋은 것이겠지. 온몸에 붉은 반점이 가득 나서 신음하고 있는 천연두 환자. 검은 반점을 가진 사람은 페스트 환자인가? 진물을 흘리며 썩어가는 팔다리를 부여잡은 채 몸을 뒤틀고 있는 피부병 환자의 모습도 보인다. 피부병에 걸린 처녀는 수치심 같은 것은 예전에 버렸는지 옷을 거의 벗어버린 채 몸을 긁고 있다. 엉덩이에 말라붙은 피똥이 가득한 저런 처녀에 유혹을 느끼는 사람은 없겠지.

"허억……."

나는 신음을 토하며 쓰러지지 않기 위해 예배당 입구의 기둥을 붙잡았다.

"증세가 제각각이오. 아무래도 각자 다른 병에 걸리는 모양이야. 빌어먹을, 우리 마법사는 여자라고는 손목도 못 잡아본 순진한 녀석인데, 세상에 성병에 걸려버렸어. 믿을 수 있겠소?"

샌슨은 헛기침을 하며 눈으로 에델린과 이루릴을 가리켰다. 터커는 머쓱해져서 머리를 긁적였다.

"어, 죄송합니다. 에델린. 워낙 황당한 일이라서."

"괜찮습니다. 어디 보자……."

에델린은 그 많은 병자들을 보자 좀 당황한 표정이었다. 칼이 말했다.

"원인을 찾아 퇴치하는 것도 중요하지만, 이들의 증세가 갑자기 악화되고 있다고 하니 이들이 더 급하군요. 올햄 씨, 당신의 동료들을 가르쳐주시오. 당신들은 모험가이니, 훨씬 도움이 될 거요. 그러니 먼저 당신 동료들부터 치료합시다."

"아, 예!"

"그리고 네드발 군과 퍼시발 군은 식량 재고가 떨어졌다고 하니 일단 식량과 물을 좀 나르도록. 약초와 수건 등도 챙겨오게. 세레니얼 양께서는 저와 함께 에델린 양을 도웁시다."

"알겠습니다."

나와 샌슨은 신전을 뒤져 곧 커다란 수레와 물통들을 찾아내었다. 나는 샌슨을 수레에 태우고 마을을 질주했다. 마을 한가운데에 수레를 세워두고, 우리는 주위의 집을 뒤졌다. 밀가루, 옥수수가루, 햄, 베이컨들. 신선한 야채를 못 구하는 것이 아쉬웠지만 어쨌든 수레를 가득 채웠다.

"그런데 이 음식들은 오염되지 않았을까?"

"칼의 설명대로라면 이 도시 공기 전체가 오염되었을 거야. 어떻게 끓여 먹이든가 해야겠지만, 별로 소용이 있을 것 같지는 않아."

"그런데 우리는 왜 까딱 없지? 아, 참! 에델린에게 축복을 받았지."

그리고 우리는 물통에 물도 채운 다음 다시 언덕을 내달려 올라갔다. 슈는 산더미 같은 짐을 실은 수레를 이끌며 달려가는 내 모습을 보더니 감탄했고, 터커는 아예 기절할 듯한 표정을 지었다.

"너, 너 혹시 하프 오거쯤 되나?"

크악! 하프 엘프나 하프 오크는 들어봤어도 하프 오거는 처음 들어보겠네. 그게 가능하냐! 나는 화난 표정으로 샌슨을 가리키며 말했다.

"오거는 여기 있고! 난 순진무구한 17세 꿈 많은 소년!"

딱! 오래간만이군. 으음, 정수리야…….

신전 예배당 안으로 들어가 보니 에델린과 칼, 이루릴은 악전고투중이었다. 에델린은 정신없이 큐어 디지즈를 써대고 있었고 칼과 이루릴은 우리가 가져간 약초들을 꼼꼼하게 검사해서 각양각색의 냄비에 끓이거나 졸이거나 했다. 칼의 말에 의하면 놀랍게도 치료하고 지나갔던 병자에게서 다른 병이 발생한다는 것이다. 그러니까 일사병에 걸린 사람을 간신히 진정시켜 놓으니 곧 동상에 걸린다는 식이다. 그 말을 듣자니 웃음도 안 나온다. 결국 칼은 기진맥진한 어투로 말했다.

"일단 급한 환자는 다 봤으니, 에델린 양. 이 신전 전체에 게덴의 힘이 침범하지 못하도록 막을 수 있겠습니까?"

"그럴 수는 있지만……, 그렇게 하면 그 동안 저는 꼼짝을 못합니다."

"꼼짝을 못한다고요?"

"그렇습니다."

"할 수 없지요. 그렇게라도 해주십시오. 격리 조치를 해서 이런 악순환은 막아야 되니까. 그렇게 해주시면 저와 세레니얼 양이 어떻게 해보겠습니다."

에델린은 고개를 끄덕이더니 곧 주위를 둘러보았다. 아마 신전 전체에서 중앙이 되는 위치를 찾는 모양이다. 그녀는 자리를 잡더니 무릎을 꿇었다(그래도 나와 눈 높이가 비슷하다.). 그녀는 두 손을 모으고 기도에 들어갔다.

당장 느낄 수 있었다. 신전에 가득하던 열기가 사라져버린 것이다. 병자들의 안색도 조금 밝아진 것 같았다. 우리는 일단 신전 안을 돌아다니며 시체들을 찾았다. 열네 구의 시체들. 터커의 말에 의하면 오늘 오전에 죽은 자들일 터였다. 그런데 이렇게 썩어가고 있나? 샌슨과 나는 시체가 부서지지 않도록 주의하며 들어 날라야 했다. 속이 다 뒤집힐 것 같군.

터커의 동료들도 하나씩 일어났다. 터커는 기쁨에 찬 목소리로 외쳤다.

"사만다!"

터커의 동료인 다갈색 머리의 프리스티스는 마구 갈라진 입술을 쓰다듬으며 일어났다. 그녀는 현기증이 도는지 주위를 한참 멍하게 바라보고 있었다. 내가 물을 한 그릇 가져다주자 순식간에 비워버리고는 한 그릇 더 달라고 말했다.

"난 테페리를 모시는 사만다 크레틴이야. 넌 누구니?"

난 물을 다시 떠다주며 말했다.

"어, 전 후치 네드발. 여행자입니다."

"그러니? 여기 우연히 들렀다가 우릴 돕게 된 모양이구나. 착한 아이야. 하지만 좀 어리석은 행동이었어. 여긴……."

"세이크리드 랜드죠."

사만다는 눈을 크게 뜨더니 날 바라보았다.

"너, 경력 있는 모험가니?"

"에엑? 천만에요."

터커가 웃으며 에델린을 가리켰다. 사만다는 기도하고 있는 트롤을 보더니 흠칫했다. 그러나 그녀는 미간을 모으고 생각하더니 고개를 끄덕였다.

"아, 미드 그레이드의 치료하는 손이시구나. 그럼 그 먹구름도 설명되는군."

사만다는 고개를 갸웃갸웃하면서 에델린을 바라보았다. 그러다가 그녀는 주위에 있는 병자들과 그들을 돌보고 있는 칼과 이루릴의 모습도 보았다.

"어머나…… 저분들도 네 동료니?"

"예."

"고마운 일이야. 흠, 나도 일어나서 좀 도와……."

사만다는 그렇게 말하며 일어나려다가 휘청거렸다. 터커와 나는 꼼짝하지 말라고 일렀지만 사만다는 기어이 일어나서 병자들에게 다가갔다. 환자가 환자를 치료하는 모습이군.

터커의 동료 중엔 거대한 팔치온을 껴안고 끙끙거리는, 무식하게 생긴 크라일이라는 전사도 있었다. 그는 심하게 열을 내면서 몸부림치고 있었는데 그를 살피던 칼은 고개를 저으며 말했다.

"이거 뭐라고 말해야 할지……. 증상은 꼭 산욕열 같은데?"

환자의 팔에서 고름을 짜내기 위해 달군 대거를 가져가던 내가 질문했다.

"산욕열이 뭐지요?"

"임산부가 산후에 걸리는 병……."

"푸헤헥!"

나는 웃느라 자칫 환부를 절개하는 것이 아니라 환자의 팔을 날려버릴 뻔했다. 어쨌든 간신히 진정해서 환자의 팔을 찢고 피고름을 짜내었다. 역한 냄새와 함께 엄청난 피가 쏟아져 나왔다. 피고름을 다 짜내고 나자 환자의 팔에는 커다란 구멍이 보일 지경이었다. 사만다는 날 보며 미소지었다.

"참 착한 아이네. 보통 아이라면 달아나버릴 텐데."

"보통 아이라도 우리 고향에서 17년 정도 살고 나면 나처럼 될 거예요."

사만다는 의아한 표정을 지었지만 나는 별로 설명하지 않았다. 사만다는 약초 달인 물을 가져다가 크라일에게 먹였다. 산욕열에 시달리던 크라일 부인(?)은 머리를 휘휘 저으며 간신히 좀 편안한 표정이 되었다.

여자 손목도 못 잡아본 주제에 엄청난 병에 걸렸다는 그 마법사는 선량해 뵈는 눈을 가진 펠레일이라는 청년이었다. 그는 자신의 아픈 부위를 보이고 싶지 않다고 발악을 하다시피 했지만 (나라도 그러겠다.), 칼은 당당히 그의 로브를 걷어올렸고 펠레일은 죽고 싶은 표정을 지으며 눈을 꽉 감았다. 그리고 이루릴은 약초를 졸여서 고약처럼 만들더니 그것을 펠레일의 거기에 바르기 시작했다. 보고 있던 우리는 모두 얼굴이 벌겋게 되어버렸다. 치료이긴 하지만, 너무 선정적인걸.

눈을 질끈 감고 있던 펠레일도 뭔가 이상한 감각을 느낀 모양이다. 그는 눈을 떴고, 그러자 이루릴은 그의 얼굴을 보며 생긋 미소를 지었다. 그러자 펠레일은 곧 자지러지는 비명을 질렀다.

"으아아아!"

이루릴은 놀라서 엉덩방아를 찧고 말았다. 그리고 나는 그녀의 놀란 얼굴을 보고 웃느라 엉덩방아를 찧어버렸다.

"푸하하하하!"

펠레일은 뭐라고 더 말을 하려다가 그만 혼절해 버렸다. 좋으면 좋은 거지 그걸 가지고 혼절씩이나 하나? 터커의 표현대로 정말 이런 병에 걸렸다는 것이 우스울 만큼 순진한 청년이군. 샌슨이나 나, 그리고 터커는 펠레일을 치료하는 이루릴의 모습을 보고 있기가 낯뜨거워 재빨리 흩어졌다.

어쨌든 끔찍하게 많은 환자였다.

에델린이라면 단번에 치료할 테지만 그녀는 지금 병의 재발을 막기 위해 신전을 봉쇄하고 있었고 그래서 칼과 이루릴, 터커, 나, 샌슨, 사만다 여섯 명이서 그 많은 환자들을 돌보게 되었다. 칼은 원래 그런 부분에 박학하고 샌슨은 응급 치료에 대해서도 배웠고 이루릴이나 터커, 사만다의 솜씨도 썩 훌륭한 것이어서 난 주로 다른 사람들이 시키는 일만 열심히 했다. 환자 환부에서 고름 짜기, 이마에 물수건 갈기, 씻기기, 음식 만들어 먹이기, 깨끗한 옷이나 시트, 붕대 마련하기 등등.

정신없는 반나절이었다. 신전의 부엌에 자리잡고는 입과 오른손으로는 신전의 커튼을 찢어 솥에 집어넣고 왼손으로는 환자에게 먹일 수프를 휘젓고 오른발로는 두 개의 커다란 솥에 들어갈 장작을 만들기 위해 예배당의 긴의자를 박살내고 왼발로는 박살난 그 장작들을 아궁이에 차넣는 내 모습을 보며 샌슨은 문어 같은 놈이라고 말했다. 난 문어가 뭔지 몰라서 샌슨에게 다시 질문해야 되었다.

발이 여덟 개 달린 물고기라고? 난 머릿속으로 청어의 허리에 네 개씩의 다리를 붙여봤다. ……나라면 그건 거미고기라고 이름 붙이겠어. 문어가 뭐야?

어쨌든 원래 신전의 커튼이었던 우아한 천은 잘게 찢어져 삶긴 다음 붕대가 되거나 물수건이 되었다. 한참 그 짓을 하고 났더니 커튼을 잡아당긴 턱이 얼얼했다. 게다가 요리라면 자신 있는 나로서도 수프의 맛은 도저히 자신이 없었다. 결국 펠레일이 비척

거리며 부엌으로 들어와 도와주겠다고 말했을 때는 나 역시 기절할 지경이 되어 있었다.

펠레일은 참 기괴한 걸음걸이로 걸어와서 우물쭈물하며 말했다.

"후치 군이라고 했지요? 도와드리겠습니다."

그 걸음걸이를 보면서 아픈 데는 괜찮냐고 물어보기는 민망스러웠다.

"아, 고맙습니다. 그럼 저기 냄비에 부어둔 밀가루 반죽 좀 해주세요. 부어놓고는 틈이 안 나서 반죽도 못하고 있어요."

"뭘 만드시려고요?"

"팬케이크. 그리고 그렇게 어렵게 말씀하지 마세요. 저 어려요."

"아, 예."

펠레일은 미소를 지으며 손을 씻기 시작했다. 난 그제야 한숨 돌리고는 삶은 천조각들을 다시 예배당으로 날라갔다.

예배당에 들어가보니 칼은 입술을 꽉 다물고 급성 설사 환자의 속옷을 갈고 있었다. 정말 대단한 성격인걸. 그 옆에서 보고 있던 터커가 입을 다물 줄 몰랐다. 칼은 날 보더니 지친 음색으로 말했다.

"네드발 군. 장작 좀 부탁하네. 퍼시발 군이 나갔지만 자네가 더 빠르겠지?"

그러고 보니 뜨거운 물을 쓰기 위해 예배당 한쪽에 걸어두었던 솥에 불이 꺼져 있었다. 난 삶은 천을 터커에게 건네고 밖으로 나갔다. 쾅! 쾅! 샌슨은 어디서 도끼를 주워와 미친 듯이 신전의 나무를 찍어대고 있었다. 나뭇조각이 사방으로 튀었다.

"샌슨! 내가 할게. 들어가 물이나 좀 마셔."

"헉, 헉. 아이고, 살았다."

난 샌슨이 흠집을 내놓은 나무에 달려가 어깨로 들이받아서 나무를 쓰러뜨렸다. 샌슨은 헉헉거리며 말했다.

"곰 같은 놈."

"아깐 문어 같다고 말하더니."

도끼를 받아든 나는 나무를 쪼개었다. 대충 한두 방씩 후려치면 쫙쫙 쪼개져나갔다. 입맛이 썼다.

"이거, 나무까지 병이군. 안쪽이 다 썩었는데?"

"그래? 어디 봐…… 정말이네. 보다보다 이렇게 엉망인 나무는 처음 보겠군. 겉은 멀쩡하더니 속은 다 썩어버렸는걸."

"뭐, 태우기만 하면 되니까."

난 다시 다른 나무 몇 개도 들이받아서 쓰러뜨렸다. 그때 예배당 정문에서 슈가 걸어나왔다. 슈는 굉장한 소리가 어디서 나고 있는지 궁금하다는 표정으로 고개를 돌리다가 내 모습을 보며 까르르 웃었다.

"힘 세네?"

"위험하니까 가까이 오지 마."

슈는 얼씬거렸다. 그러니까 물러나지도 않고 그렇다고 가까이 다가오지도 않은 채 오락가락하기 시작했다. 샌슨은 의아한 표정을 지었다. 저렇게 애에 대해서 모르나?

"슈, 심심하니?"

"어, 응. 애들이 없어서."

"저기 샌슨 아저씨가 너랑 놀아주실 거야."

샌슨은 자리에서 튕겨지듯 일어났다.

"후치! 피곤하지 않냐? 내가 교대할게! 어서 쉬어! 명령이다,

쉬지 않겠다면 내 너를…….”

“관둬, 관둬. 알았으니까.”

샌슨은 장남인데도 희한하게 애를 별로 좋아하지 않는다. 정확하게 말한다면 어려워한다고 해야 되겠지. 그래. 샌슨은 애를 어려워한다. 저런 모습을 보면, 정말 장가를 빨리 보내야 된다는 생각이 드는데 말이야.

나는 슈에게 다가가서 번쩍 안아올렸고 슈는 까르륵거리며 내 목에 안겼다. 그러더니 그 작은 손으로 내 목에서 목걸이를 찾아내었다.

“와아……. 예쁘네?”

윽! 예쁘다고? 난 슈의 손에 쥐어진 목걸이를 내려다보았다.

레너스 시의 그, 꿈이 너무 왕성해서 현실 감각을 조금 잃어버린 귀여운 아가씨 유스네의 선물이다. 누구에게 들킬까 싶어 갑옷 속으로 깊이 넣어두었던 것이 어떻게 슈의 손에 잡힌 모양이다. 알록달록하고 그야말로 예쁘장한 목걸이. 17세 소년이 걸고 다녔다간 눈총에 맞아 죽을 만한 목걸이지만, 괜히 유스네에게 미안해서 꼬박꼬박 걸고 다니던 것이다.

“마음에 들어?”

슈는 고개를 끄덕였다. 나는 목걸이를 풀어서 슈에게 건네주었다. 슬슬 잘라둔 장작개비를 안으로 옮겨야 되겠는데.

“있다가 돌려줘야 해?”

옆에서 샌슨이 씨부렁거렸다.

“그럼! 돌려줘야 되고 말고. 그 목걸이에는 한 순결한 소녀의…….”

“그만!”

나는 목걸이에 정신이 팔린 슈를 내려놓았고 슈는 그것을 목에 걸어보고는 헤헤거렸다. 나는 샌슨이 잘라둔 장작을 안으로 옮겼다. 잠깐의 휴식은 지나가고, 다시 전쟁 시작이다. 나는 장작을 모아 기침을 해가며 불길을 다시 살려내고는 주방으로 달려갔다.

4

저녁이 되었다.

에델린은 해가 지고 나서야 기도를 멈추었다. 해가 지고 나면 헬카네스의 영역은 끝난다. 따라서 게덴도 더 이상 힘을 발휘하지 못한다.

급성 환자들은 거의 치료가 끝났고 시민들은 모두 약을 먹거나 음식을 먹은 다음 편히 누워 있었다. 시민들은 끊임없이 '감사합니다, 감사합니다.'를 연발했지만 기진맥진한 칼은 그런 인사도 받아줄 힘도 없는 모습이었다. 거의 강제로 칼에게 저녁 식사를 하도록 해놓고는 내가 그와 교대했다.

환자들의 잠자리를 살펴보고 혹시 심각한 예후가 있는지 본다. 그리고 물수건을 갈아준다. 할머니 한 분은 닭똥 같은 눈물을 흘리면서 내 손을 쥐었다. 검버섯이 피어난 가느다란 손가락에 아무 힘이 없었다. 내 손을 쥔다기보다는 그저 그 위에 얹어두는 모습이다.

"고마워요……."

"천만에요, 할머니."

그러자 그 할머니는 더 서글픈 표정이 되었다. 나는 뭘 실수했나? 잘못한 게 없는데? 그 할머니는 서글프게 미소를 지으며 말했다.

"그렇게 보여요? 난 스물세 살이에요."

난 기절할 듯한 심정이었다. 아니, 이 주름살은? 그리고 하얗게 센 머리카락은 어떻게 된 거지?

"조로증(早老症)……. 죽고 싶어요……, 으흑!"

그 할머니 처녀는 펑펑 울었다. 나도 눈물이 솟구쳤다. 뭐라고 말해야 하나? 가장 아름다워야 될 나이에 노인이 되어버린 처녀에게. 나는 목메인 목소리로 말했다.

"나, 나으실 거예요. 꼭 그렇게 될 거예요!"

처녀는 대답하지 않고 얼굴을 보이기도 싫다는 듯이 시트를 덮어썼다.

너무 잔인한 병이군. 너무, 너무 처참하군. 나는 눈물을 닦으며 다른 환자에게 걸어갔다. 더 처참한 모습이 기다릴까 봐 무서웠다. 하지만 난 그들을 돌보고 있으니, 불안한 표정은 안 되겠지. 난 되도록 밝은 표정으로 거식증에 걸린 남자에게 저녁을 먹이기 위해 애쓰기 시작했다. 그 남자에게 먹인 양보다 그 남자가 내 옷에 토한 양이 더 많았다. 쉬운 일이 아닌걸.

환자들을 대충 살피고 돌아왔다.

칼은 지쳐서 음식도 제대로 못 먹고 있었다. 하루 종일 기도를 하고 있던 에델린도 거의 혼절할 듯한 표정이었다. 그녀는 신전 한쪽 벽에 기대어 앉아서 숨을 쌕쌕거리고 있었다. 이루릴도 마찬가지로 지쳤겠지만 그녀는 흐트러진 머리카락 이외에는 평소 그대로의 모습이었다. 그녀는 조용히 수프를 접시에 담아 에델린에게 가져다주었다. 에델린은 말도 제대로 안 나와서 그저 고개를 끄덕이고는 힘들게 스푼을 들었다. 그러나 스푼을 놀릴 힘이 없자, 에델린은 그냥 접시째 마셔버렸다. 입이 크니 유리한 점도 많군.

터커는 크라일이라는 그 전사를 일으켜 앉혀 음식을 먹이고 있었다. 산욕열에 시달리던 부인께 음식을 먹이는 남편? 왠지 '수고했어요, 부인.'이라고 말하면 어울릴 것 같은데. 크라일은 역정을 부렸다.

"음식 정도는 먹을 수 있으니 신경쓰지 마."

"알았어. 어, 그런데 펠레일은 어디 갔지?"

내가 대답해 주었다.

"부엌에서 먹겠다던데요."

터커는 눈을 크게 뜨더니 곧 피식 웃어버렸다. 그는 벌떡 일어나서 부엌 쪽으로 사라졌고, 잠시 후 펠레일은 터커에게 귀를 잡힌 채 끌려왔다. 터커는 펠레일에게 호령했다.

"자, 어서!"

펠레일은 처참한 눈초리로 터커를 바라보았지만 터커는 꿈쩍도 하지 않았다. 펠레일은 입술을 꽉 깨물었다. 우리는 무슨 영문인지 몰라서 그 둘을 바라보기만 했다. 펠레일은 마치 싸움이라도 거는 듯한 걸음걸이로 벽에 있는 에델린과 이루릴에게 다가갔다.

"이, 이루릴 세레니얼 양이시죠? 전 펠레일입니다. 마, 마법사입니다."

"네……. 알고 있어요."

"저, 말을 건 까닭은, 고맙다는 인사를 하고 싶어서입니다. 부, 불쾌하셨을 텐데도 아랑곳하지 않고 절 치료해 주셔서 정말 가, 감사합니다."

펠레일의 얼굴은 쥐어짜면 붉은 물이 뚝뚝 떨어질 것 같다. 이루릴은 미소를 지으며 대답했다.

"저야말로. 많이 놀라신 것 같더군요. 아까 비명을 지르시길래."

"아, 제, 저의 그, 실수입니다, 그것은. 너무 당황해서……."

"그런가요. 이해하겠습니다. 이제 당신과 전 친구인가요?"

"예?"

펠레일은 무슨 말인지 몰라서 의아해했고 난 미소를 지었다. 펠레일은 잠시 당황하다가 대답했다.

"어, 저, 예. 친구라는 게 그러니까…… 저, 은혜를 입었으니 당신은 제게 소중한 분입니다. 그리고 서로에게 소중한 사람이라면 친구라 할 수도 있겠지요. 그런 의미로 말씀하신 거라면, 예. 그렇습니다."

"고맙습니다. 아, 참. 성기는 이제 괜찮으신가요?"

난 뒤에 환자가 누워 있어 뒤로 쓰러지진 않았다. 샌슨은 수프를 엎지르고 말았고, 크라일은 배를 잡고 웃기 시작했다. 앉아서 꼬박꼬박 졸고 있던 칼은 아무 반응이 없었지만 에델린은 갑자기 몸을 뒤로 빼다가 벽에 머리를 부딪쳤다. 불쌍한 펠레일은 괜찮다는 뜻으로 적당히 우물거린 다음 다시 부엌으로 달아나버렸다. 터커는 그 뒷모습을 멍한 표정으로 바라보다가 이번엔 멍한 표정으로 이루릴을 바라보았다.

이루릴은 경악에 휩싸인 우리를 보더니 질문했다.

"저, 왜들 그러시죠?"

사만다는 나에게 슬그머니 다가와서 질문했다.

"저분, 원래 저러시니?"

"그런가 봐요."

저녁 식사가 끝나고 다시 우리는 환자들에게 흩어졌다. 에델린은 종일 기도했으니 쉬라고 말하는 우리를 물리치고는 다시 환자들에게 다가갔다. 확실히 에델린이 나서니 간단했다. 에델린은 큐어 디지즈를 사용해서 다른 사람들이 대충 치료해 둔 환자들을 거의 완치시켰다. 하지만 조로증에 걸린 그 처녀를 치료할 때는 에델린도 악전고투를 했다.

"이런 끔찍한 병이……."

칼의 지식으로도 이런 병에는 무슨 처방을 써야 할지 짐작도 되지 않는다는 것이었다. 사람은 누구나 늙어간다. 더 빠르게 늙어가는 것은 쉽지만, 거꾸로 돌릴 수는 없다. 젊음을 되돌릴 수 있는가?

과연 시간을 거꾸로 돌릴 수 있는가?

에델린은 시간을 되돌렸다.

"전능한 신의 손길로 유피넬의 저울대에 걸린 헬카네스의 추를 내린다. 법칙 안에서 만물을 감싸 포용하라. 포용함으로 법칙을 이겨내라."

우리는 경이에 찬 눈으로 에델린과 그 처녀를 바라보았다.

처녀의 얼굴에 주름살이 사라지기 시작했다. 손가락에는 다시 통통하고 보기 좋은 살이 오르고 있었고, 시트 아래에서 실팍한 가슴이 솟아오르고 있었다. 처녀는 자기 얼굴을 만져보았다. 처녀는 눈물을 쏟았다. 나도, 칼도, 샌슨도 눈물을 쏟았다. 터커는 눈물을 흘리며 미소를 지었고 크라일은 거칠게 눈을 닦았다.

"허, 이것 참. 눈물 흘려본 게 얼마만이지?"

"에라이, 곰 같은 놈아. 이럴 땐 울어도 돼……."

터커의 말이다. 처녀는 펑펑 울면서 에델린에게 안겼다. 에델린은 그 커다란 손으로 부드럽게 처녀의 등을 쓸어내렸다.

"다행이에요, 정말 다행입니다."

나는 웃으며 고개를 돌렸다. 내 등 뒤에 이루릴이 서 있었다. 이루릴도 미소를 짓고 있었다. 하지만 이루릴의 미소는 좀 당황스러운 미소다. 난 의아스러웠다.

"이루릴, 뭐가 잘못되었나요?"

"저 주문……, 위험한 주문이군요."

"예?"

"법칙을 깨는 주문이군요. 하지만 유피넬의 저울대는 길고, 끝이 없는 법. 처녀의 젊음이 되돌아왔다면, 어디의 누군가가 젊음을 잃었겠지요."

이루릴의 평온한 설명을 듣다가, 나는 느닷없는 경악을 느꼈다. 누군가가 젊음을 잃어? 나는 황급히 고개를 돌려 에델린을 바라보았다. 트롤의 얼굴에 나타나는 노쇠의 증거는 무엇일까? 내가 뭐라고 말하려는 순간, 이루릴이 내 어깨에 손을 얹었다.

나는 뒤를 돌아보았다. 이루릴은 고개를 가로저었다.

그리고 난 아무 말도 할 수 없었다.

밤이 꽤 깊었을 무렵, 마지막 환자의 치료가 끝났다. 에델린은 기진맥진하여 나의 부축을 받아 잠자리로 걸어갔다. 나 이외에는 아무도 에델린의 거구를 부축할 사람이 없어서 그렇게 되었지만, 샌슨은 에델린을 부축하는 나를 보며 고개를 끄덕이며 미소를 지었다. 참 짓궂어 보이는 미소다.

에델린을 눕히고 나는 칼에게 돌아갔다. 칼은 램프 하나를 마치 모닥불처럼 가운데 놓고는 다른 사람들과 모여 있었고, 그 무릎 위에는 슈가 잠들어 있었다. 램프 주위에 앉아 있던 터커가 말했다.

"저희들도 어디에 빠지지 않는 모험가라고 생각했는데……. 여러분들은 더 놀랍군요. 어떤 모험을 하셨습니까?"

우리가 '모험가' 라고? 허. 샌슨이 대답했다.

"아닙니다. 우린 모험가가 아니라 여행자일 뿐입니다. 우연히 이 영지 앞에서 에델린을 만났고요."

그러자 사만다가 말했다.

"겸손하시네요. 저 소년이 가진 것은 OPG잖아요? 보통의 모험가라면 구경도 하지 못할 아티팩트인데."

모험가라. 음. 그 낭만적이고 짜릿한 단어가 나를 지칭한다니. 이거 기분은 요절할 듯이 좋은데. 그러나 칼은 우리가 잡담할 시간을 주지 않았다. 칼은 슈의 머리를 쓰다듬으며 다른 손으로는 눈을 비비며 말했다.

"네드발 군, 퍼시발 군. 힘이 좀 남았나?"

"시킬 일이 뭐지요?"

"신전 주위를 경계해야 될 것 같아. 밤이 되었으니 헬카네스의 기운은 이제 사그라들었지만 다른 문제가 생길 거야."

흠, 난 그게 뭔지 알겠다. 샌슨도 알겠다는 듯이 고개를 끄덕였다.

"뱀파이어 말씀이죠?"

터커 일행이 놀란 눈으로 우리를 보았다. 터커가 말했다.

"어, 뱀파이어가 있다는 것을 어떻게 알았습니까?"

"어제 저녁, 영지 바깥에서 만났습니다. 우릴 쫓아내려 하더군요."

"아, 그래요."

칼은 졸린 눈을 비비적거리며 터커에게 질문했다.

"그 뱀파이어에 대해 아시는 대로 말씀해 주시겠습니까?"

"저희도 잘 모릅니다. 아마 이곳이 게덴의 세이크리드 랜드가 되자 질병 중의 질병인 뱀파이어가 생겨난 것 같은데요."

"꽤 신빙성 있는 말이오. 당신들은 어디서 그녀를 만났소?"

"저희들이 이 영지에 들어서던 첫날 밤, 그 뱀파이어가 공격해 오더군요. 펠레일이 간신히 막아내었습니다만 그때 펠레일이 너무 힘을 써버린 까닭에 그 다음날 바로 우리들도 병에 걸리고 말았습니다."

"아, 그런 것이었군요."

"예. 다음날부터 먹구름이 끼어 우리는 간신히 병이 더 진전되지 않은 상태에서 환자들을 옮겼습니다. 영주나 고관들은 이미 다 죽었더군요. 어떤 책임자도 만나볼 수 없어서 우린 산 사람들만 일단 이곳으로 모았습니다. 바깥에 방역을 위해 구덩이를 파고 기름을 부어둔 것 보셨습니까? 아마 우리가 오기 전부터 이곳으로 환자들을 모은 모양입니다. 환자들도 그렇게 말하더군요."

터커는 말하다가 진저리를 쳤다.

"그런데 시체를 모아 소각하는데 그 뱀파이어가 공격해 오더군요. 낮에 뱀파이어를 만나서 너무 놀랐습니다. 간신히 물리치고 나서 사만다가 설명해 주더군요. 먹구름 때문에 낮에도 나올 수 있었던 것이라고. 맞아, 사만다? 응. 그래. 그 다음에는 보지 못했는데, 아마 여러분을 공격하러 갔다가 크게 당한 모양이죠?"

"예. 싸우다가 물리쳤는데 달아나버렸습니다."

"그렇군요. 그럼 오늘 밤 다시 올지도 모르겠군요. 아니, 온다고 보아야겠군요. 우리는 완전히 그녀의 안마당에 들어와 있는 셈이니까요."

우리는 대충 의논을 끝내었다. 내일은 반드시 조사를 해서 이 마을이 세이크럴라이즈된 이유를 밝혀내야 된다. 그래서 이루릴과 펠레일은 내일 아침의 기주를 할 수 있도록 일찌감치 잠들었다. 그리고 칼과 사만다는 안에서 환자를 돌보기로 했고 에델린은 이미 파김치가 되어 잠들어 있었다. 그래서 밖으로 나온 것은 나와 샌슨, 터커, 크라일이었다.

"결국 몸으로 때우는 사람들만 남았군."

터커가 싱글거리며 말했다. 난 크라일이 걱정되었다.

"크라일 씨. 회복된 지 얼마 되지도 않았는데 쉬시지요?"

크라일은 싱긋 웃으며 대답했다.

"야, 나도 염치가 있지! 죽어가는 것을 살려줬는데 어떻게 드러누워 쉬라는 말이야?"

산욕열로 죽기도 하나? 뭐, 크라일의 기분을 생각해서 그런 질문은 하지 않았다. 산후 조리가 안 좋으면 산모가 죽을 수도 있지. 그런데 산부(産父)는 어떨까? 킥킥킥.

우리는 건물 앞 정원에 모닥불을 피우고 그 주위에 모여앉았다. 신전 건물 뒤쪽은 산으로 이어져 있는데 그쪽으로는 문이 없다. 따라서 어디로 오든 신전 안으로 들어가려면 우릴 지나치지 않을 수 없다. 우리는 신전 안에서 찾아온 커튼을 마치 망토처럼 몸에 두르고는 모닥불을 등지고 앉아서(눈이 밝은 데 익숙해지면 어둠 속의 적을 볼 수 없다는 샌슨의 설명이 있었다.), 어두운 바깥을 바라보았다.

크라일은 샌슨에게 꽤 도전적인 눈빛을 보내었고 샌슨도 여유 있게 웃으며 그 눈빛을 받아내었다. 양쪽이 다 기골이 장대하다 보니까 서로 일종의 호승심이 느껴지는 모양이다. 하지만 크라일은 좀 난처한 병으로 쓰러져 있다가 구출당한 입장이라 위세가 약했다.

그는 두툼한 눈두덩이 아래에 작은 눈을 가졌고, 긴 머리를 뒤로 질끈 묶었는데, 미소를 지을 때 볼에 보조개가 피는 점이 왠지 익살맞아 보이는 인상이었다. 저런 얼굴에 보조개라니. 그는 그 보조개가 살짝 드러나는 미소를 지으며 말했다.

"어, 우습겠지만, 미드 그레이드에선 왼손의 크라일이라면 제법 이름이 있지. 그쪽은 어떤 모험을 하셨소?"

샌슨은 우아하게 웃었다. 샌슨도 저런 표정을 지을 줄 안다는 것을 알게 된 것은…… 그렇게 유쾌하기만 한 경험은 아니었다. 우우욱.

"말씀드렸다시피 전 모험가가 아니라 헬턴트 영지의 경비 대장일뿐입니다. 그리고 영지의 일로 수도에 보고차 여행하는 길이지요. 모험가라는 것과는 전혀 무관한 사람입니다."

"그러시오? 흠. 당신 손놀림은 시골 영지의 경비 대장 정도가 아닌데? 그 롱소드도 제법이고. 은제요?"

"은도금입니다. 저희 고향엔 라이칸스롭도 심심찮게 나타나기 때문에 경비병들은 모두 이런 롱소드를 가지고 있지요."

"허! 라이칸스롭이 심심찮게 나타난다고? 예끼, 여보쇼. 잘하면 트롤 몇 마리쯤은 아침 운동삼아 잡는다는 말까지 나오겠소."

"어떻게 아시죠?"

당장 샌슨은 허풍을 마구 섞어가며 고향에 나타나는 몬스터들에 대한 자랑을 하기 시작했다. 아니, 그게 자랑이냐? 몬스터 많이 나타난다는 것도 자랑이야? 정말 순진한 나의 친구 샌슨이여, 그대는 역시 물레방앗간에서 마음 졸이며 동네 처녀나 기다려야 할 운명이야. 껄껄껄. 내가 레이디 제미니의 나이트가 될 운명……, 나 아무 말도 안했어!

크라일과 샌슨이 목에 핏대를 세워가며 서로가 잡은 몬스터에 대한 자랑을 늘어놓기 시작하는 것을 보며, 나는 한숨을 쉬고는 커튼을 목에 두른 채 신전 정문으로 걸어갔다.

언덕 아래로 보이는 마을의 모습은 을씨년스럽다 못해 괴기스러웠다. 암흑, 아무런 불빛도 없이 암흑 속에서 암흑의 윤곽이 보인다. 달빛은 하늘을 물들이는 데는 성공했지만 희한하게도 땅은 밝히지 못하고 있었다. 그래서 푸르스름한 밤하늘을 배경으로 검은 실루엣의 마을 모습이 내 마음을 음울하게 만든다.

터커가 다가왔다.

"너, 제법이더구나. 오늘 환자들 돌보는 모습. 나, 전쟁에도 나가봤지만 네 나이 두 배나 되는 전사들도 썩어들어가는 상처를 보고 달아나버리는 것을 많이 봤지."

"설마 그럴 리야."

"아냐. 아까 네가 피부병 걸린 남자의 몸에서 살갗에 달라붙은 붕대를 떼어낼 때 난 정말 놀랐지. 넌 아주 세심한 동작으로 하고 있었어. 전혀 불쾌해서가 아니라 혹시 그 환자가 아프지나 않을까 걱정하는 얼굴이었어."

누굴 말하는 거지? 워낙 많은 환자들의 뒤치다꺼리를 했더니 누굴 말하는지도 모르겠다. 난 그저 고개를 끄덕이면서 대답했다.

"내가 아플 때 누가 그렇게 해주길 바라니까요."

"그래? 그래. 간단한 건데, 사람들은 그걸 모르지."

무슨 말을 하는지 모르겠군. 결국 대화가 끊어졌고 나와 터커는 나란히 담장에 팔을 기대고 마을을 내려다보았다. 신전의 담장이라는 게 전혀 외부의 침입을 막겠다는 의도는 없는 것이다. 신전 안에 있는 모든 물건이 다 그러하듯이 이 담장도 상징적인 의미가 더 많은 것이며, 그래서 나와 터커는 간단히 팔을 기대고 그 위에 턱을 얹고는 아래를 바라볼 수가 있었다.

나는 어렵사리 질문할 것을 생각해 내었다.

"당신들은 어떻게 이 마을을 지나게 되었나요?"

"아, 우린 레너스 시로 가던 길이었어. 수중에 돈이 달랑거려서, 거기 투기장에서 돈이나 좀 벌려고."

가슴이 뜨끔했다. 그 투기장 주인인 실리키안 남작은 우리에 의해 재산이 완전히 거덜났다. 투기장은 시의 소유니까 그대로 있겠지만.

"그 투기장, 말만 들었는데 죽을 수도 있는 것이라던데요?"

"요령 있게 하면 죽진 않아. 그리고 모험가라는 것은 어차피 목숨 내놓고 돌아다니는 거니 특별할 것도 없고. 죽기 싫으면 집에서 농사나 지으면 되는 거잖아."

"그렇긴 하네요. 하지만 일부러 위험을 찾아다닐 이유는 없잖아요?"

"아니, 있어. 위험이 많은 곳에 보상도 많기 때문에 위험을 찾아다닐 이유는 충분하지."

"그래요?"

"응. 너 아비스의 미궁에 대해 들어봤니?"

아비스의 미궁? 타이번이 발러를 불러내었을 때 그 이야기를 들었던 것 같은데. 나는 고개를 끄덕였다.

"발러가 산다는?"

"응. 우리가 지난달에 거기 들어갔었지. 아비스의 미궁에 엄청난 보물이 있다는 이야기가 있었거든. 하지만 우리가 거기 들어가기로 결심한 것은 말야, 거기에 발러가 있다는 말을 들었기 때문이지. 아비스의 보물에 대한 그 믿기 어려운 이야기보다는, 발러라는 위험 때문에 확실히 보물이 있을 거라는 생각이 들었거든."

나는 곧 엄청난 예감이 떠올랐다.

"그래서 어떻게 되었어요?"

터커는 괴로운 표정을 지었다.

"말하기도 끔찍스러워. 어떻게 반도 못 들어가서 길을 잃고 발러를 만났지. 크라일과 난 거의 죽을 지경이 되었고 펠레일도 자신의 마법이 전혀 통하지 않아서 좌절했지. 그때 생각만 하면 요새도 등골이 섬뜩해서 자다가 벌떡 일어나지."

터커는 정말 무섭다는 듯이 이마를 닦으며 한숨을 쉬었다.

"그런데, 살아 있네요?"

"응. 이유를 모르겠는데, 우리를 다 죽여버리려던 발러가 갑자기 사라져버렸어. 아마 우릴 살려준 것이 아닌가 싶기도 한데, 발러가 그랬다는 것이 믿어지지 않아. 어쨌든 발러가 사라지자마자 도망나와서 간신히 살았지. 입구를 찾아나왔을 때는 정말 태양이 너무너무 고맙더군. 하지만 치료하느라 돈을 다 날려버렸어. 그래서 레너스로 찾아가던 길이었지."

난 탄성을 지를 뻔했다. 그때였구나! 타이번이 발러를 불러내었을 때, 발러는 모험가들을 박살내다가 불려왔다고 투덜거렸다. 그럼 이 터커 일행이 그때의 모험가들이구나. 참 세상이 좁기도 하군. 터커는 계속 말했다.

"발러가 우릴 살려준 것일까? 사만다도 그 점에 대해선 확신하지 못해."

"발러는 악마잖아요."

"늑대다."

"예? 발러가 늑대라니요? 그게 무슨 말이죠?"

"아니, 저기 늑대가 나타났다. 칼이라는 그 양반은 선견지명이 있구나."

터커는 말하면서 재빨리 핼버드를 고쳐잡았다. 나는 앞을 보았다.

언덕 아래에는 창백하게 번쩍거리는 불꽃이 왔다갔다하고 있었다. 안광이었다. 수효는 대단했다. 어느새 언덕 아래에 늑대들이 모여 있었다.

늑대들은 낮게 으르렁거렸다. 놈들은 마치 한가로운 듯이 여기저기로 오가고 있었지만 그 중간중간 우리들에게 섬뜩한 눈길을 보내었다. 터커는 주의 깊게 정문 쪽으로 걸어가서는 잘 잠겼는지 확인했다. 하지만 저 빈약한 나무판은 몇 번만 걷어차도 간단히 부서져버릴 것이다. 터커는 입술을 깨물었다. 샌슨과 크라일도 자기 자랑을 잠시 멈추고는 담장 쪽으로 걸어왔다. 각자 담장 뒤에 몸을 숨기고 머리만 내밀어 아래를 바라보았다.

늑대들은 우리 모습에 흥분한 것인지 어깨의 털을 빳빳하게 곤두세우며 으르렁거렸다. 그렇게 오가는 늑대들의 숫자를 세어보았다. 열네 마리. 모두 덩치가 예사롭지 않다.

"저놈들도 쉽게 달려들긴 어려울걸. 저 아래로 달려오려면 완전히 몸을 노출시키게 되니까."

터커는 경험 있는 모험가답게 정리하고는 허리춤에 달고 있던 석궁을 들어올렸다. 허리 뒤 혁대에는 작은 가방이 있었고 그는 그 안에서 쿼럴을 뽑아들었다. 석궁을 밟고, 시위를 당겨 걸고, 신중하게 쿼럴을 장전했다. 그는 그대로 장전한 석궁을 허벅지쯤에 방만하게 내려놓고는 늑대들을 둘러보았다. 마치 손에 든 것에 아무런 신경을 쓰지 않는 듯한 모습이다.

"안 쏴요?"

"흥분시킬 필요는 없잖아."

늑대들은 지속적으로 으르렁거리기만 했지 함부로 달려들지는 않았다. 하지만 놈들은 천천히 한 발짝씩 언덕 위로 다가왔다. 터커는 고개를 가로저었다.

"아무래도 덤빌 모양인데."

그는 석궁을 들어올려 겨냥했다.

"늑대란 놈은 말이지, 인간과 섬뜩하리만큼 비슷해. 지휘관은 촐랑대지 않아. 그는 전투의 모든 상황을 고려하는 눈을 가지고 있지."

그리고 갑자기 터커는 석궁을 쏘았다. 탱! 하는 경쾌한 소리.

"캥!"

늑대 무리의 약간 뒤쪽, 오만하게 앉아 있던 놈이 공중으로 튀어오르며 몸을 뒤집었다. 그놈은 그대로 땅에 떨어져 나뒹굴었다. 즉사했나? 터커는 그것을 보며 말했다.

"놈들이 배가 고프다면 좋겠는데."

늑대들은 너무 갑자기 일어난 일에 어이없어하는 모양이었다. 그들은 한 마리씩 쓰러진 놈의 주위에 몰려들었다. 앞발로 툭 쳐보는 놈이 있는가 하면, 주둥이로 슬쩍 건드려보는 놈도 있었다. 하지만 쓰러진 놈은 미동도 하지 않았다. 흠, 이제 식사 시작인가?

그 생각은 늑대들에 대한 모독이었다. 늑대들은 하늘을 보며 울기 시작한 것이다.

"우우우우…… 우우우우…… 크아악!"

늑대들은 미친 듯이 육박해 왔다. 언덕 아래와 신전 사이의 거리는 단숨에 사라지고, 놈들은 하늘을 날았다. 그리고 도약, 놈들은 단숨에 담장 위로 뛰어올랐다. 하지만 미리 준비하고 있던 샌슨과 크라일은 뛰어오른 놈들을 후려쳤다. 처음 두 마리는 안으로 들어오지도 못한 채 그대로 밖에 나뒹굴었다. 하지만 그 사이에 다른 놈들이 담장 안으로 뛰어들었다.

"일자무식!"

뛰어오른 놈의 몸이 조각났다. 하지만 늑대는 열 마리나 남아 있었다. 놈들은 순식간에 담장을 넘어왔다. 지극히 열띤 싸움이 시작되었다.

"문 걸어 잠가요!"

고개를 빠꼼히 내민 이루릴에게 내가 외쳤다. 하지만 이루릴은 내 말을 거부했다. 그녀는 문 밖으로 나오더니 문에 등을 기대고 섰다. 양손엔 어느새 에스터크와 망고슈가 들려 있다.

"도와드릴까요, 후치?"

"아니, 그 문이나 막고 있어요!"

나는 그 와중에도 이루릴이 안에 있는 환자들은 자신의 친구가 아니므로 도울 필요가 없지 않느냐고 말할 줄 알고 기겁했다. 이루릴이라면 왠지 그렇게 말할 것 같기도 하다.

터커는 야수처럼 핼버드를 휘둘렀다. 하지만 그건 너무 길고 묵직해서 날렵한 늑대들을 상대하기엔 힘들었다. 그저 엄청난 솜씨로 몸 주위에 빈틈을 만들지 않는 정도였다.

크라일은 '왼손의 크라일'이라는 자신의 진면목을 보여주고 있었다. 그는 오른손의 팔치온을 오른쪽 어깨에 둘러멘 채 싸우고 있었다. 늑대가 뛰어오르면, 크라일은 왼손 주먹으로 늑대를 후려친다. 늑대는 튕겨오르거나 땅에 처박히거나 한다. 어쨌든 그렇게 몸의 균형을 잃어버린 늑대는 단숨에 크라일의 오른손에 쥔 팔치온에 박살난다. 즉, 크라일은 왼손으로만 싸우며 오른손의 팔치온은 마지막 순간의 결정타에만 쓴다. 불안해서 어떻게 저렇게 싸우지? 크라일은 왼손 하나라 방어는 포기하고 발놀림으로 몸의 위치를 항상 늑대들의 사각으로 옮겨가고 있었다.

샌슨을 보라! 저것이 헬턴트 사나이다. 몸 주위로 셀 수도 없는 검이 춤을 춘다. 내 일자무식과는 비교하기가 불가능하다. 저 오거 같은 다리가 늑대를 걷어차면, 늑대는 네 다리를 휘저으며 솟구쳐오른다. 그리고 공중에서 샌슨의 롱소드에 베이는 것이다.

땅에 나가떨어진 늑대는 발광을 하기 시작했다. 네 다리로 마구 땅을 긁으며 나뒹굴었다. 꼭 덫에 치인 늑대 꼴이네? 샌슨은 의아한 표정으로 늑대를 바라보았다. 놀랍게도 샌슨에게 허리를 베인 늑대의 상처가 시커멓게 타들어가고 있었다. 샌슨의 무기는 은도금 롱소드였지? 이루릴이 말했다.

"은은 달의 힘, 유피넬의 힘. 따라서 보통 늑대가 아니군요."

이루릴은 정말 태연자약한 태도로 설명했다. 내 바스타드를 피한 늑대 하나가 그런 이루릴을 보았다. 늑대는 맞으면 검날보다는 그 파괴력에 박살날 것 같은 내 바스타드를 피해 이루릴에게 달려들었다. 샌슨이 비명을 질렀다.

"이루릴!"

어느 순간, 가만히 서 있던 이루릴이 옆으로 흘렀다. 그 손은 비스듬히 망고슈를 앞으로 뻗고 있었다. 레너스 시에서 트롤과 싸울 때 본 그 모습이다. 나라면 이름을 이렇게 붙이겠어. '사과 깎기'. 늑대는 순전히 자신의 힘에 의해 공중에서 가죽이 벗겨지고 근육이 들렸다. 피가 쏟아졌으나 이루릴은 가볍게 그것을 피했다.

"캐애앵!"

허리가 너덜너덜해진 늑대가 땅에 떨어졌다. 이루릴은 그것을 걷어차 버리고는 다시 점잖게 문으로 돌아가 기대어섰다. 혀를 깨물 지경이군. 내가 멍하니 이루릴을 바라보고 있자, 이루릴은 말했다.

"조심하세요. 후치. 뒤."

나는 소스라쳐서는 바스타드를 뒤로 돌려쳤다. 뒤에서 날 노리던 늑대가 물러났다. 그러나 그 늑대는 물러나다가 터커에게 꼬리를 밟혔다. 터커는 늑대의 꼬리를 밟고는 핼버드를 내리쳤다. 늑대는 머리가 쪼개져버렸다. 그러나 핼버드를 후려친 터커의 등에 늑대가 뛰어올랐다.

"으악!"

터커는 등에 매달린 늑대를 떨어뜨리기 위해 빙빙 돌았으나 늑대는 터커의 등 부분의 갑옷을 물고는 놓지 않았다. 나는 달려들어 늑대의 뒷다리를 잡아당겼다.

"카릉!"

늑대의 이빨이 허공으로 튕겨나며 그 늑대는 터커를 놓았다. 난 늑대에게 물리지 않기 위해 늑대의 뒷다리를 쥔 채 빙빙 돌렸다가 그대로 나무로 집어던졌다. 속속들이 썩은 나무는 간단히 늑대에 맞아 쓰러졌다. 콰광! 나무가 쓰러지는 육중한 소리는 늑대들을 질겁하게 만들었다. 한 놈이 질린 동작으로 달아나자, 나머지 놈들도 꼬리를 말고 담장 밖으로 튀어버렸다. 이윽고 신전에 뛰어든 늑대들은 모두 도망가 버렸다.

터커는 입을 쩍 벌린 채 날 바라보았다.

"너, 너, 너……."

"나무도 병이에요. 다 썩어서 그래요."

"그, 그러냐? 그래도 그렇지, 원. OPG 그거 정말 대단하구나."

나는 피식 웃어버렸다. 샌슨과 크라일은 늑대들이 달아나고 나자 누가 더 많은 늑대를 잡았느냐는 토론을 벌이고 있었다.

"저건 내가 잡은 거요! 상처를 보라고!"

"헛! 저 타고 있는 것 보이지 않아요? 내 롱소드에 맞아서 그런 거요!"

"그건 찰과상이고! 결정타는 내가 먹였지!"

정말 눈 뜨고 못 봐주겠군. 그때 신전의 정문을 막고 서 있던 이루릴이 걸어왔다. 이루릴은 날 한 번 보고는 그대로 담장 쪽으로 걸어갔다. 의아해져서 그녀의 뒤를 따랐을 때 이루릴이 혼잣말처럼 말하는 것을 들었다.

"늑대들이 너무 빨리 물러나서 저 여자의 계획은 실패군요."

"예?"

"저기 있어요……. 우릴 바라보고 있군요."

난 소스라쳐서 바깥을 둘러보았다.

아무도 보이지 않았다. 모조리 칠흑 같은 어둠뿐인걸. 그러나 이루릴은 정확히 한 지점을 노려보고 있었다. 마치 허공과 눈싸움을 하고 있는 것 같았다. 이루릴은 고개를 끄덕였다. 터커도 핼버드를 고쳐쥐면서 걸어왔고, 소란을 떨고 있던 샌슨과 크라일도 긴장한 눈으로 우리에게 다가왔다.

"늑대들이 소란을 피워 혼란스러울 때 마법으로 공격할 생각이었군요?"

이루릴은 허공에 대고 소곤거리듯이 말했다. 아무런 소리도 들리지 않았는데, 이루릴은 다시 말했다.

"꼭 그렇게 해야 될까요? 난 당신을 용서하고, 친구가 되고 싶어요."

난 당황한 눈으로 이루릴을 바라보았다. 이루릴은 잠시 입을 다물더니 슬픈 눈빛으로 말했다.

"그건 안 돼요. 내가 준비하고 있어요."

다시 잠시간의 고요.

"그럴까요? 시험해 보겠어요?"

난 의아해서 샌슨을 바라보았고 샌슨도 어리둥절한 표정이었다. 그러나 터커는 눈을 매섭게 뜨고 말했다.

"메시지 주문인 것 같은데."

이루릴은 한참 가만히 서 있었다. 밤이 되자 불기 시작한 미풍이 그녀의 검은 머릿결을 어지럽혔지만 이루릴은 꼼짝도 하지 않고 한 지점을 바라보며 서 있었다.

"당신이 그렇게 생각한다면……."

갑자기 그녀는 손을 들어올려 허공의 한 지점을 가리켰다. 팍! 저 멀리 떨어진 마을 어느 곳에서 갑자기 불길이 치솟았다. 우리들은 입을 쩍 벌린 채 이루릴과 그 불길을 바라보았다. 이루릴은 다시 다른 지점을 가리키며 말했다. 여전히 소곤거리는 듯한 낮은 목소리였다.

"다음 번엔 어디를 칠까요?"

이루릴은 다시 허공을 바라보다가 몸을 돌렸다.

"갔어요. 거짓말을 했어요."

난 얼빠진 표정으로 말할 수밖에 없었다. "거짓말이라고요?"

"예. 뱀파이어가 저기 있었어요. 늑대들을 통해 우릴 혼란시키고 공격할 모양이었는데 늑대들이 너무 빨리 물러가서 공격 시기를 놓쳤어요. 그녀는 내가 강대한 마법을 준비하고 있다고 믿고는 공격을 못하고 망설이고 있었죠. 사실 난 아무런 마법도 기억하지 않았어요."

"기주한 마법이 없었어요? 그럼 아까 불꽃은?"

"샐러맨더를 이용한 속임수예요. 아, 예, 속임수."

그녀는 자기가 속임수라는 말을 썼다는 데에 당혹하고 있었다. 불쾌하다거나 한 것이 아니라 익숙하지 않은 것처럼 말했다.

"즐거운 것처럼 말하지 않는군요?"

"예?"

이루릴은 멋지게 뱀파이어를 속여넘기고 위기를 넘겼으면서도 자신이 한 행동이 마치 이해가 잘 되지 않는 사건인 것처럼 말하고 있다. 이루릴은 고개를 갸웃거리며 말했다.

"뭐가 즐거운 것이죠? 그녀와 난 거짓으로 관계지어졌어요. 후치는 항상 친구가 되기 위해 손을 내밀잖아요? 날 비난하지 않나요?"

무슨 말이지? 그녀를 처음 만났을 때 내가 했던 말이긴 하지만, 지금 이 상황에서 그게 어떻게 통하는 말인지 도통 모르겠다. 아마 이루릴은 나를 항상 모든 존재와 친구가 되길 원하는 사람으로 알고 있나 보다. 물론, 나도 아무 관계가 없는 사람끼리 만났으면 친구가 되기 위해 상냥하게 대하는 것이 옳다고 믿지. 그건 사람들이 살아가는 간단한 지혜 아냐? 하지만 뱀파이어에게까지 그렇게 해야 되나?

"뱀파이어와 친구가 되기 쉬울까요?"

이루릴은 밤하늘을 올려다보았다.

"그것이었군요……."

"예?"

내 얼빠진 대답에 이루릴은 그저 하늘을 바라보면서 말했다.

"당신은 친구와 적을 나누는 선을 가지고 있다고 말했죠. 그러나 처음 보는 상대에게는 먼저 친구가 되기 위해 손을 내민다고 했지요. 난 그 말에 퍽 감동했어요. 당신은 헬카네스의 율법에 따라 혼란스러운 이 세상을 살기 위해 분명한 선은 가지고 있지만, 유피넬의 뜻에 따라 먼저 손을 내밀어요. 그것이 아름다워 보였어요. 유피넬과 헬카네스 양자를 모두 따르는 인간이니까 그런 생각을 할 수 있었던 것 같아요. 우리의 세계는 모두 조화로워서 특별히 친구가 되기 위해 손을 내밀 줄 몰랐죠."

그런가? 난 조금 얼떨떨한 표정으로 이루릴의 말을 들었다.

"아마 우리가 드워프들과 사이가 나쁜 것도 그 때문일 거예요. 우리는 왜 드워프와 관계가 나쁜지 몰랐죠. 하지만 난 알았다고 생각해요. 당신을 보고 알았죠. 우리는 친구가 되기 위해 손을 내밀 줄 몰라요. 우리는 그럴 필요가 전혀 없기 때문에 그런 방식을 몰라요. 그것이 드워프들에겐 기분 나쁘게 보였던 것이에요."

이루릴은 내 눈을 똑바로 쳐다보았다. 아름다운 눈이다.

"그래서 나도 당신처럼 되고 싶었죠. 먼저 손을 내미는 것, 그것을 배우고 싶었어요. 처음 보는 이 영지의 환자들을 돌보았어요. 그것이 기쁨일 거라고 생각했지요."

이루릴이 이 영지의 사람들을 성심껏 도왔던 이유는 그것인가? 인간의 슬픔이나 고통을 엘프가 공유할 까닭은 없다. 그러나 이루릴은 내 말에 감동하여 친구가 되기 위해서 먼저 손을 내밀어 보았던 것인 모양이다.

인간이었다면, 지금 내게 이런 말을 하는 것이 인간이었다면 몹시 부끄러웠을 것이다. 하지만 상대는 순진한 눈으로 아무런 의혹이나 은유 없이 평범하게 말하고 있는 엘프다. 그래서 나도 완전히 긴장을 풀고 그녀의 말을 들을 수 있었다.

"……기쁘지 않았어요?"

이루릴은 미소를 지었다.

"기뻤어요. 그들의 감사하는 표정을 보는 것이 어떻게 기쁘지 않을 수 있겠어요. 하지만, 손을 내밀게 됨으로써 예전엔 몰랐던 것을 알게 되었어요."

"그게 뭐지요?"

"손을 내밀어도 받아주지 않을 때의 슬픔. 당신은 그것을 알고 있어서 뱀파이어에겐 손을 내밀지 않은 것이군요. 난 그것을 배웠어요. 고마워요, 후치. 당신처럼 익숙하게 손을 내밀 줄 알게 되려면 얼마나 많은 시간이 걸릴까요…….”

이루릴은 다시 예배당 안으로 들어갔다. 터커와 크라일은 대단히 희한한 눈빛으로 날 바라보고 있었고 샌슨도 그렇게 평범한 눈길은 아니었다. 결국 샌슨이 물어왔다.

“이봐, 후치. 조금 전에 나눈 말들이 다 무슨 뜻이야?”

글쎄. 설명할 수 있으려나? 난 늑대들의 시체를 다 처리하고는 잠자코 모닥불을 한참 바라보았다. 샌슨이 결국 못 참고 다시 말하려 할 때, 나는 입을 열었다.

“말을 한 건 나지만, 나도 잘 모르겠어. 엘프란 이상한 종족이야. 하지만, 엘프가 보기엔 인간이 이상한 종족이겠지. 만일 그렇다면, 이루릴은 엘프들 중에서도 이상한 엘프인 것일까?”

“무슨 말을 하는 거야?”

“모르겠어. 모르겠다고. 엘프는 유피넬의 어린 자식이라고 들었어. 그렇다면 그들의 세계는 조화뿐일 거야.”

“조화뿐이라고?”

“설명하기가 힘들어. 어쨌든, 이루릴의 말을 듣고 있자면 우리가 생각하는 예의범절이라든가 훌륭한 문화 같은 것이, 모조리 서로에 대해 잘 알 수 없어서 불안한 인간 종족의 슬픔 때문에 생겨난 것 같아. 아무런 의미도 없이 건네는 인사말, ‘좋은 아침입니다!’ 마저도 서로 원수가 되지 않기 위해 외치는 말 같다구. 젠장.”

“뭐? 원수?”

“그러니까……, ‘나는 이 아침을 즐기고 있는데 당신도 그렇지 않느냐? 그렇다면 우리는 같은 것을 즐기니 서로에게 화낼 필요가 없다. 되도록 유쾌하게 지내보자.' 이런 식으로. 그러면 상대도 똑같이 대답하지. '좋은 아침입니다!' 사실 상대는 오늘 아침 변비 때문에 고통스러웠을 수도 있지만, 인사를 건넨 사람을 불쾌하게 만들기 싫어서, 서로 나쁜 관계가 되기 싫어서 그냥 타성적으로 대답하는 거지. 우린 상대를 이해하지 못하기 때문에, 그래, 그거야. 우린 상대를 모르기 때문에, 결국 서로를 위해 타성적으로 거짓말을 하는 거지…… 나와 대단히 친한 사람이 아니라면, '얼어죽을, 뭐가 좋은 아침이야?' 따위로는 말하지 않는 거지……. 우리는 죽을 때까지도 서로를 이해하지 못하니까, 결국 우리의 말과 행동의 상당 부분은 거짓말이나 가식이 되지. 예의범절이란, 잘 조절된 거짓말. 그런 것 같아……."

샌슨은 입을 딱 벌리고 날 쳐다보았다. 하지만 난 이루릴의 머리 색깔을 닮은 칠흑 같은 밤하늘만을 바라보았다. 옆에서 듣고 있던 터커가 빙긋 웃었다.

"그럴 때가 있지. 후치. 늘 알던 사람도, 어느날 갑자기 '저게 나 알던 그 사람인가?' 싶을 때가 있지. 우린 절대로 타인을 이해하지 못한 채 살아. 그래서 항상 불안해. 그래서 예의범절을 쓰지."

터커는 내 말을 이해하는 듯했다. 나는 밤하늘을 보며 말했다.

"그런데 이루릴은 우리가 불안해서 상대에게 친절하게 대하는 것을, 마치 모든 피조물과 친구가 되기 위해 손을 내미는 것으로 생각하고 있어요."

터커는 싱긋 웃으며 핼버드의 날을 닦기 시작했다.

"그런 것 같니? 흠. 후치. 걱정 마. 엘프는 느리게 익히지만 절대로 잘못 배우지는 않는다는 말이 있다."

"그런가요?"

"반면 인간은 빨리 배우기 때문에 잘못 배울 일이 많지. 뭐, 선입견이라든가, 그런 것 있잖아?"

"무슨 말인지 알겠어요. 그럼 완전한 종족은 없나요?"

"완전한 종족은 없어. 하지만 어느 종족에서든, 완전한 개인이 나올 수는 있어. 자기 종족의 약점만 극복하면 되니까."

나는 터커를 보았다. 터커는, 깊은 눈으로 먼곳을 바라보았다.

5

아침이 되었다. 푸르게 물들어가는 동녘 하늘 아래로 아스라한 산맥의 그림자가 떠오른다. 산맥은 미드 그레이드의 등뼈인 갈색 산맥이겠지. 하지만 지금은 완전히 검정 산맥이군. 난 시선을 돌려 다시 칼질을 계속했다.

새벽에 나는 이미 부엌으로 와 있었다. 보통 때는 우리 일행의 요리만 준비하면 되지만 오늘은 거의 백 명에 가까운 인원의 요리를 준비함으로써 나의 요리사적 자질을 시험해 봐야 되는 것이다. 음, 맛에 대해서는 포기하고, 양이나 정확하게 맞출 수 있으면 다행일 텐데. 그때 부엌문에서 누군가가 들어오는 기척이 들렸다. 난 고개를 돌렸다.

에델린이 졸린 눈을 부비며 들어왔다. 그녀는 나를 보면서 환하게 미소지으며 콧구멍을 벌렁거리더니 부엌문 위턱에 부딪히지 않도록 주의하며 들어왔다.

"후치, 요리 준비하고 있나요?"

"보시다시피……. 잘 잤어요?"

"예. 어디 보자, 칼 이리 줘요."

"도와주겠어요? 잘 됐네. 그렇잖아도 물 뜨러 가야 했는데. 좀 부탁하지요."

난 에델린에게 부엌칼로 쓰던 대거를 건네주었다. 에델린이 드니까 무슨 앙증맞은 주머니칼처럼 보이는데. 난 그것을 보며 미소짓고는 밖으로 나왔다.

밖의 정원에는 샌슨, 크라일, 터커가 서로 뭉쳐서 덜덜 떨면서 자고 있었다. 하긴 아직 해도 뜨지 않은 가을 새벽의 공기는 엄청나게 차갑다. 난 그들의 어깨를 두드렸다.

"이봐요! 안으로 들어가 자요. 날이 밝아오니까 이젠 여기 있을 필요 없어."

샌슨은 일어나면서 턱이 잘 안 돌아간다는 표정을 지어보였다. 터커와 크라일은 일어나는 모습이 완전히 달랐다. 크라일은 눈을 뜨고도 그대로 누운 채 한참 허공을 바라보며 웅얼거리다가 정말 참기 어렵다는 듯이 인상을 찌푸렸다. 하지만 터커는 눈을 먼저 떴는지, 몸을 먼저 일으켰는지 구분하기도 어렵게 순식간에 일어났다.

"크라일, 이 자식아. 일어나! 새벽잠이 그렇게 많아서."

"터커……, 하루라도 그 말 좀 빼먹을 수 없어?"

"요 며칠은 전부 앓아 누워서 그 말 안했잖아?"

크라일은 진저리를 치며 일어났다. 난 피식 웃으며 신전을 나섰다.

물통을 휘두르며 언덕 아래에 있는 우물로 걸어간다. 밤은 지나갔지만 아직 뭔가 위험한 것이 나타날지도 몰라서 바스타드를 꽉 쥐었다. 하지만 아무 일이 없었다. 나는 싱거운 기분으로 두레박을 우물 안으로 던져넣었다.

텅!

이게 무슨 소리야? 물이 출렁거리는 소리가 아니라 뭔가 단단한 것이 부딪히는 소리. 난 우물 안을 들여다보았다. 하지만 새벽의 으스름한 하늘 아래에서 우물 안은 아무것도 보이지 않았다.

나는 한참 동안 눈을 감았다가 다시 떠서 아래를 보았다. 그제야 뭔가 희끗희끗한 것이 보였다. 그런데 눈보다 코가 먼저 반응했다. 이 냄새는……, 나는 입술을 깨물며 두레박을 황급히 끌어올려 보았다.

두레박에는 물과 함께 썩어들어가고 있는 팔 하나가 담겨 올라왔다.

"물도 못 먹게 하는군. 이젠 더 이상 치료에도 신경쓸 수가 없게 되었어."

칼은 낙담한 투로 말했다. 물이 없어서 오늘 아침은 퀴퀴한 냄새가 나는 건육과 곰팡이가 살풋 피어 있는 빵을 씹을 수밖에 없었다. 칼은 빵에 붙은 곰팡이를 털어내며 말했다.

"결판을 내야겠어. 오늘 중에 이 영지가 세이크럴라이즈된 이유를 밝혀내고, 그 뱀파이어도 쫓아내야겠어. 아니, 결국 뱀파이어는 질병이니까 이 영지가 원래의 상태로 돌아간다면 그것도 사라지겠지."

에델린은 고개를 가로저었다.

"그것은 그렇지 않습니다. 물론 이곳이 게덴의 세이크리드 랜드라서 뱀파이어도 생겨났겠지만, 일단 생겨난 뱀파이어는 죽기 전에는 사라지지 않습니다. 절대로 원래대로 돌아올 방법이 없습니다."

칼은 슬픈 표정을 지었다.

환자들에게 마땅히 먹일 것이 없다는 것은 정말 안타까운 일이었다. 물기도 없이 바싹 마른 빵과 건육을 넘기는 것은 건강한 사람에게도 힘들다. 하물며 열 때문에 입이 바짝바짝 타오르고 있는 환자들에게 먹일 수야 없다. 나와 터커, 샌슨, 크라일 등이 마을을 미친 듯이 뒤져서 간신히 포도주와 브랜디 등을 찾아내긴 했지만 환자들의 약한 비위에 술은 너무 독했다.

칼은 더 못 참겠다는 듯이 일어섰다.

"가세! 수색을 시작하세. 여러분도 도와주시겠습니까?"

터커 일행은 고개를 끄덕였다. 칼은 에델린에게 말했다.

"태양이 떠오르면, 저 환자들은 다시 악화되겠지요?"

"그럴 겁니다."

"그렇다면 에델린께서는 여기서 어제처럼 신전을 지켜주십시오. 저희들이 영지를 수색하겠습니다."

"알겠습니다. 그 전에, 여러분들을 축복하겠습니다. 수색하는 동안 병에 걸리면 곤란하겠지요."

에델린은 신심 어린 표정으로 송곳니를 번쩍거렸다. 칼은 어제처럼 정중하게 축복을 받았고 샌슨과 나도 그랬다. 터커와 크라일은 영문도 모른 채 에델린의 축복을 받았지만 펠레일과 사만다는 그것을 사양했다. 펠레일은 말했다.

"치료하는 손 에델린의 디바인 파워라면, 제겐 너무 위험합니다. 전 마력을 다루죠. 마력은 신력을 거부하는 법입니다."

무슨 말이야? 하지만 에델린은 고개를 끄덕였다. 사만다는 물론 다른 신의 성직자이므로 에델린의 축복을 받지 않았고 이루릴도 어제처럼 축복을 받지 않았다. 그런데 사만다까지 동행할 필요가 있을까?

"저, 사만다. 당신은 무기도 없는데, 여기서 환자들을 돌보는 것이 낫지 않을까요? 어, 불쾌하게 생각하진 마시고……."

사만다는 날 보며 웃었다.

"까르르르……. 날 생각하는 거니? 고맙구나. 하지만 나도 무기는 있어."

나는 사만다가 들어올리는 로드를 보며 한숨을 쉬었다. 참나무를 깎아 만든 것이긴 하지만, 남자들이 쓰는 굵직한 전투용 몽둥이라기보다는 가벼운 작대기 정도였다. 게다가 사만다의 체격으로 저걸 휘둘러봐야……. 하지만 사만다는 밝게 말했다.

"게다가 수색하면서 테페리의 조력을 빼놓을 수는 없지."

나는 의아한 표정이 되었다. 그러자 칼은 덧붙이듯이 설명했다.

"하플링과 갈림길의 테페리의 성직자들께서는 갈림길의 권능을 지니셨네."

"갈림길의 권능이요?"

그러자 사만다는 웃으면서 땅에서 돌멩이 하나를 들어올리더니 내게 내밀었다. 그녀의 눈빛은 마치 거대한 장난을 기획하는 악동 같았다.

"자, 후치? 이걸 등 뒤에서 아무 손에나 쥐고 주먹쥔 채 내밀어 봐. 눈을 감고 있을게."

응? 무슨 장난이야? 난 어쨌건 시키는 대로 등 뒤에서 돌멩이를 쥐고 앞으로 내밀었다. 사만다는 눈을 뜨더니 말했다. "왼손이군. 갈까?"

나는 왼손에 든 돌멩이를 던지며 입을 쩍 벌렸다.

"갈림길의 권능은, 결국 선택의 폭이 둘 중 하나라면 백발백중으로 맞춘다는 것인가요?"

사만다는 왼쪽 길로 꺾어들어 가면서 얼굴은 날 향한 채 말했다.

"대개는 그래. 하지만 정확하게 말하자면 결국 다른 성직자들과 마찬가지로 신의 뜻을 실천하는 것이지. 아까의 그 돌멩이 같은 것은 중요한 일이 아니지? 하지만…… 음, 이거 어떨까. 내가 어떤 악당의 목에 대거를 들이대고 있어. 살짝 그으면 끝이야."

성직자의 이런 말은 사람을 퍽 놀라게 하는 법이야.

"물론 대거를 치우고 '죄송합니다.' 하겠지요?"

"얘는! 내가 에델브로이의 성직자인 줄 아니? 어쨌든 악당의 생사 여탈권은 내게 있어. 그런데 말이야, 이 악당은 내 애인의 원수야. 그런데 이 악당은 고아들을 끌어모아 키우는 아주 골치 아픈 취미가 있거든? 쉽게 말하면 의적이라는 거 있지? 자, 목젖을 자를까, 말까?"

갈수록……. 이게 성직자가 하는 말 맞나? 사만다는 싱글거리며 목젖을 어쩐다는 말을 했고 그래서 나는 기분이 이상해져서 엉뚱한 질문을 하고 말았다.

"당신 애인도 있어요?"

"고향에서 다른 여자에게 한눈팔고 있을 거야. 흥! 어쨌든 그런 상황이 되면, 난 내가 어떻게 할지는 몰라도 선택은 해. 그리고 그건 테페리의 뜻대로 될걸. 알겠지? 난 신의 뜻에 따르는 경우를 맞춘다는 것이지 내가 원하는 것을 맞춘다는 것은 아니야. 그렇다면 그건 성직자가 아니라 도박사게?"

사만다는 오른쪽으로 돌아갔고 나도 그래서 오른쪽으로 따라 들어간 다음 미간을 긁으며 질문했다.

"그래도 테페리는 당신이 알거지가 되기를 바라지는 않을 테니까 도박을 해도 승률이 높겠네요."

"전혀 그렇지 않아. 한번 시험해 봤어."

"시, 시험? 도박을 했어요?"

"응. 도박장 주인은 불경스럽게도 성직자가 들어가니까 재수없다는 듯이 쳐다보더군. 말이 되냐? 신의 은총이 내리는 거지. 어쨌든 밤새도록 술 마시며 도박을 했지. 술은 마셨지만 그래도 평소와 똑같은 컨디션으로 내가 판단한 것을 끝까지 밀고 나갔지. 블랙잭을 했거든. 그건 판단이 두 가지 중 하나니까 테페리의 권능이 그대로 드러나는 게임이야. 더 받느냐, 끝내느냐. 어떻게 되었을 것 같아?"

"파문당했을 것 같아요."

"에이, 들키진 않았어."

사만다는 아주 자연스럽게 들키지 않았다는 말을 했다. 마치 들키지 않으면 아무런 죄도 되지 않는다고 믿는 어린애들처럼. 사만다는 왼쪽으로 꺾어들어 갔기 때문에 나는 좀 따라간 다음에 고개를 저으며 말했다.

"그래, 어떻게 됐죠?"

"새벽에 나올 때 내 수중엔 전날 저녁에 가지고 들어갔던 것만큼 남아 있었지. 퍼셀 한 닢 틀리지 않고."

나는 웃어버릴 수밖에 없었다. 흠, 테페리의 성직자들은 모두 재미있는 사람인가. 그때 펠레일이 끼어들어 미안하다는 듯이 조심스럽게 말을 걸어왔다.

"저, 사만다 님. 후치 군. 조용히 하는 것이 좋지 않겠습니까. 여긴 게덴의 율법을 따르는 다른 생명체들이 존재하는 만큼……."

펠레일은 정중하게 말했지만, 왜 나는 그만 보면 웃음이 나려고 할까. 여자 손목도 못 잡아본 주제에 그 병에 걸렸다는 것을 생각하면……. 나는 펠레일의 얼굴을 보지 않으려 애썼다. 그리고 사만다는 입술을 샐쭉하더니 다시 또 오른쪽으로 획 꺾었다. 그런데 오른쪽으로 꺾자마자 사거리가 나타났고 사만다는 주춤했다.

칼이 사거리를 둘러보더니 말했다.

"왼쪽 길입니다. 진행 방향으로 보아선……."

사만다는 왼쪽 길로 접어들었다.

그러니까 이런 게 문제인 모양이다. 두 갈래 길에서는 마음내키는 대로 갈 수 있지만 세 갈래가 되면 그때는 다른 사람과 마찬가지로 주춤거린다는 말이다.

하지만 그래도 대단히 놀라운 능력일 것 같군. 겨우 두 가지 갈래라지만, 때론 그것은 지독한 고통이 따르는 선택일 수도 있겠지. 하지만 사만다는 그런 데에는 고민하지 않는다. 내키는 대로 한다. 하지만 그것은 그녀를 괴롭히는 길이 될 수도 있다. 왜냐하면 그것은 테페리의 뜻이 이루어지는 길일 뿐 그녀 자신을 위하는 길은 아닐 수도 있기 때문이다. 테페리가 그녀의 죽음을 더 바란다면 그녀의 권능은 그녀를 죽음의 길로 인도할 수도 있겠지. 하지만 그녀는 테페리의 프리스티스니까 그것도 충분히 감수할 뿐 아니라 오히려 즐겁게 받아들인다……는 식인 모양이다. 그러니 고민이 없고 낙천적일 수밖에.

검소한 녹색 능직 로브를 입고 지팡이도 검소해 보이는 스태프를 들고 있어서 레너스 시의 그 아프나이델보다는 훨씬 고상해 보이는 펠레일이 말했다(고상해 보이지만, 그래도 난 웃음이 나온단 말이야.).

"잠시 기다려 주시겠습니까?"

사만다는 멈춰 서더니 고개를 돌렸다.

"왜, 펠레일?"

"이 지점의 지형이 신경을 불편케 합니다."

지형이라. 그냥 기다란 길이다. 양 옆으로는 집들이 다닥다닥 붙어 있었고 저 앞으로는 다시 두 갈래 길이 보인다. 길이는 약 60큐빗 정도. 그러나 그 중간에 다른 갈림길은 없다. 하지만 펠레일은 나보다 훨씬 많은 것을 본 모양이다.

"이 근처의 골목길의 형태로 볼 때, 누군가 우릴 감시하고 있다면 저 앞쪽에서는 반드시 모습을 드러내게 될 것입니다. 더 이상 숨을 수가 없어요. 따라서 공격하게 될 것입니다."

샌슨은 감탄한 표정으로 말했다.

"펠레일께서는, 엄폐와 진형에 대해 좀 아시는 것 같습니다?"

"우연히. 허즐릿의 저서 몇 권을 읽었지요."

"어, 그래요? 14권에 나오는 글이지요?"

"그랬던 것 같습니다."

펠레일과 샌슨이 다정하게 이야기를 나누는 모습은 크라일을 점점 화나게 만드는 모양이다. 크라일은 앞으로 척 나서면서 그 살벌한 팔치온을 뽑아들었다.

"아아! 쓸데없는 소리 그만. 그러니까 덮친다면 여기란 말이지? 알았어. 어차피 앞에서 달려들어 오겠군. 내 뒤로는 한 놈도 지나가지 않게 해줄 테니 따라만 와."

그렇게 말하며 크라일은 팔치온을 오른손에 들어 어깨에 멘 채 앞으로 척 나섰다. 그때 터커의 고함소리가 들렸다. "앞이 아냐! 왼쪽, 위!"

우리는 화급히 고개를 옆으로 돌렸다. 왼쪽의 건물 위에서 늑대들의 머리가 하나둘 나타나기 시작했다. 그리고 오른쪽의 건물 위에서도 나타났다.

"크르르르……."

"으르르르……."

"며, 몇 마리야?"

"뛴다!"

늑대들이 뛰었다. 크라일은 오른손은 그대로 둔 채 허리를 낮추었다. 그리고 첫 번째 늑대가 부딪히기 직전, 허리를 튕겨올리며 왼손을 크게 올려쳤다.

"캐애앵!"

어이구 세상에. 늑대는 도로 위로 튕겨나갔고 크라일은 그때 오른쪽 어깨에 메었던 팔치온을 양손으로 휘둘러내렸다. 허공에 떠오른 늑대가 허리가 거의 끊어질 듯한 모습으로 나가떨어졌다. 역시 왼손의 크라일이다. 그러나 늑대들은 일제히 뛰어내리기 시작했다. 칼은 고함을 질렀다.

"건물 벽으로!"

우리는 일제히 각자 가까운 건물 벽으로 달려 벽을 등졌다. 위에서 뛰어내리니 건물 벽을 등지는 것이 훨씬 유리했다. 저쪽으로는 이루릴, 펠레일, 터커가 섰고 내 쪽에는 샌슨, 칼, 크라일, 사만다가 섰다. 그렇게 양쪽으로 갈라진 채 늑대들과의 싸움이 시작됐다.

"하아압!"

크라일의 싸우는 방식은 어제도 보았지만 정말 아슬아슬하면서도 통쾌하다. 방어는 포기, 왼손만으로 싸우며, 결정타는 오른쪽 어깨에 멘 팔치온. 따라서 현란하게 발이 움직인다. 아니, 아예 상체와 발이 따로 노는 것처럼 보일 정도이다. 저 덩치가 우아한 춤이라도 추는 것 같아!

"으랴아!"

크라일의 모습을 보고 샌슨도 기세가 오른 모양이다. 샌슨은 낮은 위치의 늑대들을 걷어찬 다음 롱소드로 내려찍었다. 늑대는 피했지만 그 등이 찢겨지고 말았다. "쾌애앵?" 늑대는 괴상한 소리를 내며 나뒹굴었다. 그리고 그대로 마구 발광하기 시작했다. 늑대의 등에 있는 상처가 타오르고 있었다. 터커의 뒤에 있던 펠레일이 외쳤다.

"그거, 그거 은이군요? 그렇다면 저것! 제대로 된 늑대가 아냐! 죽은 늑대가 게덴의 힘으로 법칙을 깨고 움직이는 거야!"

어제 이루릴이 말한 대로다. 늑대들은 오전의 태양빛을 받아 무서우리만큼 번쩍이는 샌슨의 롱소드를 보자 달려들 엄두를 못 내었다. 그런데 왜 나에겐 덤비냐, 이놈들아!

"에에라, 사정 안 본다!"

나는 낮은 곳에 있는 늑대의 머리를 노리고 내리쳤다. 늑대는 재빨리 뒤로 물러났다가 내가 검을 내리쳐 상체를 비운 순간 뛰어들었다. 그러나 난 아래에서 올라오는 특별한 수단이 있지!

"일자무식!"

퀘게게엑! 늑대가 조각나며 두 조각이 양쪽으로 한참 날았다. 으어, 내 허리! 펠레일이 입을 쩍 벌리는 것을 볼 새도 없이, 나는 버릇대로 다시 한 바퀴 더 돌고 말았다. 그러지 않으면 허리가 뒤틀리니까. 그때 뭐가 등에 부딪혀왔다. 곧 등을 긁는 소리에 목 뒤의 털이 곤두섰다. 늑대가 등에 달라붙었어! 목에 뜨거운 침방울이 튀는 것이 느껴졌다.

"아아아!"

난 뒤로 돌진해 벽에 부딪혔다. 콰르릉! 벽이 무너지며 난 집 안으로 뛰어들고 말았다. 세상이 마구 뒤집히는 느낌이 들며 난 나동그라졌고 먼지와 돌가루가 숨막힐 듯이 날렸다. 낮에 별을 보는 것도 나쁘진 않군.

황급히 몸을 일으켜 고개를 돌려봤다. 그 늑대는 목이 부러진 모양이다. 난 다시 바스타드를 고쳐쥐며 벽에 뚫린 구멍으로 뛰쳐나왔다.

"후치? 저 집과 원수졌어?"

사만다는 집 밖으로 등장하는 나에게 이런 인사를 건넸다. 인사를 건네는 사만다에게 난 바스타드를 휘둘렀다. 사만다는 기겁했지만 나는 그녀 옆에서 육박하는 늑대를 친 것이다. 워낙 급하게 내려치다가 나는 기세에 못 이겨 땅을 쳤다. 늑대와 함께 내 바스타드를 땅 속에 박아버린 것이다. 이거, 자꾸 왜 이래!

사만다가 이번엔 휘파람을 불었다. 휘파람? 능숙한 모험가들은 정말 굉장하군. 그런데 바스타드가 왜 안 뽑혀! 저쪽 벽에 기대어 있던 이루릴이 내 모습을 보자 재빨리 달려들었다.

"오오오!"

크라일의 감탄소리. 이루릴은 마치 번개가 치듯 지그재그로 뛰며 늑대 사이로 달렸다. 늑대들은 이루릴에게 달려들었으나 그 턱은 번번이 허공을 깨물 뿐이다. 한 놈이 이루릴의 발목을 물려 하자 이루릴은 그대로 앞으로 뛰며 땅을 짚고 텀블링했다. 그리고 착지하자마자 내 가슴을 걷어찼다.

"읍!"

이루릴이 걷어차 준 덕분에 나는 간단히 땅에 박힌 바스타드를 뽑았다. 좀 점잖은 방법으로 할 수는 없냐고 불평하기도 전에, 이루릴은 내 가슴을 찬 반동력으로 그대로 뒤로 날았다. 내 가슴 앞, 이루릴이 있던 공간으로 늑대가 날았다. 나는 잽싸게 다시 내려쳤다. 그놈의 뒷다리를 맞히는 데 성공했고 이번엔 땅에 박지 않았다. 뒷다리를 맞은 놈은 땅에 뒹굴었고 그 앞에 있던 칼이 그놈의 턱을 걷어찼다. 칼이 외쳤다.

"크레틴 양! 이놈들은 당신 담당이오!"

정말 대단한데. 난 어제 한 번 들었던 사만다의 성을 벌써 까먹었는데 칼은 기억하고 있었군. 사만다는 재빨리 품속을 뒤지더니 동그란 쇠붙이를 꺼내었다. 둥근 고리에 가운데는 T자가 복잡하게 얽혀 있었다. 테페리의 디바인 마크인 모양이다. 사만다는 그것을 앞으로 내밀며 기도를 했다.

"대지가 거부하는 시체여, 사라져라!"

"퀘르르, 카악!"

늑대들이 발광을 하기 시작했다. 터닝이구나! 저게 바로 성직자의 터닝이다. 대지가 받아들이지 않는 시체, 그래서 대지에 잠들지 못하고 지상을 배회하는 시체를 쫓는 것. 늑대들은 미친 듯이 달아났다. 그러나 그게 좀 안 좋은 게, 늑대들이 모두 저쪽으로 달려간 것이다. 저쪽이란 여러 가지 의미로 쓰일 수 있지만 지금의 경우엔 터커와 펠레일, 이루릴이 있는 쪽을 가리키는 말이다.

"제기랄!"

터커는 악을 쓰며 핼버드를 휘둘러 늑대가 접근하지 못하도록 했다. 그러나 터커가 오른쪽에서 왼쪽으로 휘두른 순간 왼쪽에 있던 놈이 터커에게 달려들었다. 쉬이익! 무엇이 대기를 가르는 소리. 터커의 등 뒤에서 갑자기 나타난 이루릴이 자신의 특기를 보여주었다. 그녀는 달려드는 늑대의 몸에 비스듬히 망고슈를 들이대었고 곧 늑대는 공중에서 완전히 면도를 당했다.

"캬아아아악!"

땅에 떨어진 늑대의 허리는 말끔하게 털가죽이 벗겨져 나가 빨간 속살이 보였다. 터커는 어제도 본 그 모습에 다시 한번 놀랐다. 그 뒤에 있던 펠레일은 고개를 숙이더니 캐스팅에 들어갔다. 그리고 나와 샌슨, 크라일은 등을 보인 늑대들에게 돌격했다.

"어억!"

늑대가 몸을 뒤집으며 샌슨의 발을 물었다. 그 옆에 있던 크라일이 재빨리 팔치온으로 내려치자 샌슨의 다리에는 늑대의 머리만 남게 되었다. 그러나 그 머리는 끝까지 샌슨의 발목을 물고 있었다. 샌슨은 눈에 불을 튀기더니 무릎을 들어올리며 롱소드의 자루로 늑대의 머리를 내리쳤다. 그 뒤에 있던 사만다가 재빨리 샌슨의 어깨 너머로 디바인 마크를 내밀더니 다시 고함을 질렀다.

"물러가라!"

상처입은 샌슨에게 달려들려던 놈들이 깽깽거리는 비명을 지르며 물러났다. 그리고 그쪽에서는 터커가 헬버드로 장작 쪼개듯 늑대들을 내리찍었다. 나도 바스타드를 휘둘렀다. 그런데 늑대는 머리를 어떻게 움직이더니 내 바스타드를 물었다. 나는 놀라서 당기려고 했으나 늑대는 놓지 않았다. 그리고 그때 내 왼쪽에서 늑대가 달려들었다.

"일자무식, 옆으로!"

난 바스타드에 늑대를 매단 채 옆으로 뱅뱅 돌았다. 바스타드를 물고 있던 놈은 내 옆에서 달려들던 놈과 충돌해서 나가떨어졌고 난 갑자기 너무 세게 도느라 어지러워 휘청거렸다. 황당하게도 난 휘청거리다가 늑대 한 놈의 꼬리를 밟았다. 늑대가 펄쩍 뛰어올랐으나 땅에 도로 내리기도 전에 그 목에 이루릴의 에스터크를 맞고 말았다. 그리고 그때 펠레일의 고함소리가 들렸다.

"엔라지 퍼슨!"

사만다의 몸이 부쩍부쩍 크기 시작했다. 사만다는 잠시 균형을 잡지 못하고 뒤뚱거렸으나 곧 당당하게 선 다음 늑대들 앞에 섰다. 늑대들은 부들부들 떨었다. 사만다는 구름 사이로 내밀듯 팔을 아래로 내렸고 그 손에는 거의 방패 크기가 되어버린 거대한 디바인 마크가 빛을 발했다. 사만다가 특별히 터닝을 하지도 않았지만, 조금 전 터닝당했던 놈들이 비명을 지르며 달아나자 다른 놈들도 덩달아 달아나버렸다.

"캐르릉! 캥캥!"

늑대들은 미친 듯이 달아나 이윽고 보이지 않게 되었다. 나는 땅바닥에 주저앉았다.

"히익, 히익! 내, 숨소리가, 피리 소리 같아."

"그게 테페리의 디바인 마크인가요?"

"응, T자는 테페리의 머리글자이기도 하고 갈림길을 상징하기도 하지."

아하! 그렇구나. T자는 그러고 보니 갈림길 모양이다. 나는 고개를 끄덕이면서 질문했다.

"그런데요, 궁금한 게 있어요. 아까 그 늑대들은 아마 게덴의 힘 때문에 날뛰는 시체잖아요? 그런데 게덴도 헬카네스의 하위신이고 테페리도 헬카네스의 하위신인데, 왜 그렇게 무서워 도망가는 것이죠?"

"에이, 얘는. 언데드는 유피넬의 혼돈으로, 헬카네스의 조화로 존재하는 반(反)의 세계, 어둠의 세계의 주민이란 말이야. 그래서 파괴신 레티의 성직자들도 언데드를 터닝할 수 있는걸?"

내가 알아듣든지 말든지 상관하지 않고 사만다는 계속 설명했다.

"그리고 흔히 헬카네스의 하위신, 유피넬의 하위신 이렇게 이야기하지만 그건 이해하기 편한 대로의 관념이고. 헬카네스나 유피넬이 각자 자기 하위신들의 두목 같은 거라고 생각하면 곤란해. 헬카네스나 유피넬은 그저 만물의 법칙을 나타내는 이름일 뿐. 그리고 신들은 그 부하가 아니야. 그렇지. 중력을 생각해 보자. 넌 중력을 무시할 수는 없지? 하지만 네가 중력의 부하인 것은 아니잖아. 중력이 너에게 뭘 시키는 것도 아니고."

"시킨다고 따르지도 않겠어요……. 정말 어렵군요."

그래, 정말 어렵다. 유피넬과 헬카네스는 그저 우주의 원리를 나타내는 고차원적인 은유라는 사만다의 설명이 뒤따랐지만 난 거의 신경쓰지 않았다. 난 역시 신학에는 적성이 안 맞아.

어쨌든 우리는 다시 사만다를 앞세워 걸어가고 있었다. 늑대에게 발목을 물린 샌슨은 이루릴의 걱정을 샀지만 끄떡없다는 투였다. 아마 크라일의 비웃는 듯한 시선을 의식해서 만용을 부리는 모양인데, 어쨌든 샌슨은 조금 절뚝거리면서도 꿋꿋이 걸어오고 있다. 이루릴은 한숨을 쉬며 혁대에 매어둔 가방을 열었다.

"그럼 이거 한 모금만 마셔요. 당신이 아프지 않다면, 날 위해서라도 마셔줘요. 보고 있자니 가슴이 아파요."

샌슨은 눈물을 흘릴 듯한 표정이 되더니 이루릴이 내민 약병을 받아 단숨에 벌컥벌컥 마셔버렸다. 이루릴의 눈이 커졌다.

"아, 아니 저, 한 모금만……."

샌슨의 표정이 돌변했다. 그는 믿을 수 없다는 듯이 자신의 양팔을 바라보기 시작했다. 그는 가슴을 만져보고 팔을 휘둘렀다. 크라일은 저놈이 갑자기 미쳤나 하는 눈으로 샌슨을 바라보았지만 샌슨은 신경쓰지 않으면서 외쳤다.

"우, 우와! 후치! 날 쳐봐!"

이건 또 무슨 소리야? 난 어처구니없어서 샌슨을 바라보았고 샌슨은 가슴을 탕탕 치면서 말했다.

"힘이 솟아난다! 정말 엄청나! 후치, 한번 네 힘으로 쳐봐!"

그래? 이런, 한 모금만 마시라는 것을 너무 많이 먹어버린 것 때문인가 보군. 나는 우정으로써 샌슨의 복부를 쳤다. 샌슨은 벽을 뚫고 들어가 기절해 버렸고, 다시 깨워서 데리고 가느라 시간을 많이 잡아먹게 되었다. 어쨌든 샌슨의 발목은 나았다. 복부에 대해서라면……, 별로 할말은 없다.

우리 일행은 주위를 경계하며 걸어갔다. 지형 지물을 읽어내며 전술 전략에 도통한 펠레일이 있긴 하지만 경계해서 손해볼 것은 없으니까. 게다가 조금 전 늑대와의 싸움으로 우리는 모두 신경이 곤두선 상태였다. 그래서 앞에 있는 사만다 옆에 나와 터커가 서고, 그 뒤에 칼과 펠레일과 이루릴이 뒤따랐다. 샌슨과 크라일이 맨 뒤쪽에서 따라왔다.

다시 네 갈래 길이 나타났다. 사만다는 멈춰 서서 주위를 두리번거렸고, 뒤에 있던 칼이 말했다.

"진행 방향으로는 오른쪽이오."

그런데 사만다는 움직이지 않았다. 나는 의아한 표정으로 사만다를 쳐다보았다. 사만다는 근심 어린 표정으로 말했다.

"이상해."

"예?"

"음……. 아마 이런 건가 본데, 갈 것인가 말 것인가에서 나는 가지 않을 것을 선택한 것 같아. 그래. 더 가고 싶지가 않아."

사만다는 고개를 갸웃거리며 주위를 둘러보았다.

"하지만 이상해. 여긴 아무것도 없는 네 갈래 길인데. 하지만 테페리의 뜻이니까, 난 더 이상 가지 않겠어."

칼은 당황한 표정을 지었다. 정말 주위로 보이는 것은 평범한 집들뿐이었고 뭐 하나 이상한 것이 없었다. 칼은 주위를 둘러보더니 말했다.

"허, 신의 뜻을 해석할 수 있으면 좋으련만."

그때 터커가 앞으로 걸어가기 시작했다. 내가 따르려 했지만, 터커는 손을 휘저어 나를 물러나게 하고는 혼자서 앞으로 걸어나갔다. 그런데 걸음걸이가 독특했다. 마치 발로 무엇을 밀 듯이 천천히 발을 옮기고 있는 것이다. 게다가 마치 장님이나 된 듯이 핼버드를 앞으로 길게 내밀어 땅을 짚어보거나 허공을 휘저어보면서 걸었다. 그 광경을 보던 펠레일이 미소를 지으며 말했다.

"함정은 없습니다. 터커."

터커는 고개를 갸우뚱했다. 펠레일은 계속 설명했다.

"함정의 흔적이 전혀 없습니다. 넌디텍트를 사용하면 마법의 흔적을 지울 수 있지만, 그렇게까지 해서 함정을 설치할 이유가 없는 장소입니다. 던전도 아닌 대로에 함정을 설치하는 것은 우습지 않을까요."

터커는 미심쩍은 표정으로 주위를 다시 둘러보며 말했다.

"그래? 그럼 뭐지?"

"아마 이곳이 목적지인 것 같습니다."

"뭐?"

펠레일은 주위를 둘러보다가 말했다.

"이 네거리는 평범해 보이지만, 영지 전체에서 볼 때는 중앙에 해당하는 부분이군요."

"아!"

우리는 놀라서 주위를 둘러보았다. 다른 사람들은 고개를 끄덕였지만, 난 여기가 중앙인지 잘 모르겠다. 내 눈엔 다 똑같아 보이는걸?

"잠시 기다리십시오."

펠레일은 고개를 숙이고 캐스팅에 들어갔다. 한참을 웅얼거리던 펠레일은 고개를 끄덕였다.

"땅 속이군요. 터커 씨. 물러나십시오."

터커가 물러나자 펠레일은 우리 모두를 우리가 걸어온 골목 쪽에 물러나 있도록 하고는 혼자서 네거리의 중앙으로 걸어 들어갔다. 그는 주위를 휙휙 둘러보더니 돌멩이를 들어 벽에 뭔가를 갈겨쓰기도 하고 땅에 그림을 그리기도 했다. 타이번이 저렇게 하는 것을 본 적이 있는데. 마지막으로 펠레일은 돌멩이 몇 개를 이상한 모양으로 쌓아두더니 말했다.

"한가운데입니다. 땅을 좀 파야겠는데요? 그렇게 깊진 않습니다."

"땅을 파?"

"땅 속에 있는 뭔가가 보입니다. 위험할지도 몰라서 안전 장치를 했습니다."

서로를 보며 어깨를 으쓱한 다음, 크라일과 나, 샌슨이 앞으로 나서서 각자의 칼로 땅을 파기 시작했다. 칼은 땅을 파기엔 적당하지 않은 물건이지만 어쨌든 잠시 후 샌슨이 뭔가를 발견했다. 펠레일은 직접 손을 대지 말라고 경고했고, 그래서 샌슨은 롱소드의 끝에 그것을 꿰어올렸다.

샌슨이 들어올린 것은 작은 쇠붙이였다. 마치 사만다의 디바인 마크 비슷한 둥근 고리였는데 그 가운데는 머리가 두 개인 까마귀의 모습이 보였다. 펠레일과 사만다가 앞으로 나서서 샌슨의 롱소드 끝에 매달려 있는 그것을 바라보았다. 그러나 칼이 먼저 말했다.

"게덴의 디바인 마크인 것 같은데?"

펠레일이 고개를 끄덕였다.

"그렇습니다. 이 머리가 두 개인 까마귀는 체로이인 것 같군요. 그런데 이것 예사 물건이 아니군요. 장식의 모양으로 보나 쇠붙이의 색깔, 무늬의 선택으로 볼 때 거의 200년은 족히 된 물건인데요?"

크라일이 입을 벌렸다.

"200년? 와, 비싸겠네?"

사만다는 주위를 둘러보다가 다시 그 디바인 마크를 보면서 고민스러운 얼굴로 말했다.

"저주네. 응. 그럴 거야. 누군가가 의식을 행한 다음 이것을 여기에 묻은 걸 거야. 그래서 이 마을 사람들이 모두 병에 걸렸고……. 잠깐. 그렇다면 의식의 제물이 있을 텐데. 이 디바인 마크는 의식의 보증이니까 틀림없이 제물이 있을 거야."

터커는 고개를 갸웃거리며 말했다.

"제물이 뭘까?"

펠레일은 그 말에 대답하지 않고 샌슨의 롱소드 끝에서 그 디바인 마크를 들어올렸다. 우리는 놀랐지만, 펠레일은 웃음을 지으며 말했다.

"글쎄요. 이게 제법 대단한 물건이긴 하지만, 그것은 골동품으로서 그렇다 이말입니다. 세이크럴라이즈의 힘을 낼 수는 없습니다. 이건 그저 상징적인 의미로 파묻었을 뿐입니다. 제물이나 의식의 주관자의 능력이 더 중요합니다. 어쨌든 이걸 회수했으니 의식의 상징은 없어진 셈이고, 따라서 세이크리드 랜드는 취소될 겁니다."

펠레일이 너무 평온하게 말해서 우리는 '그런가?' 하는 표정으로 고개를 끄덕이는 것이 다였다. 나는 주위를 둘러보았다. 그리고 그제야 제대로 기쁨의 표시를 낼 수 있었다.

"색깔! 색깔이 돌아왔어! 우하!"

내 말에 사람들은 깜짝 놀라며 주위를 둘러보았다. 건물들의 색깔이 제대로 되어 있는 것이다. 이제 어두운 부분은 어둡고, 밝은 부분은 밝다. 그림자도 생겼다. 내 그림자를 가지고 장난을 치는 것이 이렇게 유쾌한 일인 줄은 몰랐어. 하하하!

"정말이군요. 아주 간단하게 해결되는군요?"

칼도 기쁜 듯이 대답했다. 하지만 펠레일은 고개를 가로저었다.

"사만다 님이 있었으니까 간단히 위치를 찾을 수 있었던 것이죠. 그리고 해결이라고 말씀하신다면……, 그것은 부정해야겠군요."

"무슨 말씀이시오?"

펠레일은 근심스러운 눈빛으로 주위를 둘러보았다.

"이 물건이 있다면, 파묻은 자가 있겠지요. 그자를 찾아야 합니다. 그리고 두 번째. 아이들을 찾아야 합니다."

"흠…… 그렇겠구려. 그렇다면 어떻게 찾는다?"

펠레일은 사만다를 둘러보았다.

"사만다 님?"

그런데 사만다는 움직이지 않았다. 그녀는 어깨를 으쓱이며 말했다.

"아까 말했잖니. 더 이상 가기 싫다고. 아직도 그래. 아이들을 찾아봐야 되겠지만, 어디론가로 가고 싶은 기분이 전혀 들지 않는걸."

다른 사람이 이렇게 말한다면 호통을 치겠지만 갈림길의 권능을 가진 테페리의 말이니 오히려 그 말을 그대로 따르고 싶다. 우리는 곤혹스러운 얼굴로 주위를 둘러보았다. 크라일이 주저하며 말했다.

"혹시……, 테페리가 아이들을 찾는 걸 원하지 않는 것은?"

터커가 눈살을 찌푸렸다.

"이봐, 크라일."

"어, 가정해서 말이야, 음. 가정만 하는 것은 상관없잖아?"

사만다는 우울한 표정이었다. 신의 뜻을 해석할 수는 없으니, 어떤 가정이든 가능하다. 땅에서 파낸 디바인 마크를 들여다보던 펠레일은 말했다.

"어쩌면……."

펠레일은 끝말을 잇지 않았다. 터커는 입맛을 다시더니 펠레일에게 말했다.

"펠레일. 자네가 말을 끊으면 대개 뒷말은 듣기 싫은 것이지. 하지만 해봐."

펠레일은 고개를 끄덕였다.

"예. 어쩌면, 제물은 아이들일지도 모르죠. 그렇다면 아이들을 찾을 수 없으니, 사만다 님이 움직이지 않으려 하는 것도 이해됩니다."

우리들의 얼굴은 파랗게 질려버렸다. 펠레일은 게덴의 디바인 마크가 마치 대답이라도 할 거라고 믿는 것처럼 그것을 들여다보며 말했다.

"의식이 있다면, 제물이 있었겠지요. 그리고 이 영지에서 없어진 것은 아이들입니다. 괴로운 추측이 아닐 수 없습니다만……."

크라일이 고함질렀다.

"도대체 어떤 미친 새끼가!"

펠레일은 여전히 게덴의 디바인 마크를 들여다보며 말했다. 그의 어조는 서늘했다.

"저주. 신의 저주는 대개 신격 상징물을 필요로 합니다. 순결을 상징하는 처녀, 처녀는 생산이 되지 않는 불모를 상징할 수도 있습니다만 역시 순결의 상징으로 쓰입니다. 그리고 어린아이는 그 자체로 이미 신이며, 따라서 합당한 제물이지요……."

펠레일의 말은 끔찍스러웠다. 크라일은 이를 드러내며 말했다.

"그렇다고 죄 없는 아이들을 몽땅 제물로? 그런 미친 놈이 어디 있어?"

샌슨도 이번에는 크라일에게 찬성했다. 그는 씩씩거리며 말했다.

"그렇습니다. 그런 모진 짓을 한다는 것은……."

그러나 터커는 무겁게 고개를 가로저었다.

"아니. 난 펠레일의 말이 일리가 있다고 본다. 사람이란 자기의 사소한 감정 때문에 다른 사람의 가장 소중한 것들도 거리낌 없이 파괴하는 모습도 보여주지."

나는 터커의 말에 다른 누구보다도 제일 먼저 이루릴의 안색을 살폈다. 하지만 이루릴은 평소처럼 별 표정 없는 얼굴이었다. 속마음은 어떨까. 이루릴은 인간에 대한 혐오를 느끼는 것이 아닐까? 하지만 그 무표정한 얼굴만 봐서는 아무것도 알 수 없었다. 이루릴은 내 시선을 알아차렸다.

"후치? 왜 그러죠?"

"아, 아뇨. 펠레일의 말대로라면, 참 지독한 놈이죠?"

"놈? 알 수 없지요. 인간일지, 인간이 아닐지."

아아! 그래서 이루릴은 별 표정 없었구나! 그렇네. 꼭 인간이라는 법은 없군? 하지만 나는 은연중에 인간 위주로……, 그러니까 좋은 일이든 나쁜 일이든 항상 인간을 주체로 놓는 관념에 익숙했던 것이다. 하지만 이루릴은 항상 모든 종족을 한꺼번에 생각한다. 친구가 되기 위해 손을 내미는 것은 내가 아니라 이루릴이 아닐까?

펠레일은 이루릴의 말에 미소를 지었다.

"예. 사람일지 아닐지는 알 수 없습니다만, 아마도 사람일 가능성이 높겠지요. 게덴의 신자들은 거의 인간이니까요. 물론 신자도 아니면서 게덴의 힘만을 불러 썼을 수도 있겠지만, 게덴도 신이므로 자신의 신자도 아닌 자의 부름에 함부로 역사하진 않을 것으로 생각됩니다."

칼은 고개를 끄덕였다.

"게덴의 성직자라. 환자들에게 물어봐야겠군. 일단 세이크럴라이즈는 해소되었으니 환자들은 쉽게 회복될 거요. 그들에게 짐작 가는 사람이 있는지 물어봅시다. 그랑엘베르의 신전이 있는 것을 보아 이 영지의 주민들은 대개 그랑엘베르의 신자겠지. 그렇다면 범인은 이방인일 테고, 뭔가 짐작 가는 사람이 있을 거요."

"알겠습니다."

우리는 모두 몸을 돌려 다시 신전 쪽으로 향했다.

6

돌아오는 길에 우리는 우리가 쓰러뜨린 늑대들의 옆을 지나게 되었다. 아까는 조사가 더 급해서 그냥 놔두고 지나쳤던 것들이다. 그것들은 아까와는 달리 모두 썩어 있는 모습이 되어 있었다.

"썩어 있네?"

"언데드였잖아. 몸을 박살내어 버리자 다시 원래대로 시체의 모습으로 돌아간 거지."

칼의 설명에 나는 고개를 끄덕이면서 다시 질문했다.

"그럼, 아까 달아났던 놈들도 다 시체가 되었을까요? 우리가 디바인 마크를 회수했으니까……."

칼은 고개를 가로저었다.

"아니, 그건 아닐세. 이제 더 이상 이 영지가 세이크리드 랜드가 아니게 되었지만, 그렇다고 이미 일어난 일이 취소되지는 않아. 늑대들은 여전히 언데드 몬스터로 남게 될 거야. 에델린 양이 그러지 않았는가. 뱀파이어는 그대로 남게 될 거라고. 이놈들도 마찬가지지."

"그것 참……."

사만다는 그 조각난 채로 썩어 있는 모습들을 보며 얼굴을 크게 찌푸렸다. "끔찍스럽군." 하지만 크라일은 싱긋 웃으며 늑대들의 발을 잘라서 모으기 시작했다. 터커는 언짢은 표정으로 말했다.

"아니, 뭐하는 거야?"

"늑대 발톱 목걸이가 얼마나 비싼 건 줄 알아?"

"저런 젠장맞을 놈이 있나. 에이, 퉤!"

"얼씨구? 야! 우리 수중엔 돈 한푼도 없다고! 그러니까 레너스로 가려고 했던 거 아냐?"

"그래도 그렇지. 에이, 언데드 늑대들의 발톱을 뽑아 목걸이를 만들어? 찝찝하게시리."

크라일은 콧방귀를 탕탕 뀌었다. 결국 사만다가 구부정하게 엎드려서 작업하고 있던 크라일의 엉덩이를 걷어찼다. 크라일은 보기 좋게 나뒹굴었다.

"칵! 그 따위 흉물스러운 짓 멈추지 못해! 뜨거운 맛 좀 볼래?"

사만다는 말로만 그치지 않고 당장 테페리의 디바인 마크를 뽑아들었고 크라일은 질겁하면서 일어났다. 하지만 그는 일행의 뒤를 따라오면서 한참 궁시렁거렸다. 칼은 좀 어이가 없는 얼굴로 사만다에게 질문했다.

"크레틴 양. 신의 권능을 그렇게 함부로 협박 등에 사용해도 됩니까?"

"뭐 어때요! 저런 발칙한 녀석은 신벌을 좀 받아도 돼요!"

칼은 할말 없다는 투로 빙긋 웃어버렸다. 하지만 나는 이상한 기분이 들었다.

"저, 칼."

"응?"

"이 늑대들이 다 어디서 나타난 걸까요?"

"응?"

"이 늑대들 모두 시체였다고 했죠? 하지만 상태를 보아하니 모두 죽은 지 오래된 건 아니잖아요? 제일 많이 썩어 있는 놈도 아직 형체는 그럴듯하잖아요."

사만다가 피식 웃었다.

"그거야 당연하지. 언데드가 될 수 있는 나이는 정해져 있거든."

"언데드가 되는 나이?"

"죽은 지 얼마가 지났느냐에 따라 언데드가 될 수 있느냐……."

"아니, 내 말은 그게 아니고 어떻게 이렇게 많은 늑대 시체들이 있느냐 하는 거예요. 죽었으니까 언데드가 된 거 아니에요? 그렇다면 왜 늑대들이 이렇게 많이 죽었죠?"

"어? 글쎄?"

칼은 고개를 갸웃거리다가 말했다.

"글쎄……. 아마 대규모 늑대 사냥이라도 했던 것 아닐까? 가을철에 추수가 끝나고 나면 간혹 사냥을 하지 않는가. 녹음이 울창한 계절에는 사냥하기도 힘들고."

"그럼, 여기가 세이크럴라이즈되기 직전에 늑대 사냥이 있었고, 그리고 게덴의 힘이 펼쳐지자 그때 죽은 늑대들이 일어났다?"

"그럴 수 있겠지."

"말이 안 되는데요?"

칼은 멈춰 서서 날 바라보았다. 다른 사람들도 모두 멈춰 섰다.

"늑대들을 왜 사냥하지요? 가죽이나 고기도 필요없는 게 늑대예요. 가축에 피해를 입힌다는 것 정도로 볼 수도 있지만, 들어오면서 보셨다시피 여긴 목장 같은 것도 없는데요?"

칼은 고개를 갸우뚱하다가 말했다.

"사람이 피해를 본 게 아닐까?"

"말이 되는군요. 하지만 다음 문제가 남아 있는데, 왜 늑대들이 아무것도 잘려 있지 않지요?"

크라일은 눈을 크게 떴다. 난 크라일을 흘깃 바라보았다가 말했다.

"크라일 씨처럼 발톱을 뽑는 경우도 생각해 볼 수 있겠죠. 하지만, 사냥을 했다면 대개 증거를 남겨요. 고기나 가죽이 필요없으면, 그래도 죽이고 나서 뭘 자르든 잘라요. 어, 그러니까, 에…… 아무것도 자르지 않았다면 자기가 사냥을 얼마나 했는지 뭘로 증명하죠?"

터커가 턱을 쓸면서 말했다.

"하긴. 사냥을 그냥 하는 경우는 드물지. 자, 나가서 모두 늑대를 죽이자? 아니, 사람들이 일하는 방식은 그게 아니지. 늑대의 피해가 크므로 늑대 꼬리를 몇 개 가져오면 무슨 보상을 하겠다, 이런 게 사람의 방식이지."

나는 고개를 끄덕였다.

"아, 예. 그걸 말하고 싶었어요. 그렇잖아요, 칼?"

"허어, 그렇구만, 네드발 군. 정말 늑대들이 왜 이렇게 많이 죽은 걸까?"

칼은 의아한 표정을 지으며 다시 늑대들을 살폈다. 펠레일이 입을 열었다.

"병에 의해 죽은 것이 아닐까요?"

"무슨 말이오?"

"여긴 세이크리드 랜드였습니다. 그러니, 늑대들도 병에 걸려 죽었을 수 있지 않겠습니까?"

"늑대들이 영지에 왜 들어오겠소? 영지에 들어와야……."

"그건, 늑대들이 우연히 이 마을의 사람들이 죽어간다는 것을 알게 되었을 겁니다. 공격하기가 쉽지요. 실제로 방어가 약해진 마을은 몬스터들이나 늑대들의 공격을 받는 일이 많습니다. 그래서 늑대들은 이 마을에 공격해 들어왔고, 그러다가 자신들도 병에 걸려 죽어버렸겠지요."

"아! 그렇구먼."

칼은 웃으며 대답했다. 하지만 나는 펠레일의 말을 듣는 순간 소름이 쫙 올랐다. 나는 벌벌 떨면서 되물었다.

"뭐라고요?"

펠레일은 의아한 표정으로 날 바라보았다.

"그러니까 이 늑대들은 병에 걸려 죽었다가……."

순간, 펠레일도 마치 물벼락이라도 맞은 듯이 몸을 부르르 떨었다. 그는 허옇게 질린 얼굴로 날 바라보았고, 나도 그런 얼굴로 펠레일을 바라보면서 다급하게 질문했다.

"당신, 당신들, 시체를 태웠다고 해, 했지요?"

"그, 그렇습니다."

"각 집에서 시, 신발이나 수저의 숫자를 세어봤어요?"

"아, 아니. 그렇게까진 하지 않았는데……."

"그럼, 그럼 그냥 시체만 옮겨 태웠어요? 얼마나 되었죠? 예?"

"대략, 200여 구 좀 넘었는데……."

나는 주위를 둘러보았다. 말도 안 된다.

"시체가 200여 구, 신전에 90여 명. 그럼 300명 정도? 말도 안 돼! 이 넓은 영지에?"

나와 펠레일의 대화를 듣고 있던 다른 사람들도 파랗게 질려버렸다. 이 넓은 영지에 300명이라니, 어림도 없다. 적어도 2000명은 넘을 것이다. 그렇다면 나머지 1700명은? 펠레일은 와들와들 떨면서 말했다.

"우, 우리가 오기 전에 이, 이 영지의 주민들이 묻은 것이 아닐까요?"

"태운 게 아니라 묻었다면 큰일이잖아요!"

나는 거의 발악하듯이 대꾸했고 펠레일도 화들짝 놀랐다. 묻었다면 정말 큰일이다. 병에 걸려 죽은 늑대들이 모조리 일어나 우릴 덮쳤다. 그렇다면, 병에 걸려 죽은 사람들도 일어나 우릴 덮칠 수 있다!

"어, 하, 그렇다면, 왜 늑대들만 설치고, 그, 그것들은……? 아, 아직 나타나지 않았잖아요?"

펠레일은 숨막히는 목소리로 질문했다. 갑자기 사만다가 고함을 질렀다.

"몇 살이죠?!"

우리는 놀라서 사만다를 바라보았다. 나는 얼떨결에 대답했다.

"열일곱 살인데요?"

사만다는 늑대를 가리키며 황급하게 말했다.

"아니, 네 나이 말고! 저 늑대들, 몇 살이죠? 아무도 몰라요?"

우리는 당황한 눈으로 서로 쳐다보았다. 능숙한 사냥꾼이라면 몰라도 늑대의 나이를 어떻게? 그때 이루릴이 늑대들을 살피기 시작했다.

"차이가 좀 있지만 대략 일곱 살에서 열 살 정도의 놈들이군요."

사만다는 몹시 긴장했는지 손을 쥐었다 폈다 하면서 말했다.

"그럼, 7일에서 10일일 거야. 사람들은? 아이들은 병에 걸리지 않았다. 그렇다면 대략 20세 이후겠지. 그럼 죽은 지 20일이 지나야 언데드가 될 수 있어."

나는 멍청한 얼굴로 사만다를 바라보았다. 사만다는 계속 혼잣말하듯이 말했다.

"하지만, 펠레일의 말대로라면 늑대들은 사람들이 병에 걸리고 나서 공격해 왔을 거야. 그러니까 사람들이 죽기 시작한 것은 그보다 더 전이다. 최소한 10일보다 훨씬 전이다. 그리고 늑대들이 나타나기 시작한 것은 어젯밤부터. 그렇다면 며칠 지나지 않아……."

사만다는 말꼬리를 흐렸지만 우리 모두는 끔찍스러운 공포를 느꼈다. 샌슨이 황급히 질문했다.

"잠깐만요! 그러니까 나이만큼의 날짜가 지나야 언데드가 될 수 있어요?"

"예. 그래요. 그래서 드래곤이 언데드가 되려면……."

"아니, 잠깐만요! 그렇다면 이 영지에 과거에 죽었던 자들은요? 이번의 병 때문이 아니라 그 전에도 죽었던 사람들이 있을 것 아녜요?"

"아!"

샌슨, 이렇듯 현명할 수가! 그렇다. 죽은 자들이 일어나 우릴 덮친다면, 벌써 그렇게 되었어야 한다. 왜냐하면 이 영지에서 과거에도 많은 사람들이 죽었을 테니까. 사만다의 말대로 나이만큼의 날짜가 지나야 한다 해도 그런 자들은 벌써 그 날짜가 지났을 것이다. 하지만 사만다는 고개를 가로저었다.

"아뇨. 그들은 기다렸을 거예요!"

사만다는 거침없는 태도로 설명했다.

"이 정도 크기의 영지에선 1년에 두세 명 정도가 죽을 뿐이죠. 그리고 몇 년만 지나면 이미 시체가 썩어서 일어날 수 없을걸요? 그렇다면 과거에 죽었던 자들 중 일어날 수 있는 것은 열 명 정도? 그 정도로 덤벼올 수가 없었겠지. 그렇지만 최근에는 질병 때문에 엄청난 숫자가 죽었을걸요. 그렇다면 그들이 다 일어날 때까지 기다렸다가 한꺼번에 덮쳐올 수 있어요!"

사만다는 숨을 몰아쉬었다가 다시 말했다.

"하지만 이젠 더 기다릴 필요가 없겠죠! 우리가 그 디바인 마크를 회수해서 세이크럴라이즈를 취소시켰으니까 더 이상 죽은 자들이 일어나진 않아요. 그렇다면 그들은 이제……."

"뛰어!"

터커의 고함소리. 우리는 신전으로 달리기 시작했다.

"빌어먹을! 빌어먹고 또 빌어먹을! 왜 그 생각을 못했지?"

터커는 달리면서 욕설을 뱉어내고 있었다. 하지만 누가 그런 것을 짐작했겠는가. 우리는 모두 이를 악물면서 달렸다. 펠레일은 헉헉거리며 말했다.

"그, 그래서 테페리는…… 아이들을 찾으러 가는 것을 반대……."

그렇군! 사만다는 아이를 찾으러 가고 싶지 않다고 했다. 지금 더 급한 것은 아이들이 아니라 어쩌면 당장 일어나 신전을 덮치고 있을지도 모르는……, 신전이 저쪽으로 보이기 시작했다.

"멈춰요!"

이번엔 이루릴의 고함소리. 우리는 멈춰 서서 의아한 눈으로 이루릴을 보았다. 이루릴은 눈을 부릅떠서 신전 방향을 보고 있었다.

"좀비군요. 수효는, 음…… 삼백쯤 되어 보이는군요."

우리들은 모두 질겁해서 신전이 있는 언덕을 보았다. 여기선 그 아스라한 모습만이 보였다. 그리고 그 언덕 아래쪽에서 꿈틀거리고 있는 무엇인가도 보였다. 저게 다 좀비라고? 우리는 황급히 건물 벽 쪽으로 붙었다. 하지만 생각해 보니 거리가 엄청나게 멀다. 약 2000큐빗 정도?

매일 책을 읽다 보니 시력이 좋지 않은 칼은 눈살을 크게 찌푸리며 신전을 바라보았다. 칼은 답답하다는 듯이 말했다.

"이거, 꿈틀거리는 것만 보이는데, 지금 뭣들 하고 있소?"

우리는 모두 이루릴을 바라보았다. 이루릴은 조용히 말했다.

"신전으로 들어가려 하고 있군요. 하지만 들어가지 못하는데요?"

사만다가 손가락을 딱 튕겼다.

"에델린 님이 막고 있는 거야!"

크라일이 숨가쁘게 말했다.

"좋아. 그럼, 아니 그런데 삼백이라고? 이 영지에 그것밖에 안 돼? 어, 혹시 나머지는 어디 숨어 있는 건가?"

터커가 고개를 가로저었다.

"아니, 사만다가 말했잖아. 나이만큼의 날짜가 지나야 언데드가 될 수 있다고. 그러니까, 만일 이 영지에서 사람들이 죽어간 것이 20일 전이라면 스무 살 이전의 시체들만 일어날걸. 나머지 시체는 이제 일어나지 못해. 우리가 디바인 마크를 회수했으니까."

칼은 눈살을 찌푸리며 고개를 끄덕였다.

"그럼 숫자가 맞는군요. 그럼, 여러분. 일단 접근해 봅시다."

우리는 다시 달려갔다. 하지만 이번에는 소리가 나지 않도록 주의하면서 뛰었다. 언덕 쪽으로 다가감에 따라 점점 소란스러운 소리가 들려왔다.

이윽고 언덕 아래의 집들 뒤에까지 도착했다. 언덕 쪽을 바라보니 등골이 서늘해져 왔다. 사만다는 신음소리를 내었다.

"테페리여……."

300여 명의 좀비들이 언덕을 새카맣게 채우고 있었다. 군데군데 썩은 시체들. 회색의 살갗에 가득 묻은 흙덩이들과 계속 빠져나가는 머리카락들. 지독한 악취가 바람을 타고 날아와 구역질이 나려 한다.

"그웨에에에……."

"가츠츠르르……."

그것들은 인간의 소리 같지 않은 괴상한 비명을 지르며 언덕 위로 전진하고 있었다. 사람들의 전진과 달리, 좀비들은 앞으로 무조건 전진하고 있었다. 앞에서 더 전진하지 못하면 그것을 타넘고 올라가려 했다. 그러다가 굴러 떨어지면 그대로 그 뒤의 놈이 밟고 지나갔다. 마치 거대한 개미떼를 보는 것 같다. 조금의 틈도 보이지 않고 맹목적으로 앞으로 전진하고 있다. 놈들이 서로 타고 올라 거대한 산을 만들고 있어 신전이 보이지 않을 정도였다. 그렇게 맹목적으로 신전에만 달려들고 있어 우리 쪽은 쳐다보지도 않았다. 하긴 쳐다본다 해도 우린 벽에 가려 있어 보이지 않겠지.

"저놈들, 내버려두면 저희들끼리 알아서 다 뭉개지겠는데? 제일 밑에 있는 놈은 가루가 됐겠어?"

크라일이 이를 드러내며 잔인하게 말했지만 사만다는 고개를 가로저었다.

"에델린 님이라도 계속 막지는 못해! 저 정도의 언데드에서 뿜어지는 힘만이 아니야, 저 무게를 생각해 보라구! 크라일 너라면 300명의 무게를 막을 수 있겠어?"

크라일은 이를 갈기 시작했다.

그때 펠레일이 나섰다. 펠레일은 주위를 둘러보더니 우리가 숨어 있는 집 뒤쪽의 2층 집으로 걸어가기 시작했다. 우리가 영문을 모르고 따라들어가려 하자 펠레일은 고개를 가로저었다.

"들어오지 마십시오. 위험합니다. 이 안에 갇히면 도망가지 못합니다."

"잠깐! 그럼 너는?"

터커의 다급한 질문에 펠레일은 미소를 지었다.

"저도 곧 나올 겁니다. 준비하고 있으십시오."

펠레일은 그대로 사라졌다. 우리가 의아한 표정으로 기다렸다. 그런데 잠시 후, 샌슨이 내 팔을 잡아당겼다. 샌슨은 손가락을 들어 위를 가리켰고, 위를 쳐다보니 펠레일은 집의 2층에서 창문으로 몸을 내밀어 손을 앞으로 뻗고 있었다. 눈을 감고 중얼거리는 폼이 캐스팅하고 있는 모습이었다.

"파이어볼!"

불덩어리! 거대한 불덩어리가 생겨났다. 아프나이델이 보여줬던 바로 그것이다. 펠레일의 가슴에서 생겨난 거대한 불덩어리는 그대로 우리 머리 위를 날아 저쪽의 좀비떼로 날아가기 시작했다. 서로 엎치고 덮쳐서 산을 이루고 있던 좀비들은 피하지도 못하고 직격을 당하고 말았다. 불덩어리는 멋지게 그 좀비들의 산 한가운데에 맞았다.

화르르르! 콰광! 타오른다! 좀비들의 산이 그대로 불타오르기 시작했다. 좀비들은 불에 타면서 미친 듯이 비명을 지르며 흩어지기 시작했다.

"키괘애애애액!"

"쿠아아아아악!"

하지만 좀비들의 산이 너무 높았다. 위쪽에 있던 놈들은 불에 타올랐으나 그놈들이 흩어지자 아무런 피해도 받지 않은 아래쪽에 깔려 있던 놈들이 보였다. 그놈들은 일제히 방향을 바꿔 우리 쪽으로 걸어오려 했다. 하지만 너무 얽혀 있느라 제대로 움직이지 못했다. 그래서 우리 쪽으로 먼저 달려온 놈들은 불에 타오르고 있던 놈들이었다.

"키궤에에에!"

불 붙은 좀비들이 뒤로 불똥을 흩날리며 달려오고 있었다. 사방으로 휘젓는 팔에 붙은 불길이 아름다운 날개처럼 보인다. 날아오르려나?

"공격억!"

샌슨이 고함을 지르는 순간, 터커가 그의 팔을 붙잡았다. 터커는 다급하게 말했다.

"물러나, 천천히 물러나! 서로 섞이면 펠레일이 마법을 못써!"

우리는 천천히 뒷걸음질쳤다. 어, 이거, 너무너무 무섭군. 불이 붙은 좀비들이 달려오고 있는데 천천히 물러나야 되다니. 그냥 뒤로 돌아 마구 달려가고 싶은데. 그러나 이루릴은 물러나지 않았다. 이루릴은 고개를 숙이고 캐스팅에 들어갔다.

"그리스!"

달려오던 놈들은 갑자기 미끄러지기 시작했다. 그놈들의 발이 하늘로 솟구치며 뒤로 나가떨어지는 장면은 꽤나 코믹했다. 달려오던 놈들이라 멈추지도 못하고 앞에 쓰러진 놈들에 걸려 계속해서 쓰러졌다. 순식간에 우리 앞에는 좀비들의 산이 만들어졌다. 아주 공격하기 쉬운 목표, 2층의 펠레일이 다시 외쳤다.

"파이어볼!"

불덩어리가 차곡차곡 쌓인 좀비들에게 직격되었다. 콰아아앙!

폭발음으로 귀가 멍멍하다. 좀비들의 시체 조각이 불 붙은 채로 튀기 시작했다. 역겹다, 정말! 차곡차곡 쌓인 장작더미에 불이 붙은 꼴이다. 불길이 하늘로 치솟았다. 난 눈을 돌리고 싶었다. 펠레일이 외쳤다.

"앞이 안 보입니다!"

터커는 고개를 끄덕이면서 외쳤다.

"내려와! 그리고 칼잡이들은 날 따라! 이루릴 양은 조금 후 펠레일과 함께 나와서 뒤를 쳐요!"

이루릴은 고개를 끄덕였다. 나와 샌슨, 크라일은 터커를 따라 불에 타오르고 있던 좀비 장작더미(?)를 돌아서 언덕 쪽으로 달려가기 시작했다. 언덕이 다시 눈앞에 나타났다. 두 번이나 불덩어리에 맞았지만 아직도 많은 수의 좀비들이 남아 있었다. 터커가 외쳤다.

"펠레일과 이루릴이 뒤를 칠 수 있도록 유인해 간다. 천천히 왼쪽으로!"

우리는 왼쪽으로 달려가며 야유를 보내기 시작했다. 크라일은 팔치온을 하늘로 휘저으며 고함을 질렀다.

"야이! 야! 이쪽이다, 덤벼봐!"

샌슨도 만만찮았다. 그는 크라일을 흘깃 보더니 롱소드를 검집에 꽂아넣고 팔짱을 턱 끼더니 손을 내밀어 손가락을 까딱거렸다.

"헤이, 식사 준비됐다!"

대단한 배짱. 난 샌슨에게 욕을 한바탕 해주고 싶었지만 크라일은 얼굴을 붉으락푸르락하더니 역시 팔치온을 꽂아넣고 팔짱을 꼈다. 터커는 말이 안 나온다는 표정이었다.

"크과아아악!"

우리를 본 좀비들이 일제히 달려오기 시작했다. 나와 터커는 슬금슬금 물러났으나 샌슨과 크라일은 그대로 서 있었다. 저거 정말 못 봐주겠네! 둘은 서로 곁눈질을 하는 폼이 죽어도 먼저 달아나지는 않겠다는 속셈인 듯했다. 그러면서도 둘의 다리는 달달 떨리고 있었다. 터커가 그 뒷모습을 보다가 결국 못 참고 고함을 질렀다.

"후치, 내버려두고 뛰어!"

그러자 샌슨과 크라일은 기겁하더니 황급히 뒤로 돌아 달려오기 시작했다. 가관이다, 가관!

우리는 달음박질치기 시작했다. 하지만 좀비들을 유인하기 위해 뒤로 슬쩍슬쩍 쳐다보면서 팔을 휘저어대었다. 좀비들은 몸이 썩어 있어서 그런지 빨리 달리지는 못했다. 하지만 물밀듯 밀려오는 좀비들의 모습에는 머리털이 곤두설 지경이다. 발소리만으로도 귀가 멍할 지경인데 놈들은 썩어들어가는 목으로 고함까지 지르고 있었다.

"케레레레레!"

"크과아아악!"

우리는 언덕을 크게 돌았다. 그리고 언덕 위쪽에 있던 좀비들은 우리 오른쪽에서도 달려내려오기 시작했다. 이젠 멈추면서 여유를 부릴 수 없다. 우리들은 숨이 턱에 닿을 듯이 달리기 시작했다. 점점 장난이 아니라는 느낌이 드는 순간이었다.

"그 숨결에 생명을 담고 모든 것을 바라보며, 종속될 수 없는 운명을 가진 자여. 파멸을 통해 영생을 구가하는, 파괴하지 못하면 존재할 수 없는 힘이여. 그 모순의 섭리로써 춤을 추어요!"

쉬르르르르! 기괴한 소리에 달리고 있던 우리들은 뒤로 돌았다. 그리고 그대로 몸이 굳어버렸다.

불바람, 불의 장막이다!

길게 늘어진 불길이 마치 커튼처럼 좀비들의 등 뒤에서 솟아오르기 시작했다. 뒤의 하늘이 보이지 않는다! 그것은 거대한 포물선을 그리더니 그대로 우리를 쫓아오던 좀비들에게로 내리꽂혔다. 그러고는 좀비들 사이로 춤을 추기 시작했다. 불의 파도다! 좀비들은 마치 파도에 휩쓸리듯 아우성치기 시작했다. 크라일은 눈을 부릅떴다.

"어? 어? 펠레일이 저런 마법도 썼어?"

샌슨이 당장 대꾸했다.

"이루릴 양이오! 저건 정령술이지, 멋있지 않아요? 어, 그러니까, 후치? 저게 뭐냐?"

"그게 중요해? 안 달릴 거야? 불 속에서 헤엄칠래?"

그제야 크라일과 샌슨도 퍼뜩 정신을 차린 모양이다. 파도가 치듯이 뒤쪽에서부터 좀비들을 휩쓸어 오는 불길은 그대로 우리 쪽으로 달려오고 있었던 것이다. 투투투투투. 샌슨과 크라일은 목이 터져라 고함지르며 달려가기 시작했다.

"우아아아아!"

그러나 터커는 달려가지 않았다. 그는 손가락으로 앞을 가리키며 내게 말했다.

"저것 봐. 저건 정말……."

파도는 우리에게까지 달려오지 않았다. 그것은 다시 커다랗게 우회했다. 소용돌이, 아이고 맙소사, 소용돌이다! 불꽃의 소용돌이가 좀비들을 빨아들이기 시작했다. 거대한 소용돌이가 된 불길은 이제 회오리가 되어 하늘로 솟아오르기 시작했다. 좀비들은 마치 회오리바람에 휩쓸린 먼지들처럼 하늘로 올라가기 시작했다. 파파파파파파!

"오…… 이런 걸 보다니!"

터커의 신음소리 같은 탄성이었다. 그의 얼굴은 불기운으로 벌겋게 되어 있었다.

우리 앞에서 약 직경 30큐빗의 불꽃 회오리가 솟아올랐다. 그것은 그대로 휘말려 올라가 하늘을 꿰뚫을 듯했다. 그리고 차츰 그 아래쪽이 땅에서 떠올랐다. 빙빙 돌던 불꽃은 그대로 하늘로 올라가 버렸다. 쉬르르르르! 우리는 그것이 까마득히 사라져 올라갈 때까지 시선을 떼지 못했다. 마침내 불의 회오리는 작아져 보이지 않게 되었다.

시선을 내려보니, 땅에는 소용돌이 모양으로 타버린 흙이 보였다. 그리고 그 너머에서 이루릴이 천천히 걸어오고 있었다. 이루릴의 등 뒤에는 펠레일, 칼, 사만다가 우리처럼 고개를 뽑아올리며 하늘을 보고 있었다.

이루릴은 불꽃에 시커멓게 타버린 땅을 조심스럽게 걸어왔다. 그녀가 발자국을 뗄 때마다 재가 조금씩 날렸다. 우리가 멀거니 그 모습을 바라보고 있는 가운데 이루릴은 우리 앞으로 걸어와 멈춰 섰다.

"괜찮아요?"

우리는 기운이 쭉 빠진 걸음으로 언덕을 올라가고 있었다. 나와 샌슨, 크라일, 터커 등은 마구 달렸기 때문에 조금 지쳐 있긴 했지만, 그것보다는 너무 엄청난 것을 보아버려 다리가 풀리는 느낌이었다.

"그게 뭐지요? 정령술에 별로 조예가 없긴 하지만, 저런 것은 보도 듣도 못했습니다."

펠레일이 내가 묻고 싶던 것을 아주 간절한 목소리로 물었다. 이루릴은 대답했다.

"샐러맨더의 힘을 실프에 실은 것이죠."

펠레일의 얼굴엔 온통 '나 놀랐소!'라고 써둔 것 같았다.

"그, 그게 가능합니까?"

"당연히 가능하죠. 파이어볼 마법은 어떻게 운용되나요?"

"예? 아, 그것은……."

"이력(異力)이 조화를 이루기 위한 방식이 아닌가요. 마나의 집중, 임계점까지 억제하기. 임계 순간의 차크라의 이동 궤도에 따른 마나의 배치."

"그것은 이력이라기보다는 운동 방식의 이질점 같군요. 알파 급수는 파이어 차크라에 따른 변경 정도이겠고 마나는 이때 집중됨으로써 억제되는 것이므로……."

칼잡이들은 슬프다. 나, 샌슨, 터커, 크라일은 제각기 하늘, 발끝, 핼버드, 손바닥을 바라보았다. 펠레일은 이후로도 한참 귀신 씻나락 까먹는 소리를 했고 이루릴은 고개를 끄덕이다가 우리를 슬쩍 보더니 배시시 웃으며 말했다.

"그러니까 다른 힘이 동시에 작용하는 것은 어렵지 않지요. 간단하잖아요? 운동 에너지와 중력이 동시에 물체에 작용하면 포물선을 그리지 않나요? 그래서 능숙하게 활을 쏘는 사람은 멀리 있는 과녁을 똑바로 겨냥하지 않고 비스듬히 위쪽으로 쏘아서 맞출 수 있고."

음, 이건 좀 알아듣겠군. 크라일은 이루릴의 말을 알아듣는 자신이 대견하다는 표정을 지으며 고개를 끄덕였다. 샌슨도 고개를 끄덕이며 말했다.

"예. 맞아요. 흠. 똑바로 쏘지 않지요."

그리고 펠레일이 다시 끼어들었다.

"하지만 정령은 데미인텔릭 아닙니까? 마나처럼 넌인텔릭이 아닌데요?"

다시 잠잠해지는 칼잡이들. 이루릴은 대답했다.

"전 유피넬의 율법을 따르는 엘프니까요."

"아! 그, 그럼 인간은 불가능합니까?"

"글쎄요. 인간 정령사가 할 수 있을지는 잘 모르겠습니다. 전 인간이 아니니까, 인간과 정령의 교감에 대해서는 체험할 수가 없어서요."

펠레일은 고개를 끄덕였고, 그러자 우리 칼잡이들마저도 뭔가 대단히 안심스러운 기분이 들었다. 이해는 전혀 안 되지만. 난 신학에도 그렇지만 마법학에도 취향이 안 맞을 모양이다. 그때 사만다가 언덕 위를 보더니 팔을 휘두르며 고함을 질렀다.

"예! 우린 괜찮아요!"

언덕 위를 보니 에델린이 신전 정문으로 나와서 팔을 흔들고 있었다. 그런데 이루릴은 눈을 찌푸렸다.

"표정이 이상하네요?"

이루릴은 에델린의 얼굴이 보이나 보다. 그때 에델린의 고함소리가 가늘게 들렸다.

"슈가 없어졌어요!"

7

에델린은 어쩔 줄 몰라하면서 황망하게 말해서 그녀의 말을 이해하기 힘들었다. 보다 못한 사만다가 고함을 빽 질러버렸다.

"어휴, 진정하세요. 우리도 애 무진장 잃어먹었어요!"

그리고 사만다는 주위의 엄청난 시선에 다시는 입을 열지 못하게 되어버렸다. 칼이 침착하게 질문했다.

"그러니까, 좀비들을 막아서느라 집중하던 사이에 사라진 것 같다고요?"

"예, 예. 아까 불기둥이 하늘로 솟아올랐을 때, 아아! 그것을 맥 놓고 구경하고 있었다니! 그래서 그것을 보다가 문득 슈가 놀라지 않을까 싶어서 돌아보았는데, 그때 안 보이는 것이에요. 이렇게 멍청했다니! 어떻게 그것을 멍하게 바라볼 수가!"

이루릴이 말했다.

"죄송합니다."

이번에는 이루릴이 상당한 시선을 받게 되었다. 하지만 이루릴은 별로 표정의 변화가 없었다. 칼이 명령했다.

"그렇다면 시간은 얼마 지나지 않았을 거요. 모두 흩어져서 찾아봅시다. 에델린께서는 환자를 지켜주십시오."

모두들 신전 바깥으로 달려나왔다. 터커가 말했다.

"보자, 우리와 좀비가 바로 저 아래에서 싸웠으니까 그쪽은 아니고. 그렇다면 신전 뒤쪽의 산인가?"

우리는 일단 신전 뒤쪽으로 돌아가보았다. 산이라고 하긴 하지만 그것은 야트막한 야산의 산허리 정도였고 그렇게 험악한 지세는 아니었다. 터커는 사만다를 흘깃 보았지만 사만다는 어깨를 으쓱했다.

"여긴 두 갈래가 아니잖아?"

하긴 그저 야트막한 산과 숲이 있을 뿐이니까. 커다란 나무로 이루어진 숲이라 숲 아래쪽에는 잡풀 등이 별로 없었다. 그래서 숲 사이로 얼마든지 걸어갈 수 있었다. 그러니 도대체 어디로 갔는지 알 수가 없다. 터커는 고개를 가로저으며 발자국을 찾기 시작했다.

"조그만 애의 발자국을 찾아보지."

하지만 그것도 막막하다. 우리는 흩어져서 땅을 노려보았지만, 온통 딱딱한 땅이라 무슨 발자국이 남아 있을 여지가 없다. 게다가 낙엽들도 꽤 뿌려져 있으니 무슨 발자국이…….

"이게 뭐지?"

낙엽을 신경질적으로 헤집던 크라일이 땅에서 무얼 집어들었다. 우린 그에게 다가갔다. 크라일은 아주 작은 구슬 같은 것을 들고 있었는데 그것은 앙증맞은 빨간색 구슬로 가운데를 관통하는 가느다란 구멍이 있었다. 난 탄성을 질렀다.

"목걸이! 그 목걸이!"

샌슨도 입을 쩍 벌리며 좋아했다. 내가 슈에게 준 그 목걸이에 있던 구슬이다. 환자들을 돌보느라 바빠서 돌려받는 것을 잊었는데. 그것이 여기 떨어져 있다는 말은 슈가 여기를 지나갔다는 말이다. 우리는 다시 흩어져 작은 구슬을 찾기 시작했다. 하지만 목걸이의 일부이던 작은 것을 찾아내는 것은 쉬운 일이 아니었다. 그러나 찾는 물건을 정확히 알고 있었으므로 결국 잠시 후 다시 찾아내었다. 이번에도 크라일이 찾아내었다.

"또 있어!"

그것은 처음의 것이 있던 자리에서 약 30큐빗쯤 떨어진 위치였다. 우리는 첫 번째 구슬과 두 번째 구슬, 그리고 신전, 이렇게 세 개를 눈으로 이어보았다. 직선이었다. 터커가 손바닥을 비비며 말했다.

"좋아. 이거 꼭 옛날 이야기 같은데 말이야. 그 꼬마가 누군가에게 납치되자, 이걸 하나씩 떨어뜨리며 갔다?"

사만다는 고개를 가로저었다.

"에이, 그건 너무 이상해. 일단 목걸이를 떨어뜨릴 정도라면 손발이 자유스러웠을걸? 그럼 입도 자유스러웠을 테니 고함을 지를 수도 있었을 텐데?"

"입이 막혔다면?"

"터커! 입은 막고 손발은 마음대로?"

'누군가가 슈의 입을 막은 채 끌고 가고 있다. 슈는 목걸이를 꺼내어 그것을 조심스럽게 분해한 다음 하나씩 떨어뜨린다. 그 동안 납치자는 참 똑똑한 아이라는 듯이 슈를 대견하게 바라보고 있다.'

우리는 그 광경을 머릿속으로 그려보고는 아무래도 이상하다고 생각했다. 하지만 일단 목걸이 조각이 떨어져 있던 방향으로 향했다.

그리고 세 번째도 크라일이 발견했다.

"어이쿠!"

갑자기 크라일은 발을 하늘로 향하며 나가떨어졌다. 놀란 우리가 다가가 보니 땅에는 목걸이 구슬들이 가득 떨어져 있었다. 크라일은 그것을 밟았던 모양이다.

"으윽. 허리야."

터커는 크라일을 부축할 생각도 하지 않고는 땅에 떨어진 구슬들을 바라보았다. 그는 손가락을 튕겼다.

"그거야! 애가 끌려가다가 어떻게 목걸이가 끊어진 거야. 아마 반항하다가 그렇게 된 것인지도 모르지. 그런데 아마 달려가고 있었을걸? 그래서 한 두개씩 실에서 빠져나오다가 여기서 주루룩 다 떨어진 거야. 이 떨어진 모양을 보라고!"

그러고 보니 구슬들은 제멋대로 흩어져 있는 것 같았지만 약간 길게 늘어선 모양을 이루고 떨어져 있었다. 터커의 말이 맞을 듯한데? 우리는 기세를 올려서 그쪽 방향으로 빠르게 걸어가기 시작했다. 펠레일은 장기대로 앞쪽의 지형과 양쪽의 지형을 살피더니 말했다.

"이 앞쪽은 아마도 계곡으로 이어질 듯합니다. 이 영지를 둘러싼 산악의 가장 깊은 곳으로 들어가게 될 것 같은데요."

터커는 주먹을 불끈 쥐며 외쳤다.

"거기 뭔가 있어! 아마 이 영지가 세이크럴라이즈된 것과도 관련이 있겠지! 어쩌면 애들도 모두 그쪽으로 납치되어 간 것일지도 몰라!"

이루릴이 손을 들어 사람들을 모두 멈추게 했다.

"그 숨결에 생명을 담고 모든 것을 바라보며, 종속될 수 없는 운명을 가진 자여. 당신이 듣는 것을 내게도 들려줘요."

이루릴은 잠시 집중하듯이 서 있더니 갑자기 손을 앞으로 내밀며 말했다.

"달려요! 저 앞쪽, 4000큐빗 정도에서 달려가는 발소리가 들려요!"

"4000큐빗! 그 발소리가 들려요?"

"실프가 들려주니까요. 하지만 오래는 안 돼요. 실프와 교감을 유지하면서 달리는 것은 어려워요."

우리는 황급히 이루릴이 지시해 주는 방향으로 달리기 시작했다.

거대한 나무들이 해를 다 가려버려 숲 아래쪽은 단단한 땅이었다. 그렇다고 달리기 좋은 장소는 아니었다. 난 두 번이나 앞으로 고꾸라졌다. 절대로! 앞에서 달려가는 이루릴의 가죽 바지의 저 멋진 어느 부분 때문이 아니다! 난 낙엽에 미끄러진 것이다.

이루릴은 정말 가볍게 달려갔다. 실프와 교감을 유지하며 달리는 것은 어렵다고? 하지만 그녀는 우리들 누구보다도 앞장서서 통통 튀듯이 경쾌하게 달려갔다. 샌슨과 크라일은 그야말로 두 마리의 멧돼지처럼 씨근거리며 달려갔지만 그래도 이루릴을 따라가기가 벅찰 정도였다.

"아. 놓쳤어요."

이루릴은 아쉽다는 듯이 말했다. 그녀는 잠시 멈춰 서더니 말했다.

"하지만 줄곧 같은 방향이었으니까."

그리고 다시 달려갈 태세였다. 미치겠네! 숲 사이의 울퉁불퉁한 땅을 저렇게 사슴처럼 달려가다니! 다른 사람들도 모두 볼이 벌겋게 되어 씩씩거렸다. 이루릴은 달려가려다가 뒤를 돌아보더니 말했다.

"천천히 가죠. 무슨 일이 있을지 모르는데, 지쳐서 도착하면 안 되겠죠."

샌슨은 말도 못하고 고개를 끄덕였다. 다른 사람들도 모두 헉헉거리며 천천히 걷기 시작했다. 하지만 우리는 결국 우리 스스로 도저히 못 견디게 되어버렸다. 어린애가 납치를 당했다는 현실이 자꾸 우리를 괴롭혔다. 우리는 결국 차츰 발걸음이 빨라지다가 성큼성큼 걷는다고 표현하기엔 좀 빠른 속도로 나아가기 시작했다. 즉, 달려갔다.

두 번째로 우리를 정지시킨 것은 펠레일이었다.

"잠깐……, 멈추십시오."

펠레일은 헉헉거리면서 주의 깊은 눈으로 앞을 바라보았다.

"누군가 바라본다면, 후우, 지금부터 우리가 보일 겁니다. 헉헉, 나무들이 적어지니 시야가 좋지요?"

그러고 보니 드디어 계곡이 드러났다. 양쪽으로 병풍처럼 늘어선 산악 사이로 나무들이 적어지며 숲의 끄트머리 부분이 드러난 것이다. 앞쪽으로는 우리를 막아선 벼랑이 보였다. 벼랑은 한 500큐빗은 되어보였다. 펠레일은 벼랑을 바라보다가 말했다.

"오른쪽으로 올라갈 수 있는 길 같은 것이 보이는데……. 나무들 때문에 위쪽이 잘 안 보이는군요. 하지만 위에선 우리가 잘 보일 겁니다."

터커가 말했다.

"위에서 감시할까?"

"모험을 해볼까요?"

"저 벼랑을 올라간다면, 어차피 위에선 우리가 보일 거야. 그런데 위쪽에서 누가 공격한다면 정말 싫은데."

그때 크라일이 말했다.

"위가 아냐. 옆이다."

크라일이 가리킨 방향을 보니 벼랑을 오른쪽으로 길게 따라간 부분에 동굴이 보였다. 터커는 동굴을 보며 고개를 끄덕였다.

"아무래도 저기인 것 같지?"

우리들도 모두 고개를 끄덕였다. 우리는 주의 깊게 그 동굴을 향해 걸어가기 시작했다.

"벼랑의 크기로 봐선 의외로 깊은 동굴일 수도 있겠는데……."

펠레일이 중얼거리는 소리를 들으며 난 혀를 찼다. 펠레일은 아마 산의 모양만 보면 그 산 너머 마을의 처녀의 이름도 맞출 것 같군. 동굴은 마치 벼랑 사이로 위아래로 길게 벌어진 틈 같았다. 입구의 높이는 약 30큐빗 정도. 넓이도 꽤 넓어서 10큐빗은 되어보였다. 들어서는 입구는 바위들 때문에 울퉁불퉁했다. 우리는 약간 멀리서 관찰해 본 다음, 입구로 들어섰다.

"자, 확인됐어."

이상한 말을 하며 터커가 들어올린 것은 조그만 신발이었다. 아주 작은 꼬마나 신을 만한 신발. 우리는 모두 고개를 끄덕였다. 동굴 안을 살펴보니 꽤 깊은지 아무것도 보이지 않았다. 울퉁불퉁한 바위를 타고 들어가 한참을 내려가게 되는 모양이었다. 터커가 말했다.

"불은?"

이루릴이 손을 모으더니 당장 윌로위스프를 불러내었다. 터커는 허공을 떠도는 작은 빛덩어리를 보면서 킥킥 웃었다.

"이루릴. 혹시 우리랑 같이 모험해 볼 생각 없소?"

"제겐 일이 있습니다."

"그래요? 아쉽군."

우리는 안으로 들어섰다. 역시 아래로 비스듬히 내려가는 형식이었다. 안으로 들어서자 거대한 종유석들이 보이기 시작했다.

얼마나 내려갔을까. 갑자기 엄청나게 넓은 공간이 나타났다. 꼭 우리 영주님 성의 홀처럼 엄청난 공간이 나타나자 우리들은 당황해서 주위를 둘러보았다. 그때 펠레일이 신음소리처럼 말했다.

"이건 자연적인 게 아니군요."

펠레일이 가리킨 방향을 보며 우리는 가슴이 서늘해지는 느낌이 들었다. 종유석들이 창살처럼 앞을 막는 곳에서 몇 개가 잘려져 길이 나 있었다.

우리는 그쪽으로 향했다. 과연 그 뒤쪽으로는 좀 작은 동굴이 있었다.

"인간일까?"

"바위를 잘라낼 줄 안다면……. 그리고 꽤 많을걸. 혼자서 저렇게 해놓을 순 없겠지?"

"이거, 뭔가 점점 이상한 느낌이 드는데?"

그렇다. 점점 기분이 이상하다. 이건 한두 명의 소행이 아닐 것이다. 꽤 커다란 집단의 소행이다. 혹시 그 집단이 이 땅을 세이크럴라이즈했다는 말인가? 터커는 일행을 정지시켰다.

"제기랄. 그렇다면 조심해야 되겠군. 모두 좀 있다가 날 따라와요."

터커는 주의 깊게 걷기 시작했다. 먼저 자기가 디딜 땅을 핼버드로 쿡쿡 찔러보고 디뎠다. 그리고 그 위의 공간도 모두 휘저어

보았다. 느릿하고 주의 깊은 동작이었다. 우리는 터커의 뒤를 따라 걸어갔다. 우리도 천천히 걸어갔으므로 터커가 갑자기 멈춰 섰을 때도 재빨리 멈춰 설 수 있었다.

터커는 허공 한 지점에 핼버드를 멈춘 자세로 잠시 서 있었다. 그는 좌우를 둘러보았다. 그러고는 매우 느린 동작으로 핼버드를 내렸다. 그리고 똑같이 느린 동작으로 천천히 손을 앞으로 내밀었다. 그의 손이 갑자기 멈추었다.

터커의 손이 허공을 만지는 듯했다. 그는 아주 섬세하게 손가락을 스윽 허공에 문질렀다.

"실이 있어."

우리는 모두 바짝 긴장했다. 터커는 허공에 있는 보이지 않는 실을 만져보고 있었던 것이다. 절대로 그것을 밀지 않도록 부드럽게. 그리고 터커는 허리를 깊이 숙여 앞으로 걸어갔다. 터커는 앞으로 좀 걷더니 옆으로 서서는 핼버드를 수평으로 들어보였다.

"이 정도 높이. 아래로 지나와요."

하지만 실이 보이지 않으니 무진장 겁이 나는 것은 어쩔 수 없다. 펠레일과 이루릴, 칼은 허리를 숙이며 부드럽게 빠져나갔지만 샌슨과 크라일은 자신들의 덩치를 생각했는지 아예 네 발로 기었다. 사만다와 나도 불안해서 품위고 뭐고 생각할 것 없이 기어서 지나갔다.

사만다는 다시 일어서더니 자신의 손바닥을 보며 울상이 되었다.

"박쥐똥이야……."

우리는 손바닥을 털고 무릎도 턴 다음 다시 전진했다.

다시 터커가 멈춰 섰을 때 소름이 쫙 돋았다. 또 함정인가? 그러나 터커는 갑자기 이루릴의 귓가에 입을 가져갔다. 그러자 이루릴은 고개를 끄덕이더니 윌로위스프를 사라지게 만들었다. 갑자기 칠흑 같은 어둠이 다가왔다. 그 어둠 속에서 터커의 나지막한 목소리만이 들려왔다.

"앞쪽에 불빛이 보입니다."

뭐가 보여? 정말 불빛이 보였다. 마치 칼날처럼 곤두선 불빛이다. 왜 저렇게 보이는 것이지? 터커가 말했다.

"동굴 벽에 손을 짚고 천천히 걸어와요."

나는 천천히 걸어갔다. 갑자기 불빛이 확 밝아지면서 앞사람의 그림자가 보였다.

두 개의 바위가 양쪽에서 교차로 튀어나와 S자를 이루고 있는 길이었다. 그래서 그 너머의 불빛이 가늘게 보였던 것이다. 터커는 바닥에 배를 붙이더니 우리들도 모두 엎드리도록 손짓했다. 우리는 엎드린 채 터커의 옆으로 다가갔다.

불빛이 비쳐나오고 있는 것은 우리가 있는 곳에서 아래쪽으로 약간 내려간 공간에서였다. 저 아래쪽엔 양초가 몇 개 세워져 있었다. 울퉁불퉁하긴 했지만 그런대로 평평하고 넓은 공간이었는데, 거기에 사람들의 모습이 보였다.

붉은 불빛 때문에 사람들의 옷이 모두 갈색으로 보였다. 모두 단순한 평상복을 입고 있었는데 네 사람이었다. 그들은 제멋대로 앉아서 뭔가 먹거나 뭘 읽거나 하고 있었다. 한쪽으로는 꽤 커다란 부대들이 보였다. 무슨 밀가루 부대인 것 같은데, 그런 것들이 꽤 많이 쌓여 있었다. 그리고 물통인지 술통인지, 하여튼 나무통도 보였다. 취사 도구처럼 보이는 물건들도 바위 위에 놓여 있었다. 그릇, 나이프, 접시, 냄비 등.

그리고 반대편으로는, 아! 난 입을 꽉 막았다.

아이들이었다. 저 아래의 바닥 끝에 좀더 낮은 바닥에 아이들이 모여 앉아 있었다. 아이들은 훌쩍거리거나 떠들지도 않고 모두 멍청한 얼굴로 앉아 있었다. 마치 백치 같은 얼굴. 모두 50명은 넘을 것 같았다. 그리고 가장 끄트머리에는 슈의 모습도 보였다. 샌슨의 눈에 불꽃이 튕기고 있었다.

"아이들에게 무슨 짓을 했어!"

빠드득거리는 소리가 들려 돌아보니 크라일이 이를 갈고 있었다. 터커가 낮은 목소리로 말했다.

"뭐하는 놈들일까?"

"두드려패고 물어보지."

터커는 침착하게 말했다.

"조심해야 되겠어. 아이들을 소리소문 없이 데려올 수 있었던 것으로 보아도 예사 실력이 아니다. 게다가 마을 가까운 곳에 이 정도의 설비를 갖추고 있다면……."

"그래봐야 네 놈이야. 우린 여덟이고."

그때 이루릴이 낮게 중얼거렸다.

"밤의 이슬 속에서도 젖지 않는 하나의 모래의 주인이며 휴식의 수호자, 수면을 취하지 못하는 저들을 달래줘요."

샌드맨이군. 저들을 재울 계획이구나. 우리는 아래를 노려보았다. 갑자기 네 명 중 하나가 기지개를 켰다. 그리고 다음 순간, 우리는 깜짝 놀라고 말았다.

"Aha…… Kashnep inma che dollar eerup?"

"Tiken un shemmi? Draheny eavllumm inma jian pnahe."

그들은 서로 중얼거리며 기지개를 켜고 머리를 휘저었다. 크라일은 기겁했다.

"뭐, 뭐야? 저게 무슨 말이야?"

그때 칼이 나직하게 말했다.

"'아아, 낮인데 왜 이렇게 졸린 거지?' '동굴에 있잖아? 밤낮이 구별 안 되니까.'."

샌슨이 놀란 얼굴로 칼을 돌아보았다. 칼은 말했다.

"자이펀어(語)군."

터커의 입매가 올라갔다. 웃느라 그런 것이 아니고, 이를 드러내는 것이다.

나는, 아니 우리 대부분은 어이가 없어졌다.

자이펀이라니. 그건 저 남쪽에 있지 않은가? 잠깐, 잠깐. 여긴 우리 고향이 아니지. 우린 미드 그레이드에 들어섰으니, 자이펀과는 조금 가까워진 셈이지. 하지만 그래도 남쪽으로 사우스 그레이드를 한참 지나야 자이펀이 나오지 않는가?

나는 묻고 싶은 것이 너무 많았지만 일단 기다렸다. 아래의 네 명이 꾸벅꾸벅 졸기 시작한 것이다. 그중 하나는 편히 드러누워 잠들었고, 어떤 친구는 앉아서 졸다가 그대로 옆으로 쓰러져서 코를 골기 시작했다. 네 명이 모두 잠들고 나서, 우린 천천히 내려갔다.

바닥에 내려서자, 터커는 당장 품속에서 나이프 하나를 꺼내었다. 그는 칼을 보며 말했다.

"어느 놈을 살려둘까요?"

칼이 놀라서 그를 쳐다보았다. 터커는 다시 말했다.

"어느 놈이 지휘관일까요?"

"여보시오, 다 죽일 셈이오?"

"이놈들은 간첩일 겁니다."

"일단 묶읍시다. 간첩이라면 판결은 국법에 맡깁시다."

터커는 이를 드러내며 더 뭐라고 말하려 했다. 하지만 그때 사만다가 나섰다.

"터커."

터커는 사만다를 보더니 거친 동작으로 다시 나이프를 쑤셔넣었다. 그러고는 잠시 쓰러진 네 명을 바라보았다.

"감히 자이펀 놈들이 바이서스 한가운데에……. 이놈들을 그냥!"

터커는 당장에라도 헬버드를 후려칠 기세였다. 꽤 화나는 모양인데. 평소엔 침착하더니 왜 저러는 거야. 사만다는 그를 말리는 간단한 방법을 생각해 냈다.

"터커, 밧줄을 좀 찾아봐."

터커는 구시렁거리며 한쪽의 밀가루 부대와 잡동사니들이 쌓여 있는 곳으로 갔다. 우리도 밧줄을 찾아보기 시작했지만 보이지 않았다. 터커가 말했다.

"손발의 근육을 끊으면 되잖아?"

칼은 질린 표정으로 터커를 바라보았고 크라일마저도 좀 당황한 표정이었지만 터커는 뭐 어떠냐는 식의 표정이었다. 어쨌든 나무통을 뒤지던 샌슨이 그중 하나에서 밧줄을 찾아내어 그런 끔찍한 사태는 일어나지 않았다.

네 명은 각자 쇼트 소드라든가 대거 등의 무장을 가지고 있었지만 별로 중무장도 아니었고 갑옷도 입지 않았다. 우리는 그 무장들을 살짝 풀어내고 네 명을 묶었다. 어찌나 깊이 잠들어 있는지 손발을 다 묶을 때까지 일어나지 않았다. 완전히 다 묶고 나자, 터커는 이루릴을 바라보았다.

"이 작자들 정말 일어나지 않는데, 깨우지 못하는 겁니까?"

"아뇨, 깊이 잠든 것뿐입니다. 강한 충격을 주면 일어날 거예요."

"그렇습니까?"

이루릴의 대답과 동시에 터커는 한 명의 멱살을 휙 끌어올리더니 그대로 뺨을 후려쳤다. 쫘아악!

아닌 밤중에 홍두깨식으로 변을 당한 그자는 정신이 하나도 없다는 투였다. 그는 머리가 어지러운지 휘휘 고개를 젓다가 한참만에 눈에 초점을 맞추고 우리를 바라보았다. 그는 주위를 둘러보고는, 동료들도 모조리 묶인 것을 보았다. 그의 얼굴이 공포로 일그러졌다.

"Cashine nharphe! it-na hagasa nharphe!"

그 작자의 멱살을 쥐고 있던 터커가 씨익 웃었다. 쾅!

무지막지하군. 터커는 멱살을 당기며 그대로 이마로 받아버린 것이다. 정말 멋진 박치기다. 당장 상대의 코가 뭉개져 피가 흐르기 시작했다.

"이 자식아, 우리 말로 떠들어. 여긴 네놈들 물개 새끼들의 썩어문드러질 항구가 아니야."

사만다가 화난 동작으로 터커의 어깨를 끌어당겼다.

"물러나!"

"어, 사만다."

"물러나! 이런, 짐승 같아! 뭐하는 짓이야? 이루릴 양 보기에 부끄럽네."

터커는 이루릴을 보더니 뒤통수를 좀 긁으며 물러났다. 이루릴은 그 광경을 바라보며 고개를 갸웃거리더니 갑자기 나에게 말했다.

"터커 씨는 당신과 반대군요."

나는 고개를 가로저었다. 하긴, 친구가 되기 위해 손을 내밀지 않고 머리로 받아버렸으니까. 이루릴은 인간들끼리 나라가 나뉘어진다는 개념을 알까? 그리고, 갑자기 궁금한 것이 있는걸.

"저, 이루릴. 자이펀의 엘프는 그럼 자이펀어를 하나요?"

이루릴은 입술을 오므리며 웃었다.

"자이펀에는 엘프가 없어요. 거긴 숲이 별로 없답니다."

그런가? 나는 고개를 끄덕인 다음 다시 앞을 바라보았다.

사만다는 코피가 터진 그 사람을 치료하고 있었다. 그러고 보니 그 작자는 귀싸대기를 두드려맞고 연이어 박치기를 당해서 기절해 버렸다. 사만다는 터커를 한 번 흘겨보더니 다른 사람을 깨웠다. 물론 터커완 다르게 어깨를 흔드는 식으로 깨웠다.

그 작자도 놀란 눈으로 우리를 바라보았다. 칼이 앞으로 나섰다.

"Ime youkchi Djipenian. Tanda nagarse un Bisus?"

칼은 조금씩 더듬거렸지만 그래도 훌륭하게 말했다. 우리는 감탄한 표정으로 칼을 바라보았고 그 작자는 이를 악물면서 대답했다.

"Bisus? Ckraap-moinar atlla hahch e daune!"

"뭐라는 거예요?"

샌슨이 물었다. 칼은 언짢은 표정으로 말했다.

"당신들 자이펀인이지. 바이서스에선 뭘 하는 거냐? 라고 물었네.”

“대답은요?”

“‘바이서스? 땅개 새끼들의 썩어문드러질 땅굴도 나라냐?’.”

“푸하하하!”

그만 웃음을 참을 수 없어졌다. 터커는 입술을 실룩거리며 대답한 남자를 쏘아보고 있었고 크라일은 빙긋거리며 말했다.

“똑같군, 똑같아.”

“입 조심해!”

“알았어. 킥킥킥.”

터커는 씩씩거리며 말했다.

“칼 씨! 이렇게 전해 주십시오. 네놈들의 제사에 사용되는 낙타는 어떻게 되느냐?”

무슨 말이야, 이게? 그때 그 남자가 말했다.

“목의 동맥을 자른 다음 피를 뽑아내고, 그리고 최대한 빠르게 사지를 잘라내지. 그때까지 죽으면 안 되지.”

샌슨이 멍한 얼굴로 말했다.

“우리 말을 하네?”

터커도 좀 놀란 표정이더니 다시 사악한 표정을 지으며 앞으로 나섰다.

“그래……, 간첩이 되려면 우리 말도 잘 익혀야겠지. 이 자식아, 네놈들의 그 낙타처럼 해줄까?”

“하겠다면 말릴 수는 없겠군. 팔이 묶였으니.”

남자는 대단히 침착한 태도였다. 듣고 있는 우리가 무서울 지경이다. 하지만 터커는 머리끝까지 화가 나서 외쳤다.

"오냐, 하라면 못할 것 같아? 이 자식아!"

터커는 또 나이프를 뽑아들었고, 당장 사만다의 발이 터커의 정강이로 날았다. 터커는 정강이를 움켜쥐고 팔짝팔짝 뛰었다. 사만다는 고함질렀다.

"가만히 못 있어? 엉?"

"저 자식은 자이펀 놈이란 말이야! 내가 가만히 있으면 죽은 내 전우들이 무덤 속에서 이를 갈 거야!"

사만다는 어이없다는 표정을 지었다.

"전우? 전우 좋아하시네. 용병으로 참전했던 주제에 전우애도 있었다는 거야?"

"용병은 전우애도 없는 괴물딱지인 줄 알아!"

"뭐, 돈만 많이 줬다면 자이펀에 고용되어 싸울 수도 있었겠지. 네가 머리가 나빠서 자이펀어를 배우지 못했으니까 자이펀 용병은 되지 못한 거 아냐?"

사만다가 유들거리면서 농담처럼 말하자 터커도 더 화를 낼 수 없게 되었다.

"이거 참……. 말 같지도 않은 소리."

사만다는 윙크까지 해버렸고 터커는 피식 웃었다. 그리고 사만다는 묶여 있는 남자를 돌아보더니 상냥하게 말했다.

"여보세요. 제 동료의 무례함은 제가 대신 사과드리죠. 그런데 여기서 뭘 하고 있었죠?"

남자는 대답하지 않았다. 사만다는 재차 질문했지만 남자는 아예 못 들은 척하고 있었다. 그때 칼이 말했다.

"크레틴 양. 자이펀에서는 아내 아닌 여자와는 말하지 않아요."

허? 그거 괴상한 관습이군. 사만다는 고개를 갸우뚱하더니 말했다.

"그래요? 음……. 혹시 저 아이들을 납치했는지 물어봐 주겠어요?"

남자는 어처구니없는 표정을 지었다. 듣고 있는 나도 좀 어처구니없다. 저기 아이들이 있는데 납치한 거냐고 묻는다니, 우습지 않은가? 남자도 하도 기가 막혀서 말했다.

"당연한 걸 묻는군."

퍽!

음, 똑같군. 사만다는 남자의 턱을 올려친 것이다. 멋진 어퍼컷이다. 남자는 완전히 턱이 돌았고 사만다는 아픈 주먹을 움켜쥐고 펄쩍펄쩍 뛰었다. 그걸로 모자라 사만다는 들고 있던 참나무 로드로 후려치려는 자세를 취했다. 결국 크라일이 그것을 말렸다. 크라일은 사만다의 로드를 빼앗았다.

"이봐, 이거 이러면 당신이 터커 나무란 것이 우습잖아?"

사만다는 부어오르는 주먹을 꽉 쥔 채 매서운 눈으로 남자를 쏘아보았다. 크라일은 한숨을 쉬더니 남자에게 질문했다.

"이봐, 성직자의 주먹 맛이 어때?"

남자는 혀로 입 안을 조사하는 것처럼 우물거리더니 피 섞인 침을 뱉으며 말했다.

"꽤 맵군."

"저 아래 영지가 세이크리드 랜드가 된 건 알겠지? 네놈들 짓이야?"

남자는 입을 다물었다. 크라일은 손가락을 뚜둑 꺾었다.

"뭐, 일단 당신들을 체포해서 넘기면 다 알게 될 일이지만, 먼저 좀 말해 주지?"

왠지 크라일과 터커가 바뀐 것 같다는 생각이 들어서 나는 피식 웃었다. 그때 주위를 뒤적거리던 펠레일이 서류 같은 것을 찾아 들고 왔다. 그는 칼에게 그것을 내밀었다.

"읽으실 수 있겠습니까?"

남자의 얼굴에 경악이 스쳤다. 남자는 칼을 노려보았고 칼은 빙긋 웃으며 서류를 받아들었다.

"자네 표정을 보니 이건 대단한 서류군. 그리고 자네에겐 불행하게도, 난 자이펀 글을 읽을 줄 안다네."

남자는 이를 갈았다. 칼은 여유 있는 태도로 서류를 읽기 시작했다.

한두 줄 읽어내려가던 칼의 시선에 흥미가 떠올랐다. 이윽고 칼은 거의 무아지경에 빠져 글을 읽어내려갔다. 정신없이 종이들을 넘기며 열중하는 모습 때문에, 다른 사람들은 입도 제대로 못 열고 칼만을 바라보았다.

칼은 그 서류를 다 읽고 나더니 침착하게 그것들을 다시 정리했다. 그리고 칼은 그 남자에게 다가갔다.

콰악!

맙소사! 물들었어! 물들었다고! 칼은 그 남자의 턱을 걷어찬 것이다. 사만다의 앙증스러운(?) 주먹이 아니다. 남자는 뒤로 나가떨어졌다. 샌슨은 눈이 튀어나올 듯한 표정으로 칼을 바라보았다. 내 표정도 아마 저렇겠지. 먼저 시작한 터커나 사만다도 황당한 표정으로 칼을 바라보았다. 그러나 칼은 침착하게 발을 조금 흔들고 머리카락을 쓸어넘기며 말했다.

"발목이 조금 쑤시는군."

"……그게 뭡니까?"

당황에서 깨어난 것은 이루릴의 질문 때문이었다. 칼은 이루릴을 바라보더니 서글픈 미소를 지었다.

"인간의 부끄러운 일면을 보여드리는군요. 이 글은……."

칼은 고개를 휘휘 젓더니 그것을 읽어내려가기 시작했다.

"세이크리드 랜드 조장에 관한 실험 보고서."

우리는 모두 흠칫했다. 칼은 침울하게 읽어내려갔다.

"복잡한 거 다 빼고 간단히 읽겠소. 음. ……대상지는, 작전? 아니, 계획. 계획된 대로 한적한 시골 마을로 정해졌습니다. ……미드 그레이드의 중심부로 자이펀이 의심받지 않을 영지를 물색했습니다. ……영지의 위치는 별첨한 지도에 따릅니다."

우리는 서서히 싸늘하게 등골을 후리고 지나가는 무엇을 느꼈다.

"진행은 순조로웠습니다……. 유소년기 아동의, 정신? 이건, 번역이 좀 자신 없군. 어쨌든 유소년기 아동의 무엇을 사용하여 제례, 제사, 의식? 의식이 맞겠군 의식을 진행……, 영지의 주민 90% 이상이 질병에 감염되었습니다……. 재래의 독약을 타는 수법에 비해 볼 때 훨씬 빠르고 순조로울 것이라던 참모진의 말은 정확했습니다. 확실히 공기, 물, 땅, 모든 것들이 병의 원인이 되었습니다. ……그런데 예상치 못한 부작용이 몇 가지 발생했습니다. 첫째. 질병으로 사망한 자들이 언데드 몬스터가 되었습니다. 그들은…… 이것은 예상치 못한 일이나 저의 소견으로는 언데드 몬스터도 하나의 질병이므로 당연하다고 보아집니다. 다른 대원들의 의견도 대략 저와 일치합니다."

손을 너무 꽉 쥐어 손가락이 아파왔다. 칼은 종이를 휘적휘적

넘기며 읽어내려갔다.

"……그리고, 모험가들로 추정되는 자들이 영지에 들어옴으로써 두 번째의 부작용이 밝혀졌습니다. 모험가들 집단이 두 번 방문했습니다. 그들의 인원은……, 이건 필요없겠지. 우리들의 이야기야. ……첫 번째 집단은 영지의 주민과 마찬가지로 질병에 감염되었으나 두 번째 집단에는 흔히들 이 나라에서는 '치료하는 손'이라 부르는 그랜드스톰의 에델린이 있었습니다. 에델린에 대한 상세 보고 자료가 있을 것입니다. ……그녀가 기상 변화의 마법으로 하늘에 먹구름을 만들어 태양을 가리자 질병의 전파 속도가 현저히 줄어들었습니다……. 이것에 대해서는 이유를 짐작하지 못하겠습니다만, 어쩌면 흐린 날씨에서는 이 방법이 제대로 실행되지 못할 것 같은 우려를 느낍니다."

칼은 뒤를 좀더 넘겼지만 더 중요한 것은 없었던 모양이다.

"이건 쓰던 도중이었어. 완결되진 않았군."

우리는 일제히 묶여 있는 남자를 노려보았다. 남자는 비스듬한 시선으로 우리를 보며 말했다.

"이번엔 누구야?"

터커는 남자를 죽이겠다고 떠들었고 사만다도 이번엔 별로 말리고 싶지 않다는 투였다. 그리고 크라일은 팔치온을 꺼내어 칼춤을 추어대어서 주위 사람들의 등골이 오싹하도록 만들었다.

"이 자식이! 네놈들 때문에 우리가 죽을 뻔했어! 이분들이 오지 않았다면 꼼짝없이 죽었을 거 아냐? 야이, 개자식들아! 남의 나라에다가 이런 흉악한 짓을 해?"

남자는 유들거리며 말했다.

"그럼, 우리나라에서 이런 실험을 할까?"

"크아아아!"

크라일을 말리기 위해 샌슨과 펠레일이 달려들었으나 별로 소용이 없었다. 그래서 할 수 없이 내가 그의 팔치온을 뺏은 다음 그를 밀어내었다. 크라일은 내게는 힘으로 당하지는 못하고 악을 바락바락 썼다.

"이 꼬마놈이! 그거 못 돌려줘?"

"계속 그러시면 이거 부러뜨릴지도 몰라요. 좀 참아요. 똑같은 사람이 되긴 말자구요."

크라일은 씨근거렸고, 난 잠시 동안은 팔치온을 돌려주지 말아야겠다고 생각했다. 펠레일은 이마의 땀을 닦으면서 말했다.

"휴, 이제 설명이 되는군요. 저 아동들의 정신……, 아마 아동들 특유의 전신앙이 아닐까 합니다만, 어쨌든 아동들을 제물로 바쳐 그런 짓을 저지른 모양이군요."

펠레일은 밧줄에 묶인 그 자이펀 간첩을 쏘아보았다.

"마법의 가장 지독한 영역에서나 취급되는 것들로 신의 힘을 불러내었군요. 마력과 신력을 조화시킨 것은 대단한 기술이 아닐 수 없습니다만, 참으로 어처구니가 없습니다. 그런 대단한 능력으로 이따위 짓을 하다니. 저 아이들은 어떻게 된 것입니까? 다시 정상으로 돌아올 수 있습니까?"

앞에 말은 하나도 못 알아듣겠지만 뒤의 질문이 더 중요하다. 그러나 남자는 우울한 시선으로 펠레일을 바라볼 뿐이었다. 칼은 서류를 둘러보다가 말했다.

"이 보고서를 다 썼다면 좋았을 텐데. 저 남자가 말해 줄까요?"

"기대하기 어려울 것 같군요."

펠레일은 음울한 표정이 되었다. 그는 칼이 들고 있던 서류를 옆에서 같이 들여다보았다. 갑자기 펠레일은 고개를 갸웃거리더니 칼에게 고개를 돌렸다.

"이 보고서……, 제가 보기엔 글씨가 참 좋습니다?"

"예?"

"글은 모르지만, 둥글둥글하고 섬세한 것이 남자들의 글씨 같지는 않은데요?"

칼은 다시 한번 주의 깊게 서류를 보았다.

"이럴 수가. 당신 말이 맞아요."

펠레일은 고개를 끄덕였다. 그는 주위를 둘러보다가 남자에게 말했다.

"이상했어요. 보고서를 쓰던 도중에 그만두었는데, 당신들은 모두 그렇게 급한 일을 하고 있지 않았지요. 느긋한 모습이었습니다. 그러니 보고서를 쓰던 사람은 다른 사람이고 급히 어디로 갈 일이 있었겠지요. 다섯 번째 여자는 누굽니까? 그 여자는 어디에 갔지요?"

남자는 비웃는 표정이었다. '내가 그것을 말할 것 같은가?' 라는 듯한 표정이었다. 터커가 고함질렀다.

"그놈 내게 맡겨! 노래를 부르게 해주지!"

그때였다. 동굴에서 절대로 만날 것 같지 않던 것, 생각할 수 없는 현상이 일어났다.

휘우우웅!

거센 바람이 불었다. 그리고 촛불이 모두 꺼져버렸다.

순식간에 위아래도 구분할 수 없을 것 같은 지독한 어둠이 찾아왔다. 나는 앞으로 고꾸라질 뻔했으나 간신히 균형을 잡았다. 발을 벌리고, 허리를 곧게 세우려 했다. 그러나 너무 캄캄하다보니 도대체 균형이 잡히질 않았다. 쾅! 누군가가 엉덩방아를 찧은 모양이다. 사람들은 아무도 떠들지 않았다. 터커 일행은 모두 숙련된 모험가들이니까. 그리고 칼이나 샌슨도 모두 입을 다물었고 그러다보니 나도 덩달아 입을 다물게 되었다.

"위험해!"

이루릴의 고함소리. 갑자기 암흑 속 어딘가에서 불꽃이 튀겼다. 챙! 챙! 다시 불꽃이 연이어 튀겼다. 누군가가 칼싸움을 벌이고 있는 것이다! 우와, 살벌해! 이루릴은 고함질렀다.

"모두 엎드려요!"

나는 납작 엎드렸다. 턱이 아래의 바위에 부딪혀 눈앞에 별이 보인다. 이루릴은 외쳤다.

"펠레일! 왼손 방향으로 굴러가요!"

챙! 다시 불꽃. 누군가의 신음소리. 정신이 없다. 암흑, 불꽃, 칼의 충돌음. 그 혼돈의 와중에서 난 간신히 생각을 정리했다.

그 보고서를 쓰던 다섯 번째의 여자가 돌아온 것이다. 그리고 어떻게 바람을 일으켜 촛불을 껐다. 그 여자는 암흑 속에서도 보이는 모양이다. 그런데 이루릴도 암흑 속에서 눈이 보이는 것이다. 그래서 둘은 지금 칼싸움을 벌이고 있다. 그런데 대단하군. 이루릴과 맞서 싸울 수 있으면 상당한 검술 실력이 있나 보지? 그때였다.

"라이트!"

펠레일의 고함소리. 그리고 갑자기 눈이 부실 정도의 빛. 억지로 눈을 떠보니 그렇게 밝지는 않았다. 펠레일이 동굴 천장에 무슨 주문을 걸어버린 모양이다. 동굴 천장에 희미한 광점이 매달려 있었고 주위의 모습이 식별되었다.

나는 눈을 몇 번 껌뻑거리면서 후다닥 몸을 일으켰다. 과연 약간 떨어진 곳에서 이루릴이 어떤 여자와 싸우고 있었다. 그 여자는 레이피어로 이루릴의 에스터크를 상대하고 있었는데 검은 옷에 치렁치렁한 검은 머리칼을 가지고 있었다. 바로 그 뱀파이어다!

"하아압!"

샌슨이 뱀파이어의 측면에서 치고 들어갔다. 그런데 그 뱀파이어 여자는 갑자기 사라져버렸고 샌슨은 허공을 치고 말았다.

"호핑! 어디로?"

이루릴이 황급히 주위를 둘러보았다. 사만다가 고함질렀다.

"입구!"

우리가 들어온 입구에 그 여자의 모습이 서 있었다. 여자는 손가락을 들어 이루릴을 겨냥했다.

"유피넬의 어린 자식이여! 무엇 때문에 인간의 일에 간섭하는가!"

이루릴은 잠깐 멈춰 서서 대답했다.

"이들은 내 친구니까. 당신은 암흑의 주민으로서 왜 인간의 일에 끼어드는 거지?"

"이들은 내 먹이니까. 호호호홋!"

우리들은 서늘한 기분이 들었다. 그녀는 뭐가 우스운지 아예 머리를 휘저으며 웃기 시작했다.

"엘프가 동굴 속에서 죽다니, 하! 드워프가 바다에 빠져죽는 것보다 더 웃기는데?"

우리들의 얼굴이 바뀌었다. 그 여자는 잔인한 미소를 지으며 손을 흔들었다.

"잘 가라!"

갑자기 그 여자는 벽의 한 부분을 쳤다. 그러고는 모습이 바뀌었다. 그 여자의 모습이 흐릿해지더니, 곧 안개가 되어버렸다. 안개는 그대로 엷어지며 동굴 바깥으로 사라졌다.

"뭐, 뭐야?"

샌슨의 얼떨떨한 질문에 대한 답은 대단히 기분 나쁘게 돌아왔다.

우르르르…… 쫙, 쫘자아아아…….

갑자기 불빛이 일렁거렸다. 우리는 위를 쳐다보았다. 천장이 흔들리고 있었다. 그래서 펠레일이 천장에 붙여둔 광점이 흔들리는 것이다. 천장은 금이 쫙쫙 가면서 돌가루가 떨어져내렸다.

"제기랄! 뛰어!"

우리는 후다닥 달려나가려 했다. 그때 나는 뒤를 돌아보았다.

"빌어먹을!"

아이들, 50명이 넘는 아이들이 저기 있다. 그리고 붙잡아둔 포로들, 그들은 모두 손발이 묶여 있다. 우리가 지금까지 심문하던 남자는 무섭게 웃고 있었다. 난 저 웃음이 싫다.

"아이들은? 포로들은?"

파파팡! 천장이 터져나가는 소리가 들렸다. 터커가 고함지르며 달려갔다.

"같이 죽어줄 생각이야? 방법이 없어! 뛰어!"

터커는 달리다가 멈춰 섰다. 사만다, 나, 칼 등이 남아서 우물쭈물하고 있었던 것이다. 이제 바닥도 정신없이 흔들려 제대로

서 있기도 어렵다. 칼은 절망적인 시선으로 주위를 둘러보았다.

"허, 하, 하지만 데려갈 수 있는 데까진……."

"이런 얼빠진 소리를!"

터커가 욕지거리를 외치는 순간, 굉음을 내며 천장이 쫙 갈라졌다. 콰캉! 사만다는 위를 쳐다보며 비명을 질렀고, 터커는 사만다에게 달려들었다. 그는 사만다를 덮치면서 외쳤다.

"제기랄!"

그때 이루릴이 고함질렀다.

"만물을 받치는 힘, 만물의 아래에 있으되 가장 아름다운 것의 위에 있는 자여! 그 굳건한 팔로 대지를 받들라!"

빠아악, 빡, 빠박!

흔들리고 있는 동굴 바닥에서 석순들이 솟아올랐다. 맙소사. 난 이 동굴의 역사를 순식간에 다시 보고 있는 것인가? 그러나 자세히 보니 그것은 바위 기둥이었다. 바위 기둥들이 솟아올랐다. 순식간에 동굴 내부는 마치 숲처럼 바뀌었다. 바위 기둥들의 숲.

콰쾅!

바위기둥들이 갈라지고 있는 동굴 천장에 부딪히며 엄청난 굉음이 들렸다. 밀폐된 공간에서 굉음은 귀를 찢어내는 듯했다. 이루릴이 불러낸 기둥들은 아예 동굴 천장을 뚫고 올라갔다. 어쨌든 갈라지려던 천장은 멈추었지만 엄청나게 쏟아지는 흙먼지, 매캐한 연기에 질식해 죽을 것 같다. 나는 눈을 가리며 미친 듯이 기침을 했다.

"코올록! 콜록콜록, 으흐음! 칵!"

나는 손을 휘저어 내 주위의 먼지 구름을 가라앉혔다. 한참 동안 소란을 부렸지만 밀폐된 공간에서 먼지가 어떻게 빠져나가겠는가? 그런데 갑자기 바람이 불기 시작했다.

이루릴이 실프를 불러낸 모양이다. 산들바람 같은 바람이 불면서 먼지들을 어디로 날려버렸다. 난 주위를 둘러보고, 몹시 어둡다는 것을 알아차렸다. 이루릴은 이제 윌로위스프를 불러내어 주위를 밝게 만들었지만, 바위 기둥들의 그림자 때문에 주위의 밝기는 제각각이었다.

"이봐, 모두 괜찮아? 죽은 사람 대답해!"

터커의 고함소리에 아무도 대답하지 않았다. 터커의 만족한 듯한 소리가 들렸다.

"아무도 안 죽었군."

그때 실낱 같은 신음소리가 들렸다.

"너……, 빨리 내 위에서 안 비키면 난 죽을 거야……."

8

터커에게 깔려 있던 사만다는 머리를 마구 헤집어서 먼지 구름을 일으켰다. 아무도 죽지는 않았지만 떨어지는 돌멩이에 맞아 상처를 입은 사람은 많았다. 사만다를 감싸주었던 터커는 등에 찰과상을 좀 입었고 다리 관절에도 돌멩이를 맞아 부어오르고 있었다. 사만다는 터커의 뺨에 키스해 주었다.

"고마워."

"무덤을 같이 써줘서 고맙다는 말이야? 이왕이면 침대를 같이……, 미안."

터커는 기분 나쁜 표정으로 되지도 않는 농담을 말하다가 황급히 천장을 바라보며 말했다.

"제기랄……. 저건 얼마 못 가서 다시 무너질 거야. 입구 쪽은 완전히 막혔으니 나갈 방법이 없어."

우리는 불안하게 균열을 멈춘 동굴 천장을 바라보았다. 펠레일은 이루릴에게 질문했다.

"놈을 부려서 입구를 만들 수는 없습니까?"

"어디에 만들죠? 흙이 약간 움직이게 하는 것은 가능하지만 사라지게 만들 수는 없어요. 우리가 들어온 거리를 생각해 볼 때 그렇게 긴 거리의 터널을 만들 수는 없어요. 그리고 선불리 그런 시도를 하다간 간신히 균열을 멈춘 동굴이 통째로 무너지겠죠."

펠레일은 고개를 끄덕이더니 우리들이 잡아둔 포로에게 다가갔다. 그 포로는 차가운 표정으로 우릴 보고 있었다.

"다른 길은 없습니까?"

남자는 고개를 가로저었다.

"없어. 부탁이 있는데, 동굴이 무너지기 전에 자살하게 해주겠어? 좀 나을 것 같은데."

"당신은 태어남으로써 이미 자살하지 않았습니까. 또 자살할 필요는 없습니다."

펠레일의 너무 고차원적인 대답에 난 좀 어이가 없어졌다. 나는 부지런히 아이들을 돌보고 있는 샌슨과 칼에게 다가갔다. 아이들은 이제 멍한 상태가 아니었다.

"아이들이 정신을 차리네요?"

펠레일은 고개를 끄덕였다.

"글쎄요……. 확신할 순 없지만, 저희들이 그 디바인 마크를 회수한 것, 아니면 그 뱀파이어가 떠난 것과 관련이 있을 것 같군요. 어쨌든 다행한 일입니다."

아이들은 마치 꿈에서 깨어나듯 하나씩 정신을 차리더니 겁먹은 표정으로 주위를 둘러보았다. 아마 어처구니가 없어 울음도 나오지 않는 모양이다. 정신을 차려보자 어두컴컴하고 밀폐된 동굴 속에 있는 자신을 발견하게 되어 도대체 어떻게 해야 할지 감이 오지 않는 모양이다. 그때 슈가 내 모습을 보더니 내게 달려들었다.

"후치 오빠! 엉엉엉!"

난 슈를 안아올리면서 골치 아프다는 생각이 들었다. 예상대로 슈의 울음은 당장 아이들에게 전염되었다. 아이들은 모두 훌쩍거리기 시작하더니 아예 대성통곡을 했다.

"엉엉엉!"

귀가 멀 지경이다. 밀폐된 동굴은 울림이 너무 좋았다. 터커가 기겁했다.

"애들아! 울지 마! 울면 동굴이 무너진다고!"

농담이 아니다. 정말 50여 명 아이들의 울음소리가 울리다 보니 그런 것도 충분히 가능해 보였다. 아이들도 질겁을 하더니 천장을 바라보았다. 하지만 억지로 울음을 참느라 꺽꺽거리며 숨이 막히는 소리를 내었다. 이루릴이 다가왔다.

"애들아. 안심하렴. 곧 나가게 될 거야. 얌전히 있으면 곧 예쁜 하늘과 새들을 볼 수 있단다. 하지만 너희들이 울면 우리들이 나갈 길을 찾을 수 없어요."

아이들은 이루릴의 말보다는 그 분위기에 더 매혹되는 모양이다. 언젠가 슈가 그랬던 것처럼, 아이들은 서서히 진정하더니 웃음을 짓기까지 했다. 이루릴도 미소를 지으며 손을 움직였다. 그녀가 손짓을 하니 공중에 떠 있던 윌로위스프가 아이들의 머리 위에서 춤을 추기 시작했다. 아이들은 입을 쩍 벌리고 그 광경을 바라보았다.

난 슈를 내려서 그것을 구경하게 해놓고는 주위를 살폈다.

곧 나가게 된다고? 글쎄. 원래 영혼은 바위산이 아니라 강철벽이라도 통과할 수 있으니까 죽으면 얼마든지 나갈 수 있겠지. 펠레일은 끙끙거리며 생각에 잠겼다.

"인원이 너무 많으니 공기가 빨리 없어질 텐데. 공기가 없어지든, 그 전에 동굴이 무너지든, 양쪽이 다 달갑지 않은데."

나는 갑자기 떠오르는 생각이 있었다.

"펠레일 씨. 마법 중에 텔레포……, 어쩌고 하는 것이 있잖아요?"

펠레일은 고개를 가로저었다.

"난 그걸 못해요. 이루릴 양은?"

아이들과 놀고 있던 이루릴도 고개를 살짝 가로저었다. 아이들은 윌로위스프의 장난을 구경하면서도 어른들의 불안한 분위기를 잘 감지하는 모양이다. 아이들의 얼굴이 어두워졌다. 그래서 난 짐짓 기운차게 말했다.

"뭐, 방법이 없네요. 뚫죠?"

"예?"

"뚫어야죠. 죽기 아니면 까무러치기잖아요? 어디 뚫을 만한 곳이 있는지 찾아보죠. 아무래도 그 방법뿐이잖아요?"

터커가 기막히다는 표정을 지었다.

"후치. 여기가 얼마나 깊은 줄 몰라? 우린 한참을 내려왔다고."

"그래요? 하지만 내려오다 중간에 꺾어졌어요. 그러니 어쩌면 우리가 들어오기 전에 보았던 절벽에 가까울지도 모르죠. 다른 방법 있으면 말해 보시고, 없으면 뚫을 만한 장소를 생각해 봐요. 조금 전의 진동 때문에 어쩌면 없던 틈이 새로 생겼을지도 몰라요. 뭐해요! 앉아서 죽을 생각은 없겠죠?"

일행은 모두 씨익 웃으며 일어났다. 헬턴트 토박이들인 샌슨이나 칼도 그렇지만, 터커 일행도 상당히 강인한 면이 있군. 우리는 흩어져서 틈이 있는지 찾아보기 시작했다.

나는 바위를 두드리며 소리를 듣다가 이루릴을 보았다. 이루릴은 이제 아이들에게 둘러싸여 있었다. 이루릴은 갖가지 희한하게 생긴 불덩어리들을 만들어내어 춤을 추게 하고 있었다. 나비 모양, 새 모양, 꽃 모양. 아이들은 정신을 잃은 채 그것에 열중해 있었다. 내 옆에 있던 펠레일이 한숨을 쉬었다.

"저건 댄싱 라이트…… 시장 거리의 요술쟁이도 할 수 있는 간단한 것이지만 저렇게 능숙하게 움직이는 것은 처음 보는군요."

아무리 멋있는 것이라도 지금 걱정되는 것은 하나뿐이다.

"저거, 공기를 태워요?"

"그렇지 않아요. 다른 차원의 모습을 투영시키는 것이라서."

"그래요."

그때 크라일이 부르는 소리가 들렸다.

"어이, 이리와 봐."

어쨌든 크라일은 뭘 찾으라고 하면 제일 먼저 찾는군. 대단해. 우리는 크라일에게 다가가보았다. 크라일은 벽을 가리키며 말했다.

"자, 소리를 들어보라고."

우리는 크라일이 벽을 두드리길 기다렸다. 하지만 크라일은 벽을 두드리진 않았다.

"이런, 귀를 대고 소리를 들어보라고."

우리는 머쓱해져서 귀를 대어보았다. 벽에 댄 내 귀에, 쉬이익 하는 소리가 들려왔다.

"바람소리?"

"뭔가 틈이 있긴 있어. 벽 너머에 틈이 있는지, 어쨌든 공기가 지나는 소리야."

"바람이 분다면……, 아무래도 바깥에 가까운 것이겠지."

그때 이루릴이 다가왔다.

"제가 들어볼까요?"

우리는 이루릴에게 자리를 비켜주었다. 이루릴은 벽에 그 큰 귀를 붙이더니 한참 동안 움직이지 않았다.

"바깥이군요. 뭔가 복잡한 틈이 밖에 있어서 그 사이로 바람이 부딪히는 모양이에요. 잠깐…… 우리들이 들어온 동굴은 절벽에 있었죠? 그럼 절벽의 무슨 틈인가 보군요."

펠레일이 말했다.

"두께를 알 수 있겠어요? 실프의 기운을 찾아보면 안 될까요?"

"글쎄요. 틈이라서……. 절벽 자체는 두껍고 틈이 깊은 것일 수도 있지요. 잠깐."

이루릴은 위치를 옮겨가며 눈을 감고 정신을 집중했다. 그녀는 잠시 후 벽 한 군데를 짚으며 말했다.

"여기서 실프가 가장 가깝게 느껴지는데요. 거리는 20큐빗 정도."

우리는 이루릴이 가리킨 벽을 바라보았다.

"어쩌지?"

샌슨이 물어왔다. 막막한 질문이다. 이루릴은 20큐빗이라고 했다. 20큐빗 바깥에 자유가 있을지 모르지만, 그 20큐빗을 어떻게 뚫느냐…… 이런 바위벽을. 그때 펠레일이 나섰다.

"사만다 님. 후치 군의 검을 마법으로 강화 할 수 있습니까?"

사만다는 내게 바스타드를 뽑게 하고는 곧 기도에 들어갔다. 잠시 후, 사만다의 손이 번쩍 빛났다. 사만다는 그 빛나는 손으로 내 바스타드의 검신을 쓰다듬었다. 마치 그 손에서 빛이 옮겨오듯, 내 바스타드가 빛났다.

난 황홀한 눈으로 바스타드를 들여다보았지만 이걸 가지고 어쩌란 말이지? 설마 내가 바위를 오려내길 바라는 것은 아니겠지? 펠레일은 말했다.

"조심스럽게……, 충격이 가지 않도록 바위에 깊은 흠집을 내어주십시오."

"예?"

"찔러보세요. 당신 힘이면 가능할 겁니다. 단, 아래로 비스듬히 찔러주십시오."

난 어깨를 으쓱한 다음, 바스타드를 뒤로 당겼다가 힘껏 바위를 찔렀다. 팔이 부러지는 느낌이 왔지만 바스타드는 바위 속으로 1큐빗 정도나 들어갔다. 나는 입을 쩍 벌렸다.

"우와?"

펠레일은 몇 번 더 그렇게 하도록 했다. 나는 시키는 대로 바위벽에다가 여러 개의 흠집을 만들어놓았다. 하지만 이런 칼집을 내어서 어떻게 하려는 거지?

펠레일은 잠자코 포로들의 물품이 있던 곳으로 갔다. 그는 크라일을 부르더니 물통을 들게 하고는 자신은 주머니와 그릇을 하나씩 들고 왔다. 펠레일은 주머니를 내려놓고 그릇으로 물을 바위벽에 조금씩 뿌렸다. 내가 칼집을 내어놓은 바위벽의 흠집 안으로도 물이 배어들어갔다. 비스듬히 찌르라는 것이 이것 때문인가?

그리고 펠레일은 우리를 물러나게 하고는 캐스팅을 시작했다.

"프로스트 핸드."

펠레일의 손으로부터 뭔가 허연 기운이 날아가는 것이 보였다. 그것은 윌로위스프의 빛을 반사하며 눈부시게 반짝였다. 서리,

얼음 조각이었다. 우리는 침을 꼴깍꼴깍 삼키면서 구경했다.

바위벽 틈으로 배어들어간 물은 당장 얼음이 되었다. 벽에 허옇게 김이 서리며 얼음들이 조금씩 비어져나왔다. 그리고 바위벽에 잔금이 가기 시작했다. 짜자작, 짝, 짝!

"살짝 두드려보십시오. 손은 대지 마시고, 무기로."

우리는 멀거니 서로 쳐다보았다. 터커가 핼버드로 두드려보았다. 몇 번 두드리자, 바위들이 와스스 부서지며 돌멩이가 되어 쏟아졌다. 난 무너지는가 싶어 놀라서 물러났다. 벽에는 깊이 1큐빗, 직경 4큐빗 정도의 구덩이가 만들어졌고 그 아래에는 돌멩이가 쏟아졌다.

펠레일이 웃으며 설명했다.

"바위들이 흙이 되는 것은 이런 방식이죠. 바위의 틈에 물이 배어들고, 겨울에 그것이 얼고, 얼음은 물보다 부피가 크기 때문에 바위에 금이 가고, 그리고 흙이 되지요."

우리는 감탄한 표정으로 펠레일을 바라보았다.

다시 바스타드로 바위에 구멍을 뚫는다. 물을 붓고, 그것을 얼린다. 그리고 두드리면, 와스스! 부서져나간다. 난 기운이 올라서 다시 바위에 구멍을 내어놓았다. 그런데 펠레일이 어깨를 으쓱하면서 말했다.

"프로스트 핸드 주문은 두 개만 외워둬서……. 이제 다 썼는데요?"

우리는 당연히 이루릴을 바라보았다. 그리고 이루릴도 고개를 가로젓는 것을 보고는 낙담의 한숨을 쉬었다. 묶여 있던 포로들마저도 큰 한숨을 쉬었다. 그러나 펠레일의 계획은 끝나지 않았다.

"이제 어차피 더 이렇게 할 수도 없습니다. 바위굴이 무너질지도 모르니까요."

"그럼?"

"밖을 좀 살펴볼까요?"

펠레일은 정신을 집중하고는 캐스팅을 시작했다.

"클레어버이언스."

펠레일은 눈을 꼭 감은 채 한참을 서 있었다. 나는 칼을 쳐다보았고, 칼은 대답해 주었다.

"원하는 장소를 보는 마법이야."

펠레일 고개를 갸웃하다가 다시 눈을 떴다.

"다행이군요. 바깥에 금이 좀 가 있어서 대충 위치를 파악할 수 있습니다. 우리가 들어왔던 절벽 기억하십니까? 진동 때문인지 거기에 금이 가 있더군요. 잘하면 될 것 같습니다."

펠레일은 물통과 함께 가져온 주머니를 들어올려 보였다. 그는 그것을 풀더니 물통에 쏟아부었다.

"소금입니다."

악! 악! 저 귀한 소금을! 우리는 멍청하게 펠레일이 하는 모양을 바라보았다. 펠레일은 소금물을 만들더니 내가 뚫어놓은 흠집에 그것을 뿌렸다. 소금물로 어쩌겠다는 거지? 펠레일은 미소를 씩 짓더니 아이들을 불러모았다. 그리고 그는 포로들의 밧줄도 다 풀어주라고 말했다.

"다 풀어주라고?"

펠레일은 포로들에게 말했다.

"다른 사람 챙길 여유가 없어요. 자기 다리로 달려야 됩니다. 그러니 서로 쓸데없는 싸움은 맙시다."

포로들은 영문을 몰랐지만 고개를 끄덕였다. 이런 상황에서 서로 싸운다는 것은 말이 안 되니까. 터커는 기분 나쁜 표정으로 포로들을 풀어주었다.

펠레일은 아이들을 모두 모으더니 잠시 고민했다. 갑자기 그는 피식 웃어버렸다.

"자, 잘들 들어요. 단 한 판의 승부입니다. 무너지든가, 문을 만들든가. 문을 만들어도 어차피 곧 무너질 겁니다. 그러니 빨리 달려야 됩니다. 아시겠지요?"

우리는 뭔지 몰랐지만 일단 고개를 끄덕였다. 펠레일은 이루릴을 불렀다.

"라이트닝 볼트 됩니까? 전격계(電擊界)로 아무거나……."

"체인 라이트닝을 기주했는데……."

그러자 펠레일은 근심스러운 표정을 지었고, 그러자 우리도 덩달아서 몹시 근심스러워졌다. 그리고 펠레일은 다시 피식 웃어버렸다.

"뭐, 단판 승부니까. 저기에 체인 라이트닝을 캐스팅하십시오. 단, 제가 먼저 캐스팅하고 바로 연이어서 시동되도록 해주시겠습니까?"

"곧장 말입니까?"

"예. 마치 그대로 연결되듯이."

"해보겠습니다."

그러자 펠레일은 크게 심호흡했다. 그는 우리 각자를 비장한 눈으로 쳐다보았다. 하지만 그 입매에는 여전히 가벼운 미소가 맺혀 있었다.

"죽기 직전에 해보지 않으면 후회될 일이 있다면 지금 하십시오."

나는 고개를 갸웃한 다음 샌슨에게 말했다.

"샌슨. 나 평소부터 궁금한 게 있었는데. 남자끼리 키스하면 기분이 어떨까?"

샌슨이 허옇게 질린 얼굴로 뒤로 물러나더니 맹렬한 동작으로 롱소드의 칼자루를 쥐는 것을 보고서 일행은 모두 폭소해 버렸다. 손발이 잘 맞는단 말이야. 펠레일도 피식 웃더니 말했다.

"라이트닝 볼트는 원래 저렇게 두꺼운 암석은 관통하지 못해서 반사됩니다. 하지만 소금물은 그 전격을 암석 전체로 전달할 겁니다. 하지만 그 정도로는 파괴력이 모자랄지도 모르며, 또한 폭발이 안쪽으로 전달될지 모릅니다. 그래서 전 공진폭발(共震爆發)을 일으켜볼 계획입니다. 폭발 최대 충격파에서 이루릴 양이 체인 라이트닝을 사용하며, 다시 그 최대 충격파에서 제가 다시 라이트닝 볼트를 사용할 겁니다. 이러한 연쇄 충격파는 적은 충격으로도 원하는 부위를 파괴할 것입니다."

칼잡이들은 대단히 감명 깊다는 표정을 지으며 고개를 끄덕였다. 그래서 난 나 외에도 다른 칼잡이들 전부가 이해 못하고 있다는 것을 알게 되었다. 펠레일은 이루릴을 바라보았다.

"라이트닝 볼트의 지속 시간과 속도는 잘 아시겠지요? 예. 좋습니다. 하지만 전 체인 라이트닝에 대해선 익숙하지 못합니다. 제 발 위에 발을 올려놓으세요. 그리고 발을 밟는 것으로 신호를 보내주세요. 연습을 해볼 수 없는 것이 아쉽군요. 시작할까요? 여러분, 동굴 양쪽에 붙어선 다음, 달릴 준비를 하십시오. 길이 생기면, 달립니다."

우리는 빨리 뛰지 못할 것 같은 아이들을 하나씩 안아올린 다음 달릴 준비를 갖추었다. 난 슈를 업어들었다. 펠레일과 이루릴은 벽에서 조금 멀리 떨어져서 자리를 잡았다. 펠레일이 말했다.

"눈 조심해요."

펠레일은 캐스팅에 들어갔다. 마치 이중창처럼 한 호흡 후에 이루릴도 캐스팅에 들어갔다. 펠레일의 고함소리가 먼저 들렸다.

"라이트닝 볼트!"

쿠과아악! 갑자기 지독한 순백색의 빛이 보였다. 눈이 부셔서 제대로 볼 수도 없다. 번개의 강렬한 줄기가 벽에 맞은 순간, 이루릴의 캐스팅이 끝났다.

"체인 라이트닝!"

콰르으응!

이번엔 정말 뒤로 날려버릴 것 같다. 허공에 무시무시한 빛의 강이 만들어졌다. 마치 벼락이 치는 날에 그러하듯이 살갗이 근질거리는 느낌이 왔다. 이루릴의 체인 라이트닝은 치열하게 꿈틀거리며 암벽을 두드렸다. 동굴 전체가 눈도 제대로 못 뜰 것 같은 무서운 빛으로 가득 찼다.

우르릉! 우르릉! 동굴이 흔들린다, 이거, 그대로 무너지는 것 아닌가? 그때 펠레일의 고함소리가 다시 들렸다.

"라이트닝 볼트!"

세 번째의 빛은 그런 대로 참을 만했다. 그리고 그 빛이 사라지자, 무서운 진동만이 남았다. 콰르르르 쾅! 위에선 다시 돌가루가 떨어지기 시작했고, 돌이 마찰되는 지독한 소음. 펠레일이 외쳤다.

"달려요!"

앞을 보니, 엄청난 크기의 구멍이 뚫려 있었다. 우리는 그 안으로 일제히 달려갔다. 내 앞쪽으로 샌슨이 가장 먼저 달렸다.

갑자기 샌슨의 낭패한 비명소리가 들렸다.

"막혔어!"

앞이 막혀 있는 것이다. 뒤에서는 사람들이 계속 달려오고 있다. 동굴은 곧 무너질지도 모른다.

"비켜! 얼마 안 남았어!"

샌슨이 옆으로 비키는 것과 내가 돌격한 것은 거의 동시였다. 나는 있는 힘껏 주먹을 뻗었다.

"으아아아압!"

허리를 쭉 뻗으며, 주먹을 날린다. 발이 땅으로 박혀드는 느낌이 든다. 그리고,

씨이잉 쾅!

세상에, 이게 무슨! 내 주먹의 크기가 별로 큰 것도 아니다. 그런데 귀를 찢는 굉음이 들리며 벽에 직경 5큐빗의 동그란 원이 생기며 그 반경 안에 있던 암벽이 모두 가루가 되어 밖으로 날려갔다. 이게 어떻게 된 일이야?

생각할 여유도 없이 우린 밖으로 쏟아져 나왔다. 밖은 바로 그 절벽 앞의 숲이었다. 나는 나무 사이로 달려가 슈를 내려놓고는 뒤를 보았다.

절벽에 동그란 구멍이 생겨 있고 거기서 아이들이 가득 쏟아져 나온다. 마지막으로 나온 것은 기진맥진한 상태로 이루릴에게 부축되어 나온 펠레일이었다. 그들은 구멍에서 쏟아져 나오는 먼지들 사이로 콜록거리면서 달려나왔다. 터커는 고개를 휘저으며 말했다.

"안 나온 사람 있으면 말해."

물론, 대답은 없었고 터커는 고개를 끄덕였다.

"전부 다 나온 모양이군."

그야 이루릴과 펠레일이 제일 뒤쪽에 있었으니 다 나온 것이다. 우리는 계속해서 먼지를 피워올리고 있는 절벽의 구멍을 보았다. 갑자기 그 구멍 위쪽으로 검은 줄이 생겼다.

크지직! 구멍 위쪽으로 거대한 금이 줄달음쳤다. 우리는 그것을 보다가, 그 의미를 깨닫고는, 걸음아 나 살려라 줄달음질치기 시작했다. 절벽이 안으로 함몰되는 것이다.

쾅쾅쾅, 콰르릉!

"우우와아아아!"

우리는 취향껏 비명을 지르며 달렸다. 어찌나 달렸는지, 우린 거의 신전 가까이까지 돌아와버렸다. 그제야 나는 제자리에 멈춰 서서 뒤를 바라보았다.

산 쪽에서 거대한 연기가 피어오르고 있었다. 먼지 구름이다. 자욱하게 피어오르는 연기를 보며 나무에 기대어 앉은 샌슨이 얼빠진 목소리로 말했다.

"허어, 허억, 우린 산을 날려버렸군."

"이상하단 말이야."

"뭐가?"

"마지막에 말이야, 내가 벽을 찔렀을 때, 당연히 벽에는 내 주먹만 한 구멍이 생겨야 되는 것 아냐? 그런데 희한하게도 벽에는 5큐빗 정도의 구멍이 뚫렸다고. 어떻게 된 거지?"

나와 샌슨은 아이들을 이끌고 가면서 잡담을 나누고 있었다. 아이들은 우리가 이끌지 않아도 이 근처 지형을 잘 아는지 흥분하여 비명을 지르며 마구 달려갔다. 내 뒤에서 힘없이 걸어오던 펠레일이 말했다.

"그건 후치 군이 팔을 다 뻗었을 때 주먹이 벽에 닿았기 때문입니다."

나는 고개를 돌렸다.

"팔이든 무기든, 공격 동작이 끝나는 순간에 목표에 맞았을 때 가장 타격이 큰 것입니다. 제로 지점에서의 타격은 순수 운동 에너지의 전달이 가능합니다. 그래서 그 충격파가 암석 전체에 전달되었죠."

나는 감명 깊게 고개를 끄덕였다(못 알아들었다는 말이다.). 하지만 샌슨은 정확하게 고개를 끄덕였다.

"아, 끊어치기."

"무슨 말이야?"

샌슨은 피식 웃으며 말했다.

"이건 설명보단 보여주는 게 낫지."

그리고 샌슨은 주위를 둘러보다가 땅에 떨어진 단풍잎을 하나 주워들었다.

"잘 봐?"

그리고 샌슨은 다른 손으로 주먹을 쥐고 그 낙엽을 후려쳤다. 물론 낙엽은 휘어졌고 주먹은 지나쳤다.

"그럼 이번엔."

샌슨은 다시 후려쳤다. 하지만 이번엔 낙엽에 부딪히는 순간 다시 뒤로 뺐다. 짜악! 낙엽은 조각나며 흩어졌다.

"차이를 알겠어?"

"그러니까 뭐냐, 공격은 목표물에 맞을 때 끝나야 된다는 말이야?"

"응. 공격이 끝났을 때도 맞지 않는 것은 문제지만, 공격 도중에 맞는 것도 별로 타격이 없어. 가장 좋은 공격은 공격이 끝나는 그 순간에 목표에 맞아야 돼."

우리가 그렇게 잡담을 나누며 걸어오는 동안 어느새 영지의 모습이 가까워져 있었다. 아이들은 자지러지면서 달려갔지만 슈는 내 옆에서 걷고 있었다. 슈는 뚱한 표정이었다.

"왜 그래, 슈? 기분이 안 좋아?"

슈는 갑자기 내게 팔을 내밀었다. 내가 슈를 안아올리자 슈는 내 귓가에 대고 말했다.

"재들 아빠 엄마 죽었어."

나는 입안이 깔깔해지는 느낌이 들었다. 눈앞이 부옇게 된 이유는 무엇일까. 나는 간신히 말했다.

"재들은 그걸 몰라?"

"응. 톰도, 수지도 몇 밤 전에 잡혀갔어. 그 다음에 톰 아빠가 죽었어. 수지 언니도. 지금 가면 알 거야."

나는 갑자기 영지에 엄청나게 가기 싫어졌다. 그리고 다른 사람들의 표정을 보니 그들도 거의 비슷한 심정인 모양이다. 그제야 난 내가 왜 샌슨과 잡담을 나누고 있었는지 알게 되었다.

난 이 사실이 닥쳐온다는 것이 싫었던 것이다.

누워 있던 환자들의 아이들은 그래도 재잘거리며 조금 전의 모험에 대해 이야기를 했지만 그중에서 자신의 친지들을 찾지 못한 아이들도 있었다. 아빠나 엄마, 혹은 다른 친지들을 내어놓으라고 외치는 아이들에게, 우리는 정말 할말이 없었다. 이루릴은 상냥하게 그분들은 벌써 죽었다는 말을 하려 했고 그래서 나는 엄청난 속도로 이루릴의 입을 막았다. 난 이루릴의 입을 틀어막고는 고함을 질렀다.

"얘들아! 엄마 아빠는 잠깐 여행 가신 거야!"

이루릴은 입이 틀어막힌 채 눈을 크게 뜨고 날 봤다. 하지만 아이들의 질문은 연이어졌다.

"몇 밤 자면 와?"

"내일 와?"

난 눈물을 닦고 싶었지만 이루릴의 입을 놓을 수가 없었다.

"꽤 멀리 여행가셨어. 응. 아주 멀리 가셨어."

"으흑!"

사만다가 갑자기 기성을 지르며 신전 밖으로 달려가 버렸다. 아이들은 뭔가 불안한 표정을 지었다. 도대체 뭔지도 모를, 이해하지도 못할 불안을 느끼고 있었다. 아이들 중 머리가 좀 굵은 녀석들은 이미 사태를 파악한 모양이다. 그런 아이들은 힘없이 신전 구석으로 가서 움츠리고 앉았다. 무력하고 무력한 모습으로. 그런 아이들은 내게 싸늘한 조소의 시선을 보내기도 했다. 웃기지 말라는 듯한.

하지만 내 바지춤을 부여잡고 몇 밤 자면 아빠가 오냐고, 엄마 없으면 내가 밥 해먹어야 되느냐고 묻는 아이들은, 그런 아이들은 내게 간절한 시선을 보내었다. 도대체 어떻게 해야 할지 몰랐다. 누구라도 이 사태를 어떻게 해준다면 무슨 보상이든 하겠다. 아이들의 눈이 이렇게 무서운 것인가? 도대체 들여다볼 수가 없어 난 천장을 바라보았다.

그때 에델린이 날 구원했다.

"애들아, 배고프지 않니?"

당장 아이들은 눈앞에 없는 부모들보다 맛보게 될 음식에 대한 생각으로 가득 차버렸다. 아이들은 그 간첩들의 동굴에서 제대로 먹지 못했던 모양이다. 나는 부엌으로 달려가면서 외칠 수 있다는 것이 너무너무 행복했다.

"잠깐만 기다려! 맛있는 것 만들어줄게!"

뭐라도 좋다, 재료, 재료가 없나? 아이들의 이빨이 몽땅 썩어버려도 좋으니 설탕 좀 구할 수 없나? 벌꿀이라면 더 좋다. 잼, 우유, 계란, 밤, 딸기, 빌어먹을! 찾는 것마다 있을 리 없는 물건이다. 별로 만들 기회는 없었지만, 그래도 난 케이크를 잘 만든단 말이야! 내가 크림을 얼마나 잘 만드는지 알아? 아이들이 맛있게 먹으며, 어차피 닥칠 진실이지만 잠시라도 그것을 잊을 수 있게 될 음식이 없나? 그리고 배가 불러서 행복하게 잠들어, 꿈속에서라도 그들의 부모를 만나게 해 줄 수 있는, 그런 음식 없나?

"우라질!"

난 부엌의 벽에 구멍을 뚫어놓고 숨이 막힐 때까지 울었다. 이번엔 아까처럼 정확하게 치진 않았는지 벽에는 작은 구멍이 생겼고 손은 퉁퉁 부어올랐다. 하지만 고통은 전혀 느끼지 못했다.

어른들의 모습은 모두 초췌하기 그지없었다.

우리들은 아이들을 모두 재워두었다. 아이들은 대모험과 격렬한 식사로 모두 잠들어 있었다. 물론 식사 도중엔 크라일이나 샌슨마저도 아이들에게 아양을 떨면서 시중을 들어 아이들의 건강한 소화에 지대한 악영향을 끼쳤다(사실은 사실이니까.). 그래서,

지금, 우리는, 전반적으로 지쳐 있었다.

"거창한 모험을 했는데 건진 건 하나도 없군……."

"애들은 건졌잖아?"

크라일과 사만다의 대화다. 터커가 피식 웃었다.

"어쩌지? 발목 잡혔는데?"

터커의 말에 크라일은 툴툴거리기 시작했다. 그때 얌전히 있던 펠레일이 말했다.

"아이들을 버리고 가실 계획입니까?"

"그렇다고 데려가냐? 골치 아프네. 우린 모험가야."

"저, 땅을 갈며 몇 년을 보내는 것도 좋다고 생각합니다."

"응?"

"여긴 잘 정비된 땅과 집이 있습니다. 없는 것은 사람뿐이죠. 힘겨운 개척 도시의 삶도 아니고……. 전, 이곳에 남아서 밭을 일구며 살고 싶습니다."

펠레일의 말에 터커가 입을 딱 벌렸다.

"어? 어? 뭐야?"

"제가 그러고 싶다는 겁니다. 여러분은 떠나십시오."

"잠깐, 잠깐! 대륙 최고의 마법사가 되고 싶다던 꿈은 어쩌고?"

펠레일은 부끄러운 듯 고개를 숙였다.

"전 아직 젊습니다. 전사분들은 지금으로부터 몇 년은 인생 최대의 황금기이고, 그 다음엔 뭘 하고 싶어도 하실 수 없게 되겠지요. 하지만 저로서는 몇 년을 낭비해도 상관없습니다. 노동은 전투력을 잠식하지만 마력을 잠식하지는 않습니다."

우리는 입을 딱 벌린 채 펠레일을 바라보았다.

마법사, 전사들의 야망과는 또 다른 야망에 얽매여 사는 사람. 그것은 정신 세계로부터 뿜어져 나오는 갈구이기 때문에 전사들의 그것보다 더 치열하고 준엄하다. 마법을 익히고, 새로운 지식을 익히고, 마력을 운용하는 것은 우리 같은 칼잡이들은 상상할 수도 없는 욕망으로 이루어진다.

전사가 되는 것에 비하면 마법사는 차라리 선택받은 사람이다. 매일같은 단련은 전사들도 한다. 하지만 몸의 단련이 아닌 정신의 단련은, 끝없이 광대무변해서 동시에 끝없이 나약해지고 나태해질 수도 있는 정신을 한결같이 가다듬는 치열한 투쟁을 일상처럼 해낸다는 것은, 그것은 우리 같은 범부가 해낼 수 있는 일이 아니다. 일단 마법사는 머리가 좋아야 된다는 데서부터 벌써 우리완 완전히 다른 세계의 사람이다.

그런데 펠레일은 간단히 정착해서 땅이나 일구겠다는 것이다. 나야 그의 실력을 이해하지는 못하지만, 터커나 크라일 같은 자들과 함께 다니는 것, 그 동굴에서 우리를 꺼낸 것만 보아도 그의 실력이 얼마나 대단한지 짐작할 수 있다. 그렇다면 그의 수련이 얼마나 엄청난 것인지도 미루어 짐작할 수 있다. 그가 그런 인고의 세월을 간단히 버리고 여기서 땅이나 일구겠다고 말하는 것이다.

펠레일은 신비스러워 보이기까지 하는 미소를 지으며 말했다.

"대지는 넓습니다. 전 간혹, 대지와 뒤엉켜 싸우며 마침내 대지가 되어버리는 농부들이 가장 위대한 영웅이 아닌가 생각해 봤습니다. 몇 년, 그 흉내를 내어보고 싶습니다."

"몇 년? 어, 그럼 몇 년 후 다시 움직이겠다는 거야?"

"예. 오랜 세월은 걸리지 않을 겁니다. 말씀드렸다시피 이곳은 개척 도시가 아니니까요. 어쩌면 내년 정도에 당장 사람들이 꾸역꾸역 몰려들지도 모릅니다. 하지만 무엇보다도……."

펠레일은 잠든 아이들을 돌아보았다.

"몇 년 있으면, 저 아이들은 성장하여 사랑을 하고 자손들을 퍼뜨릴 수 있겠지요. 이 대륙의 한귀퉁이에서, 인간이 살아가고 그들의 번영을 노래할 기틀을 다지기 위해 저 개인의 인생 중 몇 년을 투자하는 것은, 썩 수지맞는 장사라고 생각합니다."

터커는 입을 다물 줄 몰랐다.

"허! 이것 참. 갑자기 왜 그런 생각을 하게 된 거야?"

갑자기 펠레일의 얼굴에 노기가 스쳤다. 그렇지만 그의 선량해 뵈는 얼굴이 완전히 바뀔 정도는 아니었다.

"그 동굴에서의 일이 아마도 원인이 된 것 같습니다."

"응?"

"실험 보고서를 기억하십니까? 그들이 자이펀인이라는 것은 잠깐 접어두고, 그들도 인간이라는 점에서 생각해 봅시다. 그들은 인간, 그중에서도 막강한 지식을 다루는 자들이었지요. 우리들이 흔히 존경하는 사람들입니다. 그 실험은 그런 사람, 즉 선조의 지혜와 피나는 업적을 다루어온 마법사나 성직자들의 소행일 것입니다. 그러한 지식의 선물로 해내는 일이 고작 이런 것입니다!"

펠레일은 결코 언성을 높이지는 않았다. 하지만 힘이 들어 있었다. 우리는 모두 숙연한 표정으로 펠레일을 바라보았다.

"인간이 행한 일은 인간이 책임져야 됩니다. 저 아이들은 책임을 요구받을 수 없습니다. 그러니 제가 책임지겠습니다. 합리적인 이유가 있지요. 말씀드렸다시피, 전사분들은 인생의 몇 년을 간단히 허비할 수 없습니다. 검을 쥘 수 있는 시기는 길지 않습니다. 그리고, 사만다 님. 당신은 테페리의 뜻을 대륙에 퍼뜨릴 의무를 가지고 있는 순례자입니다. 그러니 저 외에는 불가능합니다."

펠레일은 다시 그윽한 시선으로 우리들을 바라보았다.

"아시겠습니까? 여러분. 여긴 90여 명의 어른과 50여 명의 아이들이 있지요. 제 왕국을 만들어볼 수도 있겠지요. 하지만 그 왕국에 왕은 없을 겁니다. 여러분들께 원하는 것이 있다면……."

펠레일의 눈이 갑자기 가늘어졌다.

"50명의 꼬마들과 대마법사 펠레일의 이야기를 노래로 만들어 대륙에 퍼뜨려 주시겠습니까?"

"푸핫하하하!"

크라일이 웃음을 터뜨렸다. 터커의 얼굴에도 미소가 피어올랐고, 사만다는 감탄한 눈으로 펠레일을 바라보았다. 펠레일은 미소지으며 말했다.

"괜찮죠? '열두 드래곤과 대마법사 핸드레이크', '백 명의 데스 나이트와 무지개의 솔로처' 등의 쟁쟁한 이야기들만 대륙에 퍼져서는 사는 게 삭막하겠죠. 그러니 '50명의 꼬마들과 대마법사 펠레일의 이야기' 같은 소박한 노래도 어두운 주점의 한구석에서 불려질 수 있다면, 그리고 그 노래를 듣는 주정뱅이들이 모두 따뜻한 표정을 지으며 오늘 정말 따스한 노래를 들었다고 생각할 수 있다면, 그것도 썩 괜찮겠지요."

다음날, 우린 칼라일 영지의 대로에 있었다.

자이펀 간첩들로부터 찾아낸 실험 보고서는 우리가 가져가기로 했다. 우리는 국왕님을 알현하려 찾아가는 길이므로 같이 보고하면 될 것이다.

펠레일은 칼라일 영지에 남기로 했다. 그리고 그의 동료들과 트롤 프리스티스 에델린은 며칠 더 환자들을 보살핀 다음 떠나기로 했다.

성직자인 사만다와 에델린은 신의 계율에 얽매여 사는 사람이기 때문에 한 장소에서만 신의 복음을 전파할 수 없다. 그것은 신전의 책임자가 될 만한 하이 프리스트의 일이며, 순례자인 사만다나 에델린은 자기 마음대로 그런 결정을 내릴 수 없다고 한다. 하지만 그들은 얼마 정도는 거기서 봉사할 것이다. 그들은 우리에게 소개장을 써주면서, 여행중 곤란한 일이 있거든 에델브로이의 신전이나 테페리의 신전에 소개장을 보여주며 도움을 청하라고 말했다. 우리는 감사히 그것을 받아들였다.

터커와 크라일. 그들은 전사다. 전사는 싸움을 찾아 떠돌아야 한다. 안주는 그들에게 사치이다. 그들은 자신이 죽을 땅을 찾아서 영원히 떠돌아야 되는 사람들이다. 그래서 그들도 머무를 수는 없다. 하지만 그들도 어느 정도의 기간 동안은 무기 대신 망치와 괭이를 들고 돌아다니기로 했다.

네 명의 자이펀 간첩들은 우리가 데려갈 수 없었다. 우리 인원도 네 명인데 믿을 수 없는 자들을 데려가면 이동이 어려워지기 때문이다. 그래서 우리는 한 명만을 데려가기로 했다. 수도에서 실험 보고서를 내놓을 때 증인이 필요하기 때문이다. 그 동굴에서 우리에게 음험하게 대답하던 남자가 우리와 함께하게 되었다. 그자의 이름을 묻자 그는 운차이라고 불러달라고 했다.

펠레일은 나머지 세 명에게 농기구를 쥐어주며 이 영지에 내린 그들의 해악을 스스로 퇴치하도록 명령했다. 간첩들은 아무 말도 하지 않았지만, 그 죽음의 동굴에서 끝까지 데리고 나와 살려준 데는 감사하는 눈치였다.

펠레일은 우리들에게만 살짝 귀띔했는데, 그들을 도망보내 줄 생각인 모양이다. 그들은 우리에게 간단히 잡힌 것으로 보아 조무래기들이고, 어차피 책임자는 그 검은 뱀파이어 여자일 것이다. 하지만 이들을 데리고 있는 것은 양자 모두에게 별로 좋은 일이 아니다. 하물며 재건으로 바쁠 영지에서 그들을 감시하기도 귀찮다. 그래서 도망보낼 작정이라는 것이다.

"국왕님께 전해 주십시오."

펠레일은 말했다.

"칼라일 가문의 후계자를 찾아 조속히 보내달라고. 전 성심성의껏 그를 맞이할 것이며, 그가 허락한다면 그를 보좌하고 싶습니다. 그가 허락하지 않는다면? 뭐, 제 동료들을 찾아 떠나야겠지요. 어쨌든 그 동안 세금은 못 보내드리니까 빨리 보내는 게 좋을 겁니다."

칼은 빙긋 웃고는 그러마고 말했다. 하지만 펠레일의 말은 끝난 것이 아니었다. 그는 갑자기 진지한 태도로 말했다.

"여러분이 운반하는 서류는 전쟁의 중요 열쇠입니다. 아쉽게도 완성이 되지는 않았지만, 운차이 씨가 증언을 해줄 수 있을 것입니다."

운차이는 콧방귀를 뀌었다. '고문할 테면 해봐라, 내가 입이나 벙긋할까.' 하는 표정이었다. 하지만 펠레일은 신경쓰지 않고 말했다.

"그것은 지금까지 우리 바이서스와 자이펀의 전쟁에서 중립을 지키고 있던 나라들을 자극할 수 있습니다. 그리고 비둘기파로 활동하고 있는 몇몇 공작들과 영주들에게도 상당한 반향을 불러 일으킬 수 있습니다. 매파라면 말할 것도 없고……. 어쨌든 그 서류를 노리는 암살자들이 여러분을 쫓게 될지도 모릅니다."

우리는 서늘한 기분이 들었다. 펠레일은 말했다.

"그건 제가 어떻게 해드릴 수 없는 일입니다. 조심하라고 말씀드릴 수밖에. 하지만 국왕님께 이 말 한마디는 전해 주십시오."

그리고 펠레일은 칼의 귀에 귓속말을 했다. 칼은 의아한 표정을 짓더니 잠시 생각에 잠겼다. 그리고 그는 갑자기 미소를 지으며 말했다.

"걸프스트림 말이군요."

펠레일의 얼굴이 환해졌다.

"예. 거기가 가장 가깝습니다."

"놀랍군요. 대충 이해했습니다."

펠레일은 크게 기뻐하며 말했다.

"칼 님은 전령 노릇이나 하실 분이 아닙니다."

"당신도 이곳에서 농기구를 쥘 사람은 아닌 것 같소."

터커 일행도, 우리들도 무슨 말인지 이해하지 못했지만 뭔가 다행스러운 기분을 느끼며 고개를 끄덕였다. 그리고 우리는 말을 돌렸다. 사만다가 등 뒤에서 외쳤다.

"테페리가 돌보실 거예요! 갈림길에서 주저하지 말아요, 마음 가는 대로 가세요!"

에델린도 말했다.

"폭풍을 잠재우는 것은 가녀린 코스모스입니다. 에델브로이의 축복이."

우리는 터커, 크라일, 펠레일, 사만다, 에델린의 전송을 받으며 출발했다. 앗, 잠깐! 그리고 말 안했는데, 물론 그 뒤에는 50여 명의 아이들이 우리를 환송하고 있었다.

"잘가! 후치 오빠!"

"돌아오는 길에 꼭 선물 사올게!"

나는 슈의 목소리에 대답해 주고는 칼라일 영지를 벗어났다.

"사흘을 흘려보냈군. 하지만 그 사흘은 낭비한 것은 아니었어."

칼은 고개를 돌려 칼라일 영지를 바라보았다. 나도 뒤돌아 보았다.

우리가 첫날 느꼈던 그 기괴함, 모든 색깔이 똑같은 요괴스러움은 이제 없었다. 따스한 가을 햇볕 아래 정겨운 영지의 모습만이 보였다.

나는 운차이를 힐끗 보았다.

그는 포로 상태였지만 묶어서 말에 태울 수는 없었다(이 마을을 샅샅이 뒤져 간신히 발견한 말이다.). 그래서 우리는 그를 풀어주었지만 말을 타고 있으니 그냥 달아날지도 몰랐다. 샌슨은 잠깐 머리를 긁적인 다음, 운차이의 말과 자신의 말의 안장을 기다란 밧줄로 묶어버린 다음, 운차이의 두 발목에 밧줄을 묶어 말의 배 아래로 연결했다. 운차이는 말에서 뛰어내리지 못할 것이다.

어쨌든 그는 침울한 표정으로 자신의 말을 내려다보고 있었다. 그는 지금 무슨 생각을 하고 있을까? 칼은 운차이에겐 관심 없다는 듯이 뒤를 돌아보며 말했다.

"50명의 꼬마들과 대마법사 펠레일이라……."

우리는 모두 미소를 지었고 이루릴도 따스한 미소를 지었다.

"그는 완벽한 아버지가 될 만한 사람은 아니야. 하지만 어차피 완벽한 아버지는 없어. 노력하는 아버지가 있을 뿐이지. 그런 면에서, 저 영지의 내일이 어둡지는 않을 거야."

칼의 말에 샌슨은 고개를 끄덕였다.

"한 영지의 내일을 담보할 만한 자라면, 그는 대마법사라 불릴 만한 인물이겠지요."

나는 놀란 눈으로 샌슨을 바라보았다. 샌슨은 헛기침을 좀 하더니 외쳤다.

"자, 달려볼까요?"

우리는 가을 벌판을 달려갔다. 풍요로운 수확은 없겠지만, 풍요로운 인간의 마음이 있지 않은가. 헬턴트 사나이 세 명, 아름다운 엘프, 그리고 자이펀 간첩은 그 황금빛의 벌판을 질풍처럼 달려갔다.

제4부

황소와 마법검

……따라서 자이펀의 전사들이 받는 훈련은 우리들 바이서스의 전사들이 받는 훈련과 그 근본 철학부터가 다르다. 우리 바이서스의 전사들은 전투 상황에서도 심, 기, 체가 조화를 이루는 상태를 계속 유지하는 것을 그 목적으로 한다. 하지만 저 남부의 작열하는 태양 아래에 살아가는 자이펀은 육체 능력에 보다 많은 집중을 할 수 없다. 바이서스 최강의 전사라도 자이펀의 사막에서 매일같이 하는 구보 훈련을 하기는 어렵지 않겠는가? 따라서 그들은 전투 훈련에서 정신력의 고양을 그 목적으로 한다. 끈기, 인내, 침착성, 고도의 집중에서 자이펀의 전사들을 따라갈 전사를 찾기는 힘들다. 살기가 이미 적을 꿰뚫으면, 손에 쥔 것이 검이든 활이든 똑같다는 말은 자이펀 전사들의 유명한 격언이다. 그런데…

「품위 있고 고상한 겐턴 시장 말레스 추발렉의 도움으로 출간된, 믿을 수 있는 바이서스의 시민으로서 겐턴 사집관으로 봉사한 현명한 돌로메네 압실링거가 바이서스의 국민들에게 고하는 신비롭고도 가치 있는 이야기」 돌로메네 지음, 770년. 제2권 882쪽.

1

"뭐야, 이건? 이 나라 여행자들의 지혜인가?"

"뭐야?"

"여행의 속도를 위해 누군가 쫓아다니게 한다……."

"시끄러! 제기랄, 정말 돌아버리겠네!"

운차이의 느물느물한 말에 샌슨은 화를 바락바락 내고 있었다. 그리고 나는 참 막막한 눈으로 앞을 바라보았다. 우리와 대치하고 있던 놈들 중 하나가 외쳤다.

"취이이익! 이, 이상하다? 하나가 더 늘었다?"

"취익취익! 어, 취익, 괴물 초장이만 조심하면 된다!"

오크의 그 말에 샌슨이 눈을 뒤집었다.

"뭐야? 난 안 보이냐, 이 자식들아!"

칼은 샌슨의 화를 진정시키듯이 손을 휘저었다. 그리고 그는 오크들을 향해 말했다.

"여보게……. 설마 휴다인 고개에서 여기까지 우릴 쫓아왔나?"

"그렇다! 취익!"

"말도 없이 말인가? 우리가 아무리 며칠씩 멈추면서 달려왔다지만……. 정말 대단하군."

정말 대단하다 하지 않을 수 없다. 만일 내 앞에서 '오크들의 지독한 복수심…….' 어쩌고 하며 아는 체하는 녀석이 있다면 턱을 올려쳐 줄 생각이다. 직접 당해 보란 말이다! 칵!

우리는 레너스 시와 칼라일 영지에서 각기 사흘을 보내었다. 그러니 도합 엿새. 그 동안 이 지독한 놈들은 밤마다 걸어서 우리를 추적했나 보다. 아니 도대체! 각 영지의 사람들은 눈이 어떻게 되었나? 어떻게 이런 큰 무리가 지나치는데! 아무리 밤에만 걷고 숲 속으로 쫓아왔을 테지만 그래도 어떻게 안 들키고 우리를 쫓아왔단 말이지?

지금 이루릴이 앞에 나서서 댄싱 라이트 주문으로 괴상하게 생긴 불의 생물들을 불러내어 춤추게 하고 있었기 때문에 오크들은 눈을 가리며 함부로 접근하지 못하고 있었다. 하지만 저 주문이 영원히 계속되는 것은 아닐 게다. 오크들도 춤추는 불꽃들이 사라지기만 하면 덮치겠다는 듯이 글레이브를 꼬나쥐고 있다.

이루릴도 그것을 눈치챈 듯이 고개를 가로저었다.

"이 불꽃이 사라지면 그 다음엔 더 강력한 불을 쏘겠습니다."

오크들은 숨을 죽였다. 난 그 말에는 적극 찬성이다.

"그래요! 그 뭐냐, 불회오리! 그걸로 저놈들 다 구워버려요!"

나는 이루릴이 칼라일 영지에서 실프의 바람에 샐러맨더의 기운을 실어 쏘아버린 것을 생각했다. 그것은 정말 압도적인 장관이었다. 수십 큐빗의 굵기로 용틀임하는 불꽃은 좀비 백여 마리를 순식간에 불태웠다. 그러나 이루릴은 고개를 가로저었다.

"그건 너무 파괴력이 강해서……. 생물에게 그걸 쓴다면 치료하고 자시고 할 것도 없게 되는데요. 대책이 없어요."

그래, 대책이 없겠지. 뼛조각까지 불타버리니까. 난 기회를 놓치지 않고 말했다.

"들었냐, 이 잡것들아! 계속 거치적거리면 너희들 뼛조각도 남지 않게 다 태워버릴 테다!"

오크들은 겁을 좀 집어먹고는 서로 수군거렸다. 내 말이 공갈인지 진짜인지 의논하는 꼴이었다. 그러나 물러서고 싶은 기색이 없었다. 그들의 위치가 압도적으로 좋으니까.

정말 황당한 꼴인데, 우린 스스로 막힌 지형을 선택해서 야영하고 있었다. 물론 야영을 하는 사람들이 일부러 막힌 지형을 선택할 리야 없다. 우리도 그 정도로 바보는 아니다. 하지만 우린 자이펀 간첩인 운차이를 이송하고 있었고, 따라서 퇴로가 많은 지형을 꺼리게 된 것이다.

그래서 우리는 강을 등지고 야영을 했다. 강가에서 야영을 하는 것은 완전한 바보짓이다. 물을 구할 수 있어서 좋긴 하지만 강가에는 추위를 막아줄 엄폐물도 없고 주위가 너무 드러난다. 하지만 그래서 운차이도 달아날 수 없으리라고 본 것이다.

그 운차이는 팔짱을 낀 채 우리와 오크들을 번갈아 쳐다보았다. 갑자기 그는 칼의 허리에 있는 대거를 가리키며 말했다.

"그 대거 좀 빌려주겠습니까?"

"왜지요?"

"몸을 지키고 싶습니다."

"……좀더 상황을 두고 봅시다."

"알겠습니다."

운차이는 거절당하고도 아주 무심하게 다시 오크들을 노려보았다. 그 동안, 이루릴은 결판을 내기로 작정했다. 그녀는 갑자기 댄싱 라이트를 없애버렸다. 오크들은 긴장했다.

"후치 씨, 샌슨 씨, 앞으로."

우리는 앞으로 나섰다. 그러자 이루릴은 우리들의 등 뒤에서 캐스팅을 시작했다.

"밤의 이슬 속에서도 젖지 않는 하나의 모래의 주인이며……."

"취이익! 마법을 쓴다!"

오크들은 우리들에게 덤벼들었으나 그보다 먼저 난 바닥을 차올렸다. 좌르르! 팍팍!

강가의 자갈들이 앞으로 튕겨나가며 오크들을 저지했다. 그리고 뭔가 움직이기 시작했다. 소리도 모양도 냄새도 아무것도 없지만 정령이 움직일 때는 뭔가가 움직인다는 느낌이 든다.

그리고 오크들은 픽픽 쓰러졌다. 앞에서 덤벼들던 다섯 마리가 그렇게 쓰러지자 우린 당장 양 옆으로 돌아서 달리기 시작했다. 샌슨은 왼쪽, 나는 오른쪽, 그리고 우리가 양쪽으로 벌어짐과 동시에 가운데서 칼이 롱 보를 쏜다. 우리들도 이젠 꽤 익숙해졌다.

퍽! 퍼퍼벅!

이루릴이 생명을 죽이는 것을 싫어하기 때문에 그녀를 존중하는 의미에서 우리는 모두 검집을 씌운 채 싸우고 있었다. 그리고 더 죽여봐야 원한만 깊어질 것 같기도 하니 우리도 찬성이다. 칼도 활을 낮게 쏴서 다리를 맞추거나 혹은 높게 쏘아 겁을 줄 뿐이다.

나도 이젠 꽤 능숙하게 검을 사용한다. 오크들의 글레이브가 아무리 길어도 내 바스타드에 한 번씩 맞으면 다 부러져나간다. 난 주로 오크들의 무기를 공격했다. 쓸데없이 오크들을 더 죽였다간 아무래도 원한이 끝이 없을 것 같았기 때문이며, 솔직히 그 글레이브가 지배하는 엄청난 공간을 뚫고 들어가 오크의 몸을 직접 공격할 자신이 없었기 때문이다. 그리고 그 사이에 이루릴은 외쳤다.

"모두 말로!"

이루릴, 칼, 운차이는 이미 말에 올랐다. 샌슨과 나는 말이 있는 곳으로 달려갔다. 난 바닥에 있는 짐들을 모조리 거머쥐어 달리느라 조금 뒤처졌다. 오크들이 우리를 쫓아오려 하자 이루릴은 말 위에서 캐스팅했다.

"체인 라이트닝!"

푸아팍팍팍! 나와 오크들 사이로 엄청난 벼락의 강이 흐르기 시작했다. 강가의 자갈들이 순식간에 타버리거나 깨어져 나갔고 오크들은 기겁하며 물러났다. 솔직히 나도 기겁했다. 그러나 이루릴은 내 말을 끌고 나에게로 달려오고 있었다. 난 한 손에 든 배낭 뭉치를 말에 얹고 다른 손에 든 프라이팬을 입에 물고는 말 위에 뛰어올랐다.

"달려!"

샌슨이 앞서 달리기 시작했고 우리들도 그 뒤를 따랐다. 오크들은 화나서 글레이브를 집어던지거나 돌멩이를 들어 집어던졌지만 하나도 맞지 않았다.

"취이익! 멈춰라!"

저 자식들은 죽이기 싫어서 도망가는 것도 모르고!

"읍! 읍읍읍!"

난 프라이팬을 입에 문 채로 악악거렸다.

"그거 맛있냐?"

샌슨이 말하고 나서야 난 프라이팬을 계속 물고 있을 필요가 없다는 것을 깨달았다. 음, 좀 부끄럽군.

강을 따라 상류로 달린 지 한참, 간신히 다리를 만났다. 우리가 다리를 만나게 된 것은 거의 해가 떠오르기 직전이었다. 우리는 후줄근한 모습으로 다리에 다다랐다.

"다리가 있으면, 가까운 데 마을이 있겠지."

칼의 낙관적인 말에도 아랑곳없이 난 말 위에서 꾸벅꾸벅 졸고 있었다. 정말 미치도록 자고 싶었다. 아마 말들도 마찬가지겠지. 나는 옆에 있던 칼이 붙잡아주어서 간신히 말 위에서 떨어지지 않았다.

정신을 차리고 보니 앞에서 걷고 있던 샌슨은 강 쪽으로 걸어가고 있었다. 그래서 샌슨과 운차이는 한꺼번에 강으로 들어갔다. 운차이의 말 안장과 샌슨의 말 안장은 서로 묶여 있으니까. 운차이는 고함을 질렀다.

"이봐! 멍청이, 뭐하는 거야?"

졸면서 강으로 들어가던 샌슨은 화들짝 정신을 차렸다. 이루릴은 엘프라서 그런 것인지 별로 졸리는 기색이 없었다. 운차이 역시 피로한 기색이었지만 졸지는 않았다. 나나 샌슨이 좀 문제인 것인가?

다리는 거의 150큐빗은 되어 보이는 길이의 돌다리였다. 꽤 잘 만든 다리인데? 샌슨은 눈을 비비며 설명했다.

"아, 여긴 이라무스 다리입니다. 다리를 건너 좀더 들어가면……(꾸벅) 아, 수도 바이서스 임펠의 서부 관문에 해당하는 (꾸벅) 이라무스 시가 나타납니다."

"그럼 거기 들어가서 쉬세나. 자, 기운들 내게."

"……."

"퍼시발 군?"

"아, 예? 옙!"

졸고 있던 샌슨이 정신을 차리고 나서 우리는 이라무스 다리에 들어섰다. 그런데 우리 눈에 재미있는 것이 들어왔다.

다리의 중간쯤, 왼쪽 난간에 기대고 앉아 있는 사람의 모습이 보였다. 남루한 회색 망토를 걸치고 후드를 뒤집어쓰고 있는데 몸에 두른 망토의 틈새로는 가죽 갑옷의 모습이 보였다. 흡사 밤새도록 거기서 자고 있었던 듯한 모습인데. 하지만 강바람이 거센 이런 다리에서 자고 있다면 그건 사람이 아니라 트롤일 것이다. 아무리 망토를 두르고 있다지만.

그자의 옆에는 희한하게 생긴 무기가 다리 난간에 기대져 있었다. 그건, 창이긴 창인데 희한하게 생겼다. 그러니까 가운데 창날은 롱소드처럼 생겼으며 양쪽으로 꺾어진 부속 창날이 달렸다. 흡사 E자 모양으로 생겼는데 가운데 날이 긴……, 아무리 봐도 잘못 만들어진 포크가 생각나는데?

"저게……, 아함. 저게 뭐야?"

"트라이던트 종류인 것 같은데."

"에엑? 저렇게 큰 트라이던트가 어디 있어?"

트라이던트는 작살이다. 던질 수도 있어야 하고, 원래 낚시할 때 쓰는 것이다. 그래서 아이들이 쓸 수 있을 정도의 크기이다. 하지만 저자가 들고 있는 것은 모양만 트라이던트지 거의 핼버드나 포차드에 버금갈 정도로 크다.

"모양만 트라이던트군."

"쓰기 어렵겠다."

"뭐, 저거 익히긴 어렵겠지만 꽤 좋을 것 같은데. 저 갈라진 창날로 무기도 잡아내겠고, 공수 양면에 좋겠는걸."

우리가 이렇게 노닥거리면서 그자 가까이로 다가갔을 때다. 난간에 기대어 앉은 채 고개를 푹 숙이고 있어 마치 잠든 것처럼 보이던 그자가 갑자기 팔을 움직였다.

그는 난간에 기대어 둔 그 괴상한 창을 들어 반 바퀴 빙 돌리더니 다리를 가로막았다. 명백한 시비다. 우리는 당황해서 멈추었다.

그자는 천천히 일어서서는 그 창을 짚고 서서는 우리 앞을 가로막고 섰다. 트라이던트를 쥔 손이 아닌 다른 손이 후드를 들어 올렸다. 멋진 아가씨의 얼굴이 나타났다.

남자가 아니네?

망토는 마치 남자 같은 회색인데. 아마도 가죽 갑옷을 입고 그 위에 다시 망토를 걸쳐서 덩치가 커 보이는 모양이다.

여자는 찰랑거리는 단발머리였는데 그 머릿결은 타오르는 붉은색이었다. 윽. 갑자기 제미니가 생각나는군. 엉성한 몸놀림으로 보아 처녀다. 난 그것은 확실히 구분할 자신이 있다. 아무리 매력적이라도 처녀는 아줌마보다 몸놀림에서 풋내가 난다. 좋게 말하면 싱그럽다거나 발랄하다고 해야 되나.

"뭐요, 아가씨?"

샌슨이 말했다. 그 아가씨는 생긋 웃었다.

"오늘은 개시하자마자 손님이네. 남자는 모두 10셀씩 30셀, 엘프는 여자니까 20셀에 미인이시네? 그럼 30셀. 어린이는 반액 요금으로 5셀. 모두 65셀 되겠군요."

나는 기가 막혀서 일단 샌슨을 바라보았다.

"샌슨, 좋겠네? 샌슨은 어려 보이니까."

"너 말하는 거야! 아니, 그게 아니고. 무슨 돈을 내놓으라는 거요?"

"다리 이용료."

칼은 기막히다는 표정으로 허허거리더니 농담삼아 질문했다.

"왜 여자는 20셀에 미인은 10셀 추가요?"

여자는 생긋 웃었다. 그런 대로 귀여워 보이네.

"난 남자를 좋아하니까. 그리고 미인은 기분 나빠서."

난 한숨을 폭폭 쉬면서 말했다.

"남자를 좋아한다고? 할 수 없군. 비장의 미남계를 써야겠군. 아무래도 그거라면 내가……."

딱! 그만 때려라, 키 안 큰다! 샌슨은 내 정수리를 찍고는 말했다.

"여보쇼! 우리가 왜 다리 이용료를 내야 돼?"

"안 내면 헤엄쳐서 건너야 되니까."

"아하? 강도군?"

"어떤 사람들은 내 직업을 그렇게 부르기도 하지. 하지만 난 나이트호크라는 직업명을 더 좋아해."

흠. 레너스 시의 듀칸 버터핑거는 자기를 소유권 이전 전문가라고 부르더니 이 여자는 나이트호크(쏙독새, 밤도적의 은어)라 부르는군. 샌슨은 킬킬 웃고는 말에서 내리더니 롱소드를 뽑아들었다.

"나이트호크가 낮에 돌아다니냐? 좋아, 난 여자를 좋아하니까 10셀, 하지만 미인이 아닐 경우엔 10셀 추가. 20셀을 내면 안 건드리고 지나가주지."

여자는 발끈했다.

"내가 미인이 아니라고? 이 정도면 어디 안 빠지잖아?"

샌슨은 엄지손가락을 뒤로 해서 이루릴을 가리켰다.

"미안하군. 이분과 함께 다니다보니까 말이야, 웬만한 얼굴은 눈에 안 들어온다고."

여자는 까르륵 웃었다.

"보다보다 이런 배짱 좋은 놈은 처음 봤네. 아, 너 시골에서 방금 올라왔지? 그래서 내 이름을 못 들어본 모양이네? 내 창만 보더라도 기억하는 사람이 많은데 말이야."

샌슨은 상냥하게 고개를 끄덕였다. "못 들어봤어."

"난 트라이던트의 네리아. 잘 기억해."

"그래? 난 헬턴트의 샌슨 퍼시발. 혼자 상대해 주지."

샌슨은 그렇게 말하고는 우리들에게 좀 물러나라고 지시했다. 난 물러나며 말했다.

"샌슨, 조심해! 지형이 좁아서 창이 유리하다고."

"그거야 맞을 때의 이야기고."

샌슨은 롱소드를 빙빙 돌리더니 앞으로 쥐었다. 선제 공격은 할 수 없겠지. 상대의 창이 기니까. 샌슨은 느긋하게 기다리기 시작했다.

그런데 네리아라는 그 여자 강도도 기다리기 시작했다. 빈틈없이 창을 앞으로 세워 샌슨의 가슴 부위를 겨냥한 채 그렇게 서 있었다. 두 사람은 그렇게 1분쯤 대치했다.

샌슨은 하품을 했다. 그리고 갑자기 외쳤다.

"왁!"

"이얍!"

한심해서……. 네리아는 긴장하고 있다가 샌슨이 고함을 지르자 엄청난 속도로 트라이던트를 찔러왔다. 샌슨은 기다리고 있었다는 듯이 옆으로 돌며 트라이던트를 내리쳤다. 치챙!

네리아는 허겁지겁 물러났고 샌슨도 뒤로 몇 발짝 움직였다. 네리아의 얼굴이 벌겋게 되었다. 그녀는 입술을 깨물며 말했다.

"힘 좋네?"

"어, 팔 아파? 미안. 그런데 빨리 끝내자고. 난 피곤해."

피곤해라고 말하면서 샌슨은 앞으로 걸어갔다. 네리아는 놀라서 트라이던트를 찔렀다. 하지만 이번에도 속임수. 샌슨은 마치 걸어갈 듯이 허리만 앞으로 내밀었을 뿐 앞으로 내디딘 발로 땅을 차며 뒤로 움직였다. 트라이던트는 아슬아슬하게 샌슨의 가슴 앞에서 멈췄고 샌슨은 그것을 쳐올렸다.

"저거, 일자무식이다!"

난 감탄해서 말했다. 내가 할 때보단 훨씬 멋있지만. 샌슨은 일단 위로 쳐올리고는 그대로 회전하며 다리를 크게 내딛고 옆으로 베어들어갔다.

탕! 네리아는 허리를 맞고는 까무러치는 표정을 지었다. 그녀는 몇 발자국 물러서고는 자기 허리를 내려다보고는 의아한 표정이 되었다. 샌슨은 피식 웃더니 롱소드를 들어올려 손가락으로 검날의 옆면을 가리켰다.

네리아는 붉으락푸르락하기 시작했다.

"하압!"

네리아는 돌격하면서 찔렀다. 하지만 샌슨은 이번엔 트라이던트를 쳐내렸다. 네리아는 급격히 앞으로 쏠리다가 넘어지지 않기 위해 몇 발자국 더 디뎠고, 샌슨은 그대로 네리아의 옆으로 걸어갔다.

찰싹! 샌슨의 검 옆면에 엉덩이를 맞은 네리아는 머리끝까지 화가 났다. 그러나 몸을 돌린 그녀의 목에는 롱소드가 겨냥되어 있었다.

"……!"

네리아는 그대로 굳어버렸다. 샌슨은 눈짓으로 창을 버리라고 명령하며 롱소드에 지그시 힘을 주었다.

탈깡. 경쾌한 소리를 내며 트라이던트가 떨어졌다. 샌슨은 주의 깊게 그것을 주워들더니 칼에게 던졌다. 칼이 그것을 받아들자 샌슨은 히죽거리며 말했다.

"자, 20셀이야. 어쩔래?"

네리아는 입을 앙다물었다.

"못 내겠다면? 어쩔 건데?"

"음. 넌 지금까지 돈을 못 낸 사람을 어떻게 했는데?"

"헤엄치게 했다고 하……."

네리아는 말을 끝내지 못했다. 샌슨이 짓궂은 표정으로 강물을 흘깃 바라본 것이다.

늦가을의 강이다. 게다가 네리아는 가죽 갑옷에 망토까지 입고 있다. 헤엄치기도 어려울 테고, 어쨌든 무진장 추울 것이다. 네리아의 얼굴이 시퍼렇게 바뀌었다.

샌슨은 고개를 가로저었다.

"관둬. 꿈자리가 사나울걸. 아함……. 그런 것은 보고 싶지 않아."

샌슨은 롱소드를 치워주고는 말 위에 오르더니 말했다.

"가자. 그리고 난 말을 잘 못하니까. 칼이 한마디 하세요."

칼은 빙긋 웃고는 말했다.

"네리아 양? 실력으로 보아 강도 영업도 어렵겠소. 가진 재주가 무술이라면 어디의 군대에라도 지원해 보는 것이 어떻겠소? 하지만 군대는 위험하니까 최후의 선택으로 남겨두고, 뭐 다른 기술을 익혀보는 것이 좋을 거요."

네리아는 실력 운운하니까 자존심 상해 죽겠다는 듯이 얼굴을 찌푸렸다.

"그건 돌려줘요!"

칼은 트라이던트를 들어 보이더니 고개를 가로저었다.

"먼저 우리가 지나가고."

네리아는 붉으락푸르락하면서 다리 옆으로 비켜섰다. 나는 그녀 옆을 지나치면서 예의를 담아 그녀를 똑바로 쳐다보지는 않고 대신 외면하면서 킬킬거렸다. 칼은 우리가 다 지나가고 나서 트라이던트를 던져주었다.

"자, 퍼시발 군……?"

샌슨은 다시 졸고 있었다. 조금 전에 격렬하게 움직여서 더 졸린 모양이다. 네리아도 그걸 보더니 기막히다는 표정을 지었다.

"뭐 저런 녀석이 다 있어!"

샌슨은 놀라서 고개를 들었다.

"음? 어, 뭐냐? 어, 여긴 이라무스 다리입니다. 이 다리를 지나면 수도 바이서스 임펠의 서부 관문에……."

"아, 아냐, 됐네. 퍼시발 군. 가세나."

샌슨은 눈을 좀 껌뻑이고는 머리를 좀 휘젓고 다시 걷기 시작했다. 우리도 피식 웃고는 다시 말을 걷게 했다. 그런데 잠시 후에 고개를 돌린 내 눈에 이상한 것이 보였다.

"어? 따라오네?"

"누가 따라간다고!"

고함을 지른 것은 물론 네리아다. 네리아의 목소리에 다른 일행도 모두 고개를 돌렸다. 그러자 네리아는 화난 표정으로 걸어왔다. 그녀는 그대로 멈춰 선 우리를 지나치며 말했다.

"누가 따라가? 난 이라무스에 간다고! 젠장, 여관비가 없어서 한 건 하고 가려고 했는데."

샌슨은 졸린 눈으로 네리아를 보더니 말했다.

"그래? 그럼, 그래. 아함……."

네리아는 팔짝팔짝 뛰면서 외쳤다.

"야! 좀 태워주겠다고 하면 어디가 덧나! 나보고 그 먼 거리를 걸어가라는 거야? 너 때문에 난 여관비도 못 벌었다고!"

우리는 기막힌 얼굴로 네리아를 바라보았지만 샌슨은 하품이 나와서 짜증스러워 견딜 수 없다는 표정이었다.

"그래? 그럼, 그래. 아아……, 죽겠네. 저기 운차이랑 같이 타. 저 말엔 짐도 없으니."

그러자 운차이의 얼굴이 대번에 바뀌었다.

"Nhatro! 아니, 안 돼!"

운차이의 고함소리가 너무 커서 네리아를 비롯한 우리 모두가 놀랐다. 난 칼을 바라보았고, 칼은 고개를 갸웃거리다가 말했다.

"아. 그렇지. 아내 아닌 여자와 가까이할 수 없지."

"그래요? 같이 말에 타는 것도 안 돼요?"

"음. 친지가 아니면 방 안에 단 둘이 같이 있는 것도 안 될걸?"

나는 운차이를 바라보며 피식 웃었다. 정말 골치 아픈 관습을 지녔네. 하지만 저 친구는 간첩이잖아? 간첩이면 예의범절은 무시해도 되는 것 아닌가? 아, 우리에게 이미 들켰으니 위장할 필요가 없다는 것인가? 이루릴이 말했다.

"제 몸무게가 가벼우니까 저와 같이 타죠."

그러자 네리아는 샐쭉한 표정을 지었다.

"미인하곤 같이 안 타요! 음. 이봐! 너 샌슨? 네 말이 제일 크네. 같이 타자."

샌슨은 졸려서 오만상을 찌푸리다가 그 말에 눈을 번쩍 떴다.

"그래! 그거야. 나랑 같이 타!"

네리아는 샌슨이 너무 좋아하자 좀 어이없는 표정이 되었지만 잠자코 말에 오르려 했다. 그러나 샌슨은 네리아를 이상한 방향으로 인도했다. 네리아는 당황해서 얼굴이 빨갛게 되었다.

"뭐, 뭐야?"

샌슨은 네리아를 자신의 앞에 태우더니 고삐를 쥐어주었다.

"내가 졸면 네가 말을 이끌어. 알았지? 아, 다행이다. 내가 졸면 일행을 인도하지 못하거든. 으음……."

그리고 샌슨은 당장 눈이 풀어졌다. 네리아는 기막히다는 표정으로 뒤를 돌아보더니 한숨을 쉬었다.

"이거……, 보기보다 음흉하네?"

샌슨은 벌써 졸고 있어 아무 대답이 없었다. 참, 대단하다. 앉은 채로 자네? 운차이는 못 볼 것을 본다는 듯이 샌슨과 네리아에게서 고개를 돌렸다. 고개를 돌린 채로 뭐라고 중얼거리는데 아무래도 무슨 욕지거리인 것 같다.

그렇게 우린 반쯤은 샌슨의, 반쯤은 네리아의 인도를 받아 이라무스 시를 향해 걸어가기 시작했다. 네리아는 불편한 듯이 계속 몸을 움찔거리고는 했지만 샌슨은 졸면서 끊임없이 네리아의 어깨에 머리를 박았다. 네리아는 몇 번 화를 내다가는 포기해 버리고 아예 혼자서 고삐를 잡고 샌슨을 등 뒤에 기대게 한 채 걸었다. 그러자 샌슨은 팔을 쫙 늘어뜨리고는 네리아의 등에 기대어 본격적으로 자버렸다. 드르렁!

칼은 그 모습을 보며 피식 웃으며 말했다.

"네리아 양. 무겁지 않소?"

"가볍지는 않네요. 그런데 댁들은 모험가예요?"

"그런 말을 전에도 들었지만, 우린 여행가일 뿐이오. 분명한 목적을 가진 여행가."

"흐음……. 내 등 뒤의 덩치 큰 아가는 칼솜씨가 무섭던데."

"덩치 큰 아가?"

"전혀 기회 포착을 못하고 있잖아요? 이런 좋은 기회에."

칼은 쓴 미소를 지으며 말했다.

"……그 친구가 지금 많이 졸려서 그렇긴 하지만, 정신이 맑더라도 네리아 양에게 무슨 추잡스런 짓을 할 젊은이는 아니외다."

그야 그렇지. 샌슨 순진한 것은 유피넬이 알고 헬카네스가 알고 내가 알고 샌슨은 절대 모른다. 하지만 네리아는 피식 웃으며 말했다.

"헤엣? 저 미녀 엘프 때문에 나 정도는 여자로 안 보이신다?"

"그런 뜻은 아니오."

"아, 됐어요. 그건 착한 게 아니라 숙맥인 거지. 그런데 저 과묵한 청년은? 저 친구도 숙맥인가요?"

네리아가 지적한 것은 운차이였다. 칼은 웃으며 말했다.

"글쎄올시다. 안 지가 오래되지 않아서 잘 모르겠소."

네리아는 샌슨과 운차이 사이의 밧줄을 보고는 운차이를 다시 봤다.

"이봐요. 당신 이름은?"

운차이는 못 들은 척하며 고개도 돌리지 않았다. 네리아의 눈썹이 올라가더니 네리아는 샌슨의 안장과 운차이의 안장을 연결한 줄을 확 끌어당기며 말했다.

"이봐! 레이디가 묻잖아?"

운차이는 화난 표정으로 네리아를 보더니 갑자기 내게 고개를 돌렸다.

"후치. 강도도 레이디라고 불릴 수 있는지 저 아가씨에게 물어 줘."

"라는군요."

나는 친절하게 전해 주었다. 그러자 네리아는 발끈하면서 말했다.

"왜 직접 말하지 않는 거야? 무슨 애들 장난치는 거야?"

운차이는 역시 내게 말했다.

"용모가 아름답지 못하면 성격이라도 고와야 하고, 성격이 곱지 못하다면 언행이라도 고와야 하는 법이라고 저 아가씨에게 전해 줘."

"라는군요."

"야! 누가 널더러 날 책임이라도 지라고 그랬어? 내 언행이 너랑 무슨 상관이야? 그리고 용모가 뭐 어째?"

운차이는 조금도 흔들림 없이 유유하게 말했다.

"저런 패악스럽고 사나운 성격을 일생 동안 참아낼 남자를 찾는 것은, 익힌 달걀에서 병아리를 까게 하는 것보다 더 어려울 것이라고 전해 줘."
"라는군요."
"뭣이 어쩌고 어째? 넌 뭐가 잘나서? 보아하니 이 사람들 포로인 모양인데!"
운차이는 여전히 유들거렸다.
"난 포로라도 되지만, 저 아가씨의 경우엔 포로로 삼을 가치도 없어서 이기고도 내버려두고 떠난 것이 아니냐고 전해 줘."
난 약간의 변화를 모색해 봤다.
"라는데요?"

"익힌 돼지머리 같은 얼굴에, 비 오면 다 들어갈 것 같은 납작코를 가진 주제에 뭐가 자신 있어서 미인에게 함부로 구는 거야?"
"몸매가 거의 시각 폭력에 가까운 주제에 과대망상을 가지기까지 했으니 그 앞날이 참으로 막막하여 도대체 대책이 안 선다고 전해 줘."
"라는걸요."
"그것도 눈이라고 달고 다니냐? 엉? 깡촌에서 비루먹은 당나귀 같은 여자만 보다가 날 보니까 도대체 세련미를 알아보지도 못하는 게 자랑이냐?"
"지나가는 남자 백 명을 붙잡고 물어보면 그중 아흔여덟 명이 모두 머리를 흔들면서 달아나버릴 얼굴도 세련미라 칭할 수 있는지 궁금하다고 전해 줘."
"라시네요."
"아흔여덟 명? 두 명은 그럼 뭐야?"

"한 명은 장님이었고 나머지 하나는 거짓말쟁이였다고 전해줘."

"라셨어요."

정말 대단하다. 네리아와 운차이는 이라무스 다리에서부터 시작해서 이라무스 시의 외성이 보일 때까지 계속해서 말싸움을 하고 있다. 외성이라. 꽤 커다란 도시인가 보다. 그런데 두 사람은 그걸 볼 겨를도 없이 말싸움을 계속하고 있는 것이다.

운차이가 조금만 덜 느물거렸으면, 아니 네리아가 조금만 더 겸손했다면 모르겠지만 지금 둘은 완전한 균형을 이루고 있었다. 그래서 나는 점점 가중되는 피로를 느꼈다. 졸려 주욱겠는데!

정말 존경스럽다. 누구? 샌슨. 어떻게 저렇게 떠드는 여자의 등에 볼을 갖다댄 채 저렇게 편안하게 자고 있을 수 있는지. 샌슨은 세상에서 가장 안온하고 마음 편한 자리에 있는 듯한 표정을 지으며 열심히 자고 있다.

네리아는 조금도 지치지 않는 모습으로 또 말했다.

"야! 네가 길을 걸으면 지나가던 여자들 백 명 중 아흔여덟 명이 기절해 버릴 거다! 한 명은 장님이고……, 꺄악!"

응? 이건 좀 이상한데? 난 졸린 눈을 비비며 네리아를 보았다. 샌슨이 네리아의 허리를 덥썩 안은 것이다. 네리아는 당황한 얼굴로 말했다.

"드, 드디어 행동 개시인가?"

이번엔 우리 모두가 당황한 얼굴로 네리아를 바라보았다. 샌슨은 눈을 감은 채 행복한 얼굴로 말했다.

"음…… 이루릴. 예상 외로 허리가 굵은데……."

샌슨은 네리아에게 밀려 말에서 떨어졌을 때 부딪힌 머리를 문지르면서 여관을 둘러보았다.

"괜찮네. 마구간도 있고. 들어가자. 졸려 쓰러질 것 같아."

"그래. 아까 꾸던 꿈 마저 꾸어야지. 그럼."

네리아의 퉁명스러운 말에 샌슨은 얼굴이 벌겋게 되어버렸다. 네리아는 그대로 우리에게 손을 젓더니 말했다.

"데려다줘서 고마워요! 그리고, 샌슨. 친절을 베풀어줬으니 그 대가로 조언 하나 할게요. 아무에게나 베푸는 그런 친절은 위험해요."

샌슨은 피식 웃었다. 그리고 네리아는 운차이를 노려보았지만 운차이는 본 척도 하지 않았다. 네리아는 콧방귀를 뀌고는 그대로 그 긴 트라이던트를 지팡이처럼 짚으며 걸어갔다.

우리는 여관으로 들어갔다. 여관 이름은 '이라무스 플라이'? 무슨 여관 이름이 저런지 모르겠군. 우리는 지친 표정으로 여관에 들어갔다. 말구종이 달려나오더니 우리들의 말을 데려갔다. 우리는 여관 건물 안으로 들어갔다. 안은 홀이었는데 홀 안의 테이블을 닦고 있던 아주머니가 말했다.

"발 털고 들어와요! 그렇지. 다섯 분? 난 여기 주인 레네즈요. 방은 어떻게 쓰시겠소?"

샌슨은 여관 현관의 기둥에 머리를 부딪힐 뻔하다가 말했다.

"아……함. 큰 방 있어요?"

"네 사람 들어갈 방은 있지."

"좋아요. 그럼 그 방에, 이루릴은 독실로 가시죠?"

"예."

레네즈는 고개를 끄덕이며 말했다.

"4인실에 독실, 아침 식사 하시겠소?"

"아니……, 일단 방부터. 졸려 죽겠어요."

"그래? 밤새도록 왔나 보군. 하루치 요금 선불이오. 4셀 30퍼셀."

샌슨은 그새 여관 기둥에 기댄 채 또 졸고 있었다. 이해할 수 있어, 샌슨! 나도 정말 미치도록 졸리거든. 그래서 칼이 샌슨을 흔들어 깨웠다.

"퍼시발 군. 여관비 선불로 4셀 30퍼셀이라네."

"예? 아, 예. 아하함!"

샌슨이 품속을 뒤적거리는 것이 점점 희미하게 보인다. 아, 아, 아무래도 안 되겠어……. 나도 기둥에 기대어 섰다. 그런데 갑자기 고함소리가 들렸다.

"없어!"

난 눈을 떴다. 샌슨이 품속을 정신없이 뒤지는 것이 보였다. 나도, 칼도, 운차이도, 그리고 이루릴도 갑자기 춤을 추기 시작하는 샌슨을 보며 얼빠진 얼굴이 되었다. 샌슨은 온몸을 비비 꼬며 뒤틀었다. 그건 결국 품속을 뒤적거리는 행동이었다. 하지만 이해가 가지 않는 것이, 어떻게 바지 속에 돈주머니가 있을 거라는 생각을 하는 거지? 샌슨은 정말 바지 속까지 다 뒤지다가 갑자기 외쳤다.

"그 여자!"

알겠다, 알겠어! 이해했다. 칼이 서글픈 표정으로 말했다.

"네리아 양에게 소매치기당했나?"

"으아악! 그게! 그게 나랑 같이 말을 탄 이유가! 그냥 강도인 줄 알았더니!"

그러자 우리와 더불어 샌슨의 춤을 감상하던 여관 주인 레네즈가 딱하다는 듯이 혀를 찼다.

"소매치기를 당했구랴? 이런, 쯧쯧쯧. 조심하지 않고. 네리아라고 했소? 혹시 트라이던트의 네리아?"

"어? 그 여자를 아세요?"

레네즈는 다시 테이블을 닦기 시작하며 말했다.

"그 여자가 돌아왔군. 유명했지. 그런데 당신들 꽤나 실력이 있는 모양이지? 그 여자가 아양을 부리며 소매치기를 하는 일은 적은데. 혹시 당신들에게 계속 말을 걸진 않았어요?"

운차이의 표정이 바뀌었다. 내 얼굴도 저럴 것이다.

"맙소사, 그럼 그 말싸움이……."

이루릴이 요금을 치러주었다. 샌슨은 그야말로 쥐구멍을 찾고 싶다는 얼굴이었다. 이루릴은 미소지으며 말했다.

"저도 일행인걸요. 당연하죠. 그렇잖아도 이번엔 제가 지불하려고 했어요."

그리고 이루릴은 자신의 방으로 갔다. 우리들도 너무나 피곤해서 방에 안내되자마자 침대에 바로 쓰러져버렸다. 그러나 우리들 남자 네 명이 있는 방에서는 곧 문제가 발생했다.

"으악! 그게, 그게 실력으로 안 되니까!"

우하, 허, 정말 놀랐다. 누워 있던 샌슨이 갑자기 벌떡 일어나서 절규한 것이다.

"으흐흐허흠! 흠, 흠!"

벌떡 일어났던 샌슨은 칼의 좀 높은 헛기침 소리에 쑥스러운 듯이 다시 드러누웠다. 칼이 언짢은 듯이 기침소리를 좀더 내고

는 주위가 고요해졌다. 그리고 잠시도 지나지 않아,

"크아악! 그 괘씸한 것이!"

"그만해!"

나는 베개를 집어던졌고, 옷도 갈아입지 않고 침대에 쓰러졌던 참이라 내 손엔 OPG가 그대로 있었다. 그래서 베개도 대단한 속도로 날아가 샌슨은 거의 턱이 돌 뻔했다. 내심 기절하기를 바랐는데 워낙 단련이 잘 된 샌슨이라 별 탈이 없었다. 샌슨은 투덜거리며 다시 침대에 누웠다.

그리고 간신히 잠이 들려 했을 때다.

"끄으응…… 끙. 우우우…… 으윽! 아드득."

샌슨은 이제 침대에 머리를 박고 신음소리에 이 가는 소리 등을 마구 섞어서 내기 시작했고 그 소리는 머리카락을 쭈뼛 서게 만들었다. 그러자 운차이가 악을 쓰기 시작했다.

"Kuuaaak! En Nhash harphe nyan un craemadol!"

우리가 그의 양 팔목을 침대 기둥에 묶어놨기 때문에 운차이는 샌슨에게 다가갈 수 없었다. 아마 팔이 묶이지 않았다면 달아나기보다 먼저 샌슨의 목을 졸라 죽일 태도였다. 나는 힘없이 엎드린 채 칼에게 물었다.

"칼, 저게 무슨 소리죠?"

"'벌써부터 고문하는 것이냐…….' 라는 뜻이네. 정말 고문이군."

2

오후 좀 늦게 우리는 부스스한 얼굴로 내려왔다. 점심은 먹어야 하니까. 샌슨은 운차이의 발목과 자신의 발목에 밧줄을 연결해서 내려왔다. 모두들 샌슨 때문에 잠을 설쳐서 비몽사몽간이었다. 샌슨과 운차이는 발목이 서로 묶여서 계단에서 구를 뻔하기도 했다. 어쨌든 그렇게 내려오니 홀에는 이루릴만이 앉아 있었다.

"늦으셨네요. 다른 손님들은 벌써 식사를 마쳤어요."

이루릴은 언제나처럼 깔끔하고 침착한 태도였다. 그녀는 블라우스 차림으로 테이블에 앉아서 차를 마시고 있었는데 마치 자기 집 테이블에 앉아 있는 것처럼 편안한 모습이었다. 가을의 낮은 햇살이 창으로부터 비쳐들어 이루릴의 옆얼굴에 부딪히는 모습도 평화로웠다.

"이루릴? 잠은 좀 잤어요?"

"네? 물론이죠. 그러고 보니……, 여러분들은 왠지 제대로 휴식을 취한 것처럼 보이지는 않네요?"

우리는 모두 원망스러운 표정으로 샌슨을 노려보았다. 그러나 샌슨은 이미 테이블에 앉아서 주문을 하고 있었다. 여관 주인 레네즈는 다른 사람 먹을 때 같이 먹으라며 투덜거렸지만 우리가 밤새도록 달려왔다는 점을 감안하여 조금만 투덜거렸다.

샌슨은 마치 빵이 그 네리아인 것처럼 씹었다. 꼭꼭 씹는 것은 소화에도 도움이 될 테니까 상관없지만, 빵을 먹으면서도 계속 으르렁거리니 빵조각이 사방으로 날린다. 운차이는 험악한 표정으로 빵 자르는 나이프를 들었지만 샌슨도 운차이를 감시하기 위해 롱소드를 들고 나와서 덤벼들지는 못했다. 하지만 운차이는 치가 떨리는 음성으로 말했다.

"너, 너, 얌전히 먹지 않으면……."

"알았어, 알았다고! 제기랄, 분통 터져서 미치겠네."

이루릴은 그런 우리 모습을 보며 생긋 웃더니 다시 무슨 책을 들여다보기 시작했다.

그러고 보니 우리들 중 여행 배낭에 책이 들어 있는 사람이 꽤 많군. 아니, 운차이와 나 외엔 전부 책을 가졌네? 칼은 순수 과학 서적과 여러 가지 잡다한 책을 가졌고 이루릴도 마법 책으로 짐작되는 몇 개의 책을 가졌다. 하다못해 샌슨도 지리서를 가졌다. 나도 책이나 좀 구해서 읽을까? 여긴 수도 근처니까 책 구하기도 좋을 텐데. 아! 돈이 없었군. 망할.

그때 수프를 다 먹고는 수프 접시를 숟가락으로 긁적긁적하고 있던 샌슨이 느닷없이 외쳤다.

"잡아야 해!"

그리고 샌슨은 벌떡 일어서서 걷기 시작했다.

"으악!"

"어억!"

샌슨과 운차이는 발이 서로 묶여 있었기 때문에 운차이는 의자째 뒤로 넘어졌고 샌슨은 앞으로 넘어졌다. 보고 있을 수가 없어서 얼굴을 가렸다. 정말 창피스럽군. 칼은 운차이가 일어나도록 부축했고 샌슨은 얼굴을 문지르더니 말했다.

"이봐요! 주인장 아주머니!"

레네즈도 허리를 꺾으며 웃고 있었다. 그녀는 눈물을 닦으면서 걸어왔다.

"그래, 프흡, 왜 불렀소? 그건 그렇고 왜 그렇게 묶고 있는데?"

"그건 아실 필요 없고, 그 네리아라는 여자를 잡으려면 어떻게 해야 돼요?"

"글쎄……. 어떻게 할까? 난 현상금 사냥꾼이 아니라서 모르겠네. 여러분이 나보다 더 잘 알지 않아요? 모험가처럼 보이는데."

"흠. 그 여자 집이 여깁니까?"

"집? 천만에. 그 여자 떠돌이요. 여기저기 떠돌다가 오늘은 이 마을에 들른 모양이군. 모르지. 어쩌면 벌써 떠났을지도."

"아주머닌 그 여자를 어떻게 아십니까?"

"여관업을 하니까 당신들처럼 우는 소리를 하는 사람들을 많이 봤다오. 보통은 그 여자에게 통행료랍시고 돈을 뺏기는 경우가 많지. 하지만 진짜 실력 있는 사람들에게는 애교로 접근하지. 그 여자, 자기가 여자라는 점을 잘 이용해요. 턱없는 아양도 부리고 콧대 높은 철부지 아가씨 흉내도 잘 내지."

운차이는 신음소리를 뱉었다.

"그래서……, 그래서 그 여자, 계속 그런 헛소리를 했군."

샌슨은 씩씩거렸다.

"좋아. 그럼 어떻게 그 여자 자취를 추적하는 데 도움이 될 만한 사람 없겠습니까?"

레네즈는 빙긋 웃다가 지나가는 말투로 말했다.

"도둑 길드라는 거 들어보셨어요?"

우리는 모두 긴장해서 허리를 앞으로 내밀었다. 칼이 말했다.

"그건……, 도둑들의 조직 아닙니까. 정보를 교환하고, 배신자를 처벌하고 등등."

"그렇지. 그런데 그런 길드에서는 그것 말고도 하는 일이 많다더군요. 허가 없이 그 지역에서 그런 영업을 하는 자를 암살하거나, 도둑을 죽인 자에 대한 복수……도 한다우."

레네즈는 방글거리며 말했지만 내용이 좀 끔찍스럽다. 우리는 모두 불편한 표정으로 서로를 쳐다보았다.

"단념하는 게 좋을 겁니다. 그냥 잊어요. 괜히 그 여자의 성질을 긁는 것은 좋지 않아요. 그 여자를 어떻게 잡는다손 치더라도, 다른 패거리들이 밤에 잠자고 있을 때 찾아오면 어쩌시겠어요들? 댁들이 웬만큼 손에 굳은살이 박였다 하더라도, 상대가 보통 사람이라면 모르지만 도둑의 방식으로 싸우게 된다면 어쩌시겠수? 꼼짝없이 죽음을 당할지도 모른다우."

흐음. 좀 소름끼치는 말이군. 자고 있을 때라……. 샌슨도 그 말에는 찔끔한 모양이다. 칼은 팔짱을 끼고는 곰곰이 생각에 잠겼다.

아아, 제미니. 네가 그립구나. 속마음과 겉마음에 대해 이야기하던 타이번의 말을 이제야 알겠다. 제미니는 속셈 같은 것은 없는 아이. 어두운 계획은 없는 그랑엘베르의 순결한 소녀. 화나면 토라지고, 기쁘면 헤헤 웃는, 그것이 세상에서 가장 아름다운 여인의 덕목이었구나. 그렇다면 여인의 최대의 무기는, 기쁨과 슬픔에 아무런 관계 없이 눈물짓거나 미소지을 수 있다는 점이겠지.

제미니. 난 정말 무서운 여자를 만났어. 난 멋도 모르고 어둡고 무서운 계획을 감추기 위한 그 여자와 운차이의 말싸움 사이에서 꼬박꼬박 말을 전했지. 네가 전폭적으로 대책 없이 무조건 보고 싶구나! 너의 허리를 다시 붙잡고, 너의 가슴에서 콩닥거리는 고동소리, 그리고 너의 입술…….

……중증이다. 난 아무래도 갈 데까지 갔나 보다.

어쨌든 돈이 없어지니 당장 골치가 아팠다. 식료품을 구입할 돈이 없으니. 이루릴은 친절하게 자신이 다 사겠다고 말했고 샌슨은 눈물을 좍좍 흘릴 듯한 표정이 되었다.

"제가 멍청해서……, 정말 어떻게 말해야 할지……."

"피곤하셨잖아요. 그리고 노리고 덤벼오는데 어떻게 막겠어요."

이루릴의 위로에도 불구하고 샌슨은 거의 제정신을 못 차릴 만큼 괴로워하고 있었다. 어쨌든 우린 운차이를 데리고 쇼핑에 나섰다. 누구 한 사람에게 운차이를 맡겨둘 수가 없으니 항상 다섯 명이 한꺼번에 움직여야 했다.

우리는 먼저 대장간으로 가기로 했다. 운차이의 발목에 채울 족쇄를 구하기 위해서다. 뭐, 우리가 일일이 신경쓸 수가 없으니 급할 땐 바로 채울 수 있는 족쇄가 필요했다. 수갑도 좋고.

그런데 이루릴이 거기서 반대하고 나섰다.

"유피넬이 두 다리를 준 것은, 그것을 묶으라는 의미가 아니었어요."

허, 이것 참. 그렇다고 풀어두면 달아날 것이 뻔한 사람을 계속해서 밧줄 등으로 묶어둘 수야 없지 않은가. 샌슨은 난감한 표정으로 그것을 설명하려 했으나 이루릴은 전혀 뜻을 굽힐 기색이 아니었다.

“전 인간들끼리 나라를 나누는 것도 잘 이해하진 못하지만, 다른 나라의 사람이라는 이유만으로 친지나 가족에게는 하지 않을 모진 짓을 할 수 있다는 것도 이해되지 않아요.”

“하지만 이루릴……, 놔두면 달아날 겁니다.”

이루릴은 운차이에게 고개를 돌렸다.

“운차이. 달아날 건가요?”

운차이는 대답하지 않았다. 이루릴은 고개를 갸웃하다가 내게 물었다.

“후치. 운차이에게 달아날 건지 물어봐 주세요.”

나는 우울하게 대답했다.

“그야 물어볼 필요도 없죠. 우리도 귀찮아요. 그냥 이 도시 경비대에 맡기면 편하죠. 하지만 간첩은 전범……, 맞나? 어, 전범이라서 경비대에 맡길 수가 없어요.”

“그럼, 수도까지 데려갈 건가요? 그러면 그냥 동료로서 데려가지요.”

“달아난다니까요!”

“물어보지도 않고……. 아, 후치는 현명하기는 하지만 그래도 물어봐 주세요.”

난 될 대로 되라는 심정으로 물어보았다.

“이봐요, 운차이. 라는데요?”

“뻔하잖아. 기회만 오면 달아날 거야.”

난 고개를 끄덕이며 이루릴을 바라보았다.

“거 봐요.”

“그럼 보내주면…….”

"그게 안 된다고요! 이 사람은 간첩이고, 따라서 우리 국왕의 적이라고요. 그리고 우린 국민으로서 국왕의 적을 놔줄 수 없어요! 그건 우리 국왕에 대한 배신 행위라고요."

꼭 이런 원론적인 수준의 이야기를 해야 되나? 나도 깊이 생각하지는 않는 이런 이야기를? 그러나 이루릴은 고개를 끄덕였다.

"후치 씨는 항상 설명을 잘하세요. 이제 이해했어요."

그랑엘베르여, 감사합니다! 이루릴이 이해했습니다! 하지만 그래도 이루릴은 족쇄에는 반대였다.

"그래도 반대예요. 제가 잘 감시할게요."

감시한다고? 음. 감시라. 이루릴은 암흑 속에서도 볼 수 있고 아무리 작은 소리도 들을 수 있다. 감시자라면 최고지. 하지만 그게 그렇게 쉬울까? 칼이 난처한 미소를 지으며 말했다.

"그건 너무 힘드실 겁니다."

"조금 집중하면 됩니다. 어렵지 않아요."

결국 포기. 우리는 시장으로 발걸음을 옮겼다.

이라무스 시의 사람들은 숲의 종족이 대로를 걸어가는 모습에서 시선을 떼지 못했다. 그들은 우리 모습을 보며 수군거렸다. '야! 저게 엘프인가 봐. 정말 미인인데? 뭐야? 뒤의 녀석들은? 그렇고 그렇게 생겼는데?' ……그렇고 그렇게 생겨서 미안하군. 그러나 이루릴은 우리에게 친절하게 말했고 그러자 사람들은 완전히 혼란스러워져 버렸다. '저 뒤의 사람들 보기완 달리 대단한가 봐? 모험가들인가? 혹시 정체를 숨긴 귀족이나, 뭐 그런 사람들이 아닐까?'

우리는 되도록 주위에 신경을 쓰지 않도록 주의하며 잡화점을 찾았다.

밀가루와 건육, 베이컨, 기타 조미료 계통을 사고 램프에 들어갈 기름도 산다. 기름은 모닥불에 불 붙일 때도 좋다. 나와 샌슨이 기름을 채우는 동안 이루릴은 자신의 비어버린 약병을 보여주면서 말했다.

"힐링 포션을 구하려고 하는데요. 신전이 있나요?"

잡화점의 대머리 주인은 이루릴에게서 시선을 떼지 못하면서 말했다.

"예! 여기서 잠깐만 가시면 됩니다. 아니, 제가 안내해 드리죠."

곧 그 옆에서 앙칼진 고함소리. "여보!"

잡화점 사모님으로 보이는 아주머니가 나와서 엄청난 시선으로 대머리 주인을 노려보았다. 결국 대머리 주인은 친절하게 지리를 가르쳐주는 정도로 끝내었다. 그때 주위를 둘러보고 있던 칼이 말했다.

"이건 뭐죠?"

칼이 가리킨 것은 희한하게 생긴 브레이슬릿 한 쌍이었다. 금속으로 되어 있는데 빛깔이 곱고 무늬가 아로새겨져 있었다. 여자아이나 찰 듯한, 그저 팔에 감는 장신구다. 잡화점 주인은 고개를 갸우뚱거리며 말했다.

"팔찌죠, 뭐. 예쁘지요?"

칼은 빙긋 웃더니 말했다.

"얼마죠? 누구에게 선물하려고 하는데."

"1셀만 내세요."

이루릴은 그 팔찌의 대금도 지불했다. 잡화점 바깥으로 나와서 나는 칼에게 물었다.

"그 브레이슬릿은 왜 샀지요?"

"말했잖은가. 선물하겠다고."

"선물? 누구에게?"

"네리아 양에게."

"예?"

칼은 미소를 짓더니 작전을 설명했다.

우리는 그 작전을 한참 동안 들었지만 이해가 잘 되지 않아서 다시 한번 더 들어야 했다. 칼은 자세하게 설명했다. 나는 반신반의하면서 말했다.

"잘 될까요?"

"해보지 않으면 모를 일일세. 세레니얼 양, 제가 말씀드리는 것들 다 준비되겠습니까?"

"되기는 되는데……. 알겠습니다."

"그럼, 문제는 없어. 어떤가, 친구들?"

샌슨은 무조건적으로 이유 붙일 필요 없이 찬성이었다.

"절대로 찬성입니다. 그 여자를 엎어놓고 볼기짝을 두드릴 수 있다면 뭐든 하겠습니다!"

"그럼 네드발 군은?"

나는 고개를 끄덕였다. 물론 소매치기당했다는 것은 기분 나쁘다. 게다가 돈이 없으면 앞으로 얼마나 고생을 해야 될까. 칼은 운차이에게도 질문했다.

"운차이 씨는? 도와주겠소?"

"웃기지 마십시오."

"그럴 줄 알았소. 그럼 할 수 없지. 일단 주위를 정찰하고 여관으로 돌아가세."

우리는 마을 주변을 정찰했다.

이루릴은 신전에 들러서 힐링 포션을 구입했다. 이 이라무스 시에는 에델브로이의 신전이 있었고, 그래서 우리는 에델린의 소개장을 보여주고는 꽤 싼 값에 힐링 포션을 구입할 수 있었다. 꽤 싼 값이라지만 그래도 50셀이나 나갔다. 하지만 원래 가격은 100셀이라고 했다. 엄청난데?

나는 신전의 수련사들이 내어주는 힐링 포션을 보며 이루릴에게 물었다.

"이거, 먹으면 만병통치인가요?"

"병에는 잘 듣지 않아요. 이건 치료보다는 회복에 가깝죠. 자연 치유되는 상처를 빨리 낫게 하는 거지요."

흠. 그런가? 이루릴은 그것을 세 병 구입했다. 신전에서는 갑자기 거금을 손에 쥐게 되어 퍽 기뻐했다. 150셀이라면 대단한 돈이 아닌가. 수련사들은 감사하며 말했다.

"바람 속에 흩날리는 코스모스를."

"폭풍을 잠재우는 꽃잎의 영광을."

여관으로 돌아온 다음 준비를 갖췄다. 이루릴은 꽤 여러 가지 준비를 해야 되었다.

저녁이 될 때까지 기다린 다음, 식사를 든든히 했다. 그리고 우선 운차이를 단단히 묶기로 했다. 우리 인원이 전부 출동해야 되기 때문에 누구 한 사람 감시하게 남을 수 없었던 것이다. 이루릴은 고개를 가로젓더니 샌드맨을 불러 운차이를 재워버렸다. 운차이는 좀 반항하는 듯하더니 곧 곯아떨어져 버렸다.

그리고 다음은 내 차례. 샌슨은 홀의 벽난로에서 가져온 재와 침대 아래의 먼지를 뒤섞어 내 얼굴에 발랐다. 골고루 펴 발라서 얼굴의 색깔을 몹시 거무죽죽하게 만들고 피부도 거칠어보이도록 만들었다. 그 동안 난 숨쉴 새 없이 기침이 나와서 퍽 고생했다. 어쨌든 칼이나 샌슨은 내가 아무리 봐도 17세로는 보이지 않는다고 확신할 때까지 얼굴에 재를 발라주었다. 나는 이제 20대 후반 정도로 보이는 모양이다.

그리고 우리는 다시 나왔다.

계획대로 각자 따로 여관을 나갔다. 먼저 이루릴이 나가고, 그 다음 칼, 그 다음은 샌슨, 그리고 내 차례다. 매일 함께 다니다가 혼자 떨어져서 행동하려니 좀 겁나는군.

나는 이라무스 시의 대로를 걸어갔다.

등에는 바스타드를 메고 팔에는 오늘 낮에 칼이 산 브레이슬릿을 차고 있다. 난 되도록 평온해 보이는 동작으로 바지에 손을 꽂고는 휘파람을 불면서 이라무스 시를 걸어갔다. 바지 속에 집어넣은 손에는 동전들이 만져졌다. 이루릴에게 미리 받아둔 돈이다.

미드 그레이드의 중심부이고 수도에 가까운 곳이라 그런지 꽤 커다란 건물들이 보였다. 건물들마다 불꽃이 환한 것이 모두 양초나 램프 정도는 기본으로 갖춘 도시이다. 레너스 시도 비교가 안 되겠는데? 그리고 지나다니는 아가씨들도 모두 어여쁜 것 같았다.

뭐……, 양갓집 규수라면 해가 지고 돌아다니는 일은 드물 것이다. 모두 커다란 저택의 하녀들이거나 여염집 처자들이겠지. 그래도 내가 보기엔 퍽 세련되어 보인다.

그러나 난 이제 여자를 별로 믿고 싶은 생각이 없었다. 여자라면! 이루릴이 여자다. 그리고 나의 레이디 제미니 스마인타그…… 아악!

나는 머리를 좀 휘젓고는 다시 느긋하게 걸어갔다.

이라무스 시를 거의 횡단해서 도착한 곳은 '트라모니카의 바람'이라는 주점 겸 여관이다. 오늘 낮에 이미 답사를 해뒀던 곳이다. 위치상으로 손님들이 제일 많이 몰릴 만한 주점으로 정한 것이다.

나는 주점의 문을 바라보며 히죽 웃었다. 내가 처음 보는 스윙도어라 불리는 문이다. 그냥 기분상 문처럼 만들어둔 것으로 가슴 높이에 작은 널빤지 두 개를 매단 것이다.

난 그 스윙 도어를 가슴으로 밀면서 안으로 들어갔다.

안은 넓은 홀이었다. 벌써 요란한 술자리가 벌어지고 있었다. 잔 부딪히는 소리, 호탕한 고함소리, 그리고 노랫소리들이 요란했다. 난 주점을 대충 훑어보았다. 역시 칼과 샌슨이 먼저 와서 제각기 앉아 있었다.

이루릴도 어딘가에 숨어 있을 것이다. 이루릴은 마법을 써서 인간의 모습을 하고 있겠다고 했다. 그 주문은 몸의 모습을 비슷한 체형의 다른 모습으로 바꿔준다고 한다. 엘프가 사람으로 변장하는 것은 쉽겠지. 어쨌든, 난 그녀를 알아볼 수 없었다.

난 주위에 별로 시선을 보내지 않고는 빈 자리를 찾았다. 다행히 샌슨에게 좀 가까운 자리가 비어 있었다. 난 거기에 앉았다.

예쁘장하게 생긴 소녀가 달려와서 테이블을 닦았다. 난 동전 하나를 튕겨주며 말했다.

"맥주."

내 나이와 비슷할 듯한 소녀는 고개를 꾸벅이고는 곧 달려갔다. 곧 맥주가 날라져 왔다. 가만히 한 모금 맛을 보았다. 제길. 레너스 시의 여관 주인 쉐린이 만드는 맥주는 정말 끝내줬는데. 수도 가까운 도시의 맥주는 오히려 맛이 떨어지는군.

그리고 잔을 비워놓고는 잠시 기다렸다.

주위의 소란스러움은 여전했다. 무슨 말을 하든 제대로 들리지 않을 정도였지만 난 혼자니까 별 상관없다. 그때 그 여급 소녀가 내 쪽으로 걸어왔다. 내 옆을 지나치는 것이 틀림없다. 그럼 시작해 볼까? 난 눈을 질끈 감을까 했지만 관두었다. 슬쩍 손을 옆으로 뻗었다. 제미니, 용서해 줘.

난 옆을 지나치는 소녀의 엉덩이를 쓰다듬었다.

"꺄악!"

소녀의 앙칼진 고함소리에 주점이 고요해져 버렸다. 사람들은 놀라서 나와 그 소녀를 쳐다보았다. 난 능글맞게 웃었다.

"아이쿠! 여러 아가씨를 연주해 봤지만 이렇게 음이 독특한 아가씨는 처음 보겠네?"

샌슨은 바로 이렇게 능글맞게 말할 자신이 없었기 때문에 내가 떠맡게 되었지. 으윽, 젠장! 당장 와락거리는 소리가 들리며 샌슨이 일어났다.

"이놈! 무례하게!"

그리고 샌슨은 저렇게 말할 때 가장 어울리기 때문에 저 역을 맡게 되었다. 기분 나쁘지만, 난 인정할 것은 깨끗이 인정한다고. 난 능글거리며 말했다.

"어어랏? 뭐야, 넌. 이 아가씨 기둥서방쯤 되시나?"

"뭐야? 이놈이 도대체 눈에 뵈는 게 없나?"

그렇게 말하며 샌슨은 탁자를 꽝 내리쳤다. 나는 유유히 자리에서 일어났다.

"할 거야?"

"오냐, 좋다! 너 오늘 임자 만났어!"

곧 사색이 된 주점 주인의 고함소리가 들렸다.

"실내에서 싸우면 안 돼요!"

샌슨은 그 말을 무시하면서 내게 주먹을 날려왔다. 난 가볍게 피하면서 샌슨의 복부를 올려쳤다. 물론 힘을 빼서. 하지만 샌슨은 허리가 덜컹 하는 시늉을 하며 주춤주춤 뒤로 물러났다. 샌슨은 머리끝까지 화가 났다는 표정으로 롱소드를 뽑아들었다.

"꺄악!"

"어, 어억!"

어쩔 줄 모르고 우리들을 보던 그 소녀가 먼저 달아나자 주점에 있던 사람들이 모두 놀라서 좌우로 썰물이 빠지듯 물러났다. 검, 검이다! 시시한 주정뱅이들의 싸움이 아닌 것이다. 난 조금 난처하다는 표정으로 샌슨을 바라보았다.

"이봐, 이봐. 도시 내에서 그런 걸 쓰면 어떻게 해?"

"시끄러! 네녀석 가만 두지 않겠어! 검을 뽑아!"

난 손가락을 우드득거리며 좀 꺾은 다음 말했다.

"난 쇠창살 여관에는 관심 없어. 미친 돼지새끼를 다루는 데는 좀더 좋은 방법이 있지."

"뭐야, 이 자식아!"

샌슨은 아주 실감나게 화를 내고 있었다. 아마 연극이라도 이런 말을 들었으니 화가 나지 않을 수 없는 모양이지. 자, 이제 이루릴 차례인데……. 이루릴은 어디에 숨어 있는 것일까? 난 이루릴을 믿기로 하면서 두 팔을 앞으로 내밀었다.

"이거 보이나? 내 팔찌."

"뭐야? 그걸 줄 테니 살려달라는 거야?"

"이런, 돌대가리. 물건 볼 줄도 모르는군."

난 그렇게 말해 주곤 아무 말이나 중얼거리기 시작했다.

"제미니는 귀여운 나의 천사. 키스를 하면 울어버리는 나의 악마."

어, 물론, 절대로! 이 말이 주위 사람들에게 들리도록 한 것은 아니다! 난 그저 입 속으로 웅얼거렸다. 그리고 고함을 질렀다.

"하압!"

번쩍! 순간 굉장한 빛이 주점을 가득 채웠다. 이루릴이 어디선가 정확하게 시간 맞춰서 마법을 써준 것이다. 주위 사람들도 놀랐겠지만 나도 꽤 놀랐다.

"으으윽!"

사람들은 모두 허둥거리며 눈을 가렸지만 난 그럴 수도 없었다. 그리고 빛이 사라지고 나자 내 팔에 있던 브레이슬릿이 불꽃으로 이글거리기 시작했다. 사람들의 숨막히는 탄성이 들려왔다.

"뭐, 뭐야, 저건!"

내 팔에서 손까지 몽땅 불로 휘감겨 있었다. 난 손이 타들어가는 것이 아닌가 걱정되었지만 다행히 뜨겁지는 않았다. 샌슨은 사색이 되어 뒤로 허둥지둥 물러났다.

난 오른손을 들어올려 보이며 싸늘하게 말했다.

"해볼까? 난 주먹으로 싸우겠어. 그럼 난 잘못한 게 없지?"

샌슨은 롱소드를 든 손을 부들거리며 떨고 있었다. 몰랐어, 정말 몰랐어! 샌슨이 저렇게 연기를 잘할 줄이야. 샌슨은 목소리까지 떨면서 말했다.

"그, 그건 뭐야?"

난 씨익 웃으며 내 맥주잔을 들어올렸다. 그것은 청동으로 된 보통 술잔이었다. 난 그것을 들어올려 샌슨에게 똑바로 보여주었다. 그리고 그것을 양손으로 잡은 다음, 쫙 찢어버렸다.

사람들의 안색이 사색이 되었다. 난 그것을 종이 조각처럼 뭉쳐버린 다음 손에 놓고 던졌다 받았다 하다가 내 앞의 테이블에 던졌다. 쾅! 테이블은 산산조각이 났다.

"정말 해볼까?"

"비, 빌어먹을!"

샌슨은 외치며 달려들 태세였다. 그때 칼이 일어서더니 샌슨을 붙잡았다.

"여보게, 젊은이! 관두게. 죽고 싶은 건가! 저건 파이어 자이언트의 팔찌야!"

샌슨은 당혹한 눈으로 칼을 바라보았고 나도 놀란 눈으로 칼을 바라보았다.

"어랏? 당신, 이걸 아나?"

칼은 샌슨의 팔을 잡아당기며 내게 말했다.

"젊은이, 어, 어떻게 그 귀한 것을 손에 넣었나?"

그야 잡화점에서 샀지. 난 눈을 가늘게 뜨며 칼을 바라보았다. 칼은 말했다.

"그, 그건 돈으로 따진다면 수천 셀을 호가할 물건인데, 자, 자네 그것을 어디서 산 건가?"

사람들의 눈이 순간 당혹과 탐욕으로 빛났다. 난 유들거리며 말했다.

"이게 그렇게 비싼가? 고맙군. 알려줘서. 내가 모험에서 건진 물건인데, 감정해 볼까 하다가 그냥 가지고 다녔거든."

"그건 파이어 자이언트의 팔찌가 틀림없어! 모든 불을 막아내고, 거인의 힘을 내는, 대마법사 헨드레이크도 가지기를 열망했던 물건! 도대체 그것을 어디서 구했나?"

끝내준다. 정말 말 잘 만든다. 조금만 생각해 보면 웃긴다는 것을 알 수 있는 말이다. 마법사가 뭣 때문에 거인의 힘이 필요하다는 말인가. 칼 들고 싸울 일도 없는데. 하지만 사람들은 그저 '대마법사 핸드레이크'라는 말에 그 말을 믿어버리는 눈치다. 난 고개를 가로저었다.

"미안. 알려줄 수는 없어. 조만간 다시 가볼 계획이라서."

그리고 난 샌슨을 한 번 흘겨보면서 말했다.

"상대를 알아보고 덤벼라, 알았나? 내 상대가 되기엔 까마득한 놈이니 살려둔다."

샌슨은 아마도 정말 화가 난 모양이다. 그는 길길이 날뛰었지만 내게 덤벼듦으로써 산통 다 깨지는 않았다. 난 샌슨을 차갑게 노려보고는 주점 주인에게 말했다.

"방 하나. 술맛 다 떨어졌군. 방으로 가져와. 제일 독한 걸로."

"이, 이쪽으로……."

난 내가 치근거렸던 소녀를 가리켰다.

"술시중은 저 아이더러 들라고 해."

아……, 내가 이런 말을 해야 되다니! 여관 주인은 당황한 얼굴로 말했다.

"저, 저, 손님, 그것은……."

난 눈살을 찌푸리며 10셀짜리 은화 하나를 던져주었다. 주인은 은화를 보더니 곧장 고개를 조아렸다. 더러운 놈! 난 속으로 그 주점 주인에게 욕설을 퍼붓고는 그 소녀를 흘깃 쳐다보았다.

그 소녀의 얼굴은 새하얗게 바뀌어 있었다. 난 그 소녀에게 날카로운 미소를 지어주고는 주인을 따라 올라갔다.

3

내가 안내된 방은 3층으로, 다행히 창문이 있었다. 난 들어가자마자 창문을 활짝 열고는 바람을 쐬는 시늉을 했다. 밖에서 대기하고 있을 칼과 샌슨은 내 방의 위치를 알 수 있을 것이다. 나는 그렇게 창턱에 팔을 괸 채 잠시 기다렸다.

똑똑. 문을 두드리는 소리가 가늘게 들렸다.

"들어와!"

문이 열리며, 아까 그 소녀가 술병과 잔, 그리고 안주로 보이는 몇 가지를 소반에 받쳐들고 들어왔다. 소녀의 얼굴을 본 순간, 난 글러버렸다는 느낌이 들었다.

파랗게 질려서 이빨을 사려문 모습이다. 하도 떠느라고 소반에 있는 것들을 다 떨어뜨릴 듯했다. 연극이라면 최상급이겠지.

"어, 어디에 놓을까요……."

목소리도 완전히 모기 소리다. 젠장. 난 턱으로 테이블을 가리켰다. 그녀는 테이블에 소반을 내려놓고는 그대로 주춤거렸다. 그녀는 치맛자락 속에 손을 모으고 서서 고개를 푹 숙이고 있었다.

치마라……, 어쩌면 위험하겠군. 난 주의 깊게 그녀에게 다가간 다음 왼손으로 그녀의 어깨를 붙잡았다. 엄청나게 떨고 있었다. 난 혹시나 해서 그녀의 손을 붙잡아 올렸다. 역시다. 치맛자락에 나이프 같은 것을 숨겨둔 것은 아니다. 아무것도 쥐어져 있지 않다. 그녀는 그저 두 손을 내게 붙잡힌 채 와들와들 떨고 있었다. 그녀의 눈에는 눈물이 그렁거렸다.

"이리와."

난 침대로 끌고 갔다. 그녀는 절망적인 얼굴로 날 바라보며 도리질을 했다.

"아, 안 돼요. 수, 술시중만 들라는 거……."

난 그녀를 강제로 침대에 집어던졌다. 내가 집어던지자 물론 그녀는 가볍게 날아가 침대에 쓰러졌다. 비명을 지르려 할 때 난 재빨리 그녀를 덮치면서 입을 가로막았다. 난 그녀의 귓가에 입을 가져갔다.

"마스터를 만나고 싶다. 어떻게 하면 되지?"

그녀는 거세게 몸부림을 칠 뿐이었다. 제발 그렇게 꿈틀거리지 마! 가슴 뜨거워져 미치겠다고! 난 침착하려 애쓰면서 한 번 더 말했다. 그녀는 몸부림을 멈추더니 이해가 가지 않는다는 표정을 지었다.

"떠들지 않겠다면 손을 치워주겠어. 낮게 말해."

난 손을 치우고 다시 물었다.

"마스터를 만나고 싶은데. 어쩌면 좋지?"

"마, 마스터는 아래층에 계시는데……."

"장난치지 마! 길드 마스터를 만나고 싶단 말이야!"

"예에……?"

"아까 들었겠지만 난 조만간 다시 모험을 떠날 생각이야. 도둑 하나가 필요해."

"저, 저, 무슨 말이신지……?"

확실하군. 얘는 아냐. 젠장. 난 찍어도 꼭 요 모양이다.

대개의 술집, 여관, 역참 등에는 틀림없이 그 주인에서부터 마구간 하인에 이르기까지 중에 도둑에게서 돈을 받는 녀석이 있다. 그놈들은 돈을 받는 대신 여행자나 짐마차 등의 정보를 넘겨준다. 난 얘가 그런 얘기를 바랐지만, 들어오면서 하는 행동으로 보나 지금 나눠본 말로 보나 확실히 그런 계통은 아니다.

난 한숨을 쉬었다. 어쨌든 칼의 계획은 복합적인 것이고, 이대로 제2단계로 넘어가면 된다. 그런데 그 2단계는 정말 하고 싶지 않은 것인데.

나는 그녀 옆에 일어나 앉았다. 꼼짝없이 죽었다고 생각하던 그 소녀는 내가 갑자기 이상한 말을 하고는 일어나자 놀란 표정이었다. 난 시트를 들어올린 다음 그녀의 옆에 드러누웠다.

"꺄아……."

난 황급히 그녀의 입을 막으며 시트를 머리까지 덮어썼다. 쉬운 일이 아니었다. 그녀는 계속 버둥거리고 있었고 시트를 차내렸다. 난 잇소리를 내며 협박할 수밖에 없었다.

"닥쳐! 떠들면 가만 안 둬! 아까 술잔 기억나?"

그녀는 벌벌 떨면서도 내 경고에 숨을 죽였다. 난 시트를 뒤집어쓴 다음 말했다.

"좋아. 얌전히 있어요."

자……, 이거 머리가 뜨거워져 미치겠군. 난 되도록 그녀에게 접근하지 않으려 했다. 뭐, 그녀도 그랬으니까 서로 떨어지는 것은 간단했다.

"손을 치울 테니 낮게 말해요. 시트를 덮은 것은 소리가 새어나가지 않게 하려고 한 거요. 알겠죠?"

어두웠지만 그녀의 떨림이 좀 줄어들었다. 뭐가 이상하게 돌아간다는 것을 느낀 모양이다. 그런데 지금부터 뭐라고 말해야 되지?

"이름이 뭐요?"

"메, 메리안……."

"좋아요. 난 후치라고 합니다. 당신 하는 모습을 보니, 어, 그러니까 아직…… 그런 경험 없지요?"

그녀는 당장 목소리에 물기가 묻어났다. 목메인 목소리로 메리안은 말했다.

"제, 제발 그러지 마세요. 전, 전 아직 남자랑…… 그, 그러니까, 불쌍히 여겨주셔……."

"됐어요, 됐어! 그럴 생각 없어요!"

"예?"

"지금 이 일도 내 레이디에게 들키면 난 맞아죽을 거야. 하물며 내가 더 진도 나가봐요. 난 산 채로 가죽을 벗기게 될걸? 난 살고 싶으니 그럴 생각 없어요. 알았어요?"

그럼! 유피넬과 헬카네스에게 맹세코 제미니는 반드시 그럴 거다. 메리안의 떨림이 멎었다.

"프흡!"

얼씨구? 웃네? 나도 싱긋 웃어버렸다. 난 정중히 메리안의 몸에 손을 대지 않도록 주의하면서 말했다.

"부탁이니 겁먹지 말고 내 말 좀 들어줘요. 난 아가씨에게 아무 짓도 하지 않겠어요. 알았죠?"

"예에……."

"좋아요. 내 부탁은 이거요. 아가씨가 그저 나랑 같이 ……하는 것처럼 행동해 달라는 겁니다."

메리안이 다급하게 물어왔다.

"하는 척만 한다고요?"

"예. 내 뒤를 노릴 사람이 있어요. 난 그자를 잡을 생각입니다. 그래서, 에, 그러니까, 내가 독한 술을 마시고 아가씨랑……, 으음. 그래서 피곤해서 곯아떨어진 것처럼 위장할 생각입니다. 알았죠?"

그러니까 이것이 칼의 계획이다. 네리아의 소재를 물어보려면 결국 도둑 길드에 물어봐야 한다. 초록은 동색이라고 서로 잘 알 테니까. 하지만 우리는 도둑 길드에 접선하는 방법을 모른다. 우리가 도둑 길드의 비밀 손짓이나 신호, 암호 문장을 알 까닭이 있나. 그래서 일부러 대단한 보물을 가진 풋내기 모험가가 들른 것처럼 위장한다. 그리고, 음음, 기타 등등의 짓을 하고는 곯아떨어진 척한다. 그러면 도둑 길드에서 좋아라 달려들 것이다. 그때 그자를 붙잡아 네리아의 자취를 추적한다.

메리안은 황당했는지 부끄러웠는지 대답이 없었다. 그래서 한 번 더 물었다.

"알았어요?"

"에에……."

"부탁 들어줄 수 있겠어요?"

"……너무하시네요. 부탁을 들어주지 않으면 난 정말로 끝장이 나는 것 아닌가요? 당신이 그런 위장을 하려고 강제로 날, ……하지 않을 건가요?"

메리안은 이제 긴장을 풀었는지 좀 앙탈을 부리는 듯한 말투로 말했다. 휴. 어쨌든 골치 아픈 일은 이제 지나갔군. 메리안은 질문해 왔다.

"그럼 어떻게 하면 될까요?"

"글쎄요. 일단 갑갑하니 시트를 좀 치웁시다. 하지만 말을 할 때 무조건 목소리를 낮춰요."

난 시트를 치우고 앉았고 메리안도 내 옆에 일어나 앉았다. 그녀는 아직 안심이 되지 않는 듯이 벽 쪽에 바싹 붙어앉았지만 난 신경을 쓰지 않고 시간을 쟀다.

칼과 샌슨, 그리고 이루릴이 자리를 잡으려면 충분한 시간이 필요하다. 그리고 내 이야기가 이 도시의 길드에 전해질 때까지 시간이 걸릴 것이다. 분명 그 난동을 부렸으니 '어떤 모험가 한 놈이 엄청난 보물을 가지고 있다.', 그리고 '그 녀석은 지금쯤 모종의 행사를 치르고 곯아떨어져 있을 것이다.' 따위의 이야기가 전해질 것이다. 파이어 자이언트의 팔찌? 참 대단하시네, 칼은.

난 침대에서 일어섰다.

"술 좋아합니까?"

"예?"

"이걸 비워야 되는데……, 난 마시면 안 되거든. 바닥에 뿌리면 치우기 힘들 테고."

난 테이블 위에 있던 술병을 보여주었다. 메리안은 고개를 가로저었다.

"전 잘 못 마셔요. 그리고…… 취하고 싶지도 않아요."

"예?"

"취하면…… 그러니까……."

"할 수 없군. 아깝지만."

난 화장실에다가 그것을 비웠다. 다행히 이 여관에는 화장실이 방방마다 설치되어 있었다. 관을 타고 지하로 내려가는 소리가 너무 크지 않도록 주의했다.

그리고 안주를 주워먹고는 테이블 위를 적당히 흐트러지게 해 놓았다. 술잔에는 술을 부어두고는 술병은 일부러 바닥에 구르도록 내버려두었다. 메리안은 내 모습에 점점 재미를 느끼는 모양이다. 그녀는 불안을 떨치고 내가 하는 모습을 구경하고 있었다. 나는 술잔의 술을 적당히 머리카락에 뿌렸다. 그러자 메리안은 킥킥거리기까지 했다.

"킥킥. 왜 술을 머리에 뿌리세요?"

"술 냄새가 나게 하려고요. 술병을 다 비운 사람이 술 냄새가 안 나면 이상하잖아요."

메리안은 감탄한 듯이 고개를 끄덕였다.

"저, 메리안. 당신 방에 아무에게도 안 들키고 갔다올 수 있습니까?"

"예? 어…… 그건 안 되는데요. 다른 하녀와 같이 방을 쓰기 때문에."

그럼 이제 정말 하기 싫은 말을 해야 되는군.

"그럼, 미안하지만 옷을 좀 벗어줘야겠는데요."

메리안은 퍼렇게 질려버렸다. 난 고개를 저으며 말했다.

"침대 옆에 옷을 늘어놓지 않을 수 없어요. 우습잖아요. 옷을 얌전히 입고 누워 있다니. 당신이 당신 방에 갈 수 있었다면 옷가지를 가져오라고 했을 겁니다. 하지만 그게 안 되잖아요. 제발. 당신에겐 손끝 하나 대지 않을게요. 원한다면, 맹세를 해도 좋고."

마지막 말은 거짓말이다. 난 아직 맹세를 할 수 있는 나이가 아니니까 내가 맹세한다면 그것은 무효다. 따라서 난 맹세에 구애됨이 없이 자유롭게……, 아냐! 하지만 메리안은 그 말을 믿는지 벌겋게 된 얼굴을 푹 숙이고 말했다.

"……보면 안 돼요."

난 몸을 돌렸다. 뒤에서 메리안이 옷을 벗는지 부스럭거리는 소리가 들려왔다. 음. 이 사실이 알려지면 난 사회적으로 매장을 세 번쯤 당하고도 남음이 있겠지. 그런데 왜 이렇게 뒤돌아 보고 싶지?

"……됐어요."

난 몸을 돌리고는 기겁할 뻔했다.

침대 옆에는 옷가지가 몽땅 다 나와 있었다. 저 아가씨! 적당히 겉옷만 벗을 일이지 속옷까지 다 벗어버렸잖아? 미치겠네. 정말 말 잘 듣네. 메리안은 시트를 뒤집어쓰고는 머리만 내놓고 있었다. 어찌나 떨고 있는지 침대가 내려앉을 것 같다. 난 침을 꿀꺽 삼키고는 옷을 벗기 시작했다.

가죽 갑옷과 셔츠, 바지만 벗어 적당히 흐트러지게 만들어두었다. 롱 부츠는 집어던져 버렸다. 메리안의 속옷을 잡을 땐 나도 모르게 부끄러워 두 손가락으로 살짝 집어올려서 적당히 흩어놓았다. 도둑이 노릴 물건, 그러니까 그 팔찌들은 테이블 위에 잘 보이도록 얹어두었다. 그리고 창문을 걸어잠그고 촛불을 끈 다음, 조심스럽게 바스타드와 대거 하나씩만 쥔 채로 침대로 다가갔다. 옷은 벗었지만 OPG는 그냥 끼고 있으니 기분이 이상했다.

"들어갈게요."

메리안은 대답이 없었다. 난 되도록 조심스럽게 몸이 닿지 않도록 침대 속에 들어갔다. 나는 대거를 메리안에게 내밀었다.

"자, 이걸 쥐고 있어요."

"예?"

"내가 돌아버리지 못하도록 하는 안전 장치."

"……킥!"

"농담이고. 혹시 위험할지 모르니 가지고 있어요."

"네에……."

괴로운 시간이 시작되었다. 나는 자면 안 되기 때문에 실눈을 뜨고 바스타드를 꽉 쥐고는 문과 창문을 살폈다. 손에서 땀이 나서 바스타드가 미끌거렸다.

그런데 메리안은 눈을 꼭 감고 있었지만 잠도 들지 않은 채 계속 커다란 숨소리를 내었다. 그 숨소리 정말 사람 돌게 만드네. 난 17세란 말이다!

"좀 잘 수 없어요?"

"미안해요. 흥분도 되고, 또 거, 겁이 나요. 다, 당신이 마음만 먹으면……."

"내가 덤비면 그걸로 찌르면 되잖아요?"

내 말에 메리안은 마치 토라진 듯한 어조로 말했다.

"내가 잠이 들면 방어할 수 없잖아요?"

말 되는군. 음. 난 관두고 계속 자는 시늉을 하며 감시했다. 시간이 얼마나 지났을까.

젠장. 도저히 더 못 참겠다.

난 될 대로 되라는 심정으로 몸을 좀 일으켜 베개를 높게 하고는 침대 머리에 기대어 앉았다. 젠장, 도둑이라는 놈, 언제 올 줄 알아서 이렇게 자는 척하며 기다려? 난 일부러 자는 척하는 것보다 그냥 기대 앉으니 훨씬 편하다는 것을 알게 되었다. 엄청나게 긴장하고 있었던 모양이다.

방 안은 괴괴한 푸른 달빛만이 가득했다. 밝은 곳은 청백색, 어두운 곳은 암청색. 흩어진 옷가지들이 기괴한 그림자로 바닥을 수놓았다. 조금 추운 듯했지만, 포근한 달빛으로 기분은 좋았다.

고개를 돌렸다. 옆에는 시트를 뒤집어쓴 채 뻣뻣하게 굳어 있는 메리안이 보였다. 미치겠군! 푸르스름한 달빛이 그녀의 윤곽을 그대로 드러내고 있었다. 나는 그만 아무 말이나 꺼내고 말았다.

"메리안? 어떻게 여기서 일하게 되었죠?"

메리안은 여전히 온몸을 뻣뻣하게 하고 있었지만 내 말을 듣자 몸의 긴장을 좀 풀었다. 그녀는 시트를 가슴까지 내렸다.

"여관 주인이 제 삼촌이세요."

윽! 욕설이 튀어나오지 않을 수 없었다.

"빌어먹을……, 개새끼. 조카딸을 이렇게 보내?"

메리안은 크게 한숨을 쉬었다.

"후우. 살려준 것만 해도 고맙죠. 제 부모님은 모두 병으로 돌아가셨어요. 제 언니는 미인이라서 영주님이 후견인이 되어 줄 수 있었죠."

후견인? 말이 좋다.

나는 그 이야기를 안다. 우리 영주님도 그렇게 하니까. 사망한 가신이나 주민의 고아들을 모으는 것이다. 그런 고아들은 영주가 후견인이 됨으로써 가식적이긴 하지만 높은 신분이 된다.

그런데 여기서 우리 영주님과 다른 영주의 차이가 난다. 우리 영주님은 후견인으로서 그런 고아들의 뒷바라지를 충실히 한다. 남자아이라면 소질에 따라 훌륭한 장군의 부하로 보내어주거나 이름 있는 직공의 도제로 넣어주거나 좋은 직업을 알선해 주거나 하고 여자아이는 좋은 곳에 시집보낸다. 영주님이 후견인이니까 가문 따지기 좋아하는 집안에서도 잘 받아들인다. 그리고 영주님은 꼬박꼬박 지참금도 후하게 챙겨주시고. 우리 영주님의 재산이 거덜나는 이유가 이토록 많다.

하지만 다른 영주들은 똑같이 하긴 하지만 그것은 재산의 매매이다. 즉 남자아이들은 하인으로 팔거나 군인으로 팔고 여자아이는 미인일 경우 다른 못된 귀족의 첩으로 파는 것이다. 후견인이 아니라 주인이다. 제길, 사망한 나이트의 과부들도 그렇게 모아들인다고 한다. 정말 말이 좋아서 후견인이다. 칵! 우리 영주님 본 좀 받으라고!

메리안은 계속 말했다.

"……전 미운 아이였어요. 그래서 삼촌이 데려와서 절 양육했죠. 전 그거나마 감사하게 생각해요."

난 목에 받치는 뜨거운 것을 삭이며 말했다.

"당신은 밉지 않아요. 내가 혹시 돌아버릴까 봐 대거까지 준 걸 보면 몰라요?"

메리안은 킥킥거렸다. 그녀는 긴장을 많이 풀고 말했다.

"그런데, 후치 씨는 어쩌다가 쫓기게 되었어요?"

이 소녀는 수치심보다는 호기심이 더 자극되기 시작하는 모양이다. 난 간단히 대답했다.

"뭐, 저 팔찌 때문이죠."

"아까는 정말 놀랐어요."

"아, 그렇지. 아까 그것 정말 미안해요."

"예? 아, 예. 괜찮아요. 하루에 몇 번도 더 당하는 일인데요. 그럴 때마다 놀라긴 하지만. 언젠가는 이런 일도 당할 거라고 생각했어요."

메리안은 흠칫하더니 말했다.

"다행히……, 마음씨 고운 분을 만나서……. 전 운이 좋은가 봐요."

"헤? 마음씨 고운 남자가 그렇게 발가벗겨요? 천만에. 나 좋으려고 하는 일이죠, 뭐."

"그래도 덮치진 않으셨잖아요. 그렇게 하면 더 확실한 연극이 될 텐데, 절 생각해서 일부러 이렇게 더 위험할지도 모르게 하시는 거잖아요."

이건 아무래도 덮치지 말라고 의식적으로 하는 말 같은데. 난 피식 웃었다.

내 마음 깊은 곳은 내가 잘 안다. 난 물론 덮치고 싶다. 어차피 이런 소녀의 운명이란 뻔하다. 그런 생각이 자꾸 들면서 내가 아니더라도 어느 놈이 끝장내든 분명히 이 소녀를 끝장낼 놈이 있을 테니 내가 한다 해서 뭐 어떠랴 하는 합리화도 깊은 내면에서 이루어진다는 것을 안다.

하지만 난 아니다.

위선? 글쎄. 난 위선이라는 개념이 항상 이해가 되지 않는다. 위선의 반대말은 뭐냐? 위악이라고 말한다면 그건 맹추고, 결국 욕망에 충실하라는 말 정도 되겠지. 그 욕망은 인정하면서, 왜 위선을 부리고 싶은 욕망은 인정하지 못하지? 칭찬받고 싶고, 존경받고 싶어서 착한 일을 한다면 질색할 것인가? 웃기는 소리. 그럼 칭찬이나 존경은 뭐란 말이냐? 그런 일을 하라고 부추기는 것이 아니냐?

양떼를 모는 개가 있다. 개의 말을 잘 듣지 않는 양을 보면 양치기는 저놈은 성질이 사나운 놈이라고 말하며 싫어하고 잡아먹을 일이 있다면 그놈부터 고를 것이다. 그리고 개의 인도를 잘 따르면 양치기는 순한 놈이라고 좋아한다. 하지만 그놈은 사실 목장 바깥의 풀 맛을 보지 못해 욕구 불만일지도 모른다. 똑같지 않나? 한 인간이 오로지 칭찬을 받기 위해 착하게 행동한다. 난 그게 개의 말을 잘 듣는 양과 다른 점을 모르겠다.

내 마음속에서는 수많은 생각이 오간다. 조금 전에 말했듯이 메리안을 그냥 덮쳐버리고 싶은 생각도 있다. 하지만 난 하지 않는다. 메리안에게 칭찬받기 위해서, 칼이나 샌슨에게 칭찬받기 위해서, 나 스스로에게 칭찬받기 위해서. 어때? 그게 위선이라면, 위선자로 남지 뭐.

그러나 이런 말을 메리안에게 똑바로 전달시킬 자신이 없다. 그래서 난 농담 삼아 대답해 주었다.

"간단하죠. 난 내 레이디에게 가죽이 벗겨지고 싶지는 않거든요."

메리안은 다시 킥킥거렸다. 아앗! 조심해! 웃느라고 시트가 내려간단 말이야! 정말 웃기 좋아하는 아가씨로다. 내가 다시 합리화를 시도하면 어쩌려고? 메리안은 그렇게 무방비하게 킥킥거리더니 말했다.

"……당신은 나이트예요?"

"예?"

"레이디라고 하셨잖아요."

"뭐, 이런 겁니다. 그 소녀는 세상에서 유일하게 나에게만 레이디이고, 난 세상에서 유일하게 그 소녀에게만 나이트입니다. 아시겠지요?"

메리안은 싱긋 웃었다.

"이해했어요. 그 소녀가 부럽네요."

난 피식 웃으며 대꾸하려 했다. 그 순간, 뭔가 이상한 소리가 들렸다.

난 기겁하면서 침대 속으로 들어갔다. 메리안도 내가 갑자기 움직이자 놀라서 입을 다물었다.

그 소리는, 뭔가 긁히는 듯한 소리였다. 꽤 멀리서, 정확하게는 건물 바깥? 아무래도 뭔가가 건물 벽을 타고 올라오는 듯한 그런 소리다. 아주 미세했고 다시는 들려오지 않았지만 난 긴장해서 시트 속에서 바스타드를 꽉 쥐었다.

다시 한번 그런 소리가 미세하게 들렸다. 메리안도 이번엔 그 소리를 들은 모양이다. 메리안은 숨죽여서 말했다.

"오, 오는 거예요?"

"코를 골아요! 어서!"

그렇게 말하면서 나는 드르릉거리기 시작했다. 그러자 메리안이 내 어깨를 잡았다.

"너무 이상하게 들려요. 그냥 가만히 있는 편이 좋겠어요."

그런가? 제법이네. 난 코 고는 것을 중지하고 그냥 숨만 느릿하게 쉬었다. 메리안도 눈을 꼭 감고는 느릿하게 숨을 쉬는 모습을 취했다.

딸각, 딸각.

창문이다! 벌써 창문까지 올라왔다. 뭔가가 밖에서 잠긴 창문을 열려고 하고 있었다. 미리 대비하고 있으니 망정이지 아무런 대비도 없었다면 절대로 들을 수 없을 만큼 작은 소리다. 너무 긴장이 되어 나는 온몸이 굳어버렸다. 그때 메리안이 뒤척이는 시늉을 하더니 팔을 내 가슴 위에 척 올렸다.

"흐음……. 음냐, 쩝."

메리안 만세! 최고다! 그러고 보니 우리 둘은 둘 다 차렷 자세로 침대 위에 누워 있었다. 누가 봐도 괴상하다고 생각했겠다. 메리안은 멋지게 잠든 시늉을 하며 내 옆에 안겨들어왔다. 하지만 몸이 직접 부딪히고 나니까, 메리안이 얼마나 떨고 있는지 잘 느껴졌다. 안심하라고 말해 주고 싶었지만 그럴 수야 없다.

잠시 그 소리가 멎었다. 그리고 지리한 시간이 지나고, 다시 그 소리가 들려오기 시작했다.

딸가닥, 철컥. 끼이익.

아주 낮은 소리지만, 엄청나게 긴장한 내 귀에는 잘 들려왔다. 놈은 지금 창문의 걸쇠를 어떻게 열고는 창문을 연 것이다. 볼까? 관둬. 위험하다. 어쩌면 놈은 내 얼굴을 빤히 들여다보고 있을지도 모르지.

발자국 소리는 전혀 들리지 않았다. 하지만 마구 흩어진 옷가지는 그자의 발에 걸릴 것이다. 그건 위장뿐만이 아니라 그런 목적도 있거든? 역시 옷가지가 밀리는 소리가 가늘게 들려왔다. 사락, 사락.

그자는 이윽고 테이블 위에 있는 팔찌를 들어올리는 모양이다. 그건 안 될걸?

콰광!

"으아아악!"

엄청난 굉음과 불꽃, 그리고 비명소리. 걸렸구나! 뭔지 모르지만 이루릴의 준비에 걸렸어!

"이야아압!"

나는 벌떡 일어서며 시트를 집어던지……려고 했으나 메리안이 목숨 걸고 시트를 붙잡느라 그러지는 못했다.

"안 돼요!"

그래서 나는 일단 몸으로 부딪혀갔다. 동시에 문이 벌컥 열리면서 샌슨과 칼도 램프를 들고 뛰어들어왔다. 그 도적은 그저 갑작스러운 굉음과 불꽃에 놀란 모양이다. 나는 테이블 옆에서 멍하니 서 있던 그 도적에게 온몸으로 부딪혔다. 그러자 곧 그자는 숨막히는 비명을 지르며 벽에 부딪혔다.

"꺄아악!"

여자잖아? 맙소사, 바로 걸렸다! 너 죽었다고 복창해라, 네리아였다!

벽에 부딪혔다가 그대로 방 구석으로 주르르 흘러내리는 것은 네리아였다. 등에는 그 트라이던트를 둘러메고 있었다. 저걸 둘러메고 도둑 영업을 하나? 어쨌든 그녀는 그대로 기절해 버렸는지 눈을 뒤집고 있었다.

"우하! 한 방에 잡았어!"

나는 길길이 날뛰었다. 그런데 칼과 샌슨의 표정이 좀 이상했다. 그들이 흘깃흘깃 바라보는 곳은……. 그들은 겸연쩍은 시선으로 시트로 몸을 가린 메리안을 바라보고 있었다!

"절대로 아니에요!"

"물론이에요!"

두 번째는 메리안의 목소리였다. 맙소사, 이 양반들이 머릿속으로 무슨 생각을 하고 있을지 뻔하다. 나는 그러다가 이상한 것을 발견했다.

"어, 이루릴은?"

"여기 있어요."

난 그만 기절할 뻔했다. 이루릴이 우리가 있던 침대 밑에서 나온 것이다! 그녀가 침대 밑에서 마법을 썼나 보군. 이루릴은 말했다.

"이 아랫방에 있었죠. 천장을 소리없이 뚫고 올라오기가 퍽 힘들더군요."

"됐어! 그럼 이루릴이 증언해 줘요! 아무 일도 없었죠?"

"아무 일? 뭘 말하죠?"

"어, 그, 그러니까."

"먼저 좀 나가주시죠. 이 소녀가 옷을 입어야 하니까."

으악! 나도 벗고 있었잖아? 나는 미친 듯이 옷을 챙겨들고 그 끔찍스러운 방에서 뛰쳐나왔다. 물론 내 뒤를 따라서 칼과 샌슨도 꽤 허둥거리며 네리아를 끌고 나왔다.

"부럽다……."

"주, 죽일 거야!"

"정말 부럽다……."

샌슨은 멍한 눈초리로 날 바라보며 헛소리를 지껄이고 있었다. 아, 돌겠네! 난 이루릴에게 애타는 시선을 보내었다.

"이, 이루릴! 제발 증명해 줘요. 나와 메리안은 아무 일도 없었잖아요?"

이루릴은 멍한 표정으로 날 바라보았다.

"아무 일? 뭘 말하는……, 아! 알았어요."

우리는 일제히 이루릴을 바라보았다. 이루릴은 천연덕스럽게 말했다.

"생식 행위 말이죠?"

"푸흐엽!"

칼은 마시고 있던 물컵의 물을 반쯤 밖에다 쏟아놓았다. 이루릴은 깜짝 놀라더니 곧 고개를 끄덕이며 말했다.

"예. 놀라셨군요. 후치는 생식 행위를 하지 않았어요. 이상하죠? 제가 알기론 후치 정도의 나이의 인간 남자는 언제든지 가능하다고 들었는데. 그런 충동이 대단히 강하다고 들었는데……. 샌슨의 말을 통해 생각해 봐도 그렇게 판단되는데요."

부러우니 어쩌니 하던 샌슨의 얼굴이 당장 붉어졌다. 그리고 나는 비명처럼 외쳤다.

"언제나 가능하지만 아무와 하진 않아요!"

"이상해요, 후치. 당신은 짝이 없잖아요. 메리안 양은 아름다운 여성으로 보이는데……. 다른 여성상을 가지셨나요?"

관두자, 관둬! 젠장. 이런 식의 대화, 죽어도 더는 못하겠다. 엘프는 인간이 대단히 방종하다고 알고 있나? 하긴 엘프보다야 인간이 훨씬 종족 번식이 빠르니까 그런 생각을 할 수도 있겠다. 하지만! 난 그렇고 그런 놈이 아니란 말이다!

여관 주인을 불러다 우리의 이야기를 상세히 전했다. 그리고 나 개인으로서도 몇 마디 전했다. 조카딸을 제공해 줘서 우리 계획을 순조롭게 해준 것은 고맙지만, 이왕이면 다시는 그런 짓을 하지 말라고. 만일 또 그런 일을 저지르면 대륙 끝에서라도 찾아와서 박살내 주겠다는 뜻을 친절하게 전달했다. 아마 그 주인장은 꽤나 잘 알아들었을 것이다. 난 다시 청동 술잔을 뭉개어 그걸 손에 쥐고 주물럭거리면서 말했으니까. 물론 소란을 일으키고 한 점에 대해서 이루릴이 충분한 사례를 지불했다. 내 생각엔 그런 것 필요없을 것 같았지만.

우리가 나올 때 메리안은 발갛게 익은 얼굴로 말했다.

"저, 저, 후치. 열일곱 살이라고?"

"응. 변장이 그럴듯하지?"

"응. 난 열여섯 살이야. 저, 그리고……. 이라무스 플라이에 묵고 있다고?"

"응."

"저……, 이 마을을 곧 떠날 거야?"

"곧 떠날 거야. 도와준 것 정말 고맙게 생각해. 원하는 게 있으면 말해 봐. 내가 해줄 수 있는 거라면 뭐든지 해줄게."

"원하기는……. 건드리지 않은 것만 해도 고맙지."

듣고 있던 이루릴은 다시 이상하다는 표정을 지었지만 난 신경 쓰지 않았다. 아무래도 이루릴은 인간이 그런 방면으로 꽤나 난잡하다고 알고 있나 본데, 언제 기회 봐서 그렇지 않다고 좀 설명을 해줘야겠다. 아니, 그럴 필요가 없겠지. 내 행동이면 충분히 설명이 되겠지.

그때 메리안이 뒤통수를 두드리는 말을 했다.

"그런데……, 그게 정말 고마운 것인지 모르겠어. 그런 상황까지 가서 날 건드리지 않았다는 거……."

난 한대 맞은 듯한 멍한 표정으로 메리안을 바라보았고 메리안은 말을 제대로 끝맺지 못한 채 뒤로 돌아서 달려가버렸다. 뒤에서는 샌슨이 휘파람을 아주 몰상식하게 불어젖혔다.

"휘익! 들르는 마을마다 애인을 만드시는군!"

"말 같지도 않은 소리를!"

샌슨은 정말 기쁘다는 듯이 고향에서 내가 항상 하던 짓, 즉 노래를 부르기 시작했다. 꽤나 별러왔던 모양인지 그 목소리는 흥분에 떨리고 있었다.

“레너스의 유스네는? 그녀의 마음을 훔쳐 달아났지. 칼라일의 에델린은? 오, 맙소사, 그녀의 가슴을 훔쳤지. 이라무스의 메리안은? 드디어 침대에까지 끌어들였네. 오! 위대한 모험가 후치. 어떠한 엄청난 모험에서도 꼬박꼬박 규칙적으로…….”

“크아아악!”

나는 샌슨을 뒤쫓기 시작했고, 그래서 칼이 네리아를 업고 오게 되었다. 우리는 그렇게 원래의 여관으로 돌아왔다.

“당신들 정말 대단한 모험가들이구먼?”

이라무스 플라이의 레네즈는 크게 놀란 표정이 되었다. 어떻게 소매치기당하고 하루 만에 잡아오는지 짐작도 가지 않는다는 투였다. 우리는 간략히 설명하고는 곧 남자들이 묵는 커다란 방으로 네리아를 끌고 갔다.

방에서는 아직껏 운차이가 코를 골고 있었다. 운차이는 내버려둔 채, 우리는 네리아를 심문하기 시작했다. 먼저 그녀를 의자에 묶는 귀찮은 작업이 있었다. 네리아는 할퀴고 물어뜯고 어쨌든 모든 수단을 동원해서 앙칼지게 반항했지만 나와 샌슨이 악전고투 끝에 그녀를 묶는 데 성공했다.

“뭘 바라는 거야!”

샌슨은 간단히 말했다.

“간단하지. 훔쳐간 것 돌려줘. 그걸로 끝내자.”

네리아의 입이 딱 벌어졌다.

“신고하지 않는 거야? 날 어떻게 한다든가…….”

"어떻게 해? 너 생각이 참 불순하구나. 하긴 그러니 이기고도 물에 빠뜨리지 않은 나에게서 돈주머니를 훔쳐갈 정도지."

네리아는 투덜거렸다.

"쳇. 그렇게 말하니 쪼오끔 찔리네."

"다른 것 필요 없어. 도둑 길드에 원한을 사는 것도 싫고. 우린 바쁜 몸이라서 그건 안 돼. 그러니 훔쳐간 돈만 내놔. 그러면 놔주겠어."

"놔준다고?"

네리아는 다시 입을 멍하니 벌렸다.

그것이 칼의 계획의 마지막이다. 즉, 도둑 길드에 원한을 사서 우리 행동에 방해를 받게 되는 것은 삼가자. 그러므로 네리아를 체포하게 되면 돈만 돌려받고 놔준다. 그것이 칼의 계획의 최종 마무리였다. 샌슨은 머리를 긁적이며 말했다.

"두 번씩 말하게 할래? 돈을 돌려주면, 놔준다. 이 이상 간단하게 말할 수는 없어."

갑자기 네리아는 웃기 시작했다.

"에헤헤헤…… 미안해서 어쩌나? 나, 나이트호크라고. 그것, 이 도시에 들어와 영업하는 대신 길드 요금으로 벌써 바쳤는데."

샌슨은 놀라 눈을 크게 떴다.

"뭐, 뭐야? 그 많은 걸?"

"어, 조금 남긴 했지만, 그것도 정보료로 다 지불했어. 젠장. 정보료가 두 번이나 나갔다고. 처음에는 웬 모험가가 마법검을 가지고 있다기에 아이고 좋아라 지불했는데 찾아가보니 벌써 떠났다잖아? 정보료 날리고 나서 홧김에 다른 정보를 사버렸어. 그게 바로 웬 모험가가 엄청난 팔찌를 가지고 있다는 정보였어. 뭔 말인지 알겠지?"

샌슨은 신음소리를 내었다.

"으으으으음……."

아이고, 돌겠다. 그럼 뭐야? 우리 멋진 계획 때문에 오히려……. 세상에 이런 괘씸 무쌍한 우연이 있나. 칼도 기가 막히다는 표정을 지었다. 샌슨은 이를 갈면서 말했다.

"그럼 몸으로 갚아!"

샌슨의 말에 우리 모두는 이제 샌슨을 바라보며 기가 막히다는 표정이 되었다. 네리아도 눈을 사납게 뜨면서 말했다.

"무슨 뜻이지, 너?"

"너 현상금이 있을 거 아냐!"

아, 그런 뜻인가? 난 한숨을 쉬며 가슴을 쓸어내렸다. 네리아도 다시 미소를 지었다.

"그거…… 내 현상금? 그건 없는데."

"뭐야?"

네리아는 샐쭉샐쭉 웃었다.

"난 대개 정정 당당하게 통행료를 받거든. 그리고 여자 한 명에게 박살난 모험가들은 부끄러워서 별로 신고를 안 하고. 10셀이나 20셀은, 뭐 잃으면 아쉽지만 그렇다고 찾으려고 날뛰기엔 그런 돈이잖아? 적어도 여행자들에게는 말이야. 난 그렇게 잃어도 가슴 아파할 일이 적은 사람만 골라서 덮치거든."

"넌 우리 돈을 몽땅 훔쳐갔잖아?"

"어? 이상하네. 난 저 엘프 아가씨 돈은 안 건드렸어!"

하긴 그렇긴 그렇군. 그러니까 네리아는 다른 사람 것은 놔두고 샌슨의 주머니만 건드렸다, 이런 말이렷다? 너무 큰 피해는 주고 싶지 않아서? 네리아는 계속 설명했다.

"이야기가 도는데, 어쨌든 난 귀족이나, 어쨌든 후환이 생기고 골치 아플 자들은 안 건드려. 그러니 현상금은 거의 없어. 몇몇 도시에는 날 현상범으로 게시하기도 했지만 이 도시엔 내게 건 현상금이 없는데."

"아아하하하……!"

샌슨은 앓는 소리를 내었다. 정말 요걸 어떻게 해야 되나? 나도 골치가 아파서 침대에 드러누워 버렸다. 칼은 침울한 표정으로 말했다.

"퍼시발 군, 풀어주게."

"예?"

"어쩔 건가, 풀어줘야지. 달리 방도가 없잖은가."

샌슨은 억울해서 미치겠다는 표정으로 네리아의 결박을 풀어주었다. 네리아는 진짜 풀어주자 손목을 만지작거리면서 놀랐다는 표정으로 우리들을 둘러보았다. 샌슨은 꼴 보기도 싫다는 표정으로 네리아를 외면하면서 손을 저었다.

"가라, 가! 보고 있으면 울화통 터진다."

네리아의 얼굴에 뭐라고 설명 못할 희한한 미소가 떠올랐다. 고양이가 웃을 줄 안다면 꼭 저런 표정이겠다.

"흐음……. 당신들, 세고, 머리도 좋은데, 정말 마음에 드네? 아까 아침에도 퍽 마음에 들게 행동하더니 말이야. 닳아빠진 모험가 같지 않아. 닳아빠진 모험가들이라면 돈을 못 찾을 거 재미나 보자는 식으로 말할 텐데."

샌슨이 속 뒤집어진다는 표정으로 말했다.

"우릴 뭐 취급하는 거야!"

나도 참을 수 없어서 벌떡 일어나며 한 마디 했다.

"우리 돈을 꿀꺽해 버린 걸로 충분해. 우리를 싸가지 없는 놈들로 만들지는 말고 어서 가요!"

네리아는 킥킥 웃더니 허리를 굽혀 정중하게 절하는 시늉을 하고는 나가버렸다. 문을 닫은 다음 문 저편에서 쾌활하게 웃는 소리가 들려왔다. 오호호호!

환장하겠네. 메리안과 그런 괴상망측한 짓까지 해가며 겨우 잡았더니……. 그런……, 그런 꿈 같은 일을……. 으음. 내가 왜 이러나. 아니나다를까, 샌슨이 당장 찔러왔다.

"그럼 덕 본 건 후치뿐이군."

"솔직히 기분 나빴다고는 말 못하겠지만, 좀 그만해 두지? 그렇게 부러워할 거면 처음부터 악당 역할을 샌슨이 하지 그랬어?"

샌슨은 천장을 보며 넋두리를 뱉었다.

"아, 제기랄. 이 억울함을 어디다 호소한다? 젠장. 나도 다리를 막아서고 통행료나 받아낼까?"

"퍼시발 군!"

"아, 아녜요. 농담이에요. 농담도 못합니까. ……그런데 네리아 말이 그럴듯한데. 정말 부끄러워서 신고 못할 사람을 노린다면……."

"자네 좀 그만하게!"

4

네리아를 놓아준 밤도 결국 꽤나 잠을 설치는 밤이 되어버렸다. 샌슨은 침대 속에서 끊임없이 끙끙거리는 소리만 내었다. 저 인간은 잠도 없나?

어떻게 잠이 들었는지는 모르겠다. 어쨌든 난 꿈 속에서 메리안을 보았다. 음. 상당히 에로틱한 꿈을 꾸게 되었다. 꽤나 침착하려고 했지만 아무래도 그 상황은 내게 깊은 인상을 남겨둔 모양이다.

메리안은 혹시 내 꿈을 꿨을까?

나는 나도 모르게 노래를 부르고 있었다.

> 열여섯 처녀, 밤에 마당에 나왔지.
> 달빛이 너무 부끄러워, 순결을 빼앗긴 느낌.
> 처녀는 달을 피해, 그림자를 찾았네.
> 어두운 밤, 붉어진 뺨 누가 볼까 봐.
> 열여섯 처녀, 홀로 달을 마시는 나이.

에구……. 여자 나이 16세라니 그건 몬스터에 가깝다. 용서하지. 그런 골 때리는 말로 내 복장을 다 뒤집어놓고 밤새도록 끙끙거리게 만들었지만, 용서해 버리지. 하지만 허리가 정말 뻐근하군. 그녀는 못된 삼촌에게 꿈만 먹고도 배가 불러야 할 유년기를 빼앗겼다. 좋은 남자를 만나면 좋겠다.

난 부스스한 머리를 긁으며 씻으러 내려왔다.

잠을 설쳤다고 했지만 그래도 오래간만에 다시 침대에서 자니까 기분은 정말 좋았다. 세수를 하고 나서 홀로 나갔다.

아직 해가 뜨지 않았다. 아무도 없는 여관의 홀. 낯선 장식과 낯선 방 모양. 컴컴해서 더욱 이상해 보인다. 여행을 할 때 아침마다 새로운 것을 본다는 것이 과연 좋은 것인지 모르겠군. 나는 조심스럽게 가까운 테이블로 걸어갔다. 창밖으로는 파르스름한 기운이 도는 검은색 도시가 보였다.

주방 쪽에 불빛이 바알갛다. 거기서 왔다갔다하며 일하고 있던 레네즈 아주머니가 날 보고는 흠칫 놀란 모양이다. 하긴 어두컴컴한 홀에서 내 모습은 시커멓게 보였을 테니까. 내가 먼저 인사했다.

“좋은 아침입니다.”

“아, 너니? 일찍 일어났네?”

밖에서는 닭 우는 소리가 들려왔다. 그리고 새 지저귀는 소리들. 뭔가 털썩거리며 지나가는 소리. 아침이 밝아오기 전부터 움직이는 사람들. 나는 기지개를 켰다. 너무 일찍 일어났나? 다시 올라가서 좀더 잘까? 에이, 관둬라.

알게 모르게 조금씩 주위가 밝아졌다. 고개를 돌려보니 홀의 벽이 조금 전보다 훨씬 밝아져 있었다. 난 다시 창문을 바라보았다.

그때였다. 갑자기 현관문이 벌컥 열리며 누군가가 들어왔다. 레네즈는 이런 이른 시간에 손님인가 싶어 부엌에서 황급히 나왔다.

들어선 사람은 시커멓게 보였다. 완전히 검은 그림자 같은 것은 아니었지만 그래도 누군지 알아볼 정도는 아니었다. 그런데 그자는 들어서자마자 혀 꼬부라지는 소리로 말했다.

"야, 주인 아주머니. 안녕하쇼? 좋은 아침임다! 딸꾹! 여기 샌슨이라든가 하는 녀석들 묵고 있지요?"

네리아잖아? 레네즈 아주머니도 놀란 눈으로 술에 취한 네리아를 바라보았다. 네리아는 머리를 휘휘 저으며 테이블 쪽으로 걸어왔다.

"그 녀석들 좀 깨워줘요. 네리아가 왔다고, 음냐. 딸꾹! 어……, 어? 너?"

네리아는 머리를 휘휘 젓더니 초점이 잘 안 맞는다는 듯이 날 바라보았다. 그리고 갑자기 와락 달려들 듯이 내 얼굴 앞 한 뼘도 안 되는 거리에서 내 얼굴을 들여다보기 시작했다.

"야! 너, 딸꾹! 그 꼬마구나?"

우욱, 술 냄새에 정신이 몽롱하군.

"후치입니다. 그런데 우릴 찾고 있었어요?"

"잘 됐네. 와, 이렇게 일찍 일어났어? 아이코!"

네리아는 앉으려다가 그대로 홀 바닥에 엉덩방아를 찧고 말았다. 어디서 엄청나게 취해서 왔네. 난 그녀를 부축하며 의자에 앉혔다. 의자에 앉히자 네리아는 테이블을 붙들고는 허리를 세우고 눈을 껌뻑거리기 시작했다. 그러나 곧 허리가 앞뒤로 기웃거리기 시작했다.

"어, 어, 후이, 아니 후치, 졸리냐?"

내가 기우뚱거리는 게 아니라 당신이 기우뚱거리는 거야. 참 못 말리겠군. 난 레네즈를 바라보았다.

"아주머니. 찬물 좀 갖다주시겠어요?"

"찬물보다는 좀더 진한 게 있어야겠다."

레네즈는 한숨을 쉬더니 부엌으로 걸어갔다. 난 잠시 말을 걸지 않고 네리아를 가만히 바라보았다. 네리아는 그 동안에도 계속 의자 옆으로 굴러 떨어질 듯한 자세여서 가슴을 졸이게 만들었다.

"중심이 안 잡히면 그냥 테이블에 엎드려요."

"어, 아아안 되지! 엎드리면 다 올라온다고. 딸꾹!"

"무슨 술을 그렇게 마셔요. 속 버리게."

"까르르르! 나 걱정해 주니? 딸꾹, 너희들 돈, 모조리 꿀꺽 삼켰는데?"

"돈을 훔쳐갔든 어쨌든 사람 걱정해 줄 수야 있는 거잖아요."

"파하, 딸꾹! 파하하하하!"

네리아는 배를 잡고 웃기 시작했다. 내가 재빨리 일어서서 의자 등받이를 잡았기 망정이지, 하마터면 그대로 뒤로 넘어갈 뻔했다. 난 의자를 끌어와서 네리아의 옆에 앉았다. 참나. 왠지 싸늘하고 고즈넉해서 좋은 아침이 순식간에 주정뱅이 하나 때문에 깨어지는군. 네리아는 죽어라고 웃어대고 있었다.

그때 레네즈가 돌아왔다. 그녀는 색깔만 봐도 뭔지 이것저것 굉장히 많은 것을 섞은 듯한 음료를 들고 왔다.

"자, 마셔."

눈물을 줄줄 흘리며 웃고 있던 네리아는 그 잔을 들더니 외쳤다.

"건배!"

가지가지 하는군. 네리아는 그것을 쭈욱 들이켰다.

"어? 술 아니네? 이거 뭐지?"

"약술이야. 좀 있으면 정신 들 거야."

레네즈는 그렇게 말하고는 다시 주방으로 돌아가버렸다. 난 다시 창밖을 바라보았다. 얼마 있지 않아서 해님이 솟아오르시겠군. 꽤나 밝아졌는데? 난 다시 네리아의 얼굴을 봤다. 순간 나는 숨을 삼켰다.

"당신, 어디서 맞았어요?"

네리아는 고개를 휘휘 젓더니 뺨을 쓸어내리고 있었다.

"아……, 속이야. 뭐라고 했니?"

"당신 눈이……. 그거 왜 그래요?"

"응? 아, 부었어? 괜찮아, 딸꾹!"

네리아는 가슴을 쾅쾅 치기 시작했다. 딸꾹질이 나와서 못 견디겠다는 투다. 좀 밝아지고 나서 자세히 보니 옷차림이고 뭐고 모조리 엉망이다. 눈에는 멍이 들어 있고 윗옷은 바지 밖으로 나와 있다. 바지도 부츠 속으로 쑤셔넣다 말아서 엉망으로 부풀어 있다. 군데군데 찢어진 망토도 말이 아니다.

네리아는 가슴을 두드리더니 숨을 좀 들이켰다. 그러곤 품속을 뒤지더니 자루를 하나 꺼내어 테이블에 올렸다. 테이블에 부딪히는 소리로 봐서 돈자루다.

"자, 내가 훔쳐간 돈."

"에엑? 돌려주는 거예요? 하지만, 당신 어제는 돈이 없다고……."

"어제는 없지만, 오늘은 있지."

이제 정신이 좀 드는 모양이다. 아직 몸이 조금씩 흔들리고 있었지만 네리아는 좀 침착한 어조로 말하기 시작했다. 난 돈자루를 보면서 미심쩍게 물었다.

"돌려줘서 고맙긴 한데요. 그런데 하룻밤 사이에 어떻게 돈이 생겼죠? 설마 이 돈……."

네리아는 고개를 휘휘 저었다.

"훔친 건 아냐. 길드료로 냈던 돈을 돌려받았지. 정보료도. 그러니까 그건 백 퍼센트 완전히 너희들 돈이야."

"그걸 돌려줘요?"

"흠. 여자에겐 네가 모르는 수단이 있단다, 꼬마야."

나는 그만 입을 딱 벌리고 네리아를 바라보았다. 네리아는 그런 내 얼굴을 보더니 와하하 웃었다.

"아하하! 이런, 알 거 다 아니? 미안해, 꼬마야. 그래. 길드마스터랑 같이 자줬어. 그 자식, 변태더라. 얼굴을 이렇게 만들어놓냐."

난 정말 이럴 때는 어떻게 말해야 될지 모르겠다.

"그렇게까지 할 필요는 없는데……."

"어허, 돈 귀한 줄 모르고!"

네리아는 방긋 웃었다. 그런데 왜 울고 있는 것처럼 보이지? 네리아는 부어오르는 눈두덩을 만지작거리며 말했다.

"꼬마야. 누님은 너희 샌슨 씨가 퍽 마음에 들었단다. 아니, 너도 마음에 들고 그 인자해 보이는 아저씨도 꽤나 마음에 들었어. 푸후……. 세상 살기 어려운 사람들이야."

난 아무 말도 못하고 네리아를 바라보았다. 네리아는 계속 말했다.

"그런데 그런 맹추들 때문에 나이트호크 네리아가 훔친 돈을 돌려주게 되다니 말이야. 참 우습지! 깔깔깔!"

네리아는 다시 배를 붙잡고 웃어대었다. 난 그저 그녀가 넘어지지 않도록 주의하는 일 외에는 다른 일을 못했다. 정신없이 웃던 네리아는 간신히 웃음을 그치고 말했다.

"휴우…… 너, 누님이 마음에 들지 않지? 그래. 난 도둑이고, 그리고 아무하고나 막 자는 나쁜 여자야. 뭐, 그러니까 이런 수단도 마음대로 쓸 수 있는 거지. 낄낄낄."

네리아는 그렇게 낄낄거리며 말하더니 일어났다.

"관둬라, 관둬. 애를 데리고 내가 무슨 소릴 하냐. 나 나가고 나거든 욕해라. 그런데 말이야, 내가 취해서 실수했거든? 조금 전에 들은 이야기는 절대로 하지 마. 알았지?"

"……알았어요."

네리아는 다시 한번 다짐하듯이 말했다.

"몸 판 돈이라고, 더럽다고 받지 않겠다고 할지도 몰라. 사람들은 그런 걸 따지지. 이건 말이야, 오로지 너희들 돈이었을 뿐이야. 잠깐 왔다갔다했을 뿐이지. 알았지?"

"예. 그런데 그래가지고 어딜 가려고?"

네리아는 잠시 창 밖을 바라보다가 말했다.

"어딘들 내 한 몸 기댈 곳 없겠냐. 아침엔 해가 떠오르는 동쪽이 따스하겠지. 저녁엔 해가 저무는 서쪽이 포근할 거야. 멋진 행운은 언제나 남동쪽에서 찾아와. 그러니 황야에선 북서풍을 따라가면 돼."

"저, 네리아……."

네리아는 등을 돌린 채 무서운 음성으로 말했다.

"입 닥쳐! 꼬마. 난 등 뒤에서 말하는 걸 가장 싫어해!"

나는 입을 다물었다. 네리아는 그대로 휘청거리면서 문으로 걸어갔다. 그녀는 잠시 문 기둥을 붙잡고 서 있었다. 몸은 돌리지 않은 채, 그냥 그렇게 잠깐 서 있었다.

그리고 그녀는 그냥 나가버렸다.

삐이이걱.

문짝이 가늘고 빽빽한 음을 내며 다시 닫혔다. 난 테이블에 놓여 있던 돈자루를 바라보다가, 후다닥 자리에서 일어났다.

난 문으로 달려갔다. 문을 열어젖히고 여관 밖으로 뛰어나왔다. 그리고 울타리를 지나 밖의 길에서 좌우를 두리번거렸다.

없었다.

대로에는 아침 안개가 사라져가고 있었다. 시커먼 건물들의 머리머리가 이제 조금씩 제모습을 찾아가고 있었다. 밤은 지나가고 또 다른 날이 밝아왔다.

하지만 잃어도 가슴 아파할 일이 적은 사람만 덮치는 착한 나이트호크 아가씨, 네리아는 지난 밤과 함께 사라져버렸다. 난 그저 안절부절하며 좌우를 돌아보았다. 뭔가 미치도록 안타까운 기분이었다. 이게 아닌데. 이게 아닌데.

난 어깨를 늘어뜨리고 도로 여관 안으로 들어왔다. 그때 뭔가 이상한 기분이 들었다. 고개를 돌렸다. 눈이 부셨다.

아침 해가 떠오르고 있었다.

"뭐라고? 다시 말해 봐."

"말했잖아. 천사가 와서 이걸 돌려주고 갔다고."

샌슨은 내 이마를 짚어보았다. 샌슨은 심각한 표정으로 날 보더니 말했다.

"그럼……, 그 천사는 어디로 갔지?"

"하나의 밤이 영영 사라지듯 그렇게 떠나갔지."

샌슨은 이제 본격적으로 날 노려보기 시작했다. 하지만 그도 테이블 위에 놓여 있는 돈주머니를 보면서 뭐라 말은 못했다. 옆에선 칼이 빙긋 웃었다.

"다행이군. 우리 여행에 천사께서 도움을 주셨다니. 유피넬의 천사인지 헬카네스의 천사인지는 모르겠지만……. 네드발 군. 내 생각엔 밤의 천사 같은데 말이야, 맞나?"

나는 싱긋 웃었고 칼도 웃었다. 샌슨은 뭐가 뭔지 모르겠다는 표정으로 서로 웃고 있는 우리들을 바라보았다. 그러다가 그는 머리를 휘휘 젓고는 자리에서 일어났다. 그러자 운차이는 기겁하면서 같이 일어났다. 샌슨은 레네즈에게 말하려다가 운차이를 보더니 말했다.

"넌 왜 따라오냐?"

"너, 너! 도대체 머리에 뭐가 들었어?"

운차이는 화난 표정으로 자신의 발목과 샌슨의 발목을 연결한 밧줄을 가리켰다. 샌슨은 밧줄을 보더니 알았다는 표정으로 머리를 긁적였다.

"아, 참. 그렇지. 흠. 레네즈 씨?"

"뭐요, 총각?"

"10인분 도시락 좀 부탁합니다. 점심 때 먹을 거랑 저녁에 먹을 겁니다. 아무거나 양만 맞춰서 해주면 돼요. 물론 대금은 지불하지요."

"알았소."

샌슨은 다시 자리로 돌아왔고 운차이는 머리끝까지 화가 난 표정으로 샌슨을 졸졸 따라왔다. 샌슨은 자리에 앉더니 말했다.

"자, 돈도 돌아왔고. 도시락만 준비되면 떠나자."

"침대가 또 안녕이로군. 오늘 밤은 야영이지?"

"응. 걱정 마. 갈색 산맥 통과에 이틀쯤 걸리겠지. 내일과 모레만 지나면 수도야."

"긴 여행이 드디어 끝나는군."

아침 식사를 마치고 푸근하게 도시락이 만들어질 때까지 기다렸다. 그 동안 운차이는 빵 자르는 나이프를 하나 슬쩍했지만 레네즈가 귀신같이 알아내었다.

"여봐요들! 나이프가 하나 모자라!"

그래서 운차이는 잠자코 그것을 내놓아야 했다. 칼은 빙긋 웃었고 나는 한숨을 쉬었다.

그러고 보니 꽤 오래간만에 푸근한 시간이군. 오랫동안 여행해 왔지만 지붕이 있는 곳에서 이렇게 편안하게 시간을 보낼 수 있었던 것은 처음이었던 것 같은데. 그런 틈이 생기자마자 샌슨은 밖에 나가서 온몸을 뒤틀고 있다. 밖의 마당에서 해괴한 기합소리가 들려온다.

"헬턴트 경비 대원 지침서 검격 14번 공격세!"

"헬턴트 경비 대원 지침서 검격 21번 변형세!"

뭐……, 저 모양이다. 난 구경이나 해볼까 해서 어슬렁어슬렁 밖으로 나왔다. 그러자 역시 운차이는 후다닥 일어나며 날 따라왔다. 샌슨이 내 발에다가 밧줄을 묶어놓고 나갔거든. 운차이는 위궤양이 도진다는 식의 표정을 지으며 내 뒤를 따라왔다.

아이고, 이유가 있구나?

여관 밖의 대로에서 지나가던 사람들이 멈춰 서서 구경을 하고 있었던 것이다. 그래서 샌슨은 저런 고함을 질러대고 있었던 것이군. 그러고 보니 입을 헤 벌린 채 우유통에서 우유를 반쯤 흘리고 있는 아가씨(아마 어딘가의 목장에서 받아오는 길이렷다. 아침 식사의 우유가 좀 모자라겠어.), 감탄을 표하며 어깨를 움찔거리는 노인, 킥킥거리며 팔짱을 낀 채 바라보는 젊은이 등 각양각색의 사람들이 오가며, 혹은 서서 구경하고 있었다.

난 현관 옆의 건물 벽에 기대어서서 그것을 구경했다.

뭐, 폼이야 봐줄 만하다. 아침 햇살을 등지고 땀방울을 흩날리는 샌슨. 롱소드가 정말 가슴이 시릴 정도로 번쩍이고 있다. 은도금이니까. 하지만 그 모든 것 차치하고, 정말 폼 하나가 봐줄 만한 것이 아닐 수 없다.

도약하며 베어내리고 그대로 허물어지듯이 돌려친다. 다섯 번을 앞으로 끊어치며 돌격하다가 검의 회수 동작으로 그대로 뒤를 돌아친다. 도대체 끊어짐이 없는 것은 둘째 치고, 모든 방향으로의 공격이 원활하다. 저런 가벼운 동작이 가죽 갑옷까지 입고 가능하다.

나는 샌슨의 동작에 맞추어 내 동작을 머릿속으로 그려보았다. 어떻게 공격할 수 있을까?

안 되겠다. 도대체 칠 각도가 안 나온다. 저렇게 치면……, 난 이렇게 피할 방법밖에 없군. 그러니 다음 공격은 둘 중 하나인데…… 쳇, 벌써 하나는 봉쇄당하는군. 그럼 이 공격으로 들어가면……, 역시군. 허점이 나온다. 아무래도 샌슨도 지금 가상의 적을 상대하면서 검을 휘두르는 모양이다.

똑같이 건물 벽에 기대어 구경하던 운차이가 말했다.

"영자 팔법(永字八法) 모두 익숙하군. 좋은 도량이다."

"무슨 말이에요, 그거?"

"우리 검사들이 하는 말이다. 신경쓸 거 없어."

"국가 기밀쯤 돼요?"

내 농담에 운차이는 피식 웃더니 다시 샌슨을 바라보았다. 그러고 보니 우리 둘도 만인의 시선의 중심이 되고 있다. 우리 둘은 마치 형제처럼 똑같이 건물 벽에 비스듬히 기대어 팔짱을 끼고 구경하고 있었고 그 발목에는 밧줄이 서로 묶여 있다. 참 봐줄 만하겠다.

결국 야유가 날아오기 시작했다.

"헤이, 이봐! 우리 마을에 서커스가 들어왔나?"

농담을 던진 것은 인상이 사납게 생긴 젊은이였다. 사람들은 뭔 일이 나나 싶어서 모두 입을 다물고는 그 젊은이를 바라보았다.

샌슨은 그 말을 듣더니 우뚝 멈춰 섰다. 그러곤 빙긋 웃더니 대거를 꺼내들고는 입을 왁 벌려서 먹어치우는 시늉을 했다. 사람들은 와아 웃으며 박수를 쳤다. 하는 짓이 귀여우니까. 그 젊은이도 피식 웃어버렸다.

그런데 그 다음은 조금 사태가 심각했다.

"여보게, 젊은이? 내가 대무해 줄까?"

"아아! 아버님, 안 돼요!"

딸과 아버지일까, 며느리와 시아버지일까? 어쨌든 팔팔하게 보이는 중년 아저씨 하나가 농을 던져온 것이다. 그 옆의 여자는 사색이 되어 그 아저씨를 말렸다. 샌슨은 얼떨떨해져서 그 중년 아저씨를 바라보았다. 그는 그 아저씨를 위아래로 쳐다보더니 빙긋 웃으며 말했다.

"저 죽고 싶지 않은데요."

"와하하! 걱정 마! 살살 해줄게!"

"아버님! 저 청년 하는 것 못 보셨어요? 참으세요! 안 된다고요. 저 청년이 겸손해서 저러는 거예요."

딸보다는 며느리 쪽이 확실한 것 같다. 그러나 그 아저씨는 들은 척도 하지 않고는 여관 마당으로 불쑥 들어섰다.

"내가 말이야, 이래봬도 왕년에 자이펀의 개들을 수도 없이 잡았지! 자넨 그런 것은 구경도 못 해봤겠지? 아무래도 실전 경험이라는 건 말이야……."

난 반사적으로 고개를 돌려 운차이를 바라보았다.

그는 아무 표정도 없었다. 그냥 조금 전과 똑같이 여관 벽에 기대어선 채, 팔짱을 끼고, 느긋하게 바라보고 있었다.

샌슨은 결국 점잖은 말로 그 아저씨를 돌려보내었다. 다행히도, 그때 안에서 준비가 끝났다는 레네즈의 말소리도 들려왔다. 그 아저씨는 아쉽다는 듯이 혀를 차면서 몸을 돌렸다.

말들을 도로 꺼내었다. 샌슨의 말이며 가장 우람한 슈팅스타, 놈은 우리 말들 중 우두머리처럼 당당하다. 아담하고 날씬한 내 말 제미니, 저놈과 정말 무지무지하게 싸웠지만 이젠 친하다. 칼의 말은 트레일이라는 이름을 가졌다. 가볍게 걸을 때는 발을 조금 끄는 버릇이 있어 붙인 이름이다. 병은 아닌데 희한하게 버릇이 그렇다. 이루릴의 말 래셔널 셀렉션은 왠지 주인을 닮아가는 느낌이다. 다른 말처럼 행동하지 않고 침착하며 차분하게 움직인다. 주인을 닮아가나? 운차이는 자신의 말을 앰뷸런트 제일(이동감옥)이라고 부른다. 꽤나 그럴듯하다.

마구를 얹고 짐을 고정한다. 샌슨은 자신의 말과 운차이의 말을 긴 밧줄로 서로 묶었다. 아침 햇살은 이제 중천을 향한 도약을 시작하고 있다. 가을 아침의 싸늘한 바람에도 이제 안온한 기운이 스며들기 시작하는 시간. 여행을 다시 시작하는 거야.

"항상 여행객으로 북새통을 이루세요!"

"원, 고마운 말을 다 하네. 잘들 가요."

레네즈와 인사를 나누고 우리는 출발했다. 다가닥, 다가닥.

거창한 건물들 사이를 지나서 한참 달리자 마을의 반대편 입구가 보이기 시작했다. 도시 둘레를 둘러싼 외성에 난 성문으로 그 옆에는 경비병들의 초소로 보이는 건물이 커다랗게 자리하고 있었다. 경비병들이 들락거리는 사람들을 감시하고 있긴 했지만 별로 걸음을 멈추게 하거나 하지는 않는다. 아무래도 이 근처는 미드 그레이드의 중심지니까 유동 인구가 많은 모양이다. 그들은 그저 쌀쌀한 아침 날씨에 작은 장작불을 피워놓고 앉아서 잡담을 나누고 있을 뿐이다.

샌슨이 희한한 휘파람을 불었다.

"추울 텐데……, 거 참."

"응?"

"네가 침대로 끌어들인 아가씨다."

아, 그랑엘베르여!

성문에는 메리안이 나와 있었다. 불쌍하게 여긴 성문 경비병들이 껴주었는지 모닥불 옆에 앉아 있다가 벌떡 일어섰다. 그녀는 똑바로 내 쪽을 바라보았다. 샌슨은 말의 속도를 늦추었다.

메리안은 걸어오더니 다른 사람에게 목례하고는 나에게 다가왔다.

"지금 가니?"

난 말에서 내렸다.

"너, 어떻게 여기 나와 있는 거야?"

"그냥……. 지나던 길에 혹시 후치가 갈지 모른다는 생각이 들어서."

"그래?"

잠시 말이 끊어졌다. 메리안은 추운지 손을 치맛자락 속으로 묻으면서 말했다.

"또 오니?"

"그럴 거야. 수도에 갔다가 그대로 돌아올 거야. 아, 그렇지. 내가 어제 원하는 게 있으면 말해 보라고 그랬지? 수도에서 뭐라도 사다줄까?"

메리안은 고개를 가로저었다.

"으으응. 됐어. 그럴 필요는 없구……. 다시 돌아온다고? 그럼, 우리 주점에 들러줄래? 그냥 지나치지 말고."

"꼭 들를게."

"꼭이야? 기다릴 거야?"

"응. 저, 그런데 말이야……."

난 메리안의 귓가에 대고 말했다.

"혹시……, 그 일 때문에 네가 시집도 못 가는, 뭐 그런……."

메리안은 발그레해진 얼굴로 웃었다.

"헤에. 걱정해 주니? 그럼 네가 나 책임지렴?"

이건 장난이 아닌데? 난 우물쭈물하며 뭐라고 대답해야 할지 고민스러워지기 시작했다. 말 위에 앉아 있던 다른 일행들은 모두 재미있다는 시선만 보내고 있었다. 메리안은 말했다.

"걱정 마. 후치에겐 레이디가 있잖아."

"푸히흐어아하하!"

샌슨이 갑자기 폭소를 터뜨렸다. 저 인간은 도대체! 메리안은 멍한 표정으로 샌슨을 보더니 다시 내게 말했다.

"그럼, 꼭 돌아오는 거지?"

"물론이야."

"알았어. 그럼 작별은 아직 필요없네. 잘 갔다오라고 할게."

"그럼……."

난 다시 말 위에 올랐다. 메리안은 잠시 내 모습을 바라보다가 뭐라고 말할 듯이 입술을 꼼지락거렸다. 그러더니 갑자기 몸을 돌려 뛰어가버렸다.

"가자."

샌슨의 재촉을 듣고서야 난 움직이기 시작했다. 우리는 성문을 빠져나왔고, 곧 속도를 내어 야산에 인접한 도로를 따라 달려갔다. 산자락을 굽이굽이 돌면서 펼쳐진 길이며, 길 옆으로는 가을걷이가 끝난 밭들이 펼쳐져 있다.

우리는 갈색 산맥으로 들어섰다.

가을의 산 속은, 꽤 추울 듯하지만 희한하게 별로 춥지 않다. 적어도 낮에는 그렇다는 말이다. 어쨌든 가을 햇살이 내리쬐어 헐벗기 시작하는 나뭇가지들 위로 부서지고 있다. 산길을 따라 걷는 것도 고역스러운 일은 아니며, 꽤 즐길 만한 여행이다.

펠레일이 있다면 산 모양만 척 보고서 '에, 이 산맥의 뻗어내린 모양을 보아 하오에 접어들면 수목 한계선이 나올 듯합니다. 야간에 수목 한계선보다 고지에서 잠들게 되는 것은 고려할 수 없으므로 진행 속도를 변경해야 할 듯합니다.' 등의 말을 했겠지. 그 똑똑한 마법사는 지금 전설에 남을 위대한 업적, 그러니까 50명의 꼬마들의 뒷바라지를 하고 있을 것이다. 흠, 말해 놓고 보니 그거 정말 전설적인 업적이 되겠군. 대마법사 핸드레이크라도 그런 일은 못할 거다. 나? 나라면 한 명의 꼬마만 맡게 되더라도 하루만 지나면 쓰러질 거다.

그때였다.

쉬이이이, 펄럭, 펄럭.

날개 소리기는 한데, 그게 무슨 새인지는 모르지만 저렇게 느리게 날면 떨어질 텐데? 난 하늘을 보았다. 그리고 기겁할 듯이 놀랐다. 샌슨의 고함소리가 들렸다.

"길 옆으로! 어서, 길 옆의 나무 아래로!"

우리는 황급히 나무 아래에 숨었다. 저놈이 독수리처럼 시각이 좋다면 어쩌지? 그러나 그것은 우리를 바라보지 않고 그냥 날아가고 있었다. 우리는 숨소리도 제대로 못 내며 머리 위의 나뭇잎 사이로 하늘을 바라보았다. 다행히도 침엽수림이라 가을인데도 나뭇잎이 울창했다.

그것은…… 마치 도마뱀처럼 생겼고 독수리는 비교도 안 되게 덩치가 컸으며, 박쥐의 날개 같은 커다란 피막의 날개를 가지고 있었다. 거꾸로 올려다보아서 그런지 온통 시커멓게 보였다. 그것을 얼핏 본 순간, 나는 뒤통수의 머리털이 일제히 곤두서는 것을 느꼈다.

"크읏, 아무르타트?"

아냐, 저건 블랙 드래곤이 아니다. 좀더 자세히 관찰하던 난 이마의 땀을 닦아내렸다. 그것은 훨씬 날씬하고 덩치도 작다. 꼬리 길이까지 다 쳐도 15큐빗 정도밖에(?) 안 된다. 그리고 그것은 캇셀프라임이 하늘을 날 때처럼 저렇게 큰 것이 하늘을 날다니 말도 안 된다……는 느낌으로 날지는 않았다. 아주 가볍게 하늘을 날아가고 있었다.

"와이번이다."

칼은 거의 들리지도 않을 만큼 낮게 말했다. 그는 어이가 없다는 얼굴로 이마를 닦으며 말했다.

"어떻게 우리가 저걸 못 봤지?"

"갑자기 날아오른 모양이군요."

이루릴이 말했다. 샌슨도 고개를 끄덕였다.

"이거, 하늘에도 주의를 기울이고 있어야 한다는 것을 깜빡했군. 잘못하면 큰일날 뻔했어."

샌슨은 멀어져가는 와이번을 보며 덧붙였다.

"우리를 보진 못했군. 정신없이 날아가는데? 마치 뭘 쫓아가는 것처럼……."

그때였다.

"아아아악!"

비명소리. 젠장! 분명히 공포에 질린 목소리이다. 샌슨의 말처럼 와이번은 뭔가를 노리고 날아가고 있었던 것이다. 샌슨은 곧장 말의 배를 걷어찼다.

"빌어먹을! 이랴! 하!"

운차이는 대경실색했다.

"이 자식아, 죽고 싶어서!"

운차이는 악을 썼지만 역시 기겁하면서 말을 달리게 했다. 밧줄이 서로 연결되었으니 자칫하면 둘 중 하나가 낙마할지도 모르니까. 운차이는 기를 쓰고 샌슨을 따라갔으며 다른 사람들도 샌슨의 뒤를 따라 비명소리가 들려온 곳으로 달려가기 시작했다.

나뭇가지가 정신없이 머리 위로 흘러 지나갔다. 볼을 할퀴며 귓가에 소용돌이치는 바람소리. 쉬익, 쉬익, 쉬익. 급격한 말발굽 소리에 호응하듯 다시 고함소리가 들려왔다.

"사, 살려줘요!"

샌슨은 앞뒤 볼 것 없이 달려갔다. 잠시 후, 우리가 뛰어나온 곳은 산과 산 사이에 생긴 넓은 분지였다. 중부 대로가 지나는 장소라 그런지 나무들이 별로 없었고 잡풀만이 무성한 분지였는데 모두 허리를 넘을 듯한 풀들이었다. 하지만 우리는 말에 타고 있어서 멀리 볼 수 있었다. 분지 저쪽으로부터 뭔가가 다급하게 우리 쪽으로 달려오고 있었다. 그리고 그 뒤쪽의 하늘에서는 와이번이 크게 선회하고 있었다. 방향을 바꾸어 내려꽂힐 기세였다. 이루릴이 외쳤다.

"네리아군요!"

뭐? 저게 보이나? 우리는 그것을 물어볼 새도 없이 달려갔다. 그러고 보니 붉은 머리카락이 흩날리는 것이 보이는데. 그런데 그때 네리아의 뒤를 쫓고 있던 와이번은 선회를 끝내었다. 그것이 이제 땅에 있는 네리아를 덮쳐 내려꽂히려 하고 있었다. 샌슨은 발악을 하며 와이번의 주의를 끌어보려 했다.

"이 자식아! 여기 더 많다!"

그때 나는 황당한 것을 보고야 말았다.

내 앞에 달려가던 칼은 고삐를 놓아버리더니 롱 보를 뽑아들었다. 불가능하다! 말 위에 앉은 채론 정면으로 롱 보를 쏠 수 없어! 그런데 칼은 다리 하나를 들어올려 옆으로 앉은 자세가 되었다. 수평으로 들어올려진 롱 보. 빠아아아……. 롱 보가 비명을 지른다. 이 거리에서, 달리는 말 위에서? 내가 칼에게 그의 정신 상태에 대한 의문을 피력하기도 전에 칼은 시위를 놓았다. 쐐애애액!

"쾌애애액!"

숨이 막히는 희한한 비명소리. 땅으로 내려꽂히려던 와이번이 순간 몸의 균형을 잃으며 기우뚱거렸다. 와이번은 거세게 날갯짓을 하며 다시 솟구쳐 올랐다. 우리는 쾌재를 올렸다.

"우와!"

그러나 놈은 공중에서 다시 자세를 갖추고 있었다. 우리는 네리아에게 최고 속도로 달려가기 시작했다. 이루릴이 갑자기 처지기 시작하더니, 말을 세우고 캐스팅을 시작했다.

"매직 미사일!"

부우우웅! 이루릴의 몸 주위에서 언젠가 보았던 것처럼 하얗게 타오르는 다섯 개의 광선이 나타났다. 그것은 제각기 허공에 어지러운 궤적을 그리며 와이번을 향해 쏜살같이 날아갔다.

콰콰콰콰쾅!

다섯 개의 광선들이 차례차례로 와이번에게 부딪혀갔다. 하늘을 날고 있는 와이번은 조금만 충격을 받아도 균형을 잃을 염려가 있는데 저런 것이 다섯 개나 작렬했으니 제정신일 리 만무하다. 그런데도 와이번은 광선들을 무시하면서 날아들고 있었다. 맞아도 상관없다는 투잖아.

"크아아아악!"

"흩어져!"

샌슨의 고함소리와 함께 우리는 양 옆으로 갈라져 달리기 시작했다. 샌슨과 운차이가 왼쪽으로, 그리고 나와 칼이 오른쪽으로 달렸다. 그런데 캐스트하느라 제자리에 서 있던 이루릴은 출발이 좀 늦었다. 그녀는 뒤로 돌아 달려갔으나 와이번은 똑바로 그녀를 쫓아갔다.

"제기랄!"

난 다시 말을 돌렸다. 그리고 이루릴을 향해 달려가기 시작했다. 그러나 내가 하늘에 있는 와이번을 어떻게 공격할 것인가. 난 고함을 지르기 시작했다.

"진실을 알려주마! 내가 바로 네 아버지의 원수야!"

그러나 와이번은 내 말은 들은 척도 하지 않았다. 나는 절망적으로 칼을 바라보았다. 지금 와이번을 공격할 수 있는 것은 칼뿐이다. 칼은 역시 롱 보를 끌어당기고 있었다. 피이이윳! 허공을 가로지른 화살이 와이번의 날개에 명중했다.

"쾌애액!"

그러나 와이번은 그대로 몸으로 뭉개버리겠다는 듯이 이루릴에게 부딪혀갔다.

"아아아악!"

충돌! 와이번은 뒤에서 이루릴의 말에 부딪혀갔다. 이힝힝힝힝! 래셔널 셀렉션이 비명을 지르며 발을 헛디디는 것이 똑바로 보인다. 말라 있던 풀이 마구 하늘로 튕겨오르고 낙엽이 폭풍이 되어 흩날렸다. 흙먼지가 피어오르고 땅을 진동시키는 굉음. 이루릴은 충돌의 순간 앞으로 튕겨 날아갔다. 충격으로 정신을 잃었는지 이루릴은 그저 맥없이 땅에 부딪혀 굴러가버렸다. 래셔널 셀렉션도 네 다리를 휘저으며 나가떨어졌다.

와이번도 성할 리 없다. 땅에 온몸으로 부딪혀버렸으니. 그놈은 날개가 너덜너덜할 정도로 찢어졌다. 칼의 화살에 맞은 데다가 충격까지 겹쳤으니까. 그러나 와이번은 용틀임을 하더니 몸을 뒤집으며 일어났다. 놈은 그대로 머리를 높게 들어올려 휘휘 목을 저었다. 그 아래에는 정신을 잃고 쓰러져 있는 이루릴이 보였다. 놈은 이루릴을 발견하더니 곧 머리를 밑으로 내려꽂았다.

"안 돼!"

"멈춰!"

샌슨이 목이 터져라 비명을 지르며 달려오고 있었고 나도 정신없이 달려갔다. 그러나 와이번이 머리를 내려찍는 것보다 빠를 수는 없다. 놈의 이빨이 희게 번뜩였다.

"아아악!"

이루릴의 비명소리. 놈은 이루릴의 허리를 물어올렸다. 사방으로 튀는 붉은 피. 놈은 그대로 이루릴을 휘휘 휘두르다가, 달려가는 우리를 발견하자 이루릴을 우리 쪽으로 집어던졌다. 허공에 피를 뿌리며 이루릴이 날아오고 있었다.

"이루릴!"

도대체 무슨 정신으로 그렇게 했는지는 모르겠지만, 난 안장을 두 손으로 강하게 내려찍으며 뛰어올랐다. 나 외에는 안 된다. 말 위에서 뛰어오를 수 있는 것은 나밖에 없다. 안장이 박살나는 느낌과 함께 나는 날아올랐고, 내가 강하게 아래로 밀어버리느라 제미니는 그대로 땅에 가슴을 들이박으며 나동그라졌다. 이힝힝힝! 허공에서 간신히 이루릴을 잡아내었다. 땅이 무서운 속도로 다가온다.

"아아아압!"

나는 죽을 힘을 다해 허리를 뒤틀어 이루릴이 위로 가도록 했다. 콰광! 눈앞이 순식간에 엄청나게 밝아졌다. 백색, 화끈한 백색과 함께 세상이 뒤집히는 감각. 귀가 땅에 쓸리는지 통째로 떨어져 나갈 듯한 느낌이 든다. 그러나 난 이루릴을 꼭 껴안았다.

"너 이 죽일 놈아!"

샌슨의 고함소리에 난 머리를 간신히 들어올렸다.

"우으음!"

등에서 모진 고통이 다가왔지만 난 간신히 일어나 앉았다. 내 품에 안겨 있는 이루릴을 보았다.

이루릴의 검은 머리는 흙먼지로 더러워져 있었고 그녀의 하얀 살갗 곳곳에 붉은 핏방울이 튀어 있었다. 손바닥에 닿는 질척거리는 감각에 부들부들 떨며 그녀의 허리를 보았다. 그녀의 옷에는 구멍이 나 있었고 피는 계속해서 하얀 블라우스를 물들여가고 있었다. 나는 이빨을 딱딱 부딪히며 일단 와이번이 어떻게 되었는지 살폈다.

샌슨은 와이번에게 말을 달리면서 롱소드를 후려쳤다. 그러나 와이번은 찢어진 날개를 퍼득거리며 옆으로 피하더니 샌슨의 뒤를 따라가고 있던 운차이에게 달려들었다. 샌슨은 황급히 뒤로 칼을 휘둘렀다.

샌슨의 슈팅스타와 연결되어 있던 밧줄이 잘리자 운차이는 급히 앰뷸런트 제일의 고삐를 잡아당겼다. 와이번의 공격은 아슬아슬하게 빗나갔다. 그러나 와이번은 이제 운차이를 추격하기 시작했다. 놈은 찢어진 날개를 펄럭이며 두 발로 땅을 박차며 마치 거대한 수탉처럼 앞으로 달려가고 있다. 그리고 수탉에게 쫓기는 지렁이 신세가 된 운차이는 죽어라고 달려가고 있었다. 그때 와이번 옆의 풀숲에서 갑자기 뭔가가 튀어나왔다.

"이야아아압!"

네리아였다. 갑자기 나타난 그녀는 온몸을 던지며 그녀의 트라이던트를 와이번의 옆구리에 꽂아넣었다. 와이번은 머리를 하늘로 들어올리며 비명을 질렀다.

"꽤애애액!"

그러나 놈은 곧 날개를 휘둘렀다. 네리아는 트라이던트를 놓아버리며 뒤로 텀블링해서 빠져나왔다. 난 일단 와이번이 내게서 멀어졌기 때문에 떨리는 손으로 이루릴의 허리 상처를 막았다. 이루릴은 상처를 꽉 누르자 신음을 뱉었다.

"으으음……. 하아, 하악."

나는 그녀에게 충격이 가지 않도록 주의하며 그녀의 허리 뒤를 만져보았다.

기억대로다. 그녀의 혁대 등쪽에 있는 작은 가방이 만져졌다. 난 떨리느라 잘 움직이지 않는 손가락을 힘겹게 움직여서 힐링 포션을 꺼내었다. 이루릴의 얼굴은 벌써 파리하게 변하고 있었다. 인간이라면 쇼크사가 일어날 텐데, 엘프는 제발 아니길 빈다. 난 힐링 포션의 병 주둥이를 거의 부수듯 하며 열었다. 그리고 그녀의 입술 사이로 흘려넣었다.

이루릴은 입술을 적시는 감각에 눈을 떴다. 그녀는 약병을 보더니 목이 타듯이 말했다.

"사, 상처에도……."

상처에? 아, 상처에도 바르라고? 난 이루릴의 혁대를 풀고 블라우스를 끄집어내었다. 피에 젖어 끈적거리는 블라우스를 조심스럽게 치우고는 그녀의 허리의 상처를 드러내었다. 참혹했다. 이루릴의 허리와 배에 둥글게 나 있는 구멍들에는 내 손가락도 들어가겠다. 난 조심스럽게 약을 발랐다. 피를 먼저 닦아내어야 되는 것 아닌가? 그 순간, 나는 쭈뼛하는 느낌을 받았다. 뭘 느꼈던 거지?

내게 다가오는 큼직한 발자국소리다. 그것을 느꼈던 것이다.

"조심해! 후치!"

고개를 돌려보니 벌써 육박하고 있는 와이번이 보였다. 아니, 와이번은 보이지 않고 놈의 허연 이빨과 입 안만이 보일 지경이다. 시간이 없다!

"죽어보자!"

난 무릎 위의 이루릴을 덮치며 웅크렸다. 목만 물지 마라. 그럼 좀 버틸 수 있겠지. 그러면 그 사이에 다른 사람들이 도와주러…….

그러나 아무리 기다려도 소식이 안 오는데? 머리를 살그머니 들어보았다. 내 앞에는 사람의 다리가 보였다. 그리고 그 등을 따라 올라가 뒤통수가 보였다. 그 좌우에는 펼쳐진 양팔. 누군가 내 앞을 막아서 있었다.

운차이였다.

그리고 운차이 앞에는 와이번이 서 있었다. 머리를 꼿꼿이 들고 서 있으니 그 거대한 몸은 운차이의 뒤에 앉아 있는 내게도 똑바로 보일 정도이다.

"크르르르……."

놈은 으릉대고 있었다. 그런데 이상하다. 덤벼들지 않는다. 운차이는 그저 양팔을 벌려선 채 내 앞을 막아서 있을 뿐인데 저놈이 왜 덤벼들지 않지? 그때 낮은 목소리가 들렸다.

"Peca, Nanysanchee amai…… Ahn choudar."

운차이의 목소리는 낮은 으르렁거림 같았다. 그러더니 운차이는 앞으로 한 발 내디뎠다. 그러자 해괴한 일이 일어났다.

와이번이 뒤로 물러난 것이다.

"Ahn choudar!"

운차이는 다시 한 발 내디뎠다. 그러자 와이번은 두 발자국이나 물러났다.

와이번은 어떻게 해야 좋을지 모르겠다는 투였다. 그 눈빛은 자신이 왜 물러나는지도 모르겠다는 듯이 흐려지고 있었다. 그러나 갑자기, 놈은 갑자기 물 속에서 뛰쳐나온 듯이 온몸을 부르르 떨었다. 놈은 뒤로 물러나는 것을 정지했다. 놈의 눈에서 불똥이 뿜어졌다.

"크르르르……."

놈은 다시 머리를 앞으로 내밀며 으르렁거리기 시작했다. 운차이가 나지막하게 말했다.

"여기까지군. 달아나. 후치."

"꽤애애애액!"

와이번은 마치 무엇을 떨쳐버리는 듯이 포효하며 날개를 쫙 펼쳤다. 엄청나다! 놈은 양 날개를 쫘악 펼치고 목을 울리고 있었다. 귀가 먹어버릴 지경이다.

"꽤애애애액!"

놈은 땅을 박차며 운차이에게 달려들었다. 운차이는 꼼짝도 하지 않았다.

콰당! 놈은 운차이의 옆을 스치며 땅에 턱을 박았다. 놈의 기다란 목은 운차이의 뒤에 앉아 있던 내 옆에까지 와서 땅에 나동그라졌다. 놈은 혀를 빼물고 죽어 있었다.

운차이는 고개를 뒤로 돌렸다. 나도 바라보았다. 그 목에는 화살깃이 보였다. 목을 깨끗이 관통당한 것이다.

"여어! 다들 괜찮은가?"

저 멀리서 칼이 손을 흔들며 달려오고 있었다. 칼이 우릴 구했군. 운차이는 내 옆에 털썩 주저앉았다. 나도 아무 말 없이 앉은 채로 헉헉거렸다. 운차이는 나지막하게 말했다.

"후우. 하루에 두 번은 못할 일이군……."

내 가슴에 안겨 있는 이루릴의 얼굴을 내려보며, 나도 말했다.

"그렇군요……. 그런데 조금 전엔 어떻게 된 거죠?"

"응?"

"그 와이번 말이에요. 완전히 질려버린 듯하더군요."

"아, 그거?"

운차이는 힘겹게 몸을 일으키며 말했다.

"질려버리게 한 거야."

5

우리는 더 이상 전진을 못하게 되었다. 그래서 분지 끄트머리에 있는 숲으로 들어갔다.

"이라무스로 돌아가는 것이 낫지 않겠습니까? 세레니얼 양."

칼의 질문에 이루릴은 파리한 얼굴을 가로저었다.

"괜찮습니다. 내일이면 나을 거예요. 이라무스로 되돌아가면 시간을 더 소모하게 되겠지요. 그리고 무엇보다 저에겐 숲이 더 안온합니다. 이라무스로 돌아간다고 더 나을 것은 없을 거예요. 오히려 거기까지 가느라 더 힘겨워지겠죠."

"그런가요. 알겠습니다."

이루릴은 엘프라 어떤 기후에도 크게 거리낄 것이 없다지만 그것도 건강할 때의 이야기다. 그래서 우리는 장작을 많이 준비하기로 했다. 샌슨은 손도끼를 들고 나무들을 바라보더니 한심스럽다는 표정을 지었다. 고원이긴 하지만 분지 지형이라 바람을 별로 안 타는지 나무들은 모두 우람한 것들이었다. 작은 것도 직경이 한 뼘은 되었다. 손도끼로 찍으면 하루 종일 걸리겠군. 내가 앞으로 나섰다.

"이 나무를 내가 바스타드로 자를 수 있을까, 없을까?"

"칼날 부러진다."

"그럼 곰 흉내를 내는 게 좋겠군."

네리아는 이상한 표정으로 날 바라보았다. 난 손바닥에 침을 뱉어 문지르고는, 있는 힘껏 돌격해서 나무에 부딪혔다. 콰지지직! 첫 번째 충돌에 나무는 뿌리가 들리고 말았다. 그러자 나머지는 나무의 무게로 알아서 넘어가게 되었다. 쿠궁. 네리아는 입을 쫙악 벌리고는 말도 제대로 못했다.

난 샌슨에게서 도끼를 건네받아 쓰러진 나무 위에 도끼날을 곧게 세웠다. 그리고 주먹으로 도끼머리를 내리치자 나무는 반 동강이 났다. 그런 식으로 기다란 나무를 가로로 몇 토막으로 내고는 다시 세로로 쪼개고를 몇 번 하니 곧 훌륭한 장작더미가 만들어졌다. 네리아가 질문해 왔다.

"너 사람 아니지?"

"들켰군요. 그건 당신과 나만의 비밀로 남겨둬요."

내 실없는 말에 네리아는 실소했다. 칼은 나무에 기대어 앉은 이루릴 옆에 앉아서 근심스러운 표정으로 분지를 둘러보고 있었다.

"밤이 되면……, 사방의 몬스터가 다 몰려들 수 있는 지형이구만. 주위의 산등성이가 모조리 몰려 있는데. 산 속에 있는 평지니까, 어쩔 수 없겠지."

샌슨과 나도 그 옆에 앉았다.

"울타리를 세울까요?"

"글쎄. 퍼시발 군. 갈색 산맥의 몬스터 분포는 어떠한가?"

샌슨은 자신의 짐 배낭에서 책을 꺼내들더니 바닥에 앉아 그 책을 무릎 위에 펼쳤다.

"어, 장난이 아니군요. 중부 대로가 지나는 부분에서는 꽤 자주 토벌이 있었지만 아직 미확인 몬스터들의 출몰이 확인되고 있답니다. 갈색 산맥이 워낙 넓어서 중간에 평야 지형이나 암석 지형, 언덕 지형 등 각양각색의 지형과 수종을 가지고 있어 여러 몬스터들에게 적절한 환경이랍니다. 우리가 지나는 길은 그래도 가장 짧은 길이지만 그래도 말로는 2, 3일 정도 소요될 정도니까 얼마나 넓은지는 짐작이 되죠."

"자주 출현하는 몬스터는?"

샌슨은 미간을 문지르며 몇 쪽을 더 넘기더니 읽기 시작했다.

"화염의 창이라 불리는 이그누스 드래곤 크라드메서……."

"크억?"

난 눈을 뒤집을 뻔했다. 드래곤이라고! 그것도 이그누스 드래곤이라고! 그러나 샌슨은 유유히 읽어나갔다.

"이게 가장 유명하지만 아직 수면기입니다."

나와 칼은 동시에 엄청난 한숨을 쉬었다. 샌슨은 뭐가 재미있는지 열심히 책을 읽는 눈치였다.

"와! 수면기에 들어가기 전, 크라드메서의 드래곤 라자가 사망했답니다. 그래서 발광해 버려서 갈색 산맥과 미드 그레이드 각지를 쑥대밭으로 만들었다는군요. 그때는 굉장했다는데요? 결국 토벌은 꿈도 못 꾸다가 크라드메서가 수면기에 들어가서 겨우 파괴는 멈추었답니다."

칼은 헛기침을 하며 말했다.

"어흠, 지식의 습득은 기분 좋은 일이네만, 지금은 우리의 관심을 현실적인 위험이 될 수 있는 몬스터에 맞추어보세."

"예. 어, 그 외에 스톤 자이언트가 조금 발견되었고, 오거……, 이건 좀 의외군요. 어쨌든 발견은 되었답니다. 산능선을 따라 6부 능선쯤에 분포한다는데, 야생 동물을 사냥하는 모양입니다. 오거가 사냥할 게 있을지 모르겠네. 트롤이 여행자를 습격하는 일이 간혹 있답니다. 그리고 오크나 고블린은 그저 산을 넘을 일이 있어서 오가는 정도. 와이번이나 키메라 등이 좀 분포한답니다. 맨티코어도 있고."

샌슨의 말을 들으며 난 점점 기분이 나빠졌다. 그런데 아직 끝나지 않았다.

"그리고 뱀 종류가 무서운 게 꽤 되지만, 이건 가을이 깊었으니 벌써 동면에 들어갔겠고……. 곤충형 몬스터들도 역시 가을이라 별로 나타나진 않을 것 같습니다. 식물형 몬스터는 이동성이 없으니 상관없겠고. 스터지나 슬라임 계열, 기타 여러 가지 몬스터도 있긴 하지만, 역시 길이 있는 이 부분까지는 나오지 않고 보다 깊은 산 속까지 들어가야 나타난다는군요. 우와! 유니콘이 있을 수도 있다는데요? 그리고 그 외에 요정 종족들, 드라이어드나 페어리, 님프 등도 있지만 이런 존재들은 인간을 습격하지 않으니 상관없겠습니다. 그리고 온순한 성격의 몬스터들도 모두 제외해도 좋을 테고. 어쨌든 산이나 숲을 좋아하는 몬스터라면 없는 게 없을 정도랍니다."

없는 게 없다……라. 우후후후훗.

"하지만, 야! 이런 말이 적혀 있군요. '이것은 모두 생존자의 보고를 기반으로 한 것이므로 생존자를 남겨두지 않을 정도의 몬스터는 수록되지 않았음을 명심하도록. 조언하자면, 길에서 만나는 몬스터라면 그건 길을 가는 인간을 덮칠 만큼의 몬스터라는 점을 유념하여 항상 조심하라.'고 적혀 있군요. 음, 옳은 말이라고 생각합니다. 뭐, 그 정도입니다."

샌슨은 태평하게 읽었지만 나와 칼, 그리고 운차이의 얼굴은 핼쑥해져버렸다. 난 주위를 둘러보고는 좀 으스스한 느낌을 받으며 샌슨에게 질문했다.

"그럼, 어쩌지?"

"뭐, 평소에 하던 대로 불침번 서면서 불이나 열심히 지피는 거지."

"응?"

샌슨은 만사가 아주 간단하다는 듯이 푸근하게 웃으며 말했다.

"목책을 세워도 날아오는 것은 못 막아. 하지만 숲이니까 날아오는 것은 상관없지. 그리고 땅 밑으로 기어들어와도 나무 뿌리들 때문에 역시 상관없어. 그래도 다가올 녀석들은 있겠지만, 밤에 나돌아다니는 것들은 불을 싫어해. 네가 산더미처럼 장작을 만들어놨잖아? 열심히 태우는 거지. 뭐가 올 줄 알아서 대비를 하냐?"

샌슨의 말은 무성의하게까지 들리지만 다시 생각해 보니 정말 그것 이외에는 달리 방법이 없을 것 같다. 뭐가 온다는 것을 알면 그에 대비해 방법을 취하겠지만, 그렇지 않다면 방도가 없다. 장작은 충분하니까 불이나 열심히 지피는 게 최상이겠다.

그런데 네리아는 다른 데 더 관심이 있나 보다.

"야, 샌슨. 그 책 얼마야? 정말 탐나."

"이건 왕실 지리원에서 편찬해서 각 영지에 배포하는 책이야. 돈 주고 사는 물건이 아니지."

그러다가 샌슨은 빙긋 웃었다.

"참, 넌 원래 돈 주고 물건 사지 않지?"

네리아는 그 말에 입술을 삐죽거렸다. 샌슨은 책을 탁 덮으며 말했다.

"그건 그렇고 이제 작업도 대충 끝났으니 점심 먹으며 네 이야기나 좀 듣자."

"내 이야기?"

"돈을 어떻게 돌려줄 수 있었지?"

히엑? 나와 네리아는 동시에 놀랐다. 네리아는 날 바라보았고 난 고개를 휘저었다. 그러자 샌슨이 말했다.

"뻔하잖아. 너 말고 누가 있어. 그건 바보라도 생각할 수 있는 일이고. 내가 궁금하게 생각하는 것은 말이야, 후치가 밝히지 않았다는 점이야. 왜 그랬을까? 그 돈이 좀 께름칙한 것이기 때문이라면 난 슬플 거야."

네리아는 입을 딱 벌리고 나와 샌슨을 번갈아 쳐다보았고 나는 얼굴이 벌개져서 그 시선을 외면했다. 샌슨은 갑자기 우리 둘이 왜 바보가 되었는지 이상하다는 눈으로 쳐다보았다.

"어, 천천히 듣자고. 뭐, 네가 좋은 의도로 그랬으니까 그렇게 나쁜 짓을 한 것은 아닐 거라고 생각해. 후치? 점심 도시락이나 꺼내. 먹고 하자, 응?"

샌슨은 배를 문지르면서 지금 당장 그에게 가장 절실한 것이 뭔지를 온몸으로 보여주고 있었다. 난 부리나케 말에 매어둔 도시락 바구니로 달려갔다. 흘깃 돌아보니 네리아는 우물쭈물하며 샌슨의 눈을 피한 채 앉아 있었다.

샌슨은 네리아에게 뭐라고 말하려 했지만 그 전에 내가 바구니를 대령했다. 그러자 샌슨은 만사 제쳐두고 도시락 바구니에 대한 치열한 공격을 감행했다. 생존자가 거의 없어질 무렵이 되어서야 샌슨은 트림을 하며 더할 나위 없이 행복한 얼굴이 되어 나무에 기대 앉았다. 아무래도 갈색 산맥에 출몰하는 몬스터의 목록에다가 샌슨 퍼시발도 추가해야 될 것 같다.

성명: 샌슨 퍼시발 (남성)

출현 빈도: 유니크

활동 범위/시간: 모든 지형에서/주로 낮

특성: 이 강인하고 흉포한 생물은 음식물에 대한 무한한 복수심으로 불타오르며 그의 시야에 들어오는 어떠한 종류의 음식물도 잔혹하리만큼 처절하게 먹어치워 버림.

내가 이런 목록을 구상하고 있을 때 샌슨은 이루릴에게 말했다.

"이루릴, 좀더 드시죠?"

이루릴은 미소를 지었고 난 어이가 없어서 외쳤다.

"먹을 걸 남겨두고 그렇게 말해!"

"바구니 더 없냐?"

"그건 저녁 때 먹을 거야!"

"뭐, 어떠냐. 오늘은 시간도 많은데 네 요리 솜씨 발휘하면 되지."

"됐다, 됐어! 적당히 하자. 사람같이 살자고!"

샌슨은 머쓱한 표정으로 와인 병을 쥐어들었다. 그는 배낭에서 그릇들을 꺼내어 사람들에게 돌리고는 와인을 따르기 시작했다.

"이루릴, 와인 괜찮겠습니까? 회복에 혹시 해가 된다거나……."

"아뇨, 상관없어요. 치료는 끝났는걸요."

이루릴의 얼굴에 혈색이 돈다면 나쁘지 않겠지. 환자가 술을 마셔도 되는지 모르겠지만 와이번에게 씹혔던 환자가 이렇게 멀

찡하게 앉아 있으니 와인 한 잔에 죽을 것 같지는 않군. 난 샌슨이 네리아에게 질문을 꺼낼까 봐 화제를 계속 이루릴에게 집중시켰다.

"그 약 정말 좋네요. 힐링 포션? 비싼 값을 하네요?"

이루릴은 고개를 끄덕였다.

"그렇죠. 모험가들이 신전을 자주 찾는 것은 그들의 모험의 안녕을 기원하기 위해서보다는 힐링 포션을 구입하기 위한 경우가 더 많다더군요. 이 약은 너무 비싸서 모험가들처럼 위험하게 사는 사람들 이외에는 구입할 수도 없죠."

"하긴, 100셀이라니. 100셀이면…… 어디 보자, 5퍼셀짜리 양초가 2000개로군. 휘유. 하루에 쉰 개씩 만들어도 한 달 열흘 동안 계속 만들면 2000개. 하지만 재료 준비하고 기타 먹고 쓸 일이 있으니. 에고에고."

네리아가 눈을 둥글게 뜨더니 말했다.

"초?"

다른 것 다 내버려두고 왜 초를 말하는 건지 의아하다는 표정이다. 난 싱긋 웃으며 대답했다.

"직업 정신이죠. 난 초장이거든요."

"초장이?"

네리아의 얼굴이 더 이상해졌다. 난 윙크를 하며 말했다.

"어어, 직업엔 귀천이 없어요! 멋진 나이트호크라고 해서 초장이를 우습게 보면 곤란하다고요. 옛 선인들 중 똑똑하신 분이 우리를 가리켜 이렇게 말했어요. '빛의 세공사.'."

"빛의 세공사? 멋지네. 그런데 초장이라고? 초장이는 모두 힘이 엄청나게 세야 하니?"

"그건 내 개성이죠. 초장이의 개성은 아니죠."

나는 말을 돌리는 데 성공했다. 그래서 나는 우리 마을의 이야기와 훌륭하신 우리 영주님의 이야기, 그리고 아무르타트와, 타이번과, 우리의 여행에 대한 모든 이야기를 네리아에게 들려주었다.

칼은 나와 함께 겪은 사건들이 자신의 관점이 아닌 나의 관점을 통해 새롭게 이야기되는 것을 들으며 즐기는 듯했다. 그는 때때로 고개를 갸웃거리기도 했고, '그렇게 생각하는가?' 라는 식의 시선도 보내어왔지만 전혀 방해는 하지 않았다. 운차이도 처음 듣는 이야기라서 잠자코 꽤 열심히 들었다. 하지만 샌슨은 엄청난 방해를 해대었다. 화자가 하나가 아니라 둘일 때는 이야기하는 것이 세 배로 어렵다더니 정말 그렇군. 그러니까 이런 식이다.

"그래서 이루릴이 그 30명의 경비병들을 하늘로 날려보내자……."

그러면 샌슨이 냉큼 끼어든다.

"아냐, 후치. 실리키안 남작의 경비병은 32명이었지."

"어, 그래? 어떻게 그렇게 빨리 세었지?"

"존경해라. 경비대 필수 과목이다. 다섯 명씩 묶어서 세는 거지."

"아하, 그런 거야?"

우리가 이런 대화를 나누면 네리아는 볼을 일그러뜨리며 말했다.

"야, 야! 그거 중요하니? 30명이든 32명이든 말이야. 어쨌든 그 다음엔 어떻게 되었어? 빨리 말해 봐, 후치."

이렇게 무수한 방해를 받아가며 이야기하려니 지치지 않을 수 없다. 어쨌든 간신히 나는 칼라일 영지의 세이크럴라이즈의 이야기까지 진행했고 그 이야기는 네리아를 퍽 놀라게 만들었다. 네리아는 그 엄청난 단어의 길이에 놀란 모양이다.

"자, 잠깐. 뭐라고?"

"세이크럴라이즈라고요. 그래서 칼라일 영지는 세이크리드 랜드가 되어서……."

"……초장이는 원래 그렇게 어려운 말을 써야 돼?"

"그것도 내 개성이라고 해두죠. 그런데 계속 이야기해도 될까요?"

"응? 아, 그래. 계속해."

시간 가는 것이 재미있을 정도다. 어쨌든 늦은 점심 식사 뒤의 이야기는 하늘이 마구 막막해 보이는 시간, 오후가 무르익는 시간까지 계속되었다.

네리아는 꽤 착실한 청자였다. 그녀는 미소를 짓거나 긴장하거나 하면서 얼굴의 표정을 지어주는 데 충실하여 이야기하는 사람을 기쁘게 만들었다. 어쩌면 네리아가 날 조종하지 않았을까? 이야기를 다른 곳으로 돌리려고 생각하는 사람은 나뿐만이 아닐 테니까.

"까르르르…… 재미있네. 그럼 완전히 모험가 초보들이구나?"

"모험가는 아니죠. 우린 모험을 찾아나온 것은 아니니까."

"상관없어. 사람들은 다 모험가야. 산다는 것만큼 큰 모험은 없어."

평범한 말이었지만 네리아의 말은 꽤나 비장한 울림을 가지고 있었다. 그리고 흔히 그러하듯, 비장한 말이 꺼내어지고 나자 다른 사람들이 말하기가 어려워졌다. 그러자 네리아는 재빨리 운차이에게 고개를 돌렸다.

"그럼, 넌 수도로 끌려가면 끝장이겠네?"

운차이는 네리아를 쳐다보지도 않았다. 네리아는 눈썹을 꿈틀거리더니 폴짝 뛰어서 운차이의 바로 옆에 붙어섰다. 그리고 운차이의 귓가에 숨을 불어넣듯이 말했다.

"지금 기분이 어때……?"

운차이는 귀뿌리까지 벌겋게 되더니 후다닥 일어났다. 그는 마치 자리를 피하고 싶다는 듯한 몸짓을 했지만 샌슨은 롱소드의 칼자루를 잡아올려 보여주었다. 운차이가 움찔하자 샌슨은 낮고 위압적으로 말했다.

"행동의 자유는 보장하지만, 시야에서 벗어나는 것은 안 돼."

그러자 운차이는 내 왼편에 와서 앉더니 내게 고함을 지르기 시작했다.

"후치! 바이서스 여자들은 모두 방종한 성격을 가지고 있냐?"

"예에……?"

내가 대답하기도 전에 네리아도 내게 뛰어와 내 오른편에 앉았다. 결국 나는 운차이와 네리아 사이에 끼여버렸다. 네리아는 나에게 말하기 시작했다.

"후치. 자이펀에서는 도대체 애정 생활이 어떻게 실현될까?"

내가 대답하기도 전에 운차이가 내 반대쪽 귀에 대고 외쳤다.

"후치. 건전한 애정 생활이라는 것은 두 사람의 성숙한 성인이 서로에게 충실함으로써 느껴지는 감정일 것이라고 생각하지 않아? 아무에게나 자신의 성적 매력을 은유적으로 남발하는 것이 여자의 특권이라고 생각해? 마치 남자들을 기쁘게 하면 좋은 일이라는 것처럼 여자들이 은근히 음란한 복장이나 교묘히 외설적인 언어를 사용해서 남자들을 자극하는 것을 어떻게 생각해?"

역시 난 대답할 틈이 없었다. 네리아는 말했다.

"후치. 여자를 이해하지 못하는 남자로서 여자를 바라보며 자기가 느끼는 음란한 충동을 여자가 고의적으로 발산한다는 식으로 여자에게 뒤집어씌우는 것을 어떻게 생각하니? 여자는 자연스럽게 행동하는데 남자 혼자서 흥분해 버려서는, 자기 혼자 깨끗해지고 싶어서 '여자가 먼저 잘못했다. 왜 그런 행동을 하느냐?' 이런 식으로 모든 죄는 여자에게 있다고 뒤집어씌우는, 그런 소아병적인 추태를 어떻게 생각해?"

난 한숨을 쉬고 말했다.

"……두 분, '후치'는 빼고 말해도 좋아요. 계속하세요."

양쪽 귀가 멍멍해지는 느낌이다. 정말 우스운 꼴이잖아. 그냥 서로 이야기를 나누면 되는 것 아니냐? 왜 날 사이에 두고 이야기를 하느냐고. 하지만 난 샌슨에게 네리아가 돌려준 그 돈에 대해 질문할 틈을 주고 싶지 않았기 때문에 잠자코 그 수난을 겪어야 했다.

어쨌든 어떻게 끝났는지도 모르게 운차이와 네리아의 악다구니는 끝났다. 난 양쪽에서 들려오는 말에 거의 신경을 쓰지 않았기 때문에 이야기의 요지나 결말이 뭔지는 모르겠다. 내 생각이지만 결말은 없었을 것이다. 둘 다 서로에게 말하지 않고 나에게 말했으니 그건 일종의 혼잣말이고, 혼잣말을 서로 떠들어대는 토론에서 무슨 근사한 결론이 나올 것 같지가 않다. 특히나 두 사람이 모두 성깔이 대단하고 고집스러운 면이 있으니 무슨 제대로 된 결론이 나올까.

어쨌든 지금은 해가 지고 저녁 식사도 끝났다. 칼의 제안에 따라 네리아는 갈색 산맥을 넘을 때까지 우리와 동행하게 되었다.

"그래도 돼요, 아저씨? 내 직업 알잖아요?"

네리아의 약간은 도전적인 어투에 칼은 싱긋 웃어버렸다.

"글쎄. 네리아 양의 경우에는 모르지만, 나라면 우리 일행 같은 사람의 짐보따리는 노리지 않겠소. 가난하잖소?"

칼의 온화한 말에 네리아는 얼굴이 발갛게 되었다. 칼은 이렇게 말할 수도 있었다. 자신을 체포하고도 놔주고, 그리고 와이번에게 쫓길 때 목숨 걸고 구해 준 사람의 짐보따리는 노리지 않아야 되는 것이 아니냐고.

"……고마워요. 저, 갈색 산맥을 넘을 때까지 여러분께 도움이 되도록 할게요."

일행은 오늘 손해본 시간을 내일 되찾기 위해 모두 일찌감치 잠자리에 들어갔다. 첫 번째 불침번은 내가 서게 되었다. 난 모닥불에 장작을 던져넣으며 일행을 둘러보았다.

샌슨은 모포를 다 걷어차 버리고 큰대자로 누워 코를 골고 있다. 내가 조금 전에 모포를 다시 덮어줬는데도 저 모양이다. 그냥 모포를 몸에 감고 밧줄로 묶어버릴까? 에이, 관둬라. 저러고 자도 감기에 안 걸리는 체질이니. 다른 편에서는 칼이 얌전히 죽은 사람처럼 자고 있다. 이루릴과 네리아는 같은 모포 속에서 서로 따스하게 자고 있다.

운차이는 나무에 발목이 묶인 채 누워 있었다. 운차이의 얼굴을 보니, 그는 눈을 뜨고 있었다.

"안 자요?"

"잠이 오지 않는다. 너무 이르군."

"자둬요."

"걱정 마라. 난 불침번도 세우지 않을 것 아니냐. 포로가 편한 점도 있지."

하긴 그렇다. 운차이를 불침번으로 세울 수야 없으니 나, 샌슨, 칼이 서로 번갈아가며 불침번을 설 것이다. 이루릴은 다쳤고, 게다가 아침에 일어나 기주하려면 푹 자둬야 된다. 네리아? 할 수 없지. 믿지 못한다는 것을 보여주게 될지도 모르지만 그냥 안 세우는 것이 낫겠다.

"후치."

운차이가 말을 걸었다. 난 장작개비를 다시 던져넣으며 바라보았다.

"날 놔줘."

"……그건 곤란해요."

"사례하마. 기필코 하겠다. 날 놔줘."

"안 돼요."

"기어코 바이서스 임펠에 데려가서 교수대에 걸겠다는 거냐?"

기분 나쁘지만 그럴 수밖에 없지 않은가. 난 시무룩하게 대꾸했다.

"당신은 간첩이 되었을 때 이미 각오가 되어 있었을 거 아녜요?"

"끝까지 살아남겠다는 각오도 있었다."

"……살아남겠다고요? 당신은 전쟁 포로로 취급되긴 어렵겠죠. 간첩 활동을 했으니까. 그리고 당신들이 칼라일 영지에 일으킨 해악을 생각해 봐요. 그러고도 살아남겠다고요?"

“그건 그 여자의 짓이다. 우린 그 여자의 호위였을 뿐이지. 우리는 그저 그 땅에 아지트를 만들어두고 그 여자를 기다렸을 뿐이다.”

“재판에서는 막지 않았다면 공범이나 다름없다고 할걸요. 그걸 방조죄라고 하던가?”

운차이는 나를 똑바로 쳐다보며 말했다.

“그건 옳은 말이지만, 옳은 말이 아니기도 하다. 자신의 손에 닿지 않는 것도 많다. 세상의 모든 일에 대해 책임질 수는 없다. 내 듣기에, 넌 전장과 멀리 떨어진 웨스트 그레이드의 주민으로 바이서스와 자이펀의 전쟁에 대해서는 거의 관심이 없이 살았구나. 하지만 만일 자이펀이 바이서스를 침공해서 너희 고향을 쑥대밭으로 만들고, 너희 국왕이 우리나라에 전쟁을 건 것을 막지 않았다는 죄목으로 널 죽이려 든다면, 넌 뭐라고 하겠냐?”

“장기판의 말 신세인 아랫사람만 죽어난다는 식의 이야기로군요.”

“억울하지 않으냐?”

“전혀.”

“……이유를 말해 봐라.”

“그런 식으로 따진다면 내가 독수리처럼 날 수 없어서 억울할 수도 있어요. 내가 물고기처럼 물 속에서 숨쉴 수 없어서 억울할 수도 있지요.”

“넌 독수리나 물고기가 아니라 인간이다. 그리고 너의 국왕, 귀족, 장군들도 너와 같은 인간이다. 같은 인간이면서 왜 아래에 있는 사람들만이 대가를 뒤집어써야 되느냐. 나도 인간이고, 날 바이서스로 파견한 내 상관도 같은 인간이었다. 하지만 난 명령 때문에 여기로 왔고 결국 죽게 되었지만, 내 상관은 또 다른 간첩을 육성시키며 지금도 배불리 잘 살고 있을 것이다. 나보다 그 놈이 더 나쁜 놈 아니냐?"

"같은 인간? 허, 웃기는군요."

내 대답에 운차이는 놀란 모양이다. 그는 몸을 일으키며 말했다.

"뭐?"

"바보나 그런 말을 해요. 같은 인간이면서 어쩌니저쩌니. 헤, 같은 인간이 세상에 어디 있어. 다른 사람들을 모조리 자신과 비슷한 범주에 넣고 이해하는 것은 다시 없는 바보죠. 당신처럼 생각하면 귀족이나 왕족을 욕하기에는 쉽겠죠. '제기랄, 같은 인간인데 왜 난 보리빵에 물 한 그릇으로 아침 때우는데 녀석들은 미녀들의 시중을 받아가며 산해진미를 먹느냐.' 그게 억울하면 나라를 세우고 왕이 되어버려요. 그게 귀찮아서 하지 않겠다면 입 다물고 앉아 있어요."

"귀찮아서……라고?"

"귀찮은 것 아니에요? 당신 말마따나 같은 인간이면, 당신도 자이펀의 왕(거기서도 왕이라고 하는지 모르겠지만)처럼 왕이 될 수도 있는 것 아닙니까? 그런 능력을 가졌으면서도 하지 않는 것은 귀찮아서 하지 않는 것 아닙니까?"

"그게 귀찮아서 하지 않는 거냐? 불가능하지……."

"얼씨구. 이젠 같은 인간이라는 것을 무시하시는군요. 당신 같은 화법은 추해요. 불평할 때는 같은 인간이고, 당신을 그런 사람들에게 비교해서 꾸짖을 때는 다른 인간인가요? 누구나 다른 사람과 비교해서 비판하면 기분 나쁜 법이죠. 동일성을 가져요.

그렇게 같은 인간이라면, 이 넓은 대지 어느 한편에 나라를 세워요. 이제 너는 왜 그러지 않겠냐고 묻겠지요?"

"묻고 싶군."

"난 귀찮아요. 난 헬턴트 영지의 초장이 후보로 남는 게 훨씬 속 편해요. 내가 야심이 없어서 그런 것이겠지요. 간혹 나도 귀족들이 되고 싶기는 해요. 하지만, 난 그렇게 되지 않겠어요. 하지만 누군가가 야심 없고 능력 없는 자의 자기 위안이라고 날 욕하게 하진 않겠어요. '쳇, 넌 야심이 있으면서도 능력이 안 되니까 비굴하게 자기를 합리화시키는 것 아니냐?' 바보 아녜요? 그런 사람들은 야심이 사람의 본능인 것처럼 생각하죠. 자기가 그 야심 때문에 목숨까지 걸며 허겁지겁 돌아다니니까 다른 사람도 그런 줄 알아요. 그런 작자들은 남을 이해할 줄 몰라요. 뭐, 보통은 그런 자들이 왕이 되고, 영웅이 되고 하겠지만, 그래서 그게 어쨌다는 거지요? 만일 그런 영웅이 무능력하고 비굴하다고 날 비판하겠다면, 난 그 작자에게 초를 만들어보라고 하겠어요. 그러고는 '초 한 자루도 못 만드는 주제에. 시장 한편에 집어던지면 굶어죽기 십상이겠군.'이라고 말해 주지요. 그러면 그 작자는 화내겠지요? 하지만 그런 영웅들은 자기 손으로 먹고 살 재주는 없을 걸요? 다만 무한한 야심으로 다른 사람들을 부려서 왕이 될 수 있는 능력을 가졌을 뿐이죠. 그리고 난 그런 야심이 없는 대신, 내 손재주로 내 호구지책을 마련할 수 있고."

운차이는 날카로운 눈으로 날 바라보고 있었다. 내가 왜 이러지? 정말 되지도 않는 말재주로 장황하게 말하자니 머리가 아프군. 결론을 어떻게 내려야 되나? 에라. 좀 거칠더라도 그냥 끝내자.

"그게 진정한 '같은 인간'이지요. 내가 남이 될 수 없고, 남이 내가 될 수 없다는 것을 인정하는 것부터 같은 인간이라는 것이 성립될 수 있어요. 당신은 당신을 이곳으로 파견한 상관이 될 수 없어요. 당신의 가족, 당신의 추억, 당신의 사랑, 당신의 과거의 소중한 것을 모두 팽개치고 그 상관의 자리에 대신 들어가라면, 그렇게 할 거예요? 그럴 수 있어요? 당신 상관의 아내를 부인이라 부르고, 당신 상관의 자식들을 '내 아들아.', 혹은 '딸아.', 이렇게 부를 수 있어요?"

"……내 상관은 독신이다."

난 웃어버리지 않을 수 없었다. 운차이도 피식 웃어버렸다.

"걱정하지 말아요. 난 잘 모르겠지만, 펠레일의 말에 의하면 당신은 중요 인물이래요."

"중요 인물?"

"뭐라더라……. 당신은 우리나라의 비둘기파, 그러니까 주화파(主和派)들을 주전파(主戰派)로 바꿀 수 있는 산 증거라더군요. 그러니 당신의 증언은 중요해요. 그러니까 수도에 도착하면, 당신이 한 짓을 뉘우친다는 식으로 말해 봐요. 그리고 당신 상관이 시켜서 어쩔 수 없이 한 일이라고 말해 보세요."

"그런다고 내가 살겠냐?"

"그럼 끝까지 조국에 대한 충성을 지켜 교수대의 이슬이 되든가."

운차이는 우울한 표정을 지었다.

"쉽게 말하는군."

"당신이 결정하기 쉬우라고 쉽게 말하는 거죠. 결정을 내려요. 살고 싶다면, 전향을 해서 당신 조국을 마구 꾸짖고 선전 책동의 앞잡이가 되어요. 그럴 수 없다면, 표표히 죽어가요. 양자가 다 싫다면, 재주껏 달아나요. 하지만 나에게 도와달라고 하지는 말아요. 알아서 도망쳐요."

운차이는 내 말에 피식 웃으며 다시 드러누웠다.

"……알겠다. 책임지지도 못할 꼬맹이에게 할 말은 아니었구나. 알아서 도망치지."

"그게 좋은 태도지요. 잘해봐요. 난 잘 지킬 테니까. 조언해봐요? 샌슨은 의외로 마음씨가 착해요. 샌슨이 불침번일 때 꼬셔봐요. 고향에 있는 처녀가 날 애타게 기다린다는 식이면 꽤 흔들릴 걸요?"

윽, 실수다. 샌슨은 정말 그럴지도 모르겠다. 위험한 조언이었군. 운차이는 얼빠진 표정으로 날 바라보았고 난 헛기침을 하며 외면했다.

그때 샌슨이 벌떡 일어섰으니 내가 얼마나 놀랐겠는가.

"뭐, 어, 안 자고 있었어?"

"요놈아, 흉측한 계획을 말하더군. 정말 무서운 계획이라서 모포 속에서 소름이 돋는다. 그런데 지금은 그보다 더 중요한 것이 있으니 너에 대한 처리는 좀 있다가 하자."

"소변 마려워?"

"땅에 귀를 대고 있자니 뭔가의 발소리가 들리더라."

난 재빨리 허리를 튕겨 엉거주춤한 상태가 되었다. 샌슨은 갑옷을 걸쳐입더니(갑옷 입는 것이 정말 빠르다. 저것도 훈련인가 보다.), 한 손에 롱소드를 들고는 내게 손짓했다.

"그냥 앉아 있어. 살펴보고 올게."

"다른 사람 깨울까?"

"조용히."

난 고개를 끄덕이고는 조용히 칼과 이루릴, 네리아를 깨웠다. 그들을 흔들어 깨우고는 조용히하라고 시키는 사이에 샌슨은 숲의 나무들 사이로 사라졌다.

"발소리?"

이루릴은 누운 채로 고개를 갸우뚱하더니 그대로 땅에 귀를 대었다. 그녀는 미간을 찌푸리더니 말했다.

"예……, 맞군요. 꽤 많은데요?"

우리는 모두 조심스럽게 일어나 각자의 무기를 당겨쥐었다. 잠시 후 샌슨이 돌아왔다. 그는 이를 마구 갈아대고 있었다.

"빌어먹을! 그 오크들이다."

6

'그 오크들'이라고? 우리는 곧 샌슨의 말을 알아차렸다. 네리아도 아까 내가 이야기해 주어서 곧 알아차리는 표정이었다.

"아이구, 오크와 복수의 옹호자 화렌차여! 정말 엄청난 복수심을 녀석들에게 주시는군요!"

내 탄식을 가로지르며 눈을 부비적거리고 있던 칼이 물었다.

"어떤가, 덮쳐올 모양인가?"

"가까이 와 있습니다. 약 오륙백 큐빗쯤 떨어져 있는데 지금 포위망을 만들어보려고 하는 모양입니다. 무리무리로 나눠어 움직이던데요. 어두워서 수효는 잘 모르겠습니다만 사오십 마리 정도 됩니다."

"이런, 또 달아나야 하는가?"

"밤중에 산 속을 달리는 것은 위험할 텐데요."

"허어, 낭패로군."

"결판을 짓겠습니다."

샌슨은 그렇게 말하고는 이루릴을 슬쩍 보면서 말했다.

"다 죽여버리겠다는 말은 아닙니다."

"계획이 있으세요?"

"글쎄요……. 제 판단이지만 그들로서도 이젠 한계 상황일 겁니다. 식료품 등의 보급이 얼마나 되어 있는지는 모르겠지만, 갈색 산맥에서 우릴 놓치면 더 이상 따라오지는 못하겠지요. 그리고 갈색 산맥을 넘으면 곧 바이서스 임펠이 나타나니까요. 따라서 이번이 그들로서는 마지막 기회일 겁니다. 그러니 이번만 막으면 됩니다."

"어떻게요?"

"그들은 지금 불빛을 보고 오고 있을 것입니다. 그러니 오히려 지금은 방심하고 있겠죠. 거꾸로 덮치는 겁니다. 인원은 많이 필요없습니다. 의외의 방향에서 기습함으로써 놀라게 하는 것이 목적이니까요. 저와 후치가 가겠습니다."

"왜 두 분이서죠? 저도 가겠어요."

"저, 이루릴은……."

"전 이제 괜찮아요. 얼마든지 칼을 쓸 수 있어요. 빨리 가죠."

"운차이의 문제도 있습니다."

그러자 이루릴은 난처한 표정으로 운차이를 바라보았다. 운차이는 차갑게 미소지었다. 기습하러 가면서 그를 데려갈 수는 없다. 난전중에 달아나버릴지도 모른다. 그렇다고 놔두고 갈 수도 없고.

"……믿으면 되는데."

이루릴은 안타까운 듯이 말했지만 샌슨은 고개를 도리도리 저었다. 그러자 네리아가 발딱 일어섰다.

"가자고. 시간 없어."

"야, 네리아."

그러나 네리아는 트라이던트를 챙겨들더니 곧장 숲 속으로 들어가버렸다.

"젠장. 멋대로군. 칼, 운차이를 부탁합니다. 이루릴도 여기 계십시오. 작전이 원활하지 못하면 그대로 달아나는 겁니다. 그러니 말들을 준비시키고 기다리고 계십시오."

"알았네. 조심하게."

"가자, 후치."

나와 샌슨은 숲 속으로 들어갔다.

모닥불가에서 좀 떨어지자마자 곧 주위는 캄캄해졌다. 하늘에는 셀레나가 벌써 진 모양이다. 그래도 루미너스는 아직 남아 있어 잠시 후 달빛에 푸르게 물든 분지의 지형이 그런 대로 보였다.

"그런데 이 여자는 어디로 간 거야?"

샌슨이 투덜거렸다. 정말 네리아가 보이지 않는데. 어디로 숨어간 거지? 어쨌든 잠시 샌슨의 뒤를 따라가는데 샌슨이 갑자기 멈추었다. 그는 땅에 한쪽 무릎을 꿇고는 풀들 위로 머리만 내밀고 있었다.

"보이냐?"

뭐가? 온통 검푸른 것들밖에 보이지 않는데? 분지의 풀밭은 검푸른 바다처럼 보였다. 고개를 돌려보니 바로 옆에 있는 샌슨의 얼굴도 시커멓게 보여서 잘 보이지 않는다.

"안 보여."

"저기……, 글레이브가 번쩍이잖아. 저놈들은 무기에 비반사 처리하는 방법도 모르는군."

"옳거니. 보인다."

간신히 글레이브의 번쩍임을 발견했다. 그리고 그 위치로 미루어보아 그 머리도 찾을 수 있었다. 풀들 사이로 간신히 구별할 정도의 움직임이 보였다.

"작전은?"

“거대한 함성으로 공격하는 거지.”

“서로 흩어지자. 여러 방향에서 함성을 지르는 게 낫지 않겠어?”

“그게 좋겠네. 그럼, 난 저기 저쪽에 나무, 보이지? 그쪽에서 기습한다. 내가 먼저 움직이면 그 다음에 네가 공격해라. 하지만 절대로 과격하게 할 필요는 없어. 포위되지 않도록 주의해. 우리가 완전히 엉뚱한 방향에 있다고 생각할 정도로만 하고 달아나라. 알겠지?”

“그러다가 놈들이 모닥불 쪽으로 달려가면?”

“아냐. 기습을 당하면 모닥불은 미끼라고 생각할 거야. 하지만 만일 그런 일이 일어나면 죽도록 달려가서 말을 타고 튄다. 알겠지? 네리아에게도 외치면서 달려라. 이 여자 정말 어디 숨어 있는지 모르겠네.”

“알았어.”

샌슨은 조심스럽게 풀이 흔들리지 않도록 걸어가기 시작했다. 어찌나 감쪽같던지 샌슨의 모습이 사라지자 곧 나도 그가 어디에 있는지 알 수 없게 되었다. 자, 그런데 네리아는 어디 있을까?

난 눈을 부릅뜨고 간신히 보이는 오크들의 모습을 놓치지 않도록 주의했다. 오크들은 느리게 다가오고 있었다. 아마 하도 여러 번 쓴맛을 보고 나니까 꽤나 조심스러워진 모양이다. 샌슨은 어디쯤 도착했을까? 저 나무 쪽에서 함성이 들려오면, 곧장 돌격이다.

자, 언제쯤이냐. 지금인가? 지금인가?

어랏?

난 다음 순간 이상한 것을 보고 헛바람을 삼켰다.

분지 저편에서 웬 사나이가 걸어오고 있었다. 달빛을 받으며 걸어오는 남자는 좋은 체격에 뭔가를 타고 있었는데 그게 뭔지를 모르겠다. 말은 아니고 덩치가 꽤 좋은 것이 혹시 황소가 아닌가 생각된다. 하지만 설마 황소를 타지야 않았겠지. 달빛 아래에 어슴푸레하게 보이는데다가 풀밭에 몸이 가려져 있어 도대체 뭔지를 모르겠지만 아무래도 말은 아니다.

갑옷도 근사한 걸 입은 모양이다. 달빛을 받아 번쩍이는 품이 아무래도 금속제인 듯하다. 저런 건 비쌀 텐데. 왼팔에 있는 저것은 방패겠지?

그런데 그 남자 꼴이 영 이상하다. 자기 허리에 손을 얹고 마치 취한 것처럼 머리를 홱홱 저으며 뭐라고 혼잣말을 중얼중얼하고 있는데 고요한 밤의 산 속에서 꽤 멀리까지 들려온다. 하지만 무슨 말인지는 정확히 모르겠다.

그런데 그 남자는 갑자기 고함을 질렀다.

"뭐야? 오크들? 네놈들 여기서 뭘하는 거지?"

어라? 어떻게 발견했지? 남자는 상당히 먼 거리에서 고함을 질렀다. 그건 꽤 놀라운 일이었다. 하지만 저렇게 멍청한 작자도 있나? 눈이 좋아서 발견했으면 그냥 조용히 사라지든가 할 일이지 무슨 들꽃을 발견한 처녀 모양으로 '오크 아냐?' 라는 식으로 말하다니. 오크들은 놀라서 몸을 일으키며 새로 나타난 사람을 바라보았다.

"취치익! 뭐, 뭐냐?"

"취치익, 취익!"

풀밭 곳곳에서 날카로운 글레이브의 반사광이 빛났다. 샌슨은 정말 대단하군. 확실히 사오십 개 가량의 글레이브의 반사광이 나타났다. 곳곳에 퍼져 접근하고 있었는지 꽤 넓은 범위에서 불쑥불쑥 나타나는 모습이 섬뜩했다.

이상한 것 위에 앉아 있는 그 작자는 사방에서 나타나는 글레이브를 둘러보는 눈치더니 맥이 풀린다는 음성으로 말했다.

"어? 어? 한두 마리가 아니잖아? 뭣들 하는 거…… 시끄러워, 말 좀 하자! 아, 저기 보이는 불빛 때문이군? 녀석들, 여행자를 덮치려고 했군?"

장난 치나! 뭘 타고 있다면 빨리 뒤돌아 도망쳐! 아직 그 남자의 뒤는 막히지 않았다. 나와 그 남자 사이로 오크들이 길게 늘어서 있는 형국이다. 나서야 되나? 고함질러야 되나? 그때 누군가가 내 어깨를 덥석 짚었다.

난 입을 틀어막으며 고개를 돌렸다. 네리아였다.

"네리아, 어디 숨어 있었어요? 아니, 그것보다. 웬 골빈 남자 하나가……."

"나도 보여. 좋은 표현이네. 골빈 남자라. 저거 정말 뭐하는 녀석이야? 그건 그렇고 샌슨은 어디 있어?"

그러자 풀숲이 흔들리면서 샌슨의 얼굴이 불쑥 나타났다.

"여기 있다. 저거 모험가는 아닌 모양인데 단독으로 밤중에 갈색 산맥을 넘어가면서 저렇게 고함을 탕탕 지를 정도의 사람에는 어떤 사람이 포함될까?"

"자살 기도자, 정신 이상자, 지진아……."

우리는 모두 이맛살을 찌푸리며 오크들과 대치하고 있던 그 남자를 바라보았다. 젠장, 뭐에 타고 있으니 여차하면 달아날 수 있겠지. 도와준다면 오크의 뒤를 칠 수 있도록 저 남자가 움직이고 나서다. 그런데 그 남자는 도대체 위기 감각이 없는지 넉살

좋게 말하고 있었다.

"아직 별짓 하지 않았으니 봐주겠다. 어서들 가거라. 좀 조용히해! 지금 내가 이야기하는 것 안 들려? 아, 오크들. 흠, 어서 가라. 밤길 조심하고. 아, 참. 너희들은 밤중에 돌아다니지?"

저 남자 말을 꽤 이상하게 하는군. 하지만 내가 오크라도 저 말에는 돌아버리겠다. 오크들도 어처구니가 없다는 듯이 말했다.

"취이이익! 누가, 누굴 봐준다고?"

"저거, 취이익? 돌아버린 인간 아냐?"

옆에서 샌슨이 숨 넘어가는 신음소리를 내며 말했다.

"나도 저 말에 전폭적으로 찬성이야. 으으음……. 도대체 저거 뭐지? 아무리 풋내기 모험가라도 저렇게 앞뒤 없지는 않을 텐데? 게다가 말투는 왜 저래?"

나 역시 어이 없는 표정으로 그 남자를 계속 쳐다보았다. 남자는 피곤한 음성으로 말했다.

"안 가? 왜 안 가. 봐준다고 했잖아? 야! 닥치라면 닥쳐! 그만 울어! 내가 오크들 보내준다고 하잖아! 그만 짜라고! 젠장. 야, 너희들 빨리 가!"

뭐야? 누가 울고 있다는 거야? 샌슨은 얼빠진 목소리로 말했다.

"저 친구……, 아무래도 환청을 듣는 모양인데?"

"아, 환청? 흠. 그렇군. 정신병자란 말이지."

오크들도 그런 판단을 내린 모양이다. 오크들은 이제 낄낄거리고 있었지만 그중 하나가 외쳤다.

"젠장, 취익! 저놈 때문에 기습 못하겠다! 쳐라!"

그러자 오크들은 함성을 지르며 일제히 남자에게 달려들었다.

"취이이익!"

"젠장!" 샌슨은 벌떡 일어섰다.

"야! 임마들아! 내가 간다!"

"그리고 나도 간다!"

오크들은 내 목소리를 기억하는 모양이다.

"취치치치엑! 괴, 괴물 초장이다!"

나와 샌슨은 앞으로 달려가기 시작했다. 그러나 갑자기 위에서 바람이 불더니 네리아가 우리 머리 위로 지나갔다. 뭐야? 엄청난 텀블링이군! 네리아는 창대를 수평으로 쥐고 공중제비를 넘으며 우릴 뛰어넘더니 오크들에게 곧장 달려갔다.

"하아압! 트라이던트의 네리아!"

달빛이 정말 멋지게 갈라지기 시작했다. 네리아는 허리까지 뒤덮는 풀밭에서 눈부시게 움직이며 오크들을 유린했다. 마치 양떼를 모는 번견처럼 네리아는 한가운데로 뛰어들지 않고 가장자리로 돌며 오크들을 찔러나갔다. 오크들이 크게 반회전하는 순간, 나와 샌슨이 그 사이로 뛰어들었다.

"흐아아압!"

샌슨은 롱소드를 검집에 꽂은 채 맹렬하게 움직여 나갔고 나도 역시 맹렬하게 샌슨과 등을 대며 바스타드를 휘둘렀다. 오크들은 글레이브를 휘둘러 우릴 치려 했으나 풀숲 지형에서는 거의 턱까지 오는 풀 때문에 동작이 원할하지 못했다. 그래서 우리는 암흑과 풀더미의 도움으로 무리 없이 오크들을 밀어붙였다. 나는 잠시 빈틈을 타서 그 남자를 흘깃 보았다. 그 남자가 타고 있는 것은…….

황소였다.

샌슨도 그걸 봤는지 순간적으로 칼부림이 흐트러졌다. "푸엑?"

그 남자는 정말 황소를 타고 있었다. 뭐야, 저건? 진짜 정신병자인가? 그러나 난 오크들과 싸우느라 그 남자를 오래 볼 수가 없었다. 그때였다.

스르르르…… 번쩍!

눈이 너무도 부셔서 잠시 눈을 가렸다. 황소에 타고 있던 남자가 아래로 뛰어내리더니 검을 뽑은 것이다. 그런데 샌슨의 은도금 롱소드 저리 가라로 빛나고 있었다. 아니, 아무리 날이 좋아도 그렇지 달빛에 이렇게 번쩍일 수가 있나?

오크들은 기습의 피해를 줄이기 위해 모여들고 있었다. 네리아 쪽에 있던 녀석들은 크게 돌아서 물러났고 그 틈을 타서 나와 샌슨은 네리아와 합류했다. 그 남자는 그 번쩍이는 검을 들고서 어슬렁어슬렁 걸어오고 있었다. 그런데 그 남자는 우리가 아니라 오크에게 걸어가고 있었다.

남자는 걸어가면서 혼잣말을 했다.

"어쩌겠냐. 그만 좀 울어라! 싸움이란 말이다. 젠장, 좋아서 펄쩍펄쩍 뛰는 주제에 내숭은. 관둬! 시끄럽단 말야! 오크다, 오크. 너도 퍽 좋아하잖아? 뭐, 아냐? 웃기네!"

아무래도 저 친구는 맛이 갔다. 저 남자는 머리를 홱홱 휘두르며 환청을 듣고 있었다. 오크들은 어이가 없었지만 일단 다가오는 그 남자에게 돌격했다.

"취이익!"

"위험! ……하지 않네?"

샌슨이 다급하게 외치다가 이상하게 마무리했다. 나도 턱이 빠져서 샌슨에게 질문했다.

"난 못 봤어. 샌슨은 봤어?"

"아니. 못 봤어."

뭐가 어떻게 됐는지 모르겠지만, 아마 그 남자가 검을 휘두른 모양이다. 남자에게 달려들던 오크가 그대로 나동그라지며 두 개로 쫙 나뉘었다. 허리를 멋지게 절단해 놓았다. 오크들은 기겁하며 물러났지만 남자는 계속 헛소리를 하고 있었다.

"좋지? 좋지? 웃기지 마! 그만 좀 울어!"

그러더니 남자는 오크 무리에게 달려들어갔다.

"우와자자잣!"

이건 정말 눈으로 봐도 못 믿겠는데, 시커먼 분지의 밤하늘 아래에 보이는 것은 검의 잔영뿐이다. 눈 바로 앞에서 손을 휘저으면 손가락이 수십 개로 보이는 그것처럼 남자의 그 번쩍이는 검이 갑자기 수십 개가 되어버리더니 오크가 절단되기 시작했다. 그런데 저게 가능한가?

"일단 돕자."

샌슨은 어처구니없어 하면서도 그 남자를 지원하기 위해 달려갔다. 샌슨은 그 남자의 동작을 유심히 살피더니, 곧 자신의 방향을 정했다. 아마 남자의 동작에서 발생하는 빈틈을 엄호하려는 모양이다.

남자는 어깨 너머로 샌슨의 움직임을 보더니 웃으며 말했다.

"솜씨가 괜찮소? 야! 남자잖아! 날 이상한 놈으로 만들지 마! 난 남자에게 관심 없어!"

샌슨은 대답하지 않았다. 별로 대답할 기분이 아닐 것이다. 나도 일단 뛰어들어 오크들의 뒤를 후렸다. 네리아는 그 기다란 트라이던트로 나에게 보조를 맞추어 싸웠다.

잠깐 동안에 남자는 오크 열 마리 정도를 해체해 놓았다. 어디

푸줏간에 취직하면 정말 깔끔한 솜씨로 주인에게 사랑받겠다. 오크들은 허리에 뼈가 없나? 에이, 설마. 그것도 아닌데 어떻게 저렇게 허리를 잘라놓지?

그 남자가 싸우는 모습은 어쨌든 그렇게 멋있긴 했지만 마음에 들지는 않았다. 뭐, '오크들도 생명인데…….' 따위의 말을 하려는 것은 아니다. 생명이면 어쩌라는 거냐? 라고 물어볼 수도 있는 문제니까. 내가 오크들을 세상에 창조한 것이 아닌 이상, 난 오크들의 존재 이유를 설명할 수 없고 따라서 그 살해가 부당한 이유도 설명할 수 없다. 사실 누군가 농담 하나 받아들이지 않겠다는 식의 딱딱한 얼굴로 내 존재 이유를 물어오면 난 정말 할말이 없다. 내가 '왜' 세상에 있는 거지? 아버지와 어머니가 날 만들었기 때문이다. 그 외엔 없다. 비참할 정도로 없다. 그러니 오크들을 죽이면 안 되는 합리적인 이유는 모른다.

마음에 들지 않는 이유는, 그 남자는 그 이유를 아는 듯이 보이고 그 강철 같은 의지로서 오크들을 도륙한다는 것뿐이다. 더군다나 상당히 깔끔한 솜씨로 오크들을 해체하고 있다. 오크들을 빼고, 그 남자의 손놀림, 발놀림, 시선의 이동, 다음 행동의 결정을 위한 행동의 변화 등만 본다면 그것은 꽤나 아름답긴 했다. 예술적일 정도로.

어쨌든 샌슨과 그 남자의 호흡 잘 맞는 공격에 나와 네리아가 진로를 차단하자 결국 오크들은 분지 입구 쪽으로 걸음아 날 살려라 달아나기 시작했다.

남자는 달아나는 오크들을 바라보더니 칼을 휘둘러 피를 뿌리고는 몸을 돌렸다. 우리는 순간 대단히 싸늘한 느낌이 등골을 후리고 지나가는 것을 느꼈다. 저 미치광이가 우리 쪽으로 곧장 오고 있는 것이다. 샌슨은 주춤거리며 우리 쪽으로 물러났고 샌슨의 등 뒤에 숨어 있던 네리아가 다급하게 말했다.

"야, 야! 샌슨! 뭐라고 좀 해봐, 다가오지 말라고!"

"어, 그래도 어떻게 그렇게 말해……. 같이 싸웠는데."

그 남자는 털레털레 걸어왔다. 일단 공격 자세는 아니지만 정신병자가 시간 정해 놓고 발작하는 것은 아닐 테니 나와 샌슨은 긴장한 자세로 검의 칼자루를 꽉 쥐었다.

가까이서 본 그는 서른 살 정도의 건장한 남자로 잿빛 머리에 하프 플레이트의 흉갑을 걸치고 있었다. 다리에는 금속제의 레깅스도 붙이고 있었고 왼손엔 카이트 실드도 들고 있어 중무장을 잘 갖춘 모습이다. 하지만 그건 기능적인 모습이었고 품위나 우아함은 없었다. 걸치고 있는 것들은 한 세트라기보다는 여기저기서 한두 개씩 구해서 붙이고 다니는 듯한 모습이다. 그는 우릴 보더니 피식 웃었다.

"오크들이 그쪽들 노리고 있었던 모양이군. 칼들 놓으시지요. 당신들 산적……, 야! 너 무조건 그럴래? 산 속에서 만났다고 다 산적이냐!"

남자는 자기 말에 자기가 고개를 젓더니 의아한 표정의 우리에게 다시 온화한 미소를 지었다.

"아, 미안하오. 내 말이 이상하게 들리는 것은 내가 미쳤기 때문……, 장난치지 마!"

결국 나와 샌슨은 슬금슬금 물러나기 시작했다. 난 샌슨을 보았다.

"돌았지?"

"이것 참. 이상한걸. 돌아버린 자의 솜씨로 보기엔 칼솜씨가 보통이 훨씬 넘던데. 돌아서 그런가?"

남자는 우리가 물러나는 것을 보더니 황급히 손을 저었다.

"아, 아냐. 미안하오. 달빛이 곱지……, 아냐, 이런 빌어먹을. 에, 누구 좀 저에게 키스해 주세……, 아냐! 에, 누구 좀 가까이 와주겠습니까?"

"샌슨, 가봐."

"시, 싫어! 키스를 한다잖아!"

"할 수 없군."

난 조심스럽게 앞으로 나갔다. 힘으로 제일 나은 게 나니까 키스를 하려고 해도 어떻게 막을 수 있겠지. 내가 다가서자 남자는 안도의 한숨을 쉬더니 자기 검을 거꾸로 해서 칼날을 쥐더니 내게 내밀었다.

"각설하고, 제발 그것 좀 쥐어봐."

난 얼떨떨해져서 그 검을 바라보았다. 설마 정신병자라도 검을 내게 주면서 어떻게 하지는 않을 텐데? 이상하군. 남자가 내민 것은 롱소드로 멋지게 생긴 검이었다. 제멋대로에 가까운 남자의 복장에 비해 볼 때 검은 정말 고급으로 보였다.

검신 부분은 검은색의 금속이었는데 그 가운데로 흰색 금속이 길게 박혀 있었고 그 흰색 금속이 무지무지한 빛을 내고 있는 것이었다. 그리고 손막이 부분은 검신과 일체형으로 이루어져 있었다. 완만히 넓어지던 검신이 갑자기 크게 넓어지며 손막이가 된 모양이다. 손막이의 중간에는 검정색으로 보이는 보석이 박혀 있다. 남자가 내 쪽으로 내민 칼자루 부분에는 흰색 가죽이 칭칭 감겨 있었고 폼멜은 그저 장식 정도의 기능만 있도록 작았고 손막이에 있는 것과 비슷한 보석이 박혀 있었다. 이상하군. 이 정도의 롱소드에 폼멜이 없다면 균형 잡기가 어려울 텐데.

난 되도록 빠르게, 그러나 무례하게 보이지 않을 정도의 속도로 칼자루를 쥐었다. 그 검은 놀랍도록 가벼웠다. 그래서 폼멜이 없어도 되는 건가? 하지만 난 길게 생각할 여유가 없었다.

"너무해! 앙앙앙! 치한, 치한! 어디다 손을 대! 너 손은 씻었니? 꺄아아……, 이 지저분한 손 좀 봐! 잉잉잉! 살살 잡지 못하니? 내 몸 부서져! 너무했어, 정말! 외간 남자에게 날 넘기다니, 으흑흑! 이럴 줄 알았어. 엉엉엉, 배신이야, 배신! 언젠가는 날 배신할 줄 알았지만……, 어어어."

난 검을 떨어뜨리고 말았다. 그러고는 남자를 멍하니 바라보았다. 남자는 피곤한 미소를 지었다.

"……이거예요? 이게 말한 거예요?"

그때 샌슨이 말했다.

"후치! 남의 무기를 그렇게 땅에 집어던지다니."

"앗, 죄송해요."

난 후다닥 다시 검을 쥐었다. 그러자 또 머릿속으로 앵앵거리는 소녀의 목소리가 들려왔다.

"뭐니? 뭐니? 싫다고 집어던질 땐 언제고 또 들어올리니? 어헝어헝! 나 멍들었을 거야. 내 몸이 얼마나 연약한데 오크들을 치고, 아아악! 생각해 버렸어! 잊으려고 했는데! 나, 날 오크 몸속에 집어넣었어! 욕지기가 나와, 꺄아아…… 오엑오엑! 그리고 땅에 던지기까지 해. 살기 싫어! 죽고싶어죽고싶어죽고싶어!"

"……말을 퍽 빨리 하네요?"

내 얼빠진 말에 남자는 고개를 끄덕였고 샌슨과 네리아는 이제 날 의심스러운 눈으로 바라보았다.

칼은 질겁을 하더니 검을 떨어뜨렸다. 그러고는 나처럼 황급하게 주워들더니 입을 쩌억 벌렸다. 이루릴은 근심스러운 표정으로 칼을 바라보았다. 그러나 이루릴도 그 검을 쥐게 되자 곧 안색이 변해 버렸다. 칼은 질린 목소리로 말했다.

"이거…… 에고 소드입니까?"

"그렇습니다."

길시언이라는 이름의 그 남자는 피곤한 얼굴로 고개를 끄덕였다. 난 궁금해서 물어보았다.

"에고 소드가 뭐죠?"

칼은 넋빠진 얼굴로 말했다.

"마법검……들 중에서도 최고의 물건이지. 대단히 높은 수준의 마법사가 모든 노력을 기울여야 간신히 만들 수 있는 칼이라네. 검이 스스로의 자아를 가지게 되지."

마법검? 난 네리아에게 고개를 돌렸다. 과연 네리아는 눈에서 반짝반짝하는 빛을 뿜어내고 있었다. 아, 이 남자가 그 남자군. 위험하겠는걸.

"와, 그런데 검이 자아를 가지게 하는 이유가 뭐죠? 그럼 좋나요?"

"응? 그야 검이 스스로 주인을 알아볼 수도 있고, 무엇보다도 마법을 사용할 수 있게 하려고 그러는 거지. 자아가 없는 것이 어떻게 마법을 쓰겠나."

"검이 마법을 써요? 우와! 그럼 비싸겠네?"

"허허허. 돈으로 따질 수가 있겠나. 네드발 군. 웬만한 영지와도 바꾸기 어렵겠지."

"와악! 영지를 손에 들고 다니는 셈이네?"

난 감탄해 버렸다. 네리아를 보니 그녀의 눈에서는 이제 불똥이 튀기고 있었다. 정말 위험하군. 네리아는 시선으로 꿰뚫을 듯이 그 검을 노려보고 있었다. 설명을 마친 칼도 감동한 표정으로 이루릴의 손에 쥐어져 있는 그 검을 바라보다가 다시 길시언을 보며 말했다.

"에고 소드라면 이만저만한 보물이 아닐 텐데, 혹시 어딘가의 기사님이십니까?"

"천만에요. 떠돌이입니다."

"떠돌이라고요? 허어."

검을 손에 쥔 이루릴은 멍한 얼굴로 허공을 바라보며 히죽히죽 웃고 있었다. 전혀 평소의 이루릴답지 않은 모습이었다. 이윽고 그녀는 미소지으며 말했다.

"그러니? 고맙구나."

길시언은 궁금하다는 얼굴로 이루릴을 바라보았다.

"걔가 뭐라든가요?"

"아, 제가 마음에 든다는군요."

그러자 길시언은 한숨을 푹푹 쉬었다.

"녀석. 밝히기는. 저 녀석은 용모 단정하고 마음씨 착하면 남녀를 안 따지고 좋아합니다."

음. 검에 대한 이야기가 아니라면 퍽이나 음란하게 들릴 법한 이야기로군. 남녀를 가리지 않고 좋아한다고? 칼은 점잖게 말했다.

"성격이 좋은 에고 소드로군요. 사악한 마법사가 만든 에고 소드의 경우에는 선한 이의 손에 쥐어지면 그 사람을 상처입히거나 지배하려고 들기도 한다던데요."

네리아는 기겁하는 표정을 지었다. 길시언은 고개를 끄덕였다.

"예. 성격이 좋아서 지배하려 들거나 피에 미치게 만들거나 그런 짓은 하지 않습니다. 칼날도 좋아서 훌륭한 검이고, 마법도 잘 쓰는 녀석입니다만……."

길시언은 하늘을 보며 절규하기 시작했다.

"다만 저 수다! 저 끝없는 수다 때문에 주인을 반쯤 미치게 만듭니다! 게다가 내숭을 떤단 말입니다!"

갑작스러운 절규에 우리는 모두 깜짝 놀랐다. 길시언은 꽤나 쌓인 감정이 많았나 보다. 처음 보는 우리에게 넋두리하듯이 외쳐대었다.

"자기도 검이라서 결국 좋아하면서도 적의 몸 속에 들어가는 것을 끔찍하게 싫어하는 척, 도도한 척합니다! 어떻게 자기를 오크나 고블린 같은 동물에게 꽂아넣느냐고 엉엉거리면서도 전투만 벌어지면 미쳐 날뛴단 말입니다! 저게 정말 우습지도 않은 게, 하루 종일 입을 다무는 일이 없는데 단 한순간, 상대의 몸 속에 꽂아넣을 때만 조용합니다. 왜 그런지 아십니까?"

칼은 좀 끔찍스러운 말이 아니냐는 듯이 머뭇머뭇 웃었다.

"짐작이 가지 않는군요. 혹시 비통해서 그런 게……."

길시언은 악에 받혀서 외쳤다.

"천만에 말씀입니다! 그럼 천사게요? 저게, 저게 그때 조용한 까닭은, 심장 박동 소리를 들으려고 그러는 겁니다! 침을 꼴깍꼴깍 삼키면서 듣고 있죠! 어떤 때는 심장 박동 소리를 유심히 들으며 헤죽헤죽 웃기도 합니다! 그럴 때는 정말 쥐고 있는 내가 소름이 돋습니다! 그러면서도 죽어도 아니라고 막 잡아떼고는 왜 자신 같은 고귀한 몸을 저렇게 추악한 것의 몸 속에 쑤셔박냐고 오히려 엉엉 울며 앙탈입니다! 피에 젖었다면서 향수 목욕 시켜 달라고 고함지를 때는 어이가 없습니다. 아니, 어느 골빈 놈이 검을 향수로 씻습니까!"

"허, 허허……. 그런가요?"

난 피식피식 웃었고 샌슨은 머리를 가로저으며 킬킬거렸다. 내 숭을 떠는 칼이라. 그것 참 웃기네. 길시언은 그 정도로는 멀었다는 듯이 계속 이야기했다.

"그래서 저 녀석은 슬라임을 싫어합니다. 아마 베는 맛이 나지 않아서 그렇겠지요. 굴이나 좀비 같은 언데드를 찌르면 마구 토하는 소리를 내어서 쥐고 있기 고역스럽게 만듭니다. 스켈레톤을 두드리면 또 얼마나 시끄러운 줄 아십니까? 비명을 질러댑니다. 자기가 멍들었다고 생각하죠. 웃기지도 않습니다. 저 녀석으로 스톤 골렘을 잘라봤는데 이도 안 빠지더군요. 그렇게 칼날이 좋은 주제에 말입니다. 나도 저놈 때문에 검법이 바뀔 지경입니다."

"검법이 바뀌셨다고요?"

"예. 찌르기를 거의 쓰지 않게 되었습니다. 저 녀석을 상대의 몸 속에 꽂아넣을 때 저 녀석이 헤죽거리는 것을 듣고 있으면 머리 끝이 쭈뼛 선단 말입니다. 아니, 그것까지는 견디더라도, 그 뒷일을 감당하지 못합니다. 하루 왼종일 질질 짜면서 어떻게 자기에게 그런 짓을 시켰냐고 칭얼거립니다. 돌아버리는 게 느껴집니다."

칼은 도무지 어떻게 말해야 좋을지 모르겠다는 투로 힘겹게 미소지었고 나와 샌슨은 길시언을 외면하며 킬킬거렸다. 그때 이루릴이 말했다.

"아, 돌려드려야죠."

길시언은 두 손을 다 내밀어 손을 휘저었다.

"아닙니다! 제발, 조금만 더 쥐고 있으세요! 부탁입니다. 그놈이 좋아하는 사람은 드물단 말입니다. 불편하시겠지만 제발. 난 눈 뜨고 있을 때는 계속 그 녀석 수다를 들어야 합니다. 아니, 걔는 심심하면 잘 때도 날 깨웁니다. 꼴에 성능은 좋아서 검날을 진동시켜 소리도 낼 줄 압니다. 저놈이 웅웅거리는 소리를 들으면 자다가 가위에 눌립니다. 제발 날 좀 봐주셔서……."

길시언은 거의 애걸복걸하는 수준이었고 마음씨 착한 이루릴은 승낙했다.

"예에……. 알겠습니다."

길시언은 안심한 듯한 표정이었다. 칼은 궁금함을 참지 못하고 물었다.

"그런데, 길시언 씨는 왜 황소를 타고 다니시오?"

칼은 우리들의 말 옆에 묶여 있는 황소를 가리키며 물었다. 흠. 나도 그것 참 궁금하게 생각하던 참이다. 길시언은 또다시 땅이 꺼져라 한숨을 쉬기 시작했다.

"저건 황소가 아니라 말입니다."

"……예?"

"저건 한때 북부 대로의 황제로 불렸던 선더라이더였습니다. 북부 대로에서 가장 빠른 야생마, 속도의 신, 찰나의 강탈자……, 그런 근사한 이름이 많이 있던 놈이죠. 어쩌다가 저 지경이 되었는지……."

"……예?"

"저주에 걸렸습니다. 스네어트레일의 다크 메이지 리치몬드와 싸울 때 그놈이 선더라이더에게 저주를 걸었습니다. 그래서 저

북부 대로의 황제가 황소로 바뀌어버렸습니다."

"……예?"

우리는 입을 쩍 벌린 채 길시언을 바라보았다.

뭐 이렇게 흥미 무쌍하게 사는 사람이 다 있냐? 이건 진짜 모험가인가 보다. 난 이런 작자가 옛날 이야기에나 나오는 줄 알았다. 그런데 내 눈앞에 지금 마법검(수다가 심하지만)을 휘두르며 북부 대로에서 가장 빠른 말(황소가 되었지만)을 타고 돌아다니는 모험가가 있는 것이다. 그래서 난 질문을 하지 않을 수 없었다.

"저……, 당신 애인은 어느 나라 공주고 지금 어느 드래곤에게 잡혀 있죠?"

"무슨 말이야? 나 애인 없어."

"그래요? 꼭 그럴 것 같은데."

"여동생이 드래곤에게 잡혀 있긴 하지만."

"음. 그렇군요. 샌슨, 안녕. 이만 자야겠어. 이럴 땐 자야 해……."

내 기절하는 모습을 보며 길시언은 싱긋 웃었다.

"농담이었어. 걱정하지 마."

아무도 걱정 안한다. 오히려 실망이다. 꼭 그러면 어울릴 듯한데. 샌슨은 확실히 실망하는 듯한 눈빛을 지었다. 칼은 미소를 지으며 말했다.

"그래, 어디로 가시는 길이시오?"

"수도로 갑니다. 선더라이더에 걸린 주문도 해소해야 되고, 무엇보다 절실한 것은 마법 칼집입니다."

"마법 칼집이요?"

"예. 마법사 길드에 의뢰해서 사일런스 주문이 걸린 칼집을 구할 생각입니다. 저놈 수다를 좀 막아야 되니까요. 6년을 참고 견뎠지만 이젠 더 못 참겠습니다."

그때 이루릴이 기겁해서 펄쩍 뛰어올랐다. 그녀는 황급히 자신의 큰 귀를 막았지만 곧 손을 내리더니 고개를 휘저었다.

"아……, 놀랐어요. 갑자기 프림 블레이드가 비명을 질러서."

프림 블레이드? 저 칼 이름이 프림 블레이드인가? 새침데기 칼이라. 길시언은 이루릴에게 물었다.

"뭐라고 그러던가요?"

"아……. 그냥 마구 비명을 지르더니, '추악한 짐승, 내가 적을 쓰러뜨릴 땐 내가 싫어하는데도 내 몸 구석구석에 그 꺼실꺼실한 볼을 비비며 좋아하더니 이젠 내가 말도 못하도록 그런 고약한 칼집을…….'."

길시언은 황급히 손을 내밀었다.

"됐습니다. 직접 듣겠습니다."

그래. 그게 낫겠다. 이루릴이 그렇게 말하니 너무 이상하다. 이루릴은 얌전히 프림 블레이드를 길시언에게 돌려주었다. 칼자루를 받아든 길시언의 얼굴이 점점 일그러졌다. 그는 그것을 왁살스럽게 검집에 꽂아넣었고, 그러자 곧 프림 블레이드는 검집 안에서 떨리기 시작했다. 웅웅웅웅웅.

와, 신기하군. 저게 칼이 운다는 것인가? 샌슨과 나는 눈이 튀어나올 듯이 칼집을 바라보았다. 네리아의 숨소리는 너무 커서 옆에 있는 내게 잘 들렸다. 길시언은 밉살스러워 견딜 수 없다는 듯이 자신의 검집을 노려보았다.

그때 조용히 있던 운차이가 갑자기 입을 열었다.

"댁의 몸에서 피 냄새가 나오."

우린 모두 운차이를 바라보았다. 길시언은 놀란 듯이 되물었다.

"나 말입니까?"

"그렇소."

"거야 조금 전에 오크들과 싸웠으니 당연하지 않습니까?"

"아니, 인간의 피요. 꽤 많군. 얼마나 죽이셨어? 코가 떨어져 나갈 것 같군."

순간 길시언의 얼굴에서 지금까지 볼 수 없던 미소가 떠올랐다. 아주 희한한 종류의 미소였다.

"모험가니까 당연하지 않습니까?"

"흠. 죽을 고비를 엄청나게 넘기셨군. 댁은 거의 빌린 목숨으로 대지를 걷는데."

운차이는 이를 드러내며 웃었고 길시언도 이를 드러내었다. 이가 깨끗한 빛을 뿜었다.

"당신, 살기를 감지하는군? 그것도 꽤 능란한데, 자이펀인입니까?"

"그래서 이렇게 포로로 잡혀 있지."

길시언은 운차이가 보여주는 밧줄을 보며 고개를 끄덕였다.

"그럼 입을 조심하십시오."

운차이는 다시 차갑게 웃더니 입을 다물었다. 분위기가 이상해져버려서 칼이 입을 열었다.

"어, 그래, 길시언께서는 갈색 산맥을 넘어 바이서스 임펠까지 가실 계획이오?"

"그렇습니다."

"그럼 우리랑 동행하시지 않겠소? 이런 험한 곳에서는 서로가 서로에게 도움이 되는 것이 좋지 않겠습니까?"

길시언은 조금 고민하는 얼굴이 되었다.

"동행이라고 하셨습니까?"

"그렇습니다만."

"내가 위험한 사람일지도 모르지 않습니까?"

길시언의 말에 나와 샌슨은 조금 흠칫했다. 그러나 칼은 빙긋 웃으며 말했다.

"저 마법검은 마음씨 착한 사람을 좋아한다면서요?"

아, 그렇군. 그러나 길시언은 고개를 가로저었다.

"설령 내가 선량한 사람이라 할지라도, 나에게 어떤 불행이 따라다닐지도 모릅니다. 인간 관계라는 것이 단순한 것은 아니니까요. 그것은 생각해 보셨습니까?"

어라? 뭐가 이렇게 복잡해? 옆에서 듣고 있던 이루릴이 고개를 갸웃거리는 것이 보였다. 칼은 눈을 크게 떴다가 다시 침착하게 말했다.

"그건 아무도 알 수 없는 일입니다. 그렇게 따지자면 저희들이야말로 미안하지요."

"예?"

"아까의 그 오크들은 저희를 추적하던 놈들이었으니까요."

길시언은 얼굴을 폈다.

"하하하. 그렇습니까? 음……, 좋습니다. 여러분께 폐가 되지 않도록 하겠습니다."

그러자 샌슨이 재빨리 끼어들었다.

"저, 그런데 우리는 말을 타고 있습니다. 황소로 따라오시기가 쉽지 않을 텐데요?"

그러자 길시언은 빙긋 웃었다.

"저래뵈도 북부 대로의 황제로 불리던 놈입니다. 아마 도저히 황소로 믿어지지 않을 겁니다."

새벽이다. 네시쯤 되었을까.

나는 자리에서 일어났다. 아직 주위는 컴컴하다. 사람들이 오가는데, 그것은 모두 그림자뿐이다. 쌀쌀할 새벽 공기 사이로 샌슨이 기지개를 켜는 것이 간신히 보인다.

수건에 물을 뿌려서 얼굴을 닦는다. 우와! 얼굴이 갈라진다.

이루릴은 얼굴을 닦고 나서 윌로위스프를 불러내더니 머리를 마구 휘젓는 그녀만의 독특한 머리 손질을 하고는 책을 꺼내었다. 윌로위스프의 빛으로 책을 들여다보며 기주를 하는 것이다. 캄캄한 새벽 공기 속에서 그녀만이 허공에 떠 있는 것처럼 보인다. 편리하군. 난 사그라드는 모닥불 위에 솥을 걸고 다시 불을 일으켜 물을 끓였다. 주위가 한층 밝아졌다. 나는 엇그제 이라무스에서 사둔 고기랑 야채를 집어넣어 끓이기 시작했다. 수프 스톡이지. 길시언이 이상하다는 듯이 날 바라보았다.

"뭐 하는 거야?"

"요리."

"뭐? 그 귀찮은 걸 한다고?"

"야외에 나오면 더 잘 먹어야죠. 당신은 그럼 요리하지 않고 뭘 먹으며 돌아다니죠?"

"휴대 식량이지, 뭐."

"당신 정말 재수 좋았어요. 우리와 동행하기로 결정한 것. 특히 오늘 아침. 왜냐하면 재료가 떨어지면 나 요리 안하거든. 엉성한 요리를 할 바에야 때려치운다는 거지요. 그런데 오늘은 재료가 충분하거든요."

"그런데 그 음식 냄새는 갈색 산맥 전체에 퍼질 텐데?"

"오면 나눠주죠. 어차피 밤새도록 지핀 불은 잘 보였을 텐데."

길시언은 하긴 그렇다는 듯이 웃었다. 난 돌멩이를 모아 따로 불을 일으킨 다음 프라이팬을 꺼내었다. 버터로 밀가루를 볶는다. 우유와 생크림이 있다면 크림 수프를 만들 텐데. 아쉽군. 볶은 밀가루를 수프 스톡에 집어넣어 휘젓는다.

"샌슨, 이리 와 이것 좀 저어."

그리고 난 프라이팬에다가 베이컨을 굽기 시작한다. 어디서 킁킁거리는 소리가 들리더니 네리아가 눈곱도 떼지 않은 얼굴을 불쑥 내민다.

"고소한 냄새……. 발작하겠네……."

"프라이팬에 눈곱 떨어져요! 수통 저기 있으니 수건에 물 적셔서 손이랑 얼굴이랑 닦고 와요!"

"니에, 마님."

네리아는 허리를 살랑살랑 흔들면서 귀엽게 걸어갔고 난 그만 웃어버렸다.

고개를 돌려보니 샌슨은 그야말로 구도의 자세로 수프를 젓고 있다. 완벽한 원을 그리는 팔의 움직임. 스으윽, 사아악. 팔 이외에는 미동도 하지 않는 상체. 강철 같은 얼굴. 불꽃을 응시하는 타오르는 눈빛. 하지만…….

"그만 저어! 불에서 내려."

"어, 그러냐? 음."

"거기 옆에 크래커 있을 거야. 부서뜨려 넣어. 그리고 주전자 올려."

"알았어."

베이컨도 다 되었고, 이제 팬케이크를 굽는다. 샌슨은 주전자를 올려놓았다. 보골거리는 물거품 소리.

하늘이 조금씩 파랗게 바뀌어간다. 흠, 또 다른 하루, 시작이군, 내일 아침에 눈 뜨는 고통을 맛볼 때까진 하루나 남아 있군. 룰루루.

길시언은 대단히 감명 깊은 아침 식사였다고 감상을 피력했다. 기쁘군. 모두에게 차를 돌렸다. 이루릴은 매일 얻어먹기만 해서 미안하다고 한다.

"오늘 저녁은 제가 해볼게요."

"이루릴이요? 흐음. 엘프 음식에 대해서 듣기로……."

잠깐, 아무리 기억을 되살려보아도 엘프들이 먹는 음식에 대한 이야기는 들어본 적이 없군. 그게 인간이 먹을 수 있다 없다, 해가 된다 아니다를 떠나서 아예 그에 관련된 이야기를 들어본 기억이 없는데. 이루릴은 고개를 저었다.

"여러분들이 엘프의 음식을 먹는다면 몹시 기분이 상하실 거예요. 먹기도 힘들고. 인간식으로 해보죠."

"그래요? 어, 그럼 인간의 음식은 이루릴에게……."

"아뇨. 맛있어요, 후치. 걱정 말아요."

"휴우, 다행."

운차이와 샌슨은 마지막 팬케이크를 가지고 다투고 있었다. 샌슨은 롱소드를 절그럭거리는 등의 치사한 방법까지 동원하고 있었다. 정말 창피하군. 그러자 운차이는 무서운 눈으로 샌슨을 노려보기 시작했다. 샌슨은 움찔했다.

“살기(殺氣)군. 정말 컨트롤이 자연스러운데?”

구경하던 길시언의 감탄이었다. 오, 어제 운차이가 저걸로 와이번을 겁주는 것을 봤다. 난 길시언에게 살기가 뭐냐고 물었다.

“드래곤 피어에 대해 알아?”

“어, 그건, 드래곤이 상대를 마구 겁주는 오러…….”

“그거랑 비슷해.”

“사람도 그게 돼요?”

“사람과 드래곤만 그게 되지. 살기는 우리 식으로 말하자면 킬링 오러. 학자들은 드래곤만 그게 된다고 생각했지만, 흰 토끼를 보셨나요. ……아냐! 젠장. 어, 자이펀인들은 그걸 해냈어. 내 생각엔 모든 동물이 다 되는 것 같다. 하지만 자유자재로 다룰 수 있는 것은 드래곤과 인간일 거야. 인간은 원래 짐승에 가까우니……, 방해하지 마! 에, 그러니까 엘프는 인간보다 훨씬 오래 사니까 될 것 같기는 한데, 성격상 안 될 것 같다. 엘프는 몸매가 너무 좋으……, 그아아아악! 임마! 아니, 엘프는 유피넬의 어린 자식이니까!”

결국 운차이의 살기에 눌려, 샌슨은 마지막 팬케이크를 양보했다. 운차이는 내게 말했다.

“살기를 퍼뜨릴 정도의 맛이야. 훌륭하다, 후치.”

난 미소지었다. 아마 샌슨이 음식을 양보한 것은 이게 평생 처음이 아닐까? 속으로 눈물을 짝짝 뽑고 있겠지.

7

아무래도 저건 황소가 아니다. 황소라면, 저건 미친 황소다.

"허, 그거, 제법 잘, 달립니다?"

"그쪽도, 보통 말이, 조용히 해! 아니군요!"

샌슨과 길시언은 서로 양쪽의 승마술과 승우술(이런 말이 가능한지 모르겠지만, 어쨌든 황소를 타고 달리고 있으니까.)을 칭찬하면서 달렸다. 길시언은 허리에 있는 프림 블레이드에 한 손을 얹고 달리고 있느라 여전히 말이 이상했다. 하지만 손을 대고 있지 않으면, 그러니까 말을 들어주지 않으면 프림 블레이드는 계속 웅웅거리기 때문에 손을 뗄 수가 없다. 참으로 수다스러운 칼이군. 덕분에 길시언은 한 손으로 선더라이더를 달리게 하고 있었다.

내 허리를 붙잡고 있던 네리아가 투덜거렸다.

"좀, 적당히, 달릴 수, 없나?"

"힘들죠?"

"그래도, 네가, 바람막이라서, 좀 낫네."

"저 황소, 정말 잘, 달리네요."

그러니까 시작은 이렇다.

샌슨은 길시언의 황소가 제대로 따라오지 못할까 봐 천천히 달렸다. 그런데 길시언의 황소는 샌슨을 앞질렀다. 그러자 샌슨은 제법이라는 식으로 씨익 웃으며 속도를 높였고, 그러자 길시언도 씨익 웃으며 속도를 높였다. 그러자 샌슨은 입술을 깨물며 최고 속도로 달렸고, 길시언도 눈을 사납게 뜨면서 속도를 높였다.

결국 둘은 지금 갤럽으로 갈색 산맥의 험한 산길을 질주하고 있었다. 그러니 뒤에서 따라가는 운차이는 죽을 맛일 게다. 그리고 그 뒤의 칼과 이루릴도 열심히 달릴 수밖에 없었고, 맨 뒤에서 나와 네리아가 달렸다. 네리아는 말이 없어서 나와 함께 타고 있다. 난 샌슨 같은 체격은 아니라 좀 강마른 체격이고 네리아는 가벼운 편이니 제미니에게 부담은 별로 없겠어.

왜 나와 함께 타느냐……. 네리아는 나름대로 합리적인 이유가 있다. 샌슨과 함께 타자니 과거에 한 짓이 있어서 함께 못 타고, 운차이는 절대로 여자와 함께 못 탄다고 했고, 길시언은 어제 처음 만난 사이인 데다 황소에 타기는 싫다고 했고, 이루릴은 미인이라서 싫고, 그러니 남은 건 칼과 난데, 내가 칼보단 체격이 가느다라니까 더 좋단다. 합리적이군.

그건 그렇고 저 황소 정말 시원스럽게 달린다. 자기가 말이라고 착각했는지, 아, 원래는 말이었다고 했지? 저주를 받아서 황소가 되었다고? 흠. 어쨌든 황소가 저렇게 신나게 달리는 것은 보다보다 처음 봤다. 황소는 뛰는 일이 거의 없지만 그래도 뛸 일이 있다면 다리를 편 채로 뛴다. 몸이 무거운 데다 다리가 짧아서. 그런데 길시언의 저 황소는 흡사 말처럼 몸을 띄운 채 다리를 구부리며 달리고 있다. 그러니까 말처럼 땅을 박차며 달리고 있다. 뒤에서 보고 있자니 경탄스러울 정도야.

결국 길 사정이 좀 좋지 않아졌을 무렵에야 두 사람의 기수는 질주를 멈추고 걸어가기 시작했다. 슈팅스타도 선더라이더도 모두 거품 같은 땀을 흘리며 씩씩거리고 있었다. 하지만 가장 힘들었던 것은 운차이였을 것이다. 샌슨은 달리고 싶은 대로 달리면 되지만 운차이는 밧줄 때문에 샌슨과 보조를 맞추어 달려야 했을 테니 두 배로 힘들었을 것이다. 운차이가 타고 있는 앰뷸런트 제일은 그대로 쓰러지고 싶어하는 폼이었다.

운차이는 노랗게 변한 얼굴로 뒤에 따라가고 있던 칼에게 손을 내밀었다.

"물……. 물 좀 주시오. 헉헉."

운차이는 수통으로 나팔을 불며 걸어갔다. 선더라이더는 천천히 걷게 되자 모둠발로 걷고 있었다. 아, 원래 야생마라고 했지? 북부 대로의 야생마들 중에는 가끔 모둠발로 걷는 놈들이 있다고 들었다. 황소가 모둠발로 걸으니 그건……, 정말 눈 뜨고 못 봐주겠지만.

샌슨은 지치지 않았다는 것을 강조하고 싶은지 고개를 돌려 씩씩하게 말했다.

"저기 저 산 보이십니까? 갈색 산맥의 주봉인 닐 드루카입니다."

칼이 파랗게 된 얼굴로 물었다.

"설마 저걸 넘는다는 말은 아니겠지, 퍼시발 군?"

"천만에요. 우리는 중부 대로로 다니고 있는 겁니다. 산을 넘거나 하는 일은 없습니다. 오늘 중 닐 드루카 아래에 도착한 다음, 내일 그 산등성이에 있는 메드라인 고개를 넘을 겁니다."

"흐음. 오늘 여정은 벅찰 것 같군."

"걱정하지 마십시오. 저기……, 햇빛을 받아 번쩍이는 수면이 보이시죠? 요정의 성이 있다는 레브네인 호수입니다. 저기까지만 달려가면 그 다음은 평탄한 길입니다. 오후 동안은 호숫가를 따라 걸어가는 편안한 여행이 될 것입니다."

"걷는다고?"

"예."

칼은 이해가 되지 않는다는 표정이었다. 그건 나도 마찬가지다.

"잠깐, 이상하잖아. 여기서 저기까진 길이 좋지 않은데 달려가고, 저기서부턴 길이 좋은데 걸어간다고? 바뀐 것 아냐?"

"아냐. 저기선 걸어가야 돼."

그때 내 등 뒤에서 네리아가 내 귀에 숨을 불어넣듯이 말했다.

"저 아름다운 호수엔 요정의 성이 있다네……."

"우우우, 그만해요! 그런데 요정의 성이요?"

"까르르. 저긴 페어리퀸 다레니안의 성이 있지요. 경건한 마음으로 경배하듯이 걸어가야 돼. 소란스럽게 달리면 안 돼. 조용히만 걷는다면 중부 대로에서 가장 안전한 곳이란다."

"가장 안전해요?"

"몬스터가 없거든."

"몬스터가 없다고요?"

"페어리퀸의 영토니까."

"그럼 소란스럽게 달리면 어떻게 되는데요?"

"그녀의 영토에서 무례하게 달리면? 모르지. 어떻게 되는지."

"몰라요?"

"그렇게 달린 자는 아무도 돌아오지 못했거든."

어어? 어. 장난이 아니네? 샌슨도 고개를 끄덕이며 말했다.

"따라서 저기서 속도가 느려질 것을 감안할 때, 오전 동안은 열심히 달려야 될 것입니다. 길시언. 그 황소는 더 달릴 수 있겠습니까?"

길시언은 고개를 숙이고 뭐라고 중얼거리고 있었다. 아마 프림블레이드와 이야기를 나누고 있는 모양이다. 그래서 샌슨은 한 번 더 물어봐야 했다. 길시언은 힘차게 고개를 끄덕였다.

"물론입니다. 오히려 그쪽 말이 좀 지쳐 보이는데 잡아먹어 버리는 것이……, 아냐! 임마, 끼어들지 마! 에, 지쳐 보이는데 괜찮겠습니까?"

"뭐, 아직은 견딜 만합니다. 그쪽이야말로 달리며 이야기까지 하느라 힘들어 보이는군요."

"천만에요. 동시에 두 가지 정도 하는 게 뭐 어렵겠습니까. 난 정신병자라서……, 젠장! 너, 임마!"

샌슨은 킬킬 웃고는 다시 달리기 시작했다. 운차이는 울상이 되어 따라갔다. 아무래도 이 질주에는 그 마지막 팬케이크에 대한 복수의 의미도 좀 내포된 것이 아닐까 한다.

산길을 달려가는 것은 말도 괴롭겠지만 사람도 괴롭다. 말 위에 가만히 앉아 있는 것도 중노동이다. 말은 자신이 태우고 있는 자의 균형까지 해결해 주지는 않는다. 이름난 명마라면 혹 모르지만(길시언의 선더라이더는 이름난 명마였다지만 지금은 황소다. 흠.), 보통의 말에 속하는 슈팅스타, 트레일, 제미니, 래셔널 셀렉션, 그리고 앰뷸런트 제일은 자신의 몸무게에다가 기수의 몸무게, 그러니까 최대 300파운드에서……, 최저치는 모르겠다. 이루릴의 몸무게를 모르니까. 어쨌든 최대 300파운드는 되는 기수들을 싣고 달리는 것만 해도 죽을 맛일 게다. 그러니 기수는 자기가 알아서 균형을 잡아야 한다.

산길의 급격한 경사 때문에 제멋대로 움직이는 말 위에서 균형을 잡는 것은 웬만한 승마술로는 어렵다.

이루릴을 보라! 저 놀라운 움직임을 보고 있자니 한숨이 나온다. 말의 충격이 전혀 기수에게 전달되는 것 같지가 않다. 등자에 얹힌 그녀의 발과 다리는 말과 함께 움직이고 있지만 그녀의 허리 위로는 전혀 움직이지 않는다. 유연하고 탄력적인 허리에서 하반신의 모든 충격이 사라지고 그 위로는 올라가지 않는 모양이다.

샌슨? 저 인간의 탈을 쓴 오거는 말을 끌고 간다고 표현해야 옳다. 분명히 말 위에 타고 있지만, 그는 마치 자기 가랑이 사이의 말을 앞으로 질질 끌고 가는 느낌이다. 힘이 넘치는 승마술이다. 말의 방향을 바꿀 때 그는 고삐로 하지 않고 300파운드는 쉽게 넘어가는 그의 온몸을 기울여 말을 틀어버리는 듯하다. 그러니 슈팅스타는 옆으로 휩쓸리듯 몸을 틀 수밖에.

운차이는 나동그라지기 싫어서 죽자고 샌슨을 따라가고 있으니 별로 볼품이 없다. 칼의 승마술도 그저 그렇고. 역시 봐줄 만한 것은 길시언이다. 황소! 저 미친 황소를 다루는 그의 능력은 엄청나다. 황소라서 그의 위치는 참 낮고 그래서 충격이 머리 꼭대기까지 올라가는 모양이다. 아마 이가 부서져라 부딪히고 있을 것이다. 게다가 평평하고 약간 휘우듬한 황소의 등은 안정감이 없다. 그리고 그는 황소에만 신경을 쓰는 것이 아니라 왼손에 쥐고 있는 프림 블레이드와의 대화에도 신경을 쓰고 있다. 그는 오른손으로만 고삐를 쥐고 왼손으로는 왼쪽 허리의 프림 블레이드의 칼자루를 쥐고 있다. 마지막으로, 그는 좀 구색이 안 맞긴 하지만 그래도 우리 중 최고의 중무장을 갖추고 있다. 아마 꽤나 무거울 것이다. 그런데도 용케 떨어지고 있지 않는 것은 박수를 받아 마땅하다.

나? 난 최악이다.

내가 제일 뒤에 달리는 것이 천만 다행이다. 아무도 못 볼 테니까. 제미니는 다른 말들의 두 배에 가까운 체중 때문에(그래도 샌슨의 몸무게 정도일 것이다. 난 별로 덩치가 크지 않고 네리아는 날씬하니까.) 기진맥진하고 있었으며 걸음걸이도 안정되어 있지 않다. 난 떨어지지 않는 데에만 신경을 써도 모자란다. 그런데 네리아는 계속 내게 장난을 치고 있다. 칵!

"어머, 흔들려! 왜 이러는, 거니?"

"길이, 엉망이잖아요! 좀 떨어져요!"

"안 돼, 싫어, 무서워."

"뭐가 무서워요!"

"떨어질까 봐. 으음……."

"소, 손 올리지 못해요!"

"얘는, 흔들리니까 그렇지."

요런 식이다. 망할! 애 가지고 노니까 재미있냐? 엉?

악전고투 끝에, 정말 거의 전투에 가까운 질주 끝에 우리는 간신히 정오가 되기 전에 고개를 넘어서 평지로 내려섰다. 이루릴은 전혀 변함이 없이 몇 시간이라도 더 달릴 수 있는 모습이었지만 다른 사람들은 녹초가 되어버렸다.

"고, 골반이 뒤틀린다아아……."

네리아는 말에서 뛰어내리더니 땅에서 기괴한 춤을 추기 시작했다. 칼은 그저 묵묵히 서 있었지만 아무래도 저 표정은 미골의 아픔을 삭이고 있는 듯한 얼굴이다. 그러지 않다면 왜 서 있겠는가. 난 운차이와 나란히 땅바닥에 조심스럽게 앉았다.

"아, 아하, 아하하하……."

"저, 저 짐승 같은 놈. 정말 무, 무식하게 달리는군."

운차이는 샌슨에게 이를 바득바득 갈았다. 그 말에 적극 찬성이다.

샌슨은 입술을 삐죽이며 가볍게 말 위에서 뛰어내렸다. 그 옆의 길시언은 황소 등 위에 드러누워 내려올 줄을 몰랐다. 그는 선더라이더의 널찍한 등을 침대 삼아 누워서 숨을 씩씩 몰아쉬고 있었다. 흠, 아무래도 샌슨의 판정승이군. 하지만 대결이 공정하진 못했어. 길시언은 황소를 탔으니까. 샌슨은 외쳤다.

"밥 먹자!"

"아아아아아……, 샌슨!"

"왜?"

"……내 안장 주머니에 팬케이크 있어. 꺼내 먹어."

"알았어."

콰당! 땡그렁. 뭔 소린가 싶어 돌아보니 길시언이 기어코 황소 등 위에서 굴러 떨어졌다. 하프 플레이트가 땅에 부딪히는 소리는 엄청났고 그 옆에 떨어진 카이트 실드는 핑그르르 돌고 있었다. 그는 일어날 생각도 하지 않고 그대로 드러누웠다.

"하악, 하악."

샌슨은 그걸 보더니 히죽 웃으며 말했다.

"거기 누워 있다간 황소가 싸면 입에 떨어지겠소."

"우으으음……."

길시언은 죽음 속에서 울려퍼지는 망자의 신음소리를 뱉었다. 흠, 왠지 적절한 듯한 표현이다.

레브네인 호수는 산중호였다.

그 엄청난 크기 하나만 빼놓고 본다면 전형적인 모습의 산중호로, 수면에는 근처의 산의 모습들이 비치고 있었다. 그리고 남쪽으로 트인 곳으로는 아마 폭포가 쏟아지고 있는 듯하다. 우리는 레브네인 호수의 서쪽 자작나무 숲에 서 있었는데, 호수가 넓고 곳곳에 곶이 튀어나와 남쪽의 모습은 보이지 않았다. 하지만 지형상 남쪽으로 낮아지니까 거기로 빠져나가겠지. 게다가 귀를 기울이면 멀리서 폭포의 우르릉거리는 소리도 들려왔다.

"저어어어기 북쪽을 따라 크게 도는 거야."

샌슨은 팔로 크게 동그라미를 그렸다. 하지만 우린 북쪽 땅이 보이지 않았다. 반대편 동쪽도 물 위로 아스라하게 솟아 있는 산봉우리의 모습만이 보였다. 정말 광대한 호수였다. 이런 호수가 산 속에 어떻게 생겼는지 의아할 정도였다. 평지라면 그냥 물이 고여서 생길 수도 있겠지만, 여긴 산 속이 아닌가? 산 속에 어떻게 이런 많은 물이 고이는 거지? 네리아가 내 질문에 대답했다.

"물을 잡아뒀거든."

"예? 무슨 말이죠, 네리아."

"수백 년 전에는 이 호수는 훨씬 낮고 작았어. 지금의 10분의 1쯤? 그리고 페어리퀸 다레니안의 아름다운 성이 호수가에 있었지. 그런데 다레니안이 물이 빠져나가는 남쪽에 산을 몇 개 세워서 물이 모이도록 했어. 결국 호수는 범람하고 물은 여러 해에 걸쳐 점점 차올라 다레니안의 성은 물 속에 잠기게 되었어. 결국 남쪽에 새로 생긴 산들 사이로 폭포가 만들어져 수면은 더 올라가지 않게 된 거야."

"다레니안은 왜 그렇게 했는데요?"

"그건 나도 잘 몰라요. 하지만…… 어떤 남자 때문이었다고 하던데."

"남자? 인간 남자요?"

"으응. 그녀는 어떤 인간 남자를 사랑했고 그 남자와의 추억을 영원히 간직하기 위해 자신의 성을 물 속에 가라앉혔다고 해요. 영원한 물의 감옥으로 말이야. 멋있지?"

"틀려요."

갑자기 들려온 말은 이루릴의 목소리였다.

이루릴은 우리들에게서 조금 떨어져 등을 돌린 채 멀리 보이는 호수의 수면을 바라보고 있었다. 네리아가 물었다.

"틀려요?"

이루릴은 여전히 등을 돌린 채 말했다.

"그녀는 그 남자가 다시 찾아오지 못하도록 저 성을 폐쇄했죠. 90년 전, 그녀의 성에 들렀을 때가 생각나는군요. 아름다운 성이었죠."

90년? 맙소사. 바위에 기대어 앉아 있던 길시언이 똑바로 앉으며 말했다.

"괜찮다면, 얘기해 줄 수 있습니까?"

"싫어요."

이건 인간의 말이라면 불쾌하게 들릴 법한 말이지만, 이루릴은 그저 부정의 뜻을 표현하는 것 이외에는 다른 뜻이 없는 것처럼 말했다. 인간이라면 '죄송하지만 들려드리고 싶은 이야기가 아니라서…….' 정도로 말했을 법한 어투였다. 어떻게 저 짧은 말에 그런 의미를 담는 것인지는 잘 모르겠지만. 그래서인지 길시언도 별로 화난 기색은 없었다. 하지만 난 앞뒤가 맞지 않는다는 것을 알았다.

"이상한데요. 이루릴. 이 호수는 수백 년 전에 만들어졌다고 했는데요? 그럼 당신은 어떻게……."

"전 90년 전에 물 아래로 내려가 그녀의 성에 간 것이죠. 놀라운 광경이었어요. 하늘로부터 내려온 햇살이 물 속에서 수십, 수백 가닥으로 갈라져 일렁이는 가운데 호수의 바닥에 그녀의 성이 서 있었죠."

와! 정말 멋있었겠군. 하지만 여전히 이상하다.

"그런데요, 어떤 남자인지는 모르겠지만 수백 년 동안 물의 장벽으로 막아야 되는 남자라면 그건 인간이 아니잖아요? 그저 인간을 막기 위해 저런 엄청난 장벽을 만든다는 것은……."

이루릴은 몸을 돌렸다. 그녀는 나를 똑바로 바라보며 말했다.

"한 가지만 말씀드리죠. 그 남자는 대마법사 핸드레이크였어요. 더 이상은 묻지 마세요."

대마법사 핸드레이크?

아니, 잠깐. 그 마법사는 300년 전의 인물이잖아? 그는 루트에리노 건국왕을 도와 우리나라를 세우는데 앞장선 인물이다. 그가 있었기에 루트에리노 대왕은 바이서스를 건국할 수 있었지만, 루트에리노 대왕이 아니라면 그도 아무런 일을 못하고 그저 조금 능력 있는 마법사로 역사에 아무런 흔적도 남기지 못했을 것이라 알려지는 전설적인 인물이다.

난 칼을 바라보았다. 그라면 역사에 대해 훤하니까 그 정도로 유명한 인물의 이야기라면 반드시 알고 있을 것이다. 그러나 칼도 뭐가 뭔지 모르겠다는 얼굴이다. 이상하군.

식사와 잠깐의 휴식을 마치고, 샌슨은 모두에게 말을 끌고 걷게 했다. 말을 타면 안 된단다. 그는 한 손엔 슈팅스타의 고삐, 다른 손엔 지리서를 들고서는 호수의 수면 가까이 걸어갔다.

호수 쪽으로 가까이 걸어감에 따라, 점점 이상한 기분이 들었다.

마치 있어서는 안 되는 장소에 와 있는 것 같은 느낌이 들었다. 불길하거나 공포스러운 것은 아니다. 그러니까, 마치 허락도 받지 않고 영주님의 집무실에라도 들어와 있는 듯한 느낌이었다. 내가 있을 만한 장소가 아닌, 터무니없이 고귀한 장소에 함부로 들어가는 듯한 짓눌리는 느낌을 받았다. 주위 어디를 보아도 신격이 느껴질만큼 굉장한 풍경이 있는 것도 아니다. 그저 산 중에 있는 터무니없이 큰 호수일 뿐이다. 그런데도…….

네리아가 그런 날 눈치챈 모양이다. 그녀는 소곤거렸다.

"이상한 느낌이 들지?"

"어, 당신도 그래요?"

"모두 다 그럴 거야. 여기는 페어리퀸의 영토니까."

흐음. 신기한 일이군. 샌슨은 이윽고 수면 가까이 걸어왔다. 그는 지리서를 보더니 그것을 읽기 시작했다.

"저희들……."

목소리가 너무 작았다. 샌슨은 헛기침을 하더니 좀 크게 말했다.

"저희들, 대지를 걷는 방랑자가 고귀하신 페어리퀸 다레니안의 영토를 걷고자 하오니……."

"됐어요, 샌슨 씨. 가죠."

이루릴이 느닷없이 끼어들었다. 샌슨은 고개를 돌리더니 얼빠진 얼굴로 이루릴을 바라보았다. 이루릴은 말에 오르면서 말했다.

"친구의 집을 방문할 땐, 인사나 허락은 필요없어요."

"예?"

"전 다레니안의 친구이고, 저의 친구는 곧 다레니안의 친구죠. 가요. 조용히 예의를 지켜 걸어가면 됩니다."

"아, 예……."

샌슨은 고개를 갸우뚱하면서 말에 올랐다. 이루릴의 태도가 확신에 차 있었으므로, 우리 모두 별 불안감 없이 말에 올랐다. 우리는 호수가를 따라 천천히 말을 걷게 했다. 네리아가 내 귀에 대고 소곤거렸다.

"헤에. 동료가 좋긴 좋구나? 원래 한참 떠들고 나서 허락을 받아야 지나갈 수 있는데."

"허락이요?"

"원래 물 속에서 광채가 솟아오르게 되어 있어. 그게 페어리퀸의 통과 신호이고 그래야 지나갈 수 있지."

"어? 잠깐만요. 지금은 광채가 없었잖아요?"

"어머나? 너 왜 이러니? 이루릴이 말했잖아? 친구의 집을 방문할 땐 허락이 필요없다고. 마찬가지로 다레니안도 허락의 신호를 보낼 필요가 없는 거겠지."

"어라. 좋은 게 아니군요. 허 참. 구경하면 멋있었을 텐데."

"음, 그렇긴 그렇네. 볼 만하거든. 호수 가운데서 광선이 쫘악 올라가서 하늘까지 솟구치지. 근사해. 특히 밤에 볼 때는 정말 멋있어. 하아."

아깝다. 음, 돌아올 때 봐야지.

우리 일행은 모두 점잖게, 마치 사열이라도 하듯이 보조를 맞추어 걸어나갔다. 자신을 초라하게 여기도록 만드는 그 이상한 기분은 여전했지만, 더욱 이상한 건, 그런 기분을 느낄 때 당연히 느껴져야 할 반발감은 느껴지지 않는 것이었다. 호수는 우리에게 적의가 없다. 그저 유려하고 아름다우며, 페어리퀸의 성을 감싸고 있는 거대한 물일 뿐이다. 마치 공기가 우리를 감싸고 있는 것처럼.

치읏!

시야 한구석에서 뭔가 움직였다.

고개를 돌리는 순간, 기겁한 내 마음은 날 낙마시킬 뻔했다. 호수 한가운데서 붉은 빛이 하늘로 솟아오르고 있었다. 수면 아래의 빛은 잘 보이지 않았다. 거리가 너무 멀어서 물이 맑은데도 수면 아래는 거의 보이지 않았으니까. 하지만 수면 위로 솟아오르는 붉은 광선은 하늘을 찌를 듯이 솟아오르고 있었다. 그것은 시야가 닿는 극한까지 하늘로 뿜어져 올라가 구름을 꿰뚫고 있었다.

그리고 지금까지는 느껴지지 않았던 감정, 무서운 적의가 느껴지며 그에 반발하는 나의 적개심도 느껴졌다. 난 저것이 싫다! 저건 무섭고, 끔직하다!

"저, 저거예요?"

"아, 아냐. 저건 거부인데! 붉은 빛은 거부야!"

말들이 투레질을 시작했다. 말들은 히힝거리며 발을 굴러 호숫가에서 멀어지려 했다. 당황한 사람들은 말을 진정시키느라 제대로 대화를 나누지 못했고 우리 일행의 말이 단속적으로 들려왔다.

"뭐야! 다레니안이 거부를?"

"토, 통과하지 못한다는 말인가?"

"어, 이랏! 정신 차려! 도, 도망가야 하나?"

그때 이루릴이 외쳤다.

"쾌속의 다리를 가지고 무한한 속도에 도취되는 정열적인 영혼을 가진 짐승들이여, 진정해요!"

말들의 버둥거림이 잦아들었다. 그러자 이루릴은 말 안장 위로 뛰어올라 자신의 말 위에 섰다. 갑자기 웬 서커스지? 저건 그녀를 닮아가는 침착한 말 래셔널 셀렉션 덕분에 가능할 것이다. 잠시 후 이루릴은 다시 안장에 앉더니 말했다.

"안 보이는군요. 어쨌든 누군지는 모르지만 이 호수와 그 주변의 땅에 들어오는 것을 거부당한 모양입니다."

샌슨이 다급하게 물었다.

"우, 우리가 아니고요?"

"인간은……, 그런 면이 있죠. 모든 것이 자기 때문에 있는 것이라는 생각. 그런 놀라운 생각 때문에 그들은 번영하겠죠. 하지만 지금은 아니에요."

샌슨은 얼굴을 붉혔다. 이루릴은 말했다.

"이상하군요. 다레니안이 거부를 말하는 일은 적은데. 그녀는 어떠한 존재라도 예의를 지키면 지나가게 해줍니다. 몬스터들은 아예 이곳에 범접하지 못하니 아닐 테고……."

치윳!

기이한 소음과 함께 수면 위에는 다시 빛이 솟아올랐다. 조금 전보단 안정되었지만, 그래도 크게 놀랐다. 이제 두 개의 광선이 올라가고 있었다. 치윳, 치윳! 곧이어 세 번째, 네 번째 광선이 솟아올랐다. 호수의 표면이 마치 바늘꽂이가 된 듯했다. 붉은 광선들이 빗발처럼 하늘로 쏟아졌다. 이루릴의 얼굴이 창백해졌다.

"저렇게 격렬한 거부가……, 으음?"

이루릴은 급격히 몸을 돌렸다. 그녀는 멀리 우리의 앞쪽을 바라보았다.

"뭔가가 달려오고 있어요."

"뭐죠?"

"모르겠습니다. 하지만 무기를 준비하는 것이 좋겠어요."

샌슨은 그 말에 재빨리 롱소드를 뽑아들었고 길시언도 뒤질세라 프림 블레이드를 뽑아들었다. 칼은 일행의 뒤로 돌아가 활을 뽑아들었고 나는 앞으로 나섰다.

"네리아는……?"

네리아는 벌써 말에서 내려 등에 메고 있던 트라이던트를 뽑아들었다. 그러곤 옆의 숲으로 달려가더니 트라이던트를 땅에 짚으며 솟아올랐다. 그녀는 공중에서 나무를 박차더니 나무 위로 기어올라가 보이지 않게 되었다. 어찌나 날렵한지 마치 다람쥐가 나무를 타고 올라가는 듯했다.

"대단해."

난 침을 삼키며 다시 앞을 바라보았다.

이윽고 두두두두 하는 말발굽 소리가 들려왔다. 전속력으로 달려오고 있는 말, 그것도 꽤나 숫자가 많다. 앞쪽에서 마침내 모습이 보이기 시작했다. 아직은 검은 점으로 보이는 정도였지만 그것은 시시각각 커져가고 있었다. 이거, 뒤통수가 뜨끈해질 정도군. 긴장되는데? 샌슨은 재빨리 자신의 안장에 묶여 있던 밧줄을 풀어 칼에게 건네주었다. 운차이는 그렇게 칼에게 인계되었다. 그 사이에도 이루릴이 중얼중얼 말했다.

"인간, 남자, 여덟 명, 검은 옷, 두건, 활!"

"프로텍션 프롬 애로."

길시언은 고함을 지르며 프림 블레이드를 앞으로 뻗었다. 그러자 프림 블레이드에서 푸르스름한 빛이 뿜어져 나갔다. 마법을 쓰기 위해 자아를 가진 마법검! 그 빛은 삽시간에 퍼져 우리 앞쪽에 맑은 푸른색의 막을 형성했다.

"탱, 탱탱!"

날아오는 것이 보이지도 않았다. 그런데 요란한 소리와 함께 뭔가 공중에서 방어막에 맞아 튕겨나기 시작했다. 화살이었다. 샌슨은 악을 썼다. "뭐하는 녀석들이야! 산적인가?"

길시언은 무서운 표정을 지었다.

"산적들이라고 보기엔 화살이 정확한데. 기마 사격을 할 수 있다는 것은 대단한 솜씨의 전사들일 게요."

"아, 그렇군!"

칼은 말에 옆으로 앉아서도 쐈는데……. 그런 생각을 할 사이도 없이 그들의 모습이 제대로 보이기 시작했다. 모두 검은색 로브로 몸을 감싸고 있었고 타고 있는 말들도 모두 흑마다. 젠장, 산적이라고 보기엔 의상이 너무 잘 통일되어 있는데? 말들은 호숫가를 전속력으로 달려오고 있었고 물보라가 하늘로 솟아지고 있었다.

"촤아아, 다다다다다!"

게다가 그들은 모두 롱소드를 뽑아들기 시작했다. 왼팔에는 모두 라운드 실드를 들고 있었다.

"말로 해결이 안 되겠군."

칼이 노한 음성으로 말하더니 롱 보를 당겼다. 그리고 이루릴도 캐스트를 시작했다.

칼은 시위를 놓았다. 탱! 경쾌한 탄력음과 함께 화살이 쏘아져 나갔다. 그런데 맨 앞에 달려오고 있던 자가 방패를 내밀어 화살을 튕겨내었다.

"노, 놀랍군!"

"매직 미사일!"

이루릴의 몸 둘레에서 나타난 다섯 개의 광선이 앞으로 쏘아져 나갔다. 그러나 더 놀랄 일이 벌어졌을 뿐이다. 그 광선은 달려오는 남자들의 주위에서 소멸되었다! 이루릴은 놀란 눈으로 말했다.

"안티 매직 필드?"

"이런 빌어먹을!"

샌슨은 고함을 지르더니 달려나가기 시작했다. 가만히 서서 공격당할 수는 없다. 나도 말을 박차 달려가기 시작했고 길시언도 달려가기 시작했다. 황소인 선더라이더가 정말 말이 못 당할 정도의 무서운 속력으로 달려가기 시작했다.

"음메에에엣!"

오우, 용감한 황소여! 제미니, 들었지? 가자!

"이힝힝힝힝!"

이건 정말 자신 없는데. 난 땅에서는 간신히 싸우지만, 엄청난 속도로 움직이는 말 위에서의 싸움은 처음인데, 제기랄, 게다가 끔찍한 놈들인데. 에이, 최악의 경우 사망이다. 그것보다 더 무서운 일을 내게 저지를 수야 없겠지! 달려라, 제미니! 그때 샌슨이 외쳤다.

"후치! 시간차 공격이다, 내 뒤를 따라!"

뭔 말이야? 그러나 대꾸할 새도 없었다. 가장 먼저 달려간 샌슨이 첫 번째 남자와 부딪혔다. 그들은 서로 격렬히 검을 부딪히면서 그대로 스쳐 지나갔다. 콰광!

둘은 균형을 잃으며 서로 지나쳐갔다. 말들이 쓰러지지 않기 위해 거칠게 땅을 밟아대며 호수가의 물보라와 모래를 함께 튀겨 올리고 있었다. 얼굴에 물이 날아와 숨이 막힐 지경이다.

"철썩, 쏴아아, 푸르릉!"

그리고 난 그때 샌슨의 말을 깨달을 수 있었다. 샌슨과 검이 부딪히느라 검을 쥔 팔이 뒤로 크게 젖혀졌던 그 남자는 가슴을 앞으로 내밀며 달려오게 되었다. 그리고 난 바스타드를 옆으로 휘둘러 그자의 복부를 후려쳤다. 내 힘에 말의 속도까지 더한 공격이다.

"쾅깡!"

쇠 부딪히는 소리가 나더니 그자는 그대로 뒤로 나가떨어졌다. 쇳소리? 남자의 로브가 크게 찢어져 있었으며 그 안이 보였다. 이자들, 로브 아래에 체인 메일을 입고 있잖아? 그자는 체인 메일을 믿고 방심하다가 순수한 힘으로 치는 내 공격에 뒤로 날아가 처박히고 말았다. 남자들은 두건을 쓰고 있어 얼굴을 알 수 없었지만 그때는 얼굴이 보이지 않아 다행이라고 생각했다.

"크으윽!"

뭐야? 고개를 들어보니 샌슨이 어깨를 부여잡는 모습이 보였다. 이런! 놈들도 우리 둘과 똑같은 전술을 썼다. 앞에 달려오던 놈 뒤의 녀석이 샌슨을 공격한 모양이다. 그리고 그자는 이제 나에게 달려오고 있다. 그자는 라운드 실드로 앞을 가리고 그 옆으로 롱소드를 랜스처럼 내밀고 있었다. 멋진 돌격 자세군! 하지만 이거 먹어봐!

"기름 젓기!"

말 위에서 기름 젓기를 하다가 나는 제미니의 귀를 날려버릴 뻔했다. 어쨌든 그자는 라운드 실드로 여유 있게 내 바스타드를 막아내었지만 그 라운드 실드는 박살나며 그자는 그대로 뒤로 튕겨버렸다.

"이런 말도 안 되는……!"

콰다당! 남자는 그대로 나가떨어져 데굴데굴 굴러버렸다. 모래에 깊게 패인 자국이 남았다. 아마 그자는 내가 꼬마라 얕봤겠지. 그렇잖다면 샌슨에게 부상을 입힐 정도의 남자를 내가 어떻게 할 수 없었을걸.

난 그제야 간신히 말을 돌려세웠다. 길시언이 보였다.

"으합!"

길시언은 옆에서 뻗어오는 검을 방패로 쳐내며 그대로 밀어붙이고, 앞으로 오는 자에게 프림 블레이드를 내찔렀다. 앞에서 오던 자는 그것을 용케 막았으나 선더라이더가 상대편 말을 들이받았다. 굉장하군! 그야말로 인마일체(人馬一體), 아니 인우일체(人牛一體)다! 황소의 뿔에 들이받힌 상대편 말은 그대로 비명을 지르며 나동그라졌다. 그리고 그 기수는 말에 깔려버렸다.

"크아아악!"

그런데 이상하다. 우릴 스쳐 지나갔던 남자들 중 쓰러진 세 명을 제외하고 네 명이 길시언을 노리고 나머지 한 명이 나에게 달려왔다. 길시언의 무장이 가장 좋으니 그가 제일 무서울 거라고 생각했나? 하지만 저 작자들은 황소를 탄 전사가 우습지도 않나?

"이크! 이 자식이!"

딴 생각 하다가 큰일 날 뻔했다. 내게 달려오던 놈이 제미니를 치려고 한 것이다. 난 생각할 것 없이 바스타드로 그자의 검을 내려쳤다.

"으아아악!"

남자의 검이 부러지며 그는 그만 낙마하고 말았다. 너무 강하게 내려치자 충격으로 균형을 잃은 모양이다. 길시언이 위험하군. 난 길시언을 돕기 위해 달려갔다. 그때 이루릴이 뛰어와 한 명의 허리를 찔렀다.

"찰그랑!"

금속음이 요란히 퍼지며 에스터크는 상대를 파고들었다. 체인메일이라도 에스터크처럼 뾰족한 찌르기 검은 막지 못한다. 남자는 상체를 부르르 떨더니 그대로 말에서 굴러 떨어졌다. 그리고 그때 하늘에서 고함소리가 들려왔다.

"트라이던트의 네리아!"

대단한 버릇이군. 네리아가 나무 위에서 도약하더니 한 남자의 등 뒤에 내려앉았다.

"좀 태워주시겠어요?"

"뭐, 뭐야?"

"버릇이 없군."

그녀는 창대로 남자의 목을 걸어 당기더니 그대로 옆으로 같이 떨어져버렸다. 체인 메일을 입은 남자는 땅으로 나동그라졌으나 가벼운 네리아는 그대로 땅을 짚으며 공중제비를 넘더니 똑바로 섰다. 이거, 싸움중만 아니라면 박수를 치고 싶다! 난 길시언 주위에 있던 두 명 중 한 명에게 덮쳐 들어갔다.

"이야압!"

그 남자는 길시언을 치려다가 방패에 막히던 참이라 행동이 흩어져 있었다. 그래서 등 뒤에서 노리는 내 공격을 막지 못했다. 난 고삐를 놓고 두 손으로 풀스윙을 했다. 그 남자는 그대로 말 위에서 튕겨나갔다.

"우아아아!"

남자는 온몸을 버둥거리며 하늘을 날아 호수에 처박혀 버렸다. 풍덩!

세 명이 없어지자 길시언은 남은 한 남자를 적극 공격하기 시작했다. 그러자 곧 무서운 싸움이 벌어졌다. 그야말로 전사들의 기마전다운 검격이었다.

길시언은 프림 블레이드를 수십 개로 바꿔 검은 남자를 공격했으나 남자도 그 재빠르고 풍부한 변화의 공격을 모조리 막아내며 길시언을 찔렀다. 길시언은 방패를 쓸 겨를도 없이 몸을 움직이며 그 공격을 피하려 했지만 황소 위에 있어서 피하기는 쉽지 않았다. 길시언은 아예 하프 플레이트로 가려진 가슴으로 공격을 막아내며 남자를 후렸다. 엄청난 대결이다.

그러나 길시언은 타고 있는 것조차 무기였다. 선더라이더는 앞쪽에서 얼씬거리는 말이 마음에 들지 않는다는 듯이 그 면상을 들이박았다. 빼억! 말은 쇠뿔에 들이받히자 그대로 앞발을 꿇으면서 기수를 낙마시키고 말았다. 남자는 떨어지는 도중에 길시언의 칼을 맞았다.

"후치, 조심해!"

고함소리에 놀라 뒤를 돌아본 순간, 불꽃이 튀었다. '이힝힝힝힝!' 제미니가 비명을 지르며 발길질을 해서 나는 굴러 떨어지고 말았다.

"어푸!"

일어나려다 미끄러졌다. 물 속에서 다시 데굴 구른 다음 살펴보니, 쓰러졌던 놈이 등 뒤에서 날 치려 하다가 샌슨에게 막힌 모양이다. 샌슨은 남자의 어깨를 내리쳤다. 남자는 검을 들어 막았으나 그 순간 샌슨은 남자의 가슴을 걷어찼다. 말 위에 앉아 있으니 말 아래에 있는 자의 가슴을 차는 것은 간단했다. 남자는 뒤로 벌렁 쓰러져버렸다.

난 제미니에서 내려온 김에 쓰러진 남자들의 무기를 들어 호수로 집어던지기 시작했다. 그러나 벌써 일어나는 녀석이 있었다. 그놈은 롱소드를 앞으로 뻗어 날 견제했다. 좋아. 지상이라면 내겐 독특한 기술이 있지!

"일자무식!"

난 밑에서 위로 두 번 올려쳤다. 호수물이 갈라지며 물보라가 정신없이 흩날렸다. 남자는 첫 번째를 막고 두 번째는 옆으로 돌아 피했다. 그러나 난 세 번째에서 가로로 돌았다.

"으억!"

남자는 가까스로 피했다. 남자의 로브 가슴 부분이 크게 찢어져 있었다. 그때 등 뒤에서 트라이던트의 창대가 그의 다리 사이로 들어왔다. 남자는 다리가 걸려 철썩! 물에 쓰러지고 말았다. 남자는 재빨리 고개를 들었지만 네리아는 그자의 가슴을 밟으며 목에 트라이던트를 겨누었다.

"칼 놔."

"야압!"

남자는 자신의 가슴 위에 있던 네리아의 다리를 잡아채려 했다. 그러자 네리아는 곧장 목을 찔렀다.

"키히히……힉!"

남자는 바람 빠지는 비명소리를 질렀다. 남자의 부들거리는 손이 네리아의 발목을 꽉 잡았다. 네리아는 착잡한 표정으로 트라이던트를 뽑았다. 목에서 피가 왈칵 쏟아져 나왔다. 남자의 머리가 털썩 떨어지더니 잠시 부글거리는 소리. 그리고 피가 호수를 붉게 물들였다.

남자의 손에서 힘이 빠지더니, 그 손이 아래로 툭 떨어졌다. 풍덩. 네리아의 얼굴은 엉망으로 일그러졌다.

"망할 놈. 자살도 꼭 이렇게 지저분하게 하는 놈이 있어……."

다른 남자들도 고통을 참으며 일어서더니 육탄으로 돌격하기 시작했다. 젠장! 난 비무장인 상대가 덤벼오자 어떻게 해야 할지 몰랐다. 할 수 없이 난 바스타드의 검날 옆으로 남자들의 뺨을 후려쳤다. 남자들은 몽둥이에 맞은 듯이 픽픽 나가떨어졌다.

길시언은 말에서 떨어지고 무기도 없어진 자가 그냥 덤벼오니 황당한 표정을 지었다. 그는 황소에서 내리더니 마구잡이로 덤벼오는 상대를 방패로 막고 칼자루로 남자의 뒤통수를 내리쳤다. 저기선 샌슨이 역시 말 위에서 내려와 남자의 복부를 치는 장면이 보였다. 그악스러운 자들이었다. 무기가 없어졌는데도, 죽을 것이 뻔한데도 덤벼오니 막는 쪽이 오히려 당황스럽다. 이루릴도 허리에서 피를 흘리는 자가 상처를 무시하면서 덤벼오자 주춤주춤 뒤로 물러났다. 그녀의 얼굴에 깊은 수심이 피어올랐다.

"왜……, 왜 죽으려 들죠?"

"이 자식들 도대체 뭐야!"

난 고함을 지르며 달려들어 이루릴을 공격하던 자의 등을 들이박았다. 남자는 숨막히는 고함을 지르며 나가떨어졌지만, 체인 메일을 입은 자를 그냥 들이박았더니 내 어깨도 부서지는 기분이었다. 그때였다.

"위험해!"

뭐지? 난 소리가 들려온 쪽을 보았다. 칼이 롱 보를 들고 있었다. 부르르 떨리는 시위. 뭘 쐈지? 난 뒤를 돌아보았다.

내가 뺨을 쳤던 남자가 땅에 앉아서 허공에 팔을 든 채 부르르 떨고 있었다. 남자의 팔에는 화살이 꽂혀 있었다. 그리고 그 손에는 무슨 스크롤처럼 보이는 물체가 쥐어져 있었다. 칼이 다급하게 외쳤다.

"네드발 군, 저걸 뺏아!"

"크으윽!"

남자는 팔의 근육을 다쳐 어떻게 할 수 없자 다른 손으로 그걸 바꿔쥐었다. 내가 달려가려 했으나 너무 늦었다. 그 남자는 고함을 질렀다.

"국왕 전하 만세!"

남자는 고함을 지르더니 이빨과 손으로 스크롤을 찢어버렸다. 그 순간 눈부신 빛의 입자들이 남자의 손으로 모여들었다. 쌔에에에엑! 뭐, 뭐야? 나는 남자의 눈을 보았다. 보아선 안 될 것을 보고 말았다.

죽으려 하는 자의 눈.

"콰콰광!"

눈을 불태우는 화염이 몰아쳤다. 귀를 찢는 폭음. 격렬한 폭풍에 난 뒤로 나동그라지고 말았다. 하늘로 솟아오르는 엄청난 불꽃과 날 향해 날아오는 불길의 폭풍. 죽었구나!

"제미니!"

이런! 또 부르고 말았어! 난 역시 할 수가 없는 놈이군. 응?

살아 있잖아?

난 머리를 들었다. 내 몸을 보았으나 전혀 다친 곳이 없다. 그저 땅에 나동그라질 때 긁힌 자국들만 몇 개 보였다. 난 주위를 둘러보았다.

"맙소사……!"

가까이 있던 나무들은 거의 가루가 되다시피 했고 좀 멀리 떨어진 나무들은 모두 쓰러져 불타고 있었다. 땅은 시커멓게 변했고, 남자가 서 있던 땅에는 거대한 구덩이가 만들어져 있었다. 직경 50큐빗은 넘어 보이는 구덩이였다. 잠시 후 호수의 물이 그곳으로 밀려들기 시작했다.

"이, 이런, 빠져죽겠다!"

쏴아아아!

물은 급격히 쏟아져 들어와 호수 옆에 작은 호수를 만들었다. 난 황급히 일어나 뒤로 달렸다. 잠깐. 이런 엄청난 폭발에 내가 살았을 리가 없잖아? 그, 그럼, 난 영혼인가? 그럼, 내 시체는 방금 만들어진 저 작은 호수 아래에……. 맙소사!

난 그 호수를 눈이 빠져라 바라보았다. 저, 저 아래에 내 시체가?

"안 돼……. 장가도 못 갔는데……, 훌쩍."

"뭔 소리 하냐?"

고개를 돌려보니 네리아가 서 있었다. 살아 생전의 모습과 똑같은데? 음, 하긴 나도 그렇군. 하나도 다친 데가 없으니, 확실히 우리 둘 다 영혼이다.

"자, 네리아. 훌쩍. 올라가죠."

"어딜?"

"뭐, 가봐야 알겠죠……, 훌쩍. 전 처음 죽어봐서요. 어머니가 거기 계실지 모르겠네요."

네리아는 의아한 표정으로 날 보더니 다음 순간 파랗게 질려버렸다.

"그, 그럼, 너와 난, 여, 영혼이야?"

"그러니까 그 폭발 속에서도 모양이 제대로지요. 훌쩍. 네리아는 직업이 직업이라 혹시 나와는 가는 곳이 다를지도 모르겠네. 훌쩍, 걱정 말아요. 가끔 편지할게요."

"어, 어, 어머나! 아, 아, 안 돼! 내가 죽다니! 으아앙!"

네리아는 내게 달려들더니 날 껴안고 펑펑 울기 시작했다. 나도 그녀의 어깨를 껴안고 울었다. 그때 샌슨의 목소리가 들려왔다.

"조금만 더 해봐. 정말 볼 만하네."

샌슨도 살아 생전의 모습과 똑같았다. 여전히 어깨에서 피를 흘리네? 그리고 칼도, 이루릴도, 길시언도, 운차이도. 그런데 그 남자들의 영혼은 어디 갔지? 응? 그런데 영혼 치고는(정말 그런지도 모르겠지만) 네리아의 몸이 아주 적나라하게 느껴지네?

네리아도 그걸 알아차린 모양이다. 그녀는 벌겋게 된 눈으로 날 올려다보더니 내 가슴을 만지작거렸다. 그녀는 고개를 갸웃거리더니 말했다.

"아무래도 느낌이 좀 이상하네? 전통적인 방법으로 확인 좀."

"으아아아! 왜 날 꼬집어요!"

"안 죽었잖아? 후치, 임마! 진짜 죽은 줄 알았잖아!"

"어, 그러네? 어떻게 그 폭발에서 살았지?"

이루릴이 설명해 주었다.

"그녀가 막아주었군요."

"예?"

"여긴 다레니안의 영토. 그녀가 우릴 보호한 모양입니다."

"아!"

난 호수를 바라보았다. 호수 표면은 잔잔하고 변함없었다. 칼은 떨리는 목소리로 말했다.

"감사합니다, 페어리퀸 다레니안."

마치 그에 대답하듯이, 호수 표면이 갑자기 움직이기 시작했다. 우리는 모두 얼어붙은 채 그 모양을 바라보았다.

호수 표면에 거대한 물보라가 만들어졌다. 그것은 거대한 물의 탑이었다. 아니, 물의 커튼? 장막?

그것은 파도였다.

믿을 수 없었다. 바다에서라면 혹시 모를까, 호수에서? 그러나 무지무지하게 큰 파도였음에 틀림없다. 그런데 느리게 움직였다. 거짓말 같다. 물방울 하나도 떨어지지 않았다. 허공에서 파도는 마치 단단한 물질처럼 서서히 움직였다. 그것은 우리 머리를 넘어 불타고 있는 숲으로 향했다.

그리고 그 파도는 불타고 있는 나무들 위에 쏟아졌다. 불은 단숨에 꺼졌다. 푸와악! 그러나 우리 머리 위로는 전혀 쏟아지지 않았다.

이윽고, 다시 호수 표면은 잔잔해졌다. 조금 전과 하나도 다름이 없는 그대로의 모습이었다. 하지만 불타오르던 숲에서는 엄청난 양의 수증기가 하늘로 솟아오르고 있었다. 쇄아아아.

"놀라워……."

샌슨은 떨리는 다리를 힘겹게 움직여 호숫가로 걸어갔다.

"감사합니다, 감사합니다. 다레니안."

그리고 나머지 사람들도 급히 고개를 꾸벅거렸다. 이루릴은 다정하고 애틋한 어조로 말했다.

"고마워요……. 내 친구 다레니안."

8

"뭘까?"

샌슨의 단순하며 심각한 질문에 네리아가 대답했다.

"글쎄. 산적은 아냐. 자폭하는 산적이라니, 우습잖아? 그리고 하는 짓도 그래. 무기가 없어지니까 맨몸으로 덤볐어. 그건, 포로로 잡히느니 자살하겠다는 거야. 에이, 소름끼쳐! 아까 일 떠올리기도 싫어!"

"게다가 보통 실력이 아니었어."

"맞아. 그자들이 길시언 씨 외에 다른 사람을 무시해서 우리가 쉽게 상대한 거지."

"음, 무장이 좋아도 꼭 좋을 건 없지. 공격은 혼자서 다 당하니까."

우리는 모두 그 폭발 현장에서 좀 떨어져 있었다. 나무들이 연기를 피워올리고 있었기 때문에 있기가 힘들었다. 남자들의 시체는 모두 가루가 되었거나 새로 생긴 웅덩이 속에 있어 조사할 수가 없었다. 그러나 남자의 말들은 모두 무사했다. 다레니안은 말들도 모두 보호한 것이다. 다행이야. 말들은 아무 죄가 없으니. 이루릴은 멀리서 선더라이더에 받힌 말들을 치료하고 있었다. 그 말들이 아무리 전투 훈련을 많이 받았다 해도 설마 전투 중에 황소를 만나리라고는 생각하지 못했겠지.

네리아의 말마따나 우리가 저자들을 쉽게 상대한 것은 저자들이 우리를 얕보았기 때문일 것이다. 하긴 난 어린애고 샌슨은 덩치가 좋긴 하지만 무장은 평범하다. 그에 반해 길시언은 하프 플레이트에 마법검에 방패까지 들고 있다. 그래서 남자들은 길시언을 노렸고, 우리는 그 틈을 타서 남자들을 제압한 것이었다. 남자들이 우리에 대해 제대로 알아차리기도 전에 말이다. 천만 다행이다.

칼은 볼을 긁적이더니 샌슨과 네리아의 대화에 끼어들었다.

"생각해 볼 수 있는 건, 우릴 노리는 암살자라는 것이겠군."

네리아는 눈을 동그랗게 떴다.

"아, 암살자?"

"이름이야 어떻게 부르든……, 목적은 우리의 살해였겠지요. 다른 목적을 생각할 수 있을까요? 그런데 이유가 뭘까? 왜 우릴 노렸지?"

"아! 으악!"

샌슨이 손바닥을 딱 치더니 곧 자지러지는 비명을 질렀다. 어깨에 상처를 입고 붕대로 감아둔 사실을 잊었던 것이다. 이루릴이 힐링 포션을 좀 발라두었지만 아직은 꽤나 아플 것이다. 샌슨은 어깨를 부여잡더니 힘겹게 말했다.

"으윽, 운차이! 운차이와 그 서류 때문입니다."

운차이는 놀란 표정으로 샌슨을 바라보았다. 샌슨은 계속 설명했다.

"펠레일도 그렇게 말했지요. 우리가 그 보고서를 가지고 가지 않습니까? 그 서류 때문입니다. 우리가 그 서류를 제출하고 운차이가 증언을 하게 되면 자이펀으로서는 대단히 곤혹스러워질 테니까……. 그겁니다! 아니면 바이서스와 자이펀의 전쟁을 원하지 않는 비둘기파의 어떤 인물이라든지, 뭐, 그런 사람이……."

"아닐걸."

내 말에 샌슨은 고개를 돌렸다.

"무슨 말이야, 후치?"

"난 분명히 들었어. 내가 제일 가까이 있었다고."

"듣다니?"

"그 남자 말이야. 자폭하기 직전, 분명히 '국왕 전하 만세.'라고 했어."

"국왕 전하? 아! 그럼 자이펀의 국왕이 보낸……."

"샌슨! 좀! 자이펀인이라면 왜 우리나라 말로 외치냐?"

"어? 어, 그렇군. 잠깐. 그럼 그게 무슨 말이야? 국왕 전하를 위해 우릴 죽이려 들었다고?"

우리는 잠깐 동안 아주 기묘한 기분이 들었다. 샌슨은 얼빠진 목소리로 말했다.

"잠깐, 국왕 전하께서 우릴 죽이려 들 리가 없잖아? 후치 너, 나 모르게 무슨 반역질이라도 공모했냐?"

"샌슨, 순순히 자수하지?"

우리가 시답잖은 소리를 하는 가운데 칼은 고개를 저으며 말했다.

"혹시 그런 이유가, 그런 말 같잖은 이유가 있다 해도, 그냥 수도에 도착하면 우리를 처리해도 되잖아? 왜 암살자를 보내어 우리를 처리한단 말인가? 앞뒤가 맞지 않네, 네드발 군."

"맞아요, 칼. 후치 네가 잘못 들었을 거야."

"똑바로 들었다니까!"

"야, 그럼 국왕께서 왜 우릴 죽이려 했다는 거지?"

"어, 어, 그건……."

그 이유는 나도 모르겠다. 무슨 합리적인 이유를 댈 수가 없군.

난 인상을 찌푸리며 머리를 저었다. 길시언이 조금 떨어져 앉은 채 고개를 푹 숙이고 있는 것이 보였다. 길시언은 간혹 신경질적으로 잿빛 머리카락을 헤집었고 그 얼굴 표정은 몹시 사나웠다. 또 프림 블레이드와 이야기하고 있는 모양이군. 샌슨은 단정 짓듯이 말했다.

"산적은 아냐. 목숨을 걸고 죽이려 들었으니까. 그러니 암살자고. 그렇다면 생각해 볼 수 있는 것은 역시 운차이 때문에 덤벼드는 암살자야. 펠레일도 그렇게 말했잖아?"

하긴 그렇다. 그 똑똑한 펠레일도 분명히 그렇게 말했다. 우리가 운반하는 그 보고서를 노리는 암살자들이 우릴 쫓아올 것이라고. 그때 말들의 치료를 끝내었는지 이루릴이 걸어왔다.

그녀는 우리 옆에 앉더니 말했다.

"여러분, 좀 다르게 생각해 볼 수 있지 않을까요?"

"예? 어떻게 말입니까?"

"우리는 그 보고서와 운차이를 호송하고 있어요. 하지만 여기에 여러 분들이 계십니다만 목적이 다 똑같은 것은 아니죠. 칼과 샌슨, 후치는 고향의 일을 보고하기 위해 수도로 가시죠? 그것은 어떨까요?"

"어? 그건 암살자가 쫓아올 만한 일은 아닙니다."

샌슨의 말에 이루릴을 고개를 끄덕였다.

"네. 그럼 전 어떨까요? 제 생각에 제 일 때문에 인간 암살자들이 쫓아올 것 같지는 않군요. 전 델하파의 항구로 가서 누굴 만날 계획입니다만 그건 인간들과는 아무런 상관이 없는 일이에요."

이루릴은 고개를 돌려 네리아를 바라보았고 나와 샌슨, 칼도 모두 그 시선을 따라 네리아를 바라보았다. 네리아는 펄쩍 뛰었다.

"에, 아니에요! 난 그저 싸구려 도둑이라고요! 암살자들이 쫓아올 일은 없어요! 길드료도 착실히 내었고, 혹시 내게 털린 자들 중에 앙심을 가진 자가 있을지는 모르지만 그렇다고 자폭 암살대를 보내요? 겨우 도둑 하나 잡으려고?"

칼은 빙긋 웃었다.

"그럴 것 같지는 않군요. 네리아 양."

그 말에 네리아는 안도의 한숨을 푸욱 쉬었다. 이루릴은 운차이를 바라보았다.

"운차이 씨는 암살자가 노릴 만하죠?"

운차이는 대답하지 않았다. 이루릴은 고개를 끄덕였다.

"운차이 씨가 칼라일 영지에서 한 일이 들통나기를 원하지 않는 사람이 있을 수 있겠죠. 하지만 여기서 문제가 되는 것은, 그 자들이 죽기 직전 바이서스어로 국왕 전하 만세라고 외쳤어요. 그건 저도 똑똑히 들었습니다."

"이루릴도 들었어요?"

샌슨의 질문에 이루릴은 고개를 끄덕였다. 그녀는 이제 마지막 사람, 길시언을 바라보았다. 길시언은 그때까지도 고개를 푹 숙이고 있었다.

"길시언 씨."

"……."

"길시언 씨."

"예? 아, 왜 그러십니까?"

"혹시 암살자들이 따라다닐 만한 일을 저질렀나요?"

길시언은 멍한 표정을 지었다. 그는 잠깐 생각하더니 말했다.

"아까 그 암살자놈들이 날 노렸다고 생각합니까? 글쎄요. 모험을 하다보니 원한 살 일도 가끔은 했습니다. 복수를 원하는 사람은 많을 겁니다. 하지만 저렇게 엄청난 암살자를 보내었을 거라고 생각되는 사람은 없는데요?"

"그런가요?"

"도무지……. 그럴 만한 작자는 생각나지 않는데요?"

"예. 음, 이상한 일이군요."

이루릴은 다시 고개를 꺾더니 생각에 잠겼다. 그래. 이상한 일이지.

그런데 그때 조용히 있던 운차이가 입을 열었다.

"길시언."

길시언은 운차이를 바라보았다. 우리도 모두 운차이를 보았다.

"어제도 말했지만, 당신 정말 피 냄새가 많이 나."

길시언은 무슨 시비냐는 듯이 마주보며 말했다.

"그래서? 그 이야기는 왜 자꾸 하는 겁니까?"

"아무래도 이상해. 당신 정도의 남자라면 그렇게 몸에 피 묻힐 일이 많지 않아. 오히려 적수가 적기 때문에 그렇지. 당신은……."

싱긋 웃으며 말하던 운차이는 갑자기 말투를 바꾸었다.

"Yamus dsidafra un ert m ̀kima?"

그는 갑자기 자이펀어로 이야기했다. 그러자 길시언은 굳은 얼굴로 말했다.

"여보시오. 자이펀어로 말하는 이유가 뭐요?"

"Ert m kima unte raleil Djipenian. Releil?"

길시언은 이를 갈며 대답했다.

"Talledeon yahi nhannega durrtasatr unes rithroii."

"Impawerr, en dikkasia nowms."

"Xychro nen…… zima dsidfra yilkin jian diweelts."

우리는 당황해서 두 사람의 대화를 바라보았다. 운차이는 차갑게 웃으며 말했다.

"이보시오, 길시언. 당신 나에게 속았어."

"속았다고?"

"여긴 자이펀어를 아는 사람이 또 있거든?"

길시언은 눈을 부릅떴고 샌슨과 나는 칼을 쳐다보았다.

칼은 놀란 표정을 짓고 있었다. 보통 경악한 눈치가 아니다. 길시언도 칼의 그 얼굴을 보더니 체념한 듯한 표정이었다. 그는 뒤통수를 긁적거리더니 말했다.

"쳇. 아직 수양이 덜 됐군. 그런 간단한 유도 심문에 넘어가다니."

칼은 당황한 표정으로 일어나려 했다. 그러자 길시언은 손을 내저어 말렸다.

"앉으십시오. 칼."

"그, 그러나 전하……."

전하라고?

머리 꼭대기에 벼락이 떨어지는 느낌이 들었다.

"전하는 무슨. 궁성이나 귀족원에서는 내놓은 부랑아입니다."

"전하."

"전하라고 부르지 마십시오. 길시언이라고 부르십시오."

"어떻게……. 제가 감히……."

"허어! 그것도 불충이라는 것 모르십니까? 국왕이나 태자 이외의 자를 전하라고 부르는 것도 국왕에 대한 모독입니다. 그거 중범죄입니다?"

"아……."

칼은 그야말로 어쩔 줄 모르겠다는 표정이었지만 그래도 나나 샌슨보다는 훨씬 낫다. 칼은 그래도 뭔가를 알고 저렇게 말하지만 우리는 그야말로 장에 끌려온 황소마냥 얼떨떨해져서 도대체 앉아야 할지 서야 할지 한쪽 무릎을 꿇고 있어야 할지 감이 오지 않았다. 최소한 누우면 안 된다는 것은 짐작하니까 좀 낫다고 해야 되나? 전하, 전하라. 그리고 말을 들어보니 왕족이란 말이지? 샌슨이 조심스럽게, 그야말로 조심스럽게 말을 걸었다.

"칼, 저, 설명을 좀……."

칼은 길시언의 눈치를 살폈다. 그러자 길시언은 머리를 내젓더니 말했다.

"허, 이것 참. 6년 동안은 입 밖에도 내지 않았던 이야기인데. 유피넬의 저울대는 도대체 어디까지 뻗어 있는지 짐작도 못하겠군. 헬카네스의 추는 또 얼마나 무거운가. 에, 간단히 얘기하죠. 나 길시언 바이서스, 국왕 형입니다."

"예에?"

나와 샌슨, 그리고 네리아까지 벼락 맞은 듯이 벌떡 일어섰다.

저자가! 저자가 바로 그 개망나니 태자……, 이크. 어쨌든 그 사람이라는 말인가? 놀기를 하도 좋아해서 궁궐에서 도망쳤고 그래서 태자 지위를 폐위당했다는 그 폐태자?

길시언은 우리들에게 앉으라는 시늉을 했다.

"괜찮습니다. 앉으십시오. 내 꼴을 보십시오. 어디가 왕족처럼 보입니까? 그리고 여긴 임펠리아도 아닙니다. 편하게 지내십시다. 앉으십시오."

"아, 저, 어떻게……?"

"어떻게? 어떻게라니. 앉는 법 모르십니까? 다리를 구부리며 몸의 균형을 잘 잡은 다음 먼저 손으로 땅을 짚으며 엉덩이를 부드럽게 땅에 가져다대면 되는 겁니다. 균형을 잃으면 미골에 충격이 가해져 척추가 아플 수도 있으니 각별히 유념하시오."

우리는 국왕 전하의 형님께서 세세히 지시하신 대로 앉았다. 긴장이 되어 웃지도 못했다. 성은이 망극하다고 말해야 되는 거 아닐까? 길시언은 한결 보기 좋다는 표정으로 우리를 바라보았다.

"뭐, 대수로울 건 없고, 내 동생은 왕이고 난 방랑자고, 내 동생은 임펠리아에 있고 난 황야를 돌아다닙니다. 성격이 그렇게 생겨먹어서. 귀족원의 원로들은 판단을 잘했죠. 내 목을 친 다음, 내 동생을 왕위 계승권자로서 추대했으니까. 그것뿐입니다."

"지당하신 말씀이시옵니다."

샌슨의 대답에 길시언은 입을 조금 벌렸다. 샌슨은 제정신이 아닌 모양이다.

네리아를 바라보니 네리아는 몹시 실망한 표정을 짓고 있었다. 말은 한마디도 하지 않지만 정말 표정만 봐도 여러 가지를 읽을 수 있군. 왕족의 물건을 건드렸다가는 목숨이 위험할 테니 프림 블레이드를 슬쩍할 수가 없어서 실망스럽다는 것이렷다? 어쨌든 길시언은 그거면 설명이 충분하다고 느꼈는지 더 이상 말할 의도가 없어 보였다. 그러나 칼은 거기서 끝장낼 생각이 없는 모양이다.

"그러나 전하."

"아니, 제발! 전하가 아니란 말입니다."

"전하. 어찌하여 도성을 버리시고 야인으로 계시는지요."

길시언은 두 손 들었다는 표정을 지었다. 그는 손짓을 해가며 설명했다.

"전후가 바뀌었습니다. 도성을 버리고 야인으로 있기를 좋아하니까 태자 자리를 박탈당했습니다. 난 국왕 노릇할 재목이 못 되었습니다. 그보다는 방랑 생활을 더 좋아했습니다. 천성이 게을러 국정을 보살필 능력이 결핍되어 있었지요."

그러더니 길시언은 자기 목을 치는 시늉을 했다.

"그래서 귀족원 원로들이 목을 쳤죠. 잘한 일이라고 생각합니다."

"전하……. 전하께서는 100년에 한 번 나오기 힘든 성군의 재목으로 추앙받으셨던 분이십니다."

"그 말은 어디서 들었습니까? 그거야 아첨꾼, 모리배들이 왕태자에게 하는 상투적인 어휘입니다. 내가 왕태자 책봉되었던 것이 다섯 살 때였죠. 다섯 살짜리 꼬마에게 성군의 재목이 어쩌니 할 때는 다섯 살 꼬마였던 나도 어이가 없더군요."

길시언은 시원시원하게 말했고 그러자 칼은 말이 곤궁스럽다는 표정을 지었다. 칼은 심기 일전하여 다시 말을 걸었다.

"그럼, 혹 전하께서는 자이펀과의 전쟁 때문에 국왕을 보필하기 위해 바이서스 임펠로 돌아가시는 겁니까?"

길시언은 지긋이 웃었다.

"아니, 그건 걱정 안합니다. 내 동생, 어려서부터 책벌레여서 병서도 엄청나게 읽었습니다. 그리고 좋은 신하들도 많습니다. 내가 가서 전쟁에 도움 될 어떤 조언을 하겠습니까? 그런 것이라면 내 동생 주위에는 전문가들이 넘치고 넘칩니다."

"그럼 왜 바이서스 임펠로……?"

"기억력이 좋지 못하십니다. 선더라이더에 걸린 저주를 해소하고 마법 칼집을 구하기 위해서라고 말씀드렸잖습니까?"

길시언이 그렇게 말하자마자 프림 블레이드가 울어젖히기 시작했다. 웅웅웅웅웅! 길시언은 잡아먹을 듯한 표정으로 자신의 칼집을 바라보았다.

"망할. 내가 임펠리아를 빠져나올 때 이것 하나 훔쳐나오고는 얼마나 좋아했는지 생각하면……."

"예?"

"임펠리아에서 쫓겨날 때 궁성 보물 창고에서 이것 하나 슬쩍했습니다. 그때는 마법검이라 도움될 거라고 생각했는데, 제길, 사람을 미치게 만드는 검인 줄은 꿈에도 몰랐습니다."

칼은 난처한 미소를 지은 다음 질문했다.

"전하, 전하께서 그럴 생각이 없다면 전하께 암살자가 달라붙는 까닭은 무엇입니까?"

길시언의 얼굴이 순식간에 떫은 표정이 되었다. 칼은 우리의 표정을 보더니 부연 설명을 해주었다.

"운차이 씨는 아까 그 암살자들이 이분을 공격했다는 것을 알아차렸네. 그리고 저분의 살기를 읽고는 수많은 암살자들에게 쫓기는 인물이라는 것도 알아차렸던 거지. 그래서 저분이 전하임을 파악한 것일세. 정녕 놀라운 일이 아닐 수 없군."

운차이는 차갑게 웃었다.

"6년간이라는 말, 암살자들이 따라다니는 중요 인물, 1 더하기 1은 2요."

흠, 창피스러운 일이군. 운차이는 흡사 우리들에게 자기 나라의 국왕의 형님도 알아보지 못하느냐고 묻는 듯한 얼굴이었다. 내가 그걸 어떻게 알아! 난 지금 당장 우리나라의 국왕이 나타나도 모를 텐데. 운차이야 간첩 교육을 받았을 테니 우리들보다 훨씬 우리나라의 왕족과 귀족들에 대해 잘 알겠지만. 길시언은 하늘을 보며 중얼거렸다.

"이것 참. 내가 마법의 가을에 들어섰나? 올 가을엔 이상한 일들만 일어나는군."

"전하?"

길시언은 머리를 긁으며 말했다.

"모르겠습니다. 누가 보낸 것인지 짐작이 안 됩니다. 요새 갑자기 나타나서 날 공격하는군요. 간단히 생각하면 내 동생의 측근들이 내가 왕권을 노릴까 봐 날 제거하려 든다는 식으로 생각해 볼 수 있겠지만 이해가 가지 않습니다. 내 생활 태도를 보면 나에겐 제거 가치가 없다는 것을 알 텐데요. 난 근 6년 동안 수도 근처에도 가지 않았습니다. 그저 모험가일 뿐 왕권에 위험이 될 사람은 아닙니다."

"……모험가는 비왕족으로서 왕이 될 가능성이 가장 높은 직종이 아닐까요?"

"옛이야기처럼 말입니까? 엄청난 모험을 겪는다면, 지방 세력과 혈연 관계, 동맹 관계 등 적절히 관계를 맺고 왕권이 미치지 못하는 곳에서 세력을 육성할 수도 있겠죠. 하지만 그러려면……

모험가의 나이 사오십 살은 되어야 합니다. 그것도 그 동안 내내 그러한 목적을 위해서 활동했을 경우 간신히 가능합니다. 나처럼 살면 벌써 글렀죠."

칼은 길시언의 말이 끝나기를 기다려 조용히 말했다.

"그러나 현재 바이서스는 전쟁중입니다."

갑자기 길시언은 무서운 눈으로 칼을 바라보았다. 칼은 침착하게 말했다.

"전쟁중에는 많은 일이 가능합니다. 계속된 전쟁으로 왕권에 대한 신망이 약해진 틈을 이용하여 정부를 전복시키고 적국과는 동맹을 맺는 식으로 일처리가 가능해집니다. 자이펀과 손을 잡아서 왕이 되는 것을 간단히 생각해 볼 수 있습니다."

"……당신 설마?"

"들어보십시오. 이런 식이겠지요. 자이펀의 도움으로 쿠데타를 일으킨 다음, '국왕이 자신의 야욕으로 불합리한 전쟁을 일으켜 백성을 도탄에 빠뜨리는 것을 좌시할 수 없어 그를 멸한다. 그리고 그 대신 자이펀에게 사과하며 배상의 책임을 지겠다.'고 말하면 될 겁니다. 그러면 자이펀에서는 '길시언 국왕의 등극을 인정하며 축하한다. 그는 현명하므로 전임자의 죄악을 답습하지 않을 것이다.'라고 말하죠. 그리고 백성들은 전쟁을 끝내준 반란자에게 박수를 보냅니다."

맙소사, 유피넬이여! 나와 샌슨은 거의 눈이 튀어나올 정도로 놀랐다. 길시언은 당장이라도 검을 뽑아들 듯한 모습으로 칼을 바라보았으나 칼은 조용히 마무리를 지었다.

"특히나 길시언 전하께서는 귀족원에 의한 폐태자인 만큼 왕권에 대한 권리를 주장하기가 용이합니다. 제 생각이 어떻습니까?"

길시언은 칼을 맹렬히 노려보았고 칼은 그 시선을 조용히 받아내었다. 길시언은 한숨을 쉬었다.

"날 회유하려 드는 것 같지는 않군요."

"전 그럴 생각 전혀 없습니다."

"당신은 놀라운 분이군요. 예. 인정하겠습니다. 내가 우려하는 것도 바로 그것입니다."

"그렇군요……."

"그리고, 내게 암살자를 보내는 측도 아마 그것을 우려하는 것으로 추측됩니다. 내가 전쟁을 틈타 내 동생을 쫓아낼지도 모른다고 생각하는 것이겠죠. 아마도 내 동생은 아닐 겁니다. 그 녀석은 마음씨가 선량합니다. 그 녀석의 측근 중 자신의 야욕과 국왕에 대한 충성심을 혼동하는 돌대가리들 중에 하나일 겁니다."

"전하께서는 그럴 생각이 없으십니까?"

"……짓궂으십니다. 칼."

"죄송합니다. 용서하십시오."

"날 두 번씩 시험하지 마십시오. 난 그럴 생각 없습니다. 그 자리가 탐났다면 어릴 때 행실 바른 왕태자로 남았을 겁니다. 하지만 헬카네스는 내게 옥좌에 앉아 버티지 못할 만큼의 자유에 대한 갈망을 주었습니다. 어쩌면 자유에 대한 갈망이 아니라 내 이마에 역마살 하나 박아줬는지도 모르겠습니다."

역마살이 뭐지? 이상한 단어를 쓰는군. 그러나 칼은 고개를 끄덕일 뿐이다.

"그러하시면, 바이서스 임펠에 가시면 더욱 위험한 것 아닙니까?"

"위험하겠죠. 하지만 내 마음에는 그런 야욕이 전혀 없습니다.

게다가 그곳이 아니라면 선더라이더의 저주를 풀 만한 성직자를 만나기 어렵습니다."

"그럼 가실 겁니까? 이런 일을 겪고도?"

"여러분을 만나기 훨씬 전부터 겪어온 일입니다."

길시언은 담담하게, 그러나 흔들림이란 있을 수도 없다는 식으로 자신의 결심을 이야기했다. 칼도 그 말이 아니라 그 말 뒤의 뜻을 읽었을 것이다.

"전하를 보필하겠습니다."

길시언은 난처한 표정으로 말했다.

"전하가 아니라니까요. 제발. 그리고 여러분과는 더 이상 함께 할 수 없겠습니다."

"예?"

"저 때문에 여러분이 위험해집니다. 곤란한 일이죠."

칼은 입을 딱 벌렸다. 길시언은 고개를 저으며 말했다.

"조금 전에도 그랬지요. 암살자들 때문에 샌슨은 상처를 입었습니다. 다행히 이번에는 그들이 여러분에 대해 잘 몰랐기 때문에 승기가 있었습니다만 그래도 이곳이 다레니안의 영토가 아니었다면 모두 죽을 뻔하지 않았습니까?"

그건 그렇다. 우리는 모두 호수 옆에 새로 생긴 호수와 불에 타버린 숲을 바라보았다. 끔찍스러웠다. 길시언은 우리를 둘러보며 말했다.

"절대로 여러분과 함께하지 못합니다. 난 갈색 산맥의 다른 길에 대해서도 좀 압니다. 드워프들의 통행로를 이용하면 되겠지요. 여기서 헤어져야 되겠습니다."

"예? 아, 아니. 안 됩……"

"더 말하지 마십시오. 칼."

길시언은 단호하게 칼의 말을 끊었다. 칼은 입을 다물었다. 길시언은 쓸쓸한 얼굴로 말했다.

"어제 여러분들과 동행하기로 결심한 것은 정말 미안한 일입니다. 나를 마음껏 욕해도 좋습니다. 설마 이 험한 갈색 산맥 중간에까지 암살자들이 따라다닐 것이라고는 생각지 못했습니다. 내 불찰입니다."

"전하……."

"미안합니다. 6년 동안 야인이었으니, 이젠 야인인 길시언으로 봐줄 줄 알았습니다. 그래서 마음 편히 모험가로서 살아갈 수 있다고 믿었습니다. 하지만 세상은 아직도 날 길시언 바이서스로 보는군요. 그건 내가 감수할 운명입니다만, 그 때문에 여러분을 괴롭히고 싶지는 않습니다. 그럼, 안녕히."

길시언은 더 말할 필요도 없다는 듯이 그대로 몸을 일으켜 선더라이더에 올라탔다. 우리가 뭐라고 말할 새도 주지 않고, 길시언은 그대로 걸어갔다.

"저, 전하!"

길시언은 멈춰 섰다. 그는 고개를 돌려 우릴 바라보았다. 그는 웃고 있었다.

"만일, 이것이 마법의 가을이고, 이 만남이 이 가을의 마법에 의한 것이라면, 여러분을 다시 만날 수 있을 겁니다. 그때까지는 작별의 말은 하지 않겠습니다. 아샤스의 가호가 함께하길 기원합니다."

저건 어디서 들었는데……. 메리안의 말이다. 다시 만날 것을 기약한다면, 작별의 말은 필요없다는…….

"하아!"

만난 지 하루도 되지 않아서, 길시언, 왕이 될 수도 있었지만 그 자유로운 영혼 때문에 왕좌를 물리쳤던 인물이 우릴 떠나가는군. 저주에 걸린 황소를 타고, 수다스러운 마법검에 골머리를 썩이는 황야의 왕자.

우리는 망연히 그 뒷모습을 바라보았다.

"인간은 관계에 의해 발전할 수 있다고 알고 있었습니다."

이루릴의 말이었다. 칼은 지그시 이루릴을 바라보았다.

"당신들은 우리들처럼 보장된 조화가 없기 때문에 서로 의견을 좁혀가는 방법, 합의하는 방법들을 익혀야 하며, 그렇게 타인을 이해하려고 드는 과정에서 다른 피조물들에 대한 이해력이 길러진다고 알았지요."

"엘프들의 생각입니까?"

"제 생각입니다만, 아시다시피……."

"아, 네. 엘프들은 모두 조화로울 테니, 아마 세레니얼 양의 생각에 대한 다른 엘프분들의 반대 의견은 없겠지요."

"예. 그런데 저 왕자, 길시언 바이서스는 그 관계 때문에 오히려 괴로워하는군요."

"괴로워한다라……."

"그렇게 보입니다. 그는 자신의 모습을 만들려 들지만, 그러니까 모험을 즐기는 보통의 낭만가의 모습을 견지하려 들지만 그 자신의 관계가 그를 그렇게 내버려두지 않는다는 느낌이 듭니다."

"정확하신 지적입니다."

"그런가요? 기쁘군요. 저, 타인에 대한 이해력이 길러지는 것 같아요."

"지금까지는 스스로 이해력이 없다고 생각하셨습니까?"

"예. 당연하지요. 항상 조화로운 관계 속에 살아온 저로서는 자신과 다른 생각을 하는 사람들의 내면을 파악하는 것이 쉬운 일이 아니니까요."

칼은 멀리 갈색 산맥의 끄트머리를 바라보며 말했다.

"제 생각은 그렇지 않습니다."

"예?"

"타인에 대한 이해력이라고 말씀하셨습니다만, 그것은 결국 감정 이입이지요. 그래서 같은 부피의 헝겊이 있을 때 인형 모양으로 만들어진 헝겊은 뭔가 다른 느낌이 드는 겁니다. 같은 부피의 돌이라 할지라도 조각으로 만들어진 것은 훨씬 애정, 혹은 두려움, 경배, 어떤 감정일지는 알 수 없습니다만 감정을 불러일으킵니다. 그것은 물질에 대한 감정 이입의 결과이고, 결국 따스한 마음씨에서 비롯되는 거라고 믿습니다."

"어렵습니다."

"제 뜻은 이렇습니다. 선량한 마음씨가 있다면, 타인에 대한 이해는 자연스럽게 일어날 것이라 믿는다는 말씀입니다."

이루릴은 고개를 갸웃거렸다.

"선량한 마음만으로 충분할까요?"

"이 세계에선……, 그것만으로 충분합니다. 일국의 왕자가 황소를 타고 마법검을 휘두르는 세계에서는……."

칼은 말을 맺지 않고 대신 빙긋이 웃었다.

〈3권에서 계속〉

드래곤 라자 작업을 도와주신 분들

저작권 감수 | 김병수
세트 지도 작업 및 드래곤 문양 | 홍연주
독자편집자 | 이호, 박든든나름

드래곤 라자 2

1판 1쇄 펴냄 2008년 11월 26일
1판 31쇄 펴냄 2024년 7월 23일

지은이 | 이영도
발행인 | 박근섭
편집인 | 김준혁
펴낸곳 | 황금가지

출판등록 | 2009. 10. 8 (제2009-000273호)
주소 | 06027 서울 강남구 도산대로 1길 62 강남출판문화센터 5층
전화 | **영업부** 515-2000 **편집부** 3446-8774 **팩시밀리** 515-2007
홈페이지 | www.goldenbough.co.kr

도서 파본 등의 이유로 반송이 필요할 경우에는 구매처에서 교환하시고
출판사 교환이 필요할 경우에는 아래 주소로 반송 사유를 적어 도서와 함께 보내주세요.
06027 서울 강남구 도산대로 1길 62 강남출판문화센터 6층 민음인 마케팅부

ISBN 978-89-6017-259-3 04810 (2권)
ISBN 978-89-6017-270-8 04810 (세트)

㈜민음인은 민음사 출판 그룹의 자회사입니다.
황금가지는 ㈜민음인의 픽션 전문 출간 브랜드입니다.

사진 · 조선희

이 영 도

1972년에 태어났다. 두 살 때부터 마산에서 자라난 마산 토박이로 경남대학교 국어국문학과를 졸업했다. 1993년부터 본격적으로 소설을 쓰기 시작, 1997년 가을 컴퓨터 통신 하이텔에 판타지 장편소설 〈드래곤 라자〉를 연재했다. 일만 삼천여 매에 달하는 방대한 분량으로 이용자들의 폭발적인 부흥의 전기를 마련했다. 1년 후 내놓은 〈퓨처워커〉는 한층 심도 있는 주제와 새로운 구성으로 전작을 뛰어넘는 작품성을 인정받았다. 그 후 〈폴라리스 랩소디〉를 출간하며 완성된 작품 스타일을 보여주었는데, 이 작품은 기존의 반양장 형태의 서적 외에도 500부 한정으로 고급 양장본으로 제작되어 단숨에 매진될 정도로 많은 이의 관심을 불러모았다. 그 외에 〈이영도의 판타지 단편집〉이 있다.